Si le soleil ne revenait pas

もし太陽が戻らなければ

ラミュ小説集 Ⅳ

C. F. ラミュ　佐原隆雄 訳

国書刊行会

目次

日本語版への序

山と湖の間にラミュは〈人間の器〉を探し求める……

「物事を表現するすべのない人々にそれを表現させる。イメージ、口調、態度によって暗示する。中身を容器から溢《あふ》れさせる」

C・F・ラミュ（一九四七年の日記の最後の数行）

序文執筆を託されるというのは大きな名誉であると同時に困難な使命である！　しかしこの使命はラミュの言語を日本語に翻訳することに比べればずっと容易であろう。それゆえ佐原隆雄氏の勇気と決断がこの序文の道行きにも光を当ててくれますよう！

C・F・ラミュ小説集第四巻に選ばれた作品群は、この作家の世界が持つ主要テーマをみごとに網羅している。まずは山と湖。それらは馴染《なじ》みある絵画的な風景としてのみならず、むしろ物語エピソードの重要な〝役者〟として機能している。次には自然に対峙したときの人間の脆《もろ》さ、他人を前にして抱く孤独感。さらには美や愛の悲劇的な探索……

しかしこれら基本的かつ深刻な主題は、素朴な人たちの運命を通して控えめに喚起される。彼らは避けようとしたにもかかわらず向き合うことになった情動や問題に驚愕《きょうがく》するとともに〝翻弄《ほんろう》〟される。しかしながら、これらの人々を愛している（それはよく感じられる）語り手は、決して彼らを見捨てはしない。その戦い、すなわち失敗にも勝利にも寄り添っている。意気地《いくじ》なしを勇者のように愛し、人生の選択を尊重する。もっとも死の選択であることもときにはあるのだが。慎重に誇張なく進められていく物語は詩的かつ哲学的とみなしうるであろう。

この巻に収められた作品は、ラミュの生涯の最後の十年あまりに属している。年を経るにつれて彼の健康は蝕《むしば》まれていく。執筆する力量にますます不安を募らせ、最後の二つの短編集（一九四四年の『短編集』および一九四六年の『月明かりの子、セルヴァンたち、その他短編』）もその疑念を拭《ぬぐ》いはしなかった。とはいえ批評家および読者のほとんどはこの悲痛な思いに気づかないのだが。おそらくラミュは長編小説に挑むだけの気力がなかったのだろう。それでも彼の散文は相変わらず鋭く的確だ。ラミュはモーパッサンの系譜につながる短編の名手である。この巻は幸いにもこの面を日本の読者に開示、あるいは確認させてくれる。

翻訳者が収めた二つの長編小説（スイスでは『フランス・サヴォワの若者』は一九三六年、『もし太陽が戻らなければ』は一九三七年に発表された）は、まったく異なる主題（『もし太陽が戻らなければ』は集団に蔓延《まんえん》した恐怖感、『フランス・サヴォワの若者』は個人に降りかかったパニック）を掘り下げている。しかしそれらはともに作者にとって親しく長年温めていたテーマの到達点なのだ。『もし太陽が戻らなければ』という題名は、もしかすると『アルプスの恐怖』（一九二六年）を思い起こさせるかもしれない。だが太陽が死滅するのではという仮定は、人間が太初《たいしょ》から抱いている本源的な不安感を表している。どこの風土においても……。すでにラミュは一九一二年にパリで本物の日食に遭遇した後、太陽の消滅が実際に起きることに恐怖を覚えるという内容の奇妙な小品（『断章　もし太陽が戻らなければ』）にこの題名をつけている。この作品の中で語り手は幻想と夢うつつの幻覚の間をさまようが、最後には直接話法を使って冷酷かつ皮肉な口調で語りかけてくる。この作品をラミュが〈断章〉という名前で提示していることに留意しよう。この文学様式を彼は明確には定義していないが、一般化の指向を持った物語（ここでは世の終わりの恐怖に対する瞑想）にこの言葉を使っている。

一九三七年の小説において、読者はまったく異なる状況と環境を見出す。すなわち高地に位置しているために冬の数か月は太陽を〝拝めない〟のがあたりまえの村の住民たちが太陽の最終的な消滅に怯《おび》えていく物語である。しかしもちろんのことだが、この〝恐怖〟は自然災害ではなく人間が作りだした迷信に由来している……。読者は狂信的な老治療師の悲観的かつ死を賭した策謀に騙《だま》されることは決してない……。結末は一九一二年の〈断章〉とは真反対に感動的だ！　そして映画監督クロード・ゴレッタは一九八七年にこれを素晴らしい映画にしている。

ラミュは振り子運動のように同じテーマをさまざまな形に変えては繰り返すことに読者を慣れさせてきた。『フランス・サヴォワの若者』において作家はサーカスの魅力に立ち戻るが、ここでは新たに登場人物への影響について掘り下げている。

怖がりの定住民にとって、旅回り芸人たちは別世界を体現している。その公演は魔法と夢をもたらすからだ。『サーカス芸人たち』（一九二八年）と題された短編小説は、作者がこれら訪問者に与えた役割を明瞭に示している。彼らは住民に一種の〝啓示〟（宗教的な意味で）を与える。綱渡りの女芸人は演技を成功させる。この目もくらむような演目を終えて謎のように姿を消すことで、彼女は束の間であれ住民を〝美〟に釘付《くぎづ》けにしたのだった。

『フランス・サヴォワの若者』の主人公ジョゼフは、このような公演を観《み》たからには無事ではいられない。この小説は手に入れられない〝美〟との遭遇による悲劇である。劇的で華やかな『美の化身』(一九二七年)の結末よりも悲劇的だ。

しかしまたジョゼフの悲劇はジャン゠リュック(『ジャン゠リュックの受難』)(一九〇八年)の場合よりも複雑である。後者は妻の裏切りと子供の死という二重の受難によって正気を失った。ジョゼフの方はまだ〈若者〉(すなわち未婚)だ。そして〈サヴォワ人〉だという事実は、彼が作者の〝隣人〟であることを示している。ラミュはレマン湖対岸のフランス側に位置するサヴォワ地方に対してずっと親近感を表明していた。ローザンヌ近郊のピュイイの自宅(「ラ・ミュエット」と呼ばれる終《つい》の棲家《すみか》)から目にできるのだ。そして〈国境が湖の真ん中にある〉という観念をいつも鼻で笑っていた! それゆえこのサヴォワの若者は外国人ではなく、別の〝民族〟出身でもない……。彼は素朴で波乱のない人生を送るものと定められていた。ところが何ということか、ローザンヌで旅回りサーカスの綱渡りの演目に接した途端に彼の人生は激変したのだ! あの純化された軽《かろ》やかな肉体はいきなり彼が手に入れられない〝理想〟を提示し、平凡な生活の虚《むな》しさや存在の孤独を自覚させる。混乱して目がくらむ……。ここでも素晴らしい結末についての評価は読者の発見に委《ゆだ》ねよう! これは美辞麗句ではない。ラミュのすべての小説にあてはまるわけではないからだ。

短編小説に関しては、ラミュは一九四三年にこれまでは断続的だったこの短い形式に好んで立ち戻っている。病気、手術、入院生活により彼は肉体的にも精神的にも衰えを感じていた。短編小説は速く書けるのみならず、発表が容易なために報酬を期待できる。しかし彼自身の言葉を借りれば、この仕事にはたびたび〈無力感〉、〈当惑〉、〈八方塞《ふさ》がり〉のような気持ちを抱いていた。ラミュが自身の体験、病気、不安感を利用して自伝的要素のある文章を書き、そのあとで完全に虚構の物語に変換したことを多くの下書きが示している。けれども日記中の〈中身を容器から溢れさせる〉という言い回しを考慮すれば、登場人物たちが直面する困難の背後に作家が戦っている困難への秘かな仄《ほの》めかしを見てとることは依然として可能だ。文学上の自分の位置は今どこにある？　社会の中での芸術家の位置は？　この世界の中での人間の位置は？　この三つの重要な問いかけがこの時期の多くの著作の背景に感知できるのである。

　実際のところ、この巻に収められた最後の四つの短編小説はそれぞれ別の仕方で、この世界の中、とりわけ山とそれが仕掛ける罠、さらに山がもたらす魅惑を前に〈人間の器〉（一九三三年に刊行された同名のエッセイ集がある）がどのように測られるかを表現している。

『お嬢さんたちのいた湖』は重くはないが感動的で示唆的な小品である。山の湖とは大きなレマン湖ではなく、物語に登場する〈お嬢さんたち〉も行きずりの存在にすぎない。ラミュはフラストレーションの溜《た》まった存在、いわゆる〈羊飼い〉のピエールを主人公に選んだ。群れを連れて人里から遠く離れて暮らしているため、口数が減り少し粗野になっている。そして湖は二人の若い娘を水浴へと誘う水場として機能する。ピエールもまた手に入れられない美に動揺した。結末での彼の悔しい思いは、『断章　もし太陽が戻らなければ』のように世界の終末を喚起しはしない。罪のない小さな復讐を行い、それを山（擬人化されている）が支持するのである。

『月明かりの子、セルヴァンたち』において、ラミュはアルプスの伝説世界に嬉々として入りこむ。少しうるさいが不可視の神秘的な存在は、自分たちを大事にする人間を保護する才を有している。だが懐疑的な者には悪戯《いたずら》を仕掛ける。それゆえ宥《なだ》め方を心得ておいた方が賢明だ！　山が持つ掟《おきて》や神秘を人間たちが尊重しますよう……

『エーデルワイスを探して』（原題は『助けを呼ぶ』）は花束を巡る物語だ。しかし原題を見ると、読者は最悪の事態を想像する。愛の告白のためにかの有名なアルプスの花エーデルワイスを摘《つ》もうと、少年はそれが隠れている切り立った高地まで登る計画を立てる。勇気ある感動的な行為だが、この行軍は急展開する……。これは言うならば通過儀礼だ！

『おどけ衣装のラ・ティア』はその題名がすべてを語っている！　ちなみにこの短編小説は最近パリで演劇化された……。主人公は村に住むまさに〈気のふれた女〉、婚約者に逃げられても諦《あきら》めずに三年も窓辺で待ちわびている若い女だ。この小説において山は背景でしかなく、主要な〝役者〟は村人（無自覚な残酷さの持ち主かあるいは無関心な）、街道（注視すべき場所）、庭（花を咲かせるべき場所）だ。この複雑だが脆弱《ぜいじゃく》な均衡が結末で崩れたとき、われわれは狂気よりも理性の方が残酷だと納得する……

以上のようなアウトラインが小説理解の一助になることを願ってやまない。しかしこれはもちろん完全ではない。逆にいくつかは余計だと思われるかもしれない……

書物が使命を果たすには、なによりそれは読まれなければならない。読者それぞれが自らの個性、経験、教養をもってわがものにするのである。翻訳者（彼もまた綱渡り芸人である！）の努力のおかげで、ラミュの作品は今や日本人に〝ダイレクトに〞語りかけることができるようになった。この作家を愛するフランス語圏のわれわれは、この新たな対話の成果をとても楽しみにしている。

リリアンヌ・ジュアネ
ラミュ研究会副会長、フランス・トゥール大学教授

もし太陽が戻らなければ

Si le soleil ne revenait pas

I

その日の午後四時半ごろ、ドニ・ルヴァは自宅を出た。ひどく足を引きずっている。彼の言葉を借りれば、膝が〈不調〉なのだ。「膝の具合はどう?」と尋ねられると、「しっかり動いてくれん」と返事する。

こうして彼は村を横切る細い道を苦労しながら進んでいった。それから左手の小道に入るのが見えた。古い家へと通じている。

暗闇の中、その家はまだ辛《かろ》うじて見えるくらい。それでも大きめのスレートを葺《ふ》いた屋根の石造りの家だとわかる。屋根の色が闇と混ざり合っているが、それは本当に闇なのか。それとも霧か。あるいは別のもの? なぜなら太陽が山々の裏に姿を消してからもう二週間以上になるからだ。六か月先でないと戻ってこない。

そしてこの膝が不調だ。

痛みをやりすごすため、ルヴァはしばらく立ち止まった。そのとき、ますます広がる暗闇の中、家の前側にある窓で赤っぽい光がコウモリの羽根のように動きだした。

これらの窓にはよろい戸もカーテンもないが、大きな亀裂の入った正面全体は、ペンで消し線を入れたノートの一ページを連想させる。その正面の下の方で、あの光が上り、下り、現れ、消えるのが見える。色あせた布きれを窓ガラスの向こうで振っているかのようだ。

それを見るとルヴァはすぐアンゼヴイが家にいると確信した（それに、いないことなどあるだろうか）。ルヴァは膝の状態が悪いにもかかわらずまた歩きだしたが、幸いなことに道のりは遠くなかった。

入口階段に達した。家の脇に三段ある。斜面に階段の先が埋めこまれている。朽《く》ちているので、足をのせると三段ともぐらぐらする。それを上ると、アーチ型の古ぼけたドア。ドアの取手《とって》は外《はず》れている。内側の掛金に結んだ太い紐《ひも》でドアを開け閉めする。ここは何もかもが古く、壊れかけているからだ。鋲《びょう》を打ったでかい靴でスレートの段に音を響かせたルヴァはその前で立ち止まる。しかし室内に動きはなかった。

彼はドアを拳で叩いた。

「アントワーヌ・アンゼヴイ、おられますか」

返事がない。

「私です、ルヴァ。ドニ・ルヴァ。入ってよろしいですか」

けれども彼は相変わらず呼び鈴《りん》を鳴らす細紐を引かずにいたため、中で人が起き上がるまでさらに待たねばならなかった。やっと物音が聞こえた。次にドアがゆっくり引かれ、白いものがすき間から現れた。

「ああ！　おまえか。何の用だ」

「お話ししたいことがありまして」

するとドアが大きく開いた。ルヴァは入るだけだ。

最初は何も見えない。それから炉で火が燃えているのが見えてくる。さらには大きなマントルピースが壁から部屋の真ん中あたりまで突き出ているのが見える。その先にはクルミ材の古いテーブル、さまざまなものが上に散らかっている。藁《わら》がはみ出た肘《ひじ》掛け椅子がテーブルと火の間にある。

ドアが閉じられた。足を引きずりながら、アンゼヴイがルヴァの前へと進む。腰掛《こしかけ》をつかんで、火の前の肘掛け椅子の向かいに置いた。「ここに座れ」と言ってからもとの場所に戻る。だがそのとき、赤い羊皮紙《ようひし》で装丁されたぶ厚い本がそこに置いてあるのが見えた。綴帯《とじおび》はすり減り、角《かど》が傷《いた》んでいる。

アンゼヴイはそれを恭《うやうや》しくゆっくり持ち上げ、テーブルの上に置いた。裏返しになっている。白く豊かな顎《あご》ひげをたくわえ、長い白髪が肩に垂れている。

「それで？」と彼は言う。

「アントワーヌ・アンゼヴイ」ルヴァが話しはじめる。「お邪魔して申し訳ありません。お勉強中でしたね。学者ですから、本に没頭していらっしゃる。それは何ですか。聖書ですか」

アンゼヴイは動かない。

彼は膝の上で黒い手を重ねている。暗闇に慣れるには時間が必要だから、今やっと視界が壁まで届き、二人のいるのがかなり広い部屋だとわかるようになった。炎が放つ光が傷んだ床石《ゆかいし》の上に半円を作っている。それはときどき大きくなり、向かいの壁の窓まで達する。この部屋が以前はとてもきれいだったことにも気づく。木造の小さな家が多い山地の中に、外国への出稼ぎで財をなして帰郷した村人が建てた石造りの大きな家を見かけることはよくある。ただし時が経ち、修理の費用もないから、放ったらかしだ。そのため天井《てんじょう》に穴があき、窓ガラスのほとんどは包装紙が代わりを務め、石灰を塗った壁には炉の煙がへばりついている。部屋の中でまだ白い箇所はただ一つ、アンゼヴィの髪と顎ひげだけ。

アンゼヴィはあらゆる種類の病に通じている。山中に薬草を取りに行くから、人々は遠くからでも診《み》てもらいにやって来る。彼から薬草を買い、その薬草で治すのだ。

アンゼヴィはそれで生計を立てている。その夜ルヴァが来たのもこれが理由。だから彼はまた話しはじめた。

「ところで、アントワーヌ・アンゼヴィ。よろしければ教えてください。診察をお願いします。右膝の具合が悪いのです」

「膝がどうかしたのか」

「わかりません」ルヴァは答える。「ひねりました。二番草を刈っているときに。ご承知のとおり、けっこう前です。変な動かし方をしたにちがいありません……あれからずっと腫《は》れがひかず、それどころか動くたびにまたおかしくなります」

「見せてみろ」

ルヴァはズボンをたくし上げた。炎の光が足を照らす。細くて灰色、静脈が浮き出ている。ところが褐色で厚手の交《ま》ぜ織りの布がなかなか引き上がらない。それでもずらし続ける。

「おわかりでしょう。だから杖《つえ》を使っています。もう杖なしには外出できません、厄介《やっかい》です。老人になったみたいです。それで〈アンゼヴィさんに診てもらおう〉と思いました。だからお尋ねします。『どう思われます、アントワーヌ・アンゼヴィさん』と」

腿《もも》のところまで引き上げたズボンを両手で持ったまま、膝に身体を近づけている。膝は太いテーブルビート（赤いサトウダイコン）のようで、足は関節のところで急に膨《ふく》らむと同時に変色している。そして関節の下からはまた細くなっている。

「もっと近くに」とアンゼヴイは言った。

ルヴァは座ったまま腰掛を動かした。さらに少し押しだす。相手は肘掛け椅子から離れないが、顎ひげが前に出ると同時に手が伸びてきた。驚くほど慎重かつ繊細な手つきだ。指を患部に置いている。

「ここが痛いか」

ルヴァは首を振った。

アンゼヴイはその脇をさらに強く押した。

「今度は？」

「ちょっと」

するとアンゼヴイは、

「たいしたことはない。煎《せん》じ薬をやろう。葉をひとつまみコップ一杯の水と一緒に火にかけ、十五分ほど沸《わ》かせ。湯がなくなりそうになったら、煮立った葉を布に広げて膝にあてろ」

老人は立ち上がった。背を向けると手を伸ばす。テーブルのはしに並んだ紙袋に手を入れているのが見える。その一つからくすんだバラ色の野草をひとつまみ、ほかから黄色い野草、ほかからも、さらにほかからも。新聞紙の上で全部を混ぜ、紙の角をよじる。

「ズボンを直してもかまわないぞ」とルヴァに言う。

するとルヴァは、

「おいくらになりましょう」

「効き目のほどがわかるまで待て。毎晩寝るとき、しっかり熱してよく湿布する。きっと長くかかるだろうが、諦《あきら》めてはいけない……葉がなくなってきても完全に治っていなければ、また来るといい」

ルヴァはズボンを直した。アンゼヴイはまた座っている。幸いなことに煙突のすぐ脇の壁際《かべぎわ》に薪《まき》が山積みされているため、火の勢いを回復させようと思えばアンゼヴイは手を伸ばすだけでよかった。しかしルヴァはちょっと困ったような顔をしている。借金になるから清算したいのだろう。

「それなら」彼は言う。「それなら、アンゼヴイさん。代金なしでいいなら、せめて……」

だがアンゼヴイは聞いていない様子だ。本の方に戻っている。身体をわずかに横に動かすと、苦労して本を引き寄せた。重そうだ。アンゼヴイは膝の上で本をひっくり返した。本の横にあったテーブルの上の紙と鉛筆も手にとった。斜めにちぎった手帳の一ページ、それにちびた平べったい大工用鉛筆だ。そして鉛筆の先を舌でなめる。

「計算はできるか、ルヴァ……どうだ?……よくやってる?……それなら、八×二百三十七だと、いくつになる?……わしは年をとった。きっと算数も忘れかけているだろう」

「いやいや」ルヴァが言う。「暗算は……」

「ほら」

アンゼヴイが鉛筆と紙を渡した。ルヴァはあっという間に、

「千八百九十六では……」

「ぴったりだ……それに四十一を足せ」

「千九百三十七」

「いいだろう」とアンゼヴイは言う。

彼はまた紙をとった。自分で計算をしている。その間にルヴァは本に何が書いてあるか見ようとするが、本は傾いているし自分の側からは文字が逆向きなので、ページが二段に分かれていることしか見えなかった。片方の段は黒インク、もう片方は赤インクで印刷されていて、たくさんの数字やさまざまな記号もある。記号は三日月、十字が上にかかっていたり下にかかっていたりしている球体、月の形、円周、三角形。

「ぴったりだ……さて四と十三、四番めの月の十三日……もうわかるだろう。何も気づかないか？……」

「何を？」

「大気だ。大気の色。すでに病《や》んでいそうだから。空が」彼は続ける……「だんだん暗くなっていくかもしれないから……動物が恐怖を覚えるだろうから……わかるか。太陽の近くであれが起きる……気づかなかったか、最近……」

「いやいや、もちろん俺たちはそんなに学がありませんから」

ここで言っておかねばならないが、彼らが毎年最後に太陽を見るのは十月二十五日ごろ。翌年の四月十三日にならないと再び現れない。十月二十五日の正午、南の山の上にはまだ光の連《つら》なり、棒で炭火を掻《か》いたときのようなぼんやりした火花の束がある。それが六か月間なくなる。たとえ空が澄みきっていても、山脈の背後にある太陽は低すぎるため、周りをほのかに青く染めて存在を示すのみだ。「ここにいるよ」とは言うが、姿を見せずに通り過ぎる。

そこは山の高みの北向き斜面にへばりついている地域。教会さえない小さな村が一つ。ある山腹の後ろ、切り立つ岩に覆われた別の山腹のふもとに引っかかっている。ローヌ河が流れる下の大きな谷の奥で、「上の方に何か見えるか？……」と尋ねられても、何も見えない。高く黒い斜面がそびえているのが見えるだけだ。灌木《かんぼく》が密集し、モミの木が立ち並んでいる。ところどころに見えるグレーの染《し》みは、表面が湿っている岩。峡谷が切れ目を作り、ほかの場所では継ぎ合わされたばかでかいパイプが走っている。水は千五百メートル落下し、下の発電所のタービンを回す。だが、いくらそっくりかえっても、ほかのものは見えない。すると、こう言われる。「もっと右。山が突き出ているところ。奥に谷があるから。ほら、ちょうど稜線《りょうせん》のところ。稜線の中に小さな切り込みがある。どうだ？……」鋸《のこぎり》の歯のような葉で覆われたモミの木の頂《いただき》の間に、やっと小さなグレーの染みが見えてきた。はじめは大地や周囲の牧草地とほとんど区別がつかない。それは岩と同じ色の野地板《のじいた》（屋根を葺く下地とするために垂木の上に張る板）を張った屋根だ。上《かみ》サン＝マルタン村には百人そこそこの住民。教会さえなく、ミサのときは下《しも》サン＝マルタン村まで下りる。山の高みにあるので、冬は外界とほとんど隔絶、太陽とも冬中隔絶されている。

「まさに」アンゼヴィが言った。「知るべきことは、わしらが永久にここに閉じこめられるかどうかだ」

「俺たちはあまり学がありませんから」ルヴァは言う。「でも結局どうなるのです？　我慢していれば……」

「だがおまえは計算し直して、わしと同じ答えに達した……さあ、まだわかっていないようだから、教えてやる。この本の中には戦争のことが書いてある。――ちょうど今やっている戦争。しかし太陽が照らす地域にも戦争がある。千八百九十六に四十一。これが合計。この本には、空がますます暗くなり、ある日からもうわしらは太陽が見えなくなる、六か月だけどころか永久に、と記してある」

ルヴァは尋ねる。

「俺たちだけ？」

「みんなだ」

微風が吹きだした。煙突を下ると、ときおり深い吐息をつきながら煙と一緒に灰を旋回させる。ドアの下を通って、テーブルの上に立ててある紙袋を揺らし、カサカサと音を立てる。屋根の上を通る際は丸い小石を動かすことがあるので、屋根の傾斜をずっと転がっていく音が聞こえる。「ああ！」とルヴァ。「よくわかりません。あなたは本で勉強していらっしゃる。ご本の中に、もう太陽は戻ってこないだろうと書いてあるのですか……」

怯《おび》えると同時に信じられない様子だ。彼は五十歳くらいのかなり太った男。

「まさか、そんなことはありません。あれは昔から同じところを回っています」

「どうなるかな」

「昔から俺たちのことをよく知り、こちらも相手をよく知っています。たしかに冬は離れますが、ほんのしばらくのことです。離れるというより、単に遠ざかる……」

「完全に遠ざかるのだ」

「俺たちは親しみを感じてきましたし、とても役立ってくれました」

「それなら、なしですむようにならないと」

「ではどうなるのでしょう。真っ暗に？」

「そうだ」アンゼヴイは言う。「宇宙に異常が起きるのだ。星たちが起こす病。何か言いたいか。これにはそう書いてある。ただし」彼は続ける。「計算が合っているかどうかが大事だ。計算を間違えたのでは、とわしは思っていた。だが二人の答えが一致したからには」

さらに言う。

「計算し直そうか」

II

ルヴァは家に帰ると、薬草の包みを台所のテーブルの上に置いた。女房に言う。「水の入ったコップにこれをひとつまみ入れて、三十分沸かせ。俺の膝用だ」

「どこに行ってたの？」

「アンゼヴイのところ」

さらに言った。

「リュシアンはどこにいる？」

「知ってるでしょ」

「なんだと！」彼は言った。「今は女と付き合ってるときじゃないのに。ちょっと言ってやらんといかん……」

ルヴァの女房はもっといろいろ尋ねたかったようだが、彼はすでに家を出ていた。

リュシアンは彼の息子で、恋人がいる。しかし彼は、「今はそんなときじゃない」と言っていた。

表に出ると、暗くなっている。日はとっぷり暮れていた。山頂付近に見える光はどれも消えてしまっていた。ここからは見えることなく太陽がそこで没するのだが、ふだんは布についた血の跡のような赤い染みが現れるものだ。その晩の空は一面真っ暗。ところどころ小さな窓あるいは家の正面に上下に並ぶ小さな窓の列の一つから洩《も》れているランプの光だけが、通りの大体の方角を教えてくれる。それがなければ、盲人のように行く手がまったくわからなくなっていただろう。何も聞こえない、まったく何も。村人たちは家に閉じこもっているので、通りとの間にあるのはしっかり閉じられたぶ厚いドアや二重窓。せいぜい五十メートルほどの短い通りだが、干し草置き場やラカールと呼ばれる食料貯蔵用の高床式物置の間を蛇行《だこう》する多くの小路《こみち》と交《まじ》わっている。建物は百くらい、その二十軒ほどに人が住んでいて、それらのほとんどが道沿いにある。いくつかは二階建て、三階建てさえある。石灰を塗った石の基礎の上に美しいカラマツの木材で建てられている。だがそれら自体も暗い闇の色だから、漆黒をさらに増している。

膝が悪いため、ルヴァは杖の鈍い音を立てながら、ゆっくり慎重にこの小さな村の真ん中まで進んだ。この村は、人里離れた山の高みに置く前に規模を小さくしようと両手で圧縮されたかのようだ。ふだんは小さな丸い染みのように見える。――この時刻は、プラロンのカフェの窓ガラスがなければその存在さえ気づかなかっただろう。

カフェの中では、いくつかの小さな電灯がワニスを塗った板が張られた壁と四つのテーブルに強い光を当てている。テーブルの間に立っているウエイトレスのデブのシドニーは、ちょうどエプロンで手を拭《ぬぐ》っているところ。

電灯がいくつか、ラジオが一台、テーブルが四つ。開いたドアの先に見えるのはキッチンで、バーカウンターとしても使っている。

ピカピカの木箱から流れる女の声のせいで、シドニーは笑っている。この箱には葉むらを模した切り込みがあり、細い金網が内部を守っている（ハエを入れないためだろうか）。男たちは真剣な様子で耳を澄ましている。六人だ。

……あなたはそれを頭にのせなさいよ
　私はお腹に入れるわ

歌が終わった。

ルヴァは隅《すみ》に杖を置く。すると別の太い声がラジオから聞こえてきた。鼻のことを話題にしている。そのときモランが言う。「こいつは風邪をひいてるな」そのあとは中国音楽に関する講演だ。

男たちはルヴァの方を向いた。声をかける。「元気か？」モラン、フォロニエ、ラモン、アンチード。つまり、エルネスト・モラン、プラシード・フォロニエ、エラスム・ラモン、二十三歳のオーギュスタン・アンチード。すなわち四人の年配者と一人の若者。もう一人いるが、顔が見えない。テーブルに腕を重ねて突っ伏しているからだ。

「相変わらずよくないのか、おまえの膝は？」とフォロニエが尋ねる。

「あまり」

「そうだろうな。いくつになった？」

「五十一」

「なら年のせいだ。病気じゃない」フォロニエは話を続ける。「使い減りだ。ボロになった道具と一緒。いつだって、ほかよりもよく擦《こす》れるところがある」

ルヴァは溜息《ためいき》をつきながら腰を下ろした。

「そうだ、膝は俺たちを支えている。膝は蝶番《ちょうつがい》だ。俺たちのところのように高低の多い地方ではこの蝶番を使う。一番よく使うところに痛みが出るものだ。例えば、呑《の》む奴なら肘《ひじ》。ケチな奴なら腸」

よくしゃべって笑う。明るい男だ。デブのシドニーも楽しそう。だがルヴァは不安げな表情を崩さず、フォロニエを見さえせずに、「おまえと会いたかった」とだけ言った。

アルレタはテーブルに突っ伏したまま、何も言わない。

このように男たちがプラロンの店に集まってきた。夜が長い冬はしょっちゅうだ。夕方の五時からはもうあたりが見えなくなる。五時前でも、とりわけきょうのように空がどんよりしていれば。六時から九時までいて、その気になれば帰って夕食をとるが、ワインは栄養満点。そのため女房は亭主を待ってさえいない。家に戻ってもたいていは寝ているから、自分もダブルベッドの隣に横たわって、もうあまり残っていない本から一ページを引き裂くように、人生からまた一夜を削り取るのだ。

さしあたりはプラロンの店にいて、一リットルか二リットルのマスカットワインを飲みつつ仕事の話をしている。ラバや牛の値段を論じる。高いか安いか、売るべきかそれとも買うべきか、だ。二番草の質、抵当貸しの利率、次回の選挙、戦争のニュースについても。戦争はいつだってあるからだ(その年はスペインであった)。今はこのラジオがあるので、ときどきは黙ってニュースに耳を傾ける。

出処《でどころ》不明の声だ。どこからでもなければあちこちから聞こえてくるような気もする。何もないところから生まれた虚空《こくう》の娘。音楽、バイオリン、トランペット、ドラムであったり、女、群衆、大砲の轟《とどろ》き、銃の発射音、一万人あるいはたった一人の男、風のざわめき、波音であったりする。はじめは物を表していたその音は、もはやみなにとっては騒音でしかなくなる。耳はその音の始まりさえわからなくなる。音量が大きいか小さいかは、音が辿《たど》ってきた距離とはまったく関係ない。何キロであってもバテはしない。何十キロであろうと平気。そのため音が小さいのに「ジュネーヴからです」と言うし、大音量であってもニューヨーク発のときがある。山ではこだまが音を屈折させるし、反響によって音が交錯して元の音とは反対側の壁から聞こえることがある。それでも本当の出処はすぐに目でつきとめられた。人間そのものは現実の存在で、やはり現実といえる世界の中にいるからだ。――ここカフェの中で、客らが箱から音が出ている先に顔を近づけ、中がどのようになっているか音の出口を調べたりトリックを知ろうとしたりしても無駄だ。見るべきものは何もない、ロールも歯車もディスクも針もないことにすぐ気づく。数本の管があるだけだ。指をちょっと動かしてどの国の放送が聞こえるようにするか決めるのはデブのシドニー。そのため彼らは奇跡を目にすると同時にそれを受け入れた。

今の彼らはもうラジオが言っていることさえ聞いていない。朝になるとひねる蛇口《じゃぐち》のようなものだ。みなはルヴァの話を聞いている。彼がやっとフォロニエに言葉を返すようになったからだ。彼は言う。

「おまえに会いたかった。これを見てくれ」

フォロニエの方に膝を差しだす。

「触ってみてくれ。子供の頭のようだ。足をほとんど曲げられない」

「リウマチだよ」とフォロニエが言う。

「リウマチだと？　肩にも痛みはあるけど、腫《は》れてはいない。ところがこの膝は、昼間動かすうちに太くなり、重くなり、熱くなる……それに……」

何か言いたそうだと察せられたが、彼は口にするのをためらっている。それでも言わずにはいられない。

「つまり、そう」彼は口を開く。「俺は結局アンゼヴィに診てもらいに行った」

フォロニエが大笑いした。

「薬草をもらったのか？」

「そう。毎晩つける湿布薬」

「やっぱり」

「あいつは学者だからな」ラモンが口をはさむ。

「そうだ。人につけこむのがうまい」

「学者だからな」モランも言う。

「俺たちの知らないことを知っているぞ」とルヴァが応じた。

アルレタは相変わらず何もしゃべらない。

「ぶ厚い本で勉強している」

オーギュスタンは聞き入っている。ルヴァは、

「俺が会いに行ったときも本を読んでいるところだった。計算をしていた」

「何の計算？」とフォロニエが尋ねた。

「太陽に関する計算」

するとフォロニエは、さらに大きな声で笑いだした。ほかの者も興味を示す。一方デブのシドニーは騒ぎに惹《ひ》かれてキッチンのドアのところに来ていた。

「ともかく」フォロニエが言う。「あいつはいつもピンチを切り抜けてきた。いつだって文無しなのに、懐《ふところ》具合の厳しいおまえらからでも必ず金をせしめられた。世の中の半分が女でできているのは、あいつにはラッキーだったよな。薬草と煎じ薬を使って……」

「そういうことじゃない」とルヴァは反論する。

「そして月のものが終わるころ不安に襲われる娘たちがいた……」

「そういうことじゃない」

「じゃあ何だ？」

「太陽だ」

「太陽？」

「そう」

「太陽に何が起こりそうなんだ？」

「あまりよくないこと」とルヴァは答える。

彼はテーブルの下に伸ばしていた一方の足を引いて、グラスを取る。もう一方の足は九十度に曲げている。勇気を奮い起こすかのように、グラスを一気に飲み干した。アルレタを除く全員が彼の方を見つめている。

「つまり、太陽が俺たちを照らすのはもう長くない、と言ってる。あいつは計算をした。千九百三十七が出て、四と十三が出たというんだ。もうあと四、五か月しかない。そしてあれはいなくなる」

「誰が？　アンゼヴイか？」

「いや、太陽だ」

フォロニエが膝を叩いた。だが同時に、アルレタが小さな目のでかい顔を上げた。

「いいじゃないか」

「どうして？」

「もうあの子を探さなくていい……」

「バカだな」フォロニエが叫ぶ。「バカだな、アルレタ。もっともルヴァほどじゃないが。ルヴァだってアンゼヴイほどじゃない。あいつのことはみんな知ってる！　さあ、黙れ」彼は続ける。「ルヴァの説明はまだ終わっちゃいないぞ……」

また腿《もも》をピシッと叩いた。

「それで、あの太陽は？」

「さあ、俺にはわからん。アンゼヴイのような学者じゃないし、あいつの本も読んだことはない……」

「これからどうなるか訊《き》きたいだけだ。太陽がもう照らなくなるなんて。どうしてなんだ？」

「知らない。消えてなくなるか、それとも俺たちの方が太陽の周りを回るのをやめるか……」

「ああ！　まさにそれだ」フォロニエが言う。「俺たちは太陽の周りを回っていて、それをやめることはできない。太陽の周りを回るのをやめるとはどういうことだ」

「さあ」

「二重に回っているじゃないか。太陽の周りを回り、さらに自転もしているから、夜と昼ができる。

もう夜しか残らないなら、月のようになるということか」

「そうだ……」

「それとも太陽がバラバラになって輝くのか。どうすればバラバラに輝けるんだ。彗星《すいせい》とぶつかるということか」

「そうだ」

「だが彗星はない……それとも急に冷えていって、火に小便をひっかけたときのように黒くなる……」

ラジオの声はさらに大きくなり、今はこう言っている。「スペインのニュースです。ナシオナーレス（国民戦線軍）がマラガ（スペインのアンダルシア州南部の都市）に接近中。別働隊の一つは海沿いの街道を進み、別の隊は山を越えて町の包囲態勢に入っています……ほんの数日でマラガは占拠されると思われます」

　これがルヴァを勇気づけた。

「あいつ（アンゼヴイのことだ）は俺に、戦争が起きて、その戦争が終わるまでに太陽が俺たちの前から姿を消す、と言ってた。俺が知っているのはこれだけだが、みんなに伝えておきたかった。もしひょっとしてアンゼヴイが言ったことが真実なら、それをあらかじめ知っておくのは悪くない。とるべき対策もあるだろう」

「どんな対策だよ、一体？」

「さあ。家に閉じこもるとか、食料を蓄《たくわ》えておくとか」

「おいおい、すぐに凍えてしまうぞ」

「どうだ。薪《まき》が十分あれば、待つことができるだろう……」

「何を待つ？」

「戻ってくるのを」

「俺は」アルレタが口をはさむ。「戻ってきてほしくない。戻らない方が好都合だな」

彼は二年以上前から娘を探して国中を駆け回っている。背が高くて美しい十九歳の娘だったが、家出していた。シオン（ヴァリス州の州都）にいる従姉《いとこ》のところへ行く、と記したメモを台所のテーブルの上に残していた。一、二週間後にアルレタは娘に会いにシオンへ行ったが、もういなかった。従姉は笑って言った。「まあ！　うちに長くはいなかったわ。引きとめたんだけど」――「今はどこに？」――「知らないわ」それからアルレタはいたるところを探しはじめた。何週間も家を空《あ》けては、また突然現れる。州の一方の端のドイツ語を話す地域（ヴァリス州はシエールを境にフランス語圏とドイツ語圏に分かれている）、ローヌ氷河までも行ったが、みつからなかった。反対側のサン＝モーリスを越えさえしたが、やはり無駄足だった。――彼は今、皺《しわ》だらけの顔をこちらに向けている。濃い顎ひげの中には、驚いたような二つの小さな目。

「これでやっと休めるな。足のためじゃない」彼は続ける。「疲れているのは足だけじゃなく心もだから。いろんな考えにずっとつきまとわれてる……」

もうすぐ三年になる。彼の頭が垂れた。

フォロニエは二度肩をすくめる。だがまるっきり冷静なのは、おそらく彼だけだろう。漠然とした不安感が居合わせた全員を包んでいる。オーギュスタンも。彼が口を開いた。

「つまり、この冬はおかしな天気ということだな」

彼は若者だ。

「そう思わないか。一、二か月前、もう太陽を見られなくなってから……だがまあ、それはいつもどおりだ。そうでないことといえば？　あの霧、頭の上のあの天井。アンゼヴイの言っていることはおそらく正しいだろう。きっと太陽が弱っている……」

「まあまあ」フォロニエが口をはさむ。「それでも俺たちは呑《の》むのを忘れてはいけないよな。どうだ、アルレタ、水の味は好きじゃないだろ？……」

しかし誰も彼の話は聞いていない様子だ。キッチンの入口にいるデブのシドニーさえもオーギュスタンの方を向いている。みなが彼に応じる。

「なるほど、きっとそうだ」

「俺としては」モランが言う。「俺の知っているのは、アンゼヴイには学がある、しかもすごく、ということだけ……結局あいつが伝えているのは、そう、予言……」

「それはありうる、と俺も思う」ラモンが言う。「大いにありうるとさえな。これまでそんなことは起きたことはないが、あいつは学者だから……」

〈みなさん、あしたの天気予報をお聞きください。天気は不安定です……平野部は雨、山間部は霧……気温は高め……この季節にしては珍しく荒れるのは、おそらく太陽に確認されている黒点が原因でしょう〉

「聞いただろ、太陽の黒点だ」とルヴァが言う。

「なんだと？　太陽の黒点か」とアルレタが言う。

その間、女は夫を待っていた。じりじりしながら待っている。結婚してまだ半年も経っていない。イザベル・アンチード、オーギュスタンの妻。二人の寝室で待っている。新品の美しいカラマツを壁に張った部屋だが、電灯がついている。ピンクの飾り玉がついた笠が電球を覆っている。

ダブルベッドの脇の椅子に座っている。ベッドには暗紅色のギピュール（浮彫風の模様レース）がかかっている。女友達からの結婚祝いだ。彼女は思う。〈あの人は一体何をしているのかしら〉

そのとき、オーギュスタンはプラロンの店の腰掛から立ち上がろうとした。みなが言う。「えらく急いでるな」

女はダブルベッドの脇にいる。周囲の壁には親戚全員の大小のポートレート写真が飾られている。自分の母親は金色の線状細工を施した黒いフレームの中。従兄《いとこ》たちはそれぞれ広域警察官、軍隊の伍長、鉄道勤務。三人とも制服姿だ。さらに聖セシリア（二、三世紀に殉教した、音楽家と盲人の守護聖人）を描いた絵がある。青い繻《しゅ》子《す》の長衣《ながぎぬ》を着て、手を顔の高さまで上げ、指は楽器の弦の中に半分入っている。ハープだ。

プラロンの店で、オーギュスタンは再び立ち上がった。「ちょっと待て」とみなが言う。だがそのときフォロニエが笑いだした。「放っておけ！　なぜこんなに急いでいるか、みんなよく知ってるだろ」

そのままオーギュスタンを帰らせることにした。

カフェに残った者たちは議論を再開した。彼の方は家の前の暗闇にしばらくたたずんでいたが、木製の階段の上の部屋のドアがひとりでに開いた。女房がその向こうにいる。ランプの灯《あか》りに目の輝きを添えて彼を迎えた。

「ああ！　やっと帰ってきた」

だがすぐに、

「どうしたの？」

二人はオーギュスタンの両親が住んでいる古い家の隣に小さな家を建ててもらっていた。わざわざ二人のために去年の夏に建てたのだ。一階は寝室と台所、上にも二部屋ある。

「何でもない」

「そんなことない」と相手は言う。「何かよくないことが起きたと顔に書いてある」

「やっぱり！　あの人は学者だから」と彼は答える。

女はよく熟《う》れた杏《あんず》のような顔をしている。

「そんなすごい学者って誰？」

首にしがみついた。椅子の上に押し倒す。膝の上に座った。

オーギュスタンが言った。

「本ばかり読んでいる」

女房は、

「誰のこと？」

「アンゼヴイ」

「それで？」

「それで」彼は答える。「もう長くはないって。何もかもが止まってしまうから……」

「いつ？」

「もうすぐ」

女は夫から離れた。笑いだす。「バカね！」と声をかける。「まあ、オーギュスタン、ねえ、そんな話を信じるつもり？……そのアンゼヴイという人は私もよく知ってるわ！……子供のころ、四、五人の女の子でキリスト聖体祭のための花を摘《つ》みにシャスールの森まで登ったことがあったけど、そのときちょうど居合わせたの。よく知ってるでしょ、あの人は薬草を探している。こちらからその姿が遠くに見えたけど、あっちからは見えなかった。十年くらい前のことよ。そう！　今ほどは老《ふ》けてなかった。顎ひげはあったけど、今ほど長くも白くもなかった。着ているものも悪くなかった。だけどそれでも私たちはあの人を怖がっていた。それで幹の陰に隠れたの。そうしたらちょっと離れたところにブリジットがいた。ブリジット婆さんよ。でもあの人もまだそれほど老けてはなかった。薪を集めているところだった。そのときアンゼヴイが何をしたか、知ってる？　声をかけたの。だけど相手は近寄ろうとしない。あの人はこんなことを言ってたのよ。ああ！　こんなことを。『さあ、おいで。誰にも邪魔されないよ』と。でもお婆さんは舌を出した。私たちは笑いだした。あまりみんなが笑うものだから、アンブロワジーヌ・プラロンがこう言ったわ。『黙って。聞こえちゃうわ……』あちらはといえば、逃げるブリジットを追いかけだしたの。だけど相手はどんどん先を行く……黙って」妻は言う。「お願い……」

　キスをして黙らせた。オーギュスタンが何か話したがっているのに気づいたからだ。唇に唇をあてる。そして、

「こんな人よ、あのアンゼヴイは。ただの男、立派な紳士なんかじゃない。ねえ、それほど前じゃないけど、アンブロワジーヌ・プラロンがあの人のところへ行ったのよ。眩暈《めまい》がしていたの。『原因がわかりません』と言うと、こう答えたそうよ。『アンブロワジーヌ、君は男の子たちと遊んだね』そう！　そのときのことをとてもおかしそうに話してくれたわ。こう言ってね。『図星だったらまだ

しも。ああ！　そのとおりならまだしも』あの子はもうすぐ二十四よ。『ねえ！』こう言うの。『悪い人じゃなかった……だけど私にその気があるかなんて神のみぞ知るよ……でも何が起きるかわからない……』何もしゃべらないで！　黙って話を聞いて」と女房は言う。

そして、そのとおりにさせる。それから、

「あの人の話が私たちとどんな関係があるというの？　今は年寄り、老いぼれ、死も近い。家の家賃をもう長い間払っていないのよ。屋根も傾いてきた。もうすぐ崩れるわ。きっと家のことか自分のことを言いたいんでしょう。もう長くは持ちそうにもないから……」

夫に言う。「何もしゃべらないで！」

片方の目にキスした。もう片方にも。こう言う。「きょうの頰《ほ》っぺたは柔らかい。ひげがしっかり剃《そ》れてる」

両頰に口づけする。

次のキスはもっと下だ。だから彼はもう何もしゃべれない。首を振ることしかできない。ついには首を振る力さえまったくなくなった。

Ⅲ

それからしばらくして、ドニ・ルヴァの長男が両親のもとへ帰ってきた。湖畔《こはん》のブドウ畑で働いている。土曜日の夜に着いた。日曜日はいつものとおり、親しい人たちのところを順に回る。

こうして午後二時ごろ、遠い親類のオーギュスタン・アンチードの家にやって来た。

椅子を勧められてからこう尋ねられる。

「どうやって帰ってきた？」

「〈コンソマシオン〉（食料品配給および販売会社。配達トラックは、頼まれれば旅行者を乗せる）のトラックで」

「どこまで？」

「下サン＝マルタン村まで」

「雪が深くなかったか？」

「大丈夫！」彼は答える。「あそこはいいトラックにいい運転手を使っている。イタリア人だったよ。どんな天気でも、どこへでも行く。しかし俺たちのいるところって、なんて変なところだろう。侘《わび》しくって」

「向こうは？」

「ここは灰色だけど、あっちはブルー。今年は天気がよかった。ブドウの収穫の間はずっと。ここは冬中まったく太陽が出ないけど、あっちは一年を通じて二つある。そうだろ。ここが大違い」

みなは訝《いぶか》る。

「二つ？」

「そう。空にある太陽と水の中にある太陽」

みなは訝る。

「水の中にある太陽？」

「そう、湖があるからだ。ああ！　あっちは傾斜がきつい。ここよりずっときつい。水辺《みずべ》の斜面だから、浴槽の側面みたいだ。高さは二百メートル。土はむき出しじゃなく、いたるところに石塀を造っている。縦に並んだ石塀が斜面を支えているんだ。みんなは鍬《くわ》でブドウ畑を耕し、下に落ちた土は冬には籠《かご》にしょって元に戻す。まるで階段に足をのせているような、周囲は空だから宙に浮かんでいるような気もする。頭の上の空はブルー、正面の山はブルー、下に見える湖もブルー。太陽が顔に照りつけるが、もう一つの下にある太陽は背中に照りつける。合計二つ。上の方は一点にまとまっている。下の方は割れて散り散りになる。湖面が揺らしてから斜面を攻撃するからだ。合計二つが一緒になって暖める。だからいいワインができるんだ」

「じゃあ、あそこを気に入っているのか？」

「実は」ジュリアン・ルヴァは言う。「あまり。わかるよな、故郷は恋しくなるもの……まあ少なくともきのうまではあまり。帰ってこられてうれしかった……」

「なら今はもううれしくないのか？」

「そうだ！」彼は答える。「天気の変化のせいだ。シオンまでは晴れていた」

「シオンからは？」

「つまり、その……シオンでトラックをみつけて、ローヌ河までは晴れていた。だがそこの平野を横切る一本の太い線がある。山脈の影だ。そこまでは雪がなかったが、それから先はどこも真っ白になった。同時に空が変化した。空の色も物の色も。太陽がなくなったからだ。太陽を二つにしてくれる水だってない」

「たしかに今年は曇りがちだ」と父親のアンチードが言う。

「そして」ジュリアン・ルヴァは続ける。「俺たちは登った。街道は下サン＝マルタン村までは通行可能だが、トラックが通れるぎりぎり。道の両脇には雪がたっぷり一メートルはある。さらに運が良かったことに」彼は続ける。「スリップはするが、腕のいい運転手だった。奴に訊《き》いたよ。『何を運んでいる？』――『マカロニ、米、四旬節《しじゅんせつ》（復活祭前の四十日間の斎戒期）用のニシン、砂糖、コーヒーの袋』難所はカーブだが、『任せておけ』と言ってくれた。俺は見上げる。すると、そうだ、もう何もない。コルヌ・デュ・ディアーブルもダン・ルージュもグランピオンも（コルヌ・デュ・ディアーブル以外は架空の山の名前）。ところどころ濡《ぬ》れ染《じ》みのある洞窟の円天井のようなものだけ……」

「たしかに今年は曇りの日が多いわ」と母親のアンチードが言う。

「困るのは」とジュリアン・ルヴァ。「慣れる時間がないこと、そう」彼は続ける。「この違い、この変化に。あっという間だ。頭の中にはまだ湖があった。ブドウ畑も。石塀の切れ目はまだ花でいっぱいだった。そのとき、俺は横にスリップしたような気がした。身体が傾く。傾いた方を見ると、下には何もない。レ・ゴワレットのカーブ、知ってるだろ、そこはスリーヌ峡谷の真上だ。よく知られているとおり、岩が突き出している。ゆうに三百メートルはある絶壁だ。だけど俺としては、不安なのはこの絶壁だけじゃない。曇っていて侘しげ……幸いなことに下サン＝マルタン村には無事着いて、一杯やることができた」

「それなら」イザベルが言う。「また呑まないと。私たちの太陽はボトルに入っているのよ……さあ！オーギュスタン……」

オーギュスタンがボトルとグラスを取りに行った。

「私たちの太陽はワイン蔵にしまってある。遠くまで探しに行く必要なんてない」

みなは呑んだ。ジュリアン・ルヴァに尋ねる。

「おまえのところはどんな様子だ？」

「実はうまくいっていない」

「うまくいっていない？」

「つまり、そう。あまりうまくいっていない。親父は膝が痛いとこぼしてる。知ってのとおり弟は彼女と付き合っているが、こちらもよくわからない何かが起きたらしい。親父が怒っているから。親父はこう言っている。『まだ結婚なんて早い』だからリュシアンは恋人とこっそり会うしかない。みんな不機嫌だ」

彼は周囲を眺める。

「うちの者たちは顔色が悪い。あんたらもたしかに顔色が良くないな。青白い。そう、あんた、アンチード父さん。あんた、アンチード母さん。おまえも、オーギュスタン」

「じゃあ私は？」とイザベルが訊く。

「ああ！　君は大丈夫」

「じゃあ俺は？」と今度はオーギュスタンの弟のジャンが訊く。

「ああ！　おまえも大丈夫。どういうわけだろう」彼は続ける。「みんながみんな暗闇の中で暮らしているのに、この違いは？　年のせい？　だがおまえは年寄りじゃない、オーギュスタン。みんなが俺のいるところに来れば、太陽が顔を焼きつけてくれるのに。太陽が消えることはないからな。あっちは太陽がずっとあるので冬知らずだ。太陽は冬をすっ飛ばして、ブドウの葉が黄色くなる時期と切り株から水分が溢《あふ》れて下の大地を濡らす時期とをつなげる。ブドウの熟れた枝からはそれくらい水分が出る……」

もうたらふく呑んだせいか、話がとりとめもなくなってきた。もう誰も止められない。

「冬をすっ飛ばして、秋と春とをつなげる……」とジュリアン・ルヴァ。

「なあ」とオーギュスタンが口をはさもうとする。

「冬をすっ飛ばして、熟した房と緑の房とをつなげる。太陽が姿を見せないここのあんたらはどうすればいい？」とジュリアン。

「そう、それだ……」とオーギュスタン。

イザベルがオーギュスタンの袖《そで》を引いた。彼はそれでも話し続ける。

「おまえはまだ知らないだろうが、また状況が変わった……あまり調子がよくないらしい……」

イザベルが彼の口に手をあてたが、彼はいきなりあとずさりした。

「太陽……」

再び声を詰まらせた。またしゃべりだす。

「アンゼヴイだ。学者の。つまり……」

今はイザベルの袖口を握っている。

「太陽はもう戻ってこない、本にそう書いてある、と言ってる」

「ということは」ジュリアン・ルヴァが答えた。「おまえはあいつの話を信じるのか？……おい！」

さらに言う。「信じても俺は驚きはしない。ここのようなところ、貧乏なところ、侘しいところ、六か月も太陽が姿を見せないところでは。いろいろな考えが浮かぶものだ」

「わたしゃ」ブリジットが口をはさんだ。「アンゼヴイと会ったよ」

婆さんはしばらく前に来ていたが、誰も気にしていなかった。服は黒ずくめ、頭に黒いスカーフを結んでいる。みなより少し奥の隅《すみ》に座っていたので、小柄な身体が闇と完全に混ざっていた。

みなは尋ねた。

「あいつに会ったのか？」

「もちろん。会いに行ったよ」

「何て言われた？」

「そう書いてある、と言ってた……」

「信じるのか？」

「私は信じるよ」

それと同時にジュリアン・ルヴァが立ち上がったので、みなは驚く。「どうした？」と尋ねる。

――「帰るよ」

「おい、時間はたっぷりあるじゃないか。あしたまでいるつもりだと言っただろ」

「気が変わった」

「どうやって帰るんだ？　夜道を歩くのは危険だぞ……」

「なんとかするよ。じゃあまた！　多分、また来年の春に」

IV

「太陽は赤い炎を噴き出し、そしてなくなるだろう」

アンゼヴイはブリジット婆さんにそう言った。婆さんはアンゼヴイの言葉を告げて、女たちを怖がらせていた。

「わかるわね。掃除に来るよう頼まれたの。年をとってきているでしょ？　歩くのは大変だし、咳《せき》も出る。人生を頑張りすぎて疲れたのよ。摘んできた薬草はあの人の頭の上にある。もし欲しいのなら……」

返事がある。

「そうね……折を見て……」

「薬草は頭の上にある。咳《せ》きこむときもそうでないときも。山歩きに行ったら、草の束を作るの。わかるでしょ？　それを逆さにして天井から吊るしてる。そう」続ける。「紐《ひも》を使って。梁《はり》に紐を結んで。汗を出すものもあれば、肺にいいものも。ほかには胃に効《き》くもの。そう！　あの薬草はたしかにちょっと古いけど、それでも欲しいのなら……しかもタダよ……」と女は話す……

「まあ！　どうもありがとう……」

「でも急いだ方がいい。あと三か月しかないから……あの人は太陽と一緒にいなくなる気がするの。自分も太陽のようにゆっくりと沈んでいく、太陽が少しずつ姿を消すから自分も少しずつ姿を消す、と言ってる。あの人にとってはこれ幸い」続ける。「だって一度に全部を清算しなくてはいけない人もいるものよ」

ジュスチーヌ・エモネは子供を産んだばかりだ。

「それはあんまりよ！」

腕に抱えているのはまだ弱々しい赤ん坊。

弱々しいから目の粗《あら》い白ウールの毛布にしっかりくるんでいる。寒さよけに白いチーフで顔を覆っていたが、それを外した。

「でもこの子のきれいな肌を見て。利口よ、もう笑える。人生を始めさえしないうちに終わりだなんて許される？」

凍《い》てつくような大気の中、左腕に抱えた丸くて熱い小さなもののところへと身をかがめる。女はそこに唇をつけるが、なかなか離さない。

ブリジットの方は話を続ける。

「あの人はこう言った。『テーブルの引き出しにまだ少し金がある。それで十分だろう』私は答えた。『まあ！　もうあまり必要ないなんて。チーズはまだあるかしら』『ある』『それからパン』『それもある。だが固い。何かに浸《つ》けないといけないだろう』私は言ったの。『浸けてあげる。パン入りスープを作りましょう』こんなふうに取り決めて、私は買い物をする。そしてときどき行っては、ベッドを整えたり掃《は》き掃除をしたりしてる……」

ちょうどそのころ、シプリアン・メトライエが友人のティシエールの家に入っていくのが見えた。日の光はどんどん低く侘しくなっている。

もう空は見えない。使い古しの雑巾《ぞうきん》のような黄色っぽい霧が、村の少し上にある斜面から斜面にかけて張りついているだけだ。山はその背後だが、ひょっとしてもう存在していないのでは？　尖《とが》ったもの、四角いもの、丸いもの、塔のように見えるもの、角《つの》のように見えるもの、岩だらけのもの、氷に覆われたものが、かつては青空の下で一斉に輝いていた。

火の前で暖をとっていたティシエールをメトライエがみつけた。メトライエはティシエールの隣に座った。

「退屈だ。おまえは？」

「俺も退屈だ」

「なら、一緒に来ないと」

「どこへ？」

「ビスの森の上のどこかにいる太陽を探しに行くから、一緒に来いよ。俺たち二人なら、野生の動物を一頭も仕留められないなんてありえない。今はもう山から下りているはずだからな」

二人は昔からの友人、いつも一緒に狩猟シーズンだけでなく年中狩りをしている。許可など取ったことはない。はじめは節約が目的だったが、今は政府を出し抜く喜びにことのほか価値がある。山の隅々まで熟知している。あらゆる抜け道や隠れ場所も。そのおかげで密猟監視人をあまり気にせずにすむ。

しかしその日、ティシエールは首を振った。メトライエが尋ねる。

「なぜだ？」

「雪が深すぎる」

「もう固まってるよ」とメトライエは言う。

「なぜわかる？」

「ひどい冷えこみがここ数晩続いた」

「そうか。だが風がある」

「風は全然吹かなかった」

「それに、このおかしな天気……」

ティシエールは窓の方へ腕を差しだす。

たしかに格子窓の桟《さん》の間に見えるガラスは茶褐色。どこも奇妙なほどの茶褐色で侘しく、大気も不思議なほど動かない。そのため日の光はほんのわずかしか部屋に入らなかった。

「天気か」メトライエが言う。「天気がどうだと言うんだ?」

「霧が……」

「あれは霧じゃない。それに曇っているときに出かけるのは初めてじゃないだろ……」

だがティシエールは耳を貸さなかった。もう返事さえしない。ただ首を振るだけだ。メトライエは承知しない。

そしてこう言った。

「じゃあ仕方がない。俺は行くよ。これくらい何でもない」彼は言う。「太陽をまた見たいんだ」続ける。「村の中に閉じこもっていれば、あれはとんでもなく長く隠れてしまうからな。ばかばかしいだろ、俺たちには足があるというのに。しかも退屈だ」また声をかけた。「おまえも退屈なのはわかってる。ただそう言いたくないだけなんだ」

実際ティシエールは何も返事をしない。そのためメトライエは立ち去った。

彼は年をとってほとんど目が見えなくなった老父と一緒に暮らしていた。父親のメトライエは物が発するぼんやりした光だけは見えるが、形はもうだめ。もはや場所が暗いか明るいかしかわからない。しばらく前からこう言うようにもなった。「物の色がどれも暗くなっているのかな。みんな同じように見えてきた」

村人は答える。

「それは太陽がいなくなったからだ」

村人は続ける。

「待たないとな。日が照らないかぎり、物に色はない。とにかく我慢することだ。リンドウとサクラソウの束を持ってきてあげられる日が必ずやって来るから。その違いにすぐ気づくよ、きっと。しかもそれはもうすぐだ、メトライエの親爺《おやじ》さん」

息子のメトライエの方は銃の手入れをしていた。弾丸式の銃だ。歩兵銃より短く軽い騎兵銃。長すぎる銃は岩場では扱いが厄介《やっかい》だ。重すぎる銃は不便。あの石ころだらけの場所では、いつも簡単にしかるべき姿勢をとれるとはかぎらない。跪《ひざまず》けなかったり、立っていられなかったり、横たわれないことがあるし、腕をいっぱいに伸ばして当てずっぽうで弾を撃たなくてはいけないときもある。彼は翌日のために必要な衣類や食料一切も用意した。今は午後二時ごろ、ランプの灯《あか》りを頼りに銃のグリース塗りにとりかかっている。銃尾を完全に分解したので目の前のテーブルに部品が散らばっているが、一つずつぼろきれの上に置いている。慎重な男なのだ。それから銃口側をつかんで、ランプの光（ふだんは太陽に照準を合わせるが、もう太陽はないから）がちょうど目の位置から銃身の奥まで貫けるように動かした。再び細紐を銃身に通して、鋼鉄にもはやわずかな染みさえなくなるまで磨いた。そこを通る光は、ぴんと張った銀の糸のように切れ目なしでないといけない。

翌日、彼の出発を誰も見かけなかった。六時にさえなっていなかったからだ。

ベッドを軋《きし》らせないよう細心の注意を払って起き上がった。まったく音をさせることなく、床にうまく足をのせた。これは簡単ではない。古ぼけた長い床は年とともにグラグラしてきている。下の部屋との境になる梁《はり》に釘で打ちつけただけで、漆喰《しっくい》の被覆《ひふく》さえしていないからだ。音を立てずに服を着た。一段ごとに止まりながら、裸足《はだし》で木の階段を下りた。こうしてドアまで達する。そこでしばらく佇《たたず》んだ。けれど家の中では何の動きもなく、古い置時計の鈍く規則的な響き以外は聞こえない。時計の響きに合わせて錠を回し、重いドアを引いて、また閉めた。

するとと周囲に目につくものは何もない、あるいは少なくとも何も見えないのに気づいた。まるで視力を失ったかのようだ。手探りして、やっと軒の陰の壁にくっつけてあるベンチをみつけた。腰を下ろして靴を履《は》く。そのあとは足を伸ばして、しっかり厚みのある雪にのせればいいだけだ。これでもう音については何の心配もない。だが真っ暗なのが厄介だ。メトライエは顔を上げたが、上げた気がしない。顔を真横にも向けたが、向けた気がしない。高さの感覚が全然ない。深さも距離も。その間に彼は思っている。〈ティシエールの野郎！〉さらに思う。〈何をしてやがる？　まだ眠ってるな、畜生！〉そしてこう思う。〈ええい、俺だけでやってやる！〉だが心の声が囁《ささや》く。〈一人ではうまくいかないよ、シプリアン。今はここから動かない方がいい〉

しかし彼は出発した。片足を横に出して道のありかと方向を靴底で確かめねばならなかった。こうして通りに出た。端から端まで進んだ。そしてふだんなら谷に向かって視界が大きく広がる場所に着いた。高い山々、放牧地、森、岩場、フィルン（氷河の上層部をなす粒状の万年雪）、二つの流れに分かれてずっと下の深いところで合流する荒涼とした氷河を見渡せるはずだ。しかしもはや色さえなく、あらゆるものの存在を否定する完全な暗闇の中に残っているものは何もない。ほのかな光があるだけ。ガスか淡い燐光のような光だ。

彼は諫《いさ》める声に耳を貸すことなく進んでいる。その声はこう繰り返している。「行くな、メトライエ！　たとえ動物を一頭か二頭仕留めねばならないにしろ。まず、それを背負って下りられるのか。自分一人なら下りるのは大丈夫と思っているのか。シプリアン、こんな高い所では……」

彼はなおも執拗に目を真正面に据えていた。いつもどおり視線を少しずつ上げて、何もない中から一つ、もう一つと拾いあげていく。こうして下にあるものと上にあるもの、地面と大気、そして人間の行く手を阻《はば》もうとするものと許すものとを区別していく。前には柵《さく》があったり、その先には茂みがあったり、さらにカラマツの木立《こだち》があったりした。それらによって彼は自分が正しい方向に進んでいることを確認した。村を臨む斜面を横切って登っている。もちろん、雪はよく固まっていた。雪は次第に暗闇と区別できるようになった。暗闇を支えているかのようだ。今のメトライエは自分の足が見えるし、腕を伸ばしたときは手も見える。しかも暖かくしっかりした装備だ（猟師だから）。食べ物も飲み物もあるし、武器もある。騎兵銃を肩から吊るし、足にはゲートル、顔と耳は防寒頭巾《ずきん》で覆って二本の紐を顎《あご》で結んでいる。こうして決心はさらに強固になった。進むにつれて、不安要素をどんどん捨てていく。夜明け前に日の光を想像し、気ぜわしい目には早くも昼の世界が浮かんでいる。こうして世界をそうあるべきであるように、そうなるだろうようにと再構成していくのだ。山の強い風はずっと前からこの地域には吹いていない。アイオロス（『オデッセイア』に出てくる風神）の革袋の中に閉じこめられている。だから雪の厚みと固さはほぼ均一だ。もし逆に雪が砂漠の砂のようにあちこちへ飛ばされるなら、大地の凹《へこ》みには積もるが高いところは剝《む》き出しだろう。さらに雪は板ガラスほどの厚さもない氷の薄片に覆われていた。それを足で踏むと、小石が窓ガラスに当たったような音を立てて割れる。メトライエは厚紙を鋏《はさみ》で切ったかのようなはっきりした跡を背後に残している。彼は現在の位置を自覚しながら一歩一歩踏みだす。予想していたものが次々と現れるからだ。それほど熟知している。十字架、それに大きな岩もある。十字架を過ぎれば目の前には岩、次はポツンと立ったカラマツが出てくると予想する。

ついに村の姿が見えた。村は白い雪の上に白い屋根なので、家屋の正面の黒い木組みがなければ何もないのと同じ。横手の高みから見ると、木組みはまるで降り積もった雪の中に水が浸透してできた穴のように見える。ともかくも闇は消えていく。彼が蹴散らしている。腕を前に伸ばした。自分の腕の動きに従って昼の世界が徐々に目覚めていくとわかった。彼は思う。〈さあ！　やったぞ！　下にいる奴らは死んだのも同然。死を受け入れているからな。汚れた空気の中、足かけ布団の下、天井の下、屋根の下、次に雪という別の屋根の下でみんな横たわっている。三番めの屋根は暗闇だな。ところが俺は生きているから、光を探しに行く。みんなが失《な》くしてしまった太陽を持ち帰ってやる。とりあえず光を元に戻すとするか〉まだ小さく不安定ではあるが、挨拶を送った村の上空に自分が光を生みだしていると思っているからだ。

しかしそれとほとんど同時に彼は村を見失った。さっき越えたばかりの斜面にかぶさる尾根に入りこんだのだ。ふだんの時期なら、そこで人はぴんと張ったロープの上にいるような気分になる。そこは二つの斜面が出会う場所。尾根が頂上を繋《つな》いでいる。それは空中に吊られた狭い道。ふだんの時期なら上に氷河と礫土《れきど》のある荒野の素晴らしい光景が広がる。だがその朝は、数メートル先に見える少量の雪といくつかの隆起した岩以外は何もない。振り返っても、数メートル後ろは似たようなもの。薄い霧がぼんやりと果てしなく広がっている。もしそれが本当に霧で、単なる日光の遮断物でないとすればだが。なぜなら太陽は少し上がりはしたが、今はもう上がらず、繋ぎ止められたように不動だからだ。メトライエはポケットから懐中時計を取りだす。八時だ。さらに先に進んだ。どのように行動するべきかはわかりすぎるくらいわかっている。すぐ近くのほかは目印がないが、それで十分、俺たちはおまえをよく知っているからだ。おまえのことは隅々まで知っているぞ、山よ。長年添い寝してきた女のようにな。おまえの肌には、少なくとも一度は指や唇で触れられたことがあるようなシミ一つ、わずかな傷、ほんの小さな黒子《ほくろ》さえもない。〈これが俺にとってのおまえだ〉彼は思う。〈明かりを吹き消されても大丈夫。俺にロウソクは必要ない。ヴィルの岩場の下まで尾根を進む。それから回廊を通ってグラン・ドシューに達する。あそこはすべてを一望できる場所だ。たとえ悪魔がしゃしゃり出てきても、太陽と出会うのを邪魔されない。俺は日光を少しポケットに入れて、下にいる奴らに持ち帰ってやる。こう言おう。「あれがずっと消えていないのがわかるだろ！」奴らはしまいには不安になっているだろうから……歩いている間に獣の一頭くらいはきっと仕留めてやる。日光はポケットの中、獲物《えもの》は背負って持ち帰ろう〉

実際にその時期、シャモア（山岳地帯に住む野生ヤギ）は夏を過ごす高所の険しい芝地から下の背斜谷《はいしゃこく》（波状になった地層の峰の部分からできた谷）まで下り、小さく鋭利な蹄《ひづめ》で雪を掻いて下の苔《こけ》を探している。さらには森、ときには干し草置き場まで下りて、梁のすき間からはみ出ている干し草を食べる。そのためメトライエは、弾倉に六個の銃弾がしっかり収まっていて七発めは銃身にあるのをもう一度確かめた。あとは視界が少し広がるのを待つだけだが、もっと上に登れば大丈夫だろうと考えている。

メトライエは今、尾根を左手にしながら溝のような場所に滑りこんでいる。進みだしたところは細かな砂利《じゃり》とごく小さな石でできたガレ場（山の斜面が崩れて山腹や崖下にたまった岩屑《がんせつ》地帯）だが、上にある雪は自らの重みに引きずられて今にも崩れそうだ。そして霜が全体に厚くへばりついているが、ところどころ剝《む》き出しの箇所もある。彼はずっとあまり苦労なく進んでいる。丸い部屋のような薄明かりも彼と同時に進んでいく。その中を彼は移動している。彼とともに部屋も移動する。彼が立ち止まると、靴底と吐息が立てる音が急にやんだ。この秘密めいた空間を眺めつつ、彼は想像と心の目を開いた。それは沈黙さえしていれば近寄ってくるが、そこでは自分の心臓の鼓動しか聞こえない。それが近づくのに彼は耳を澄ます。厚いラシャの上《うわ》っ張《ぱ》りの下では、時計のチクタクに似た規則的な音が肋骨《ろっこつ》の背後で響いている。命ある音はほかに何もない。前にも後ろにも、右にも左にも、想像しうるはるか遠くまで。再び声が聞こえてきた。「元いたところへ戻れ、メトライエ。もし足を滑らせたら、助けに来る者は誰もいない。道に迷えば、おまえの声は誰に聞こえる？　足を折ったらどうするつもりだ、メトライエ。動きを一つ間違えば一巻の終わりだぞ、メトライエ。石の上には氷が張っている」だが彼は嫌《いや》だと首を振る。ガレ場を越えて、岩壁の下まで達した。グラン・ドシューへと向かう回廊がある。

回廊を登るのは時間もかかり、困難だった。凍った雪の中に靴先で穴を掘り、踏段のように下から一つずつ穴を上がっていく。指は梯子《はしご》の桟にしがみつくようにクラスト（固くなった積雪の表層）の中に入れる。

考えは変わっていない。〈あの上に太陽がある〉そして実際、太陽がもうすぐ現れるはずだと思う。メトライエの頭上の叢雲《むらくも》が肌着の横糸が擦《す》り切れたように薄くなり、反対側の山頂の空は赤褐色になりはじめているからだ。見上げたメトライエは自分一人なのを自慢に思いつつ、〈ティシエールに見せてやろう。ほかの奴らにも！〉と考える。やっとグラン・ドシューに達した。尾根から突き出た高台のようなものがそびえている。天気がよければ、百キロ以上の四方が見渡せる。視界はまったく利かないが、メトライエは景色など何も見ようとしない。そのとき視線を向けているのは上の方。凍った雪の上に腰かけ、頭上すぐ近くの南の方向にある霧の薄くなった天蓋《てんがい》の中にぽっかりと開いてきた窓を驚いたように見上げている。反対側では山脈の連なりが見えはじめている。そしてついにそれが現れた。太陽、あるいは太陽らしきもの。たしかに山脈の背後から出てきたはずだが、じきにまた隠れてしまった。

だがそれは赤くなり、メトライエがいる岩場も赤くなった。太陽は上空までは現れなかったが、誰かがそれを示したかのよう。上ることはなかったが、誰かが押し上げたかのよう。それを包んでいる叢雲と千々《ちぢ》に絡みあっている。雲自体も血の塊のようだ。

ちょん切られた首とそっくりだ。顔にくっついたひげと髪の毛はまだ湯気を立てている。誰かがそれをしばらく空に上げてから下ろしたのだ。

すでに霧も暗闇も元の場所に戻っていた。

午後四時ごろ、父親のメトライエは表に出た。「まだ日が暮れていないのか。おい、おまえら！　返事をしてくれ。シプリアンは一体どこにいるんだろう」

「おい、おまえら。目の見えるおまえら。あいつはけさ家を出たんだ。探しに行かないといけないから、わしはこうして家から出てきた。だけど一寸先も見えない……」

杖で周囲の地面を探っている。

「あいつは何も音を立てなかった」彼は言う。「裸足で家を出て行った。今はどこにいる？」

さらに言う。

「おい！　おまえら」

通りにはまだ誰もいなかったが、怒鳴り声を耳にした村人たちがやって来ては声をかける。爺さんは言う。「おまえは誰だ？」フォロニエが答える。「プラシード・フォロニエ」ラモンが答える。「エラスム・ラモン」そしてほかの者たち、男も女も、さらにはブリジット婆さんも。

フォロニエが口火を切った。

「心配しなさんな。きっと戻ってくるよ。わかるだろ、ずっとおとなしくしていたから足がむずむずしたにちがいない。あいつのような若者はおとなしくするようにはできていないんだ。獲物を狙って山を一回りしたんだろう、ティシエールと一緒に」

だがそのとき誰かが、

「ティシエールは一緒じゃない」

「なぜわかる?」

「あいつに訊きに行けばいい、ティシエールに。あれは家から出ていない」

「じゃあ、すぐに呼びに行ってくれ。頼む」とメトライエ爺さんが言う……「ああ!」さらに言う。「おまえらが見えない。ぼんやりとしか見えない。影しかないようだ。それとも天気が悪いせいかな……」

「天気はあまりよくないし、夜も近い。早く暮れるのはよく知ってるだろ。それに空は曇ってる」

だが爺さんは、周囲こそ赤いが色艶《いろつや》のない目をきょろきょろさせる。ウズラの卵のような目、ぼんやり青色がかった灰色だ。

そのときティシエールがやって来て、話しはじめた。

「一緒に行きたくなかった。『危ないぞ』と言ったんだが、耳を貸そうとしなかった……」

するとメトライエ爺さんの目から涙が流れだした。目を大きく開いて瞼《まぶた》を動かさなかったのに、涙が樹液のように滲《にじ》み出てきた。

そして杖で雪に穴を掘りながら急に前へ進みだすので、みなは追いかける。声をかける。「どこへ行く?」彼は言う。「探しに行く」腕をつかまれたが、もがく。「あいつを一人で死なせるつもりか?

……」

「探しに行くのは無理だ。もうすぐ夜になる。それに、どこへ行くつもりだ」

「それなら灯《あか》りをつけてくれ」

「霧が出ている」

「じゃあ鐘を鳴らさないと。銃を何発かぶっ放さないと。あいつは音がする方へ動くだろう。ティシエール、おまえの銃を持ってきてくれ」

ティシエールが軍用銃と弾を取りに行ったので、村は大騒ぎになった。空に向けて撃つ。間隔をあけてぶっ放す。銃を向けられた空は、銃の先が当たってしまうのではと思うくらい低い。その間に家は一軒ずつ空になる。中にいた女や子供たちが玄関先から小路まで溢《あふ》れ出てきて、こう尋ねる。

「何があったの？」

「メトライエがいなくなった」

もうすぐ日が暮れる。台所の灯りがともされる。男たちも現れた。籠《かご》のような取手《とって》のついた防風ランプを手に持っている。藁《わら》があふれた厩《うまや》や干し草で一杯の納屋《なや》で使うので、炎が守られていると都合がいい。そのため炎は厚いガラスに覆われ、ガラスも衝撃を和らげるように鉄製の網が取り囲んでいる。

ランプは、地面のわずか上に赤い点を作ってかすかに揺れている。雨粒が途中で止まったかのようだ。

ランプを持っている者たちも言う。「何があった？」ティシエールがまたぶっ放している間に。それからみなは黙って、返事はないかと耳を澄ます。あの靄《もや》の壁の向こう、二番めの壁のように広がっている暗闇の先の山のどこかから。

銃声がする。左手へ向けた銃声だ。また耳を澄ます。しばらくすると右手にまた二発めの銃声がする。そして三発めと四発めが続いたが、鈍く、弱く、ゆっくりで、やっとこちらに届くか届かないくらい。長い吐息のように消えていく。それだけだ。

そのとき、メトライエ爺さんがまた動くのが見えた。杖をついて、まっすぐ進んでいった。「おまえらが来なくても、わしは行く」と言いながら。

もう彼についていくしかなかった。

男たちは爺さんが通った場所を雪の中に読みとろうとランプを傾けた。雪の中に書かれた文字を端から端までつなぐと言葉になり、言葉をつなぐと文になる。電報のようだ。あてもなくあちこち動き回っていると、背後から突然ラッパの音が聞こえてきた。

近づいてきたのはジャン・アンチード。先が角《つの》でできた銅製のラッパを吹いている。

それはヤギ飼いのラッパ。朝早くヤギ飼いが家を回って群れにする動物を一頭ずつ集める際は、遠くからでも聞こえないといけない。夕方戻ったとき、女たちが自分を待たせることなく家畜を引き取りに来られるよう遠くからでも聞こえないといけない。

以前ジャン・アンチードはヤギ飼いだった。だからラッパを吹いて笑っている。

イザベルの義理の弟だが、色黒なので闇の中に白い歯が輝いている。見てのとおり、髪の毛は縮れている。

「どうだ。よければ俺が先頭を行って、ラッパを吹くぞ。もし道に迷っていても、あいつ、メトライエはこの音をよく知っているから。ときどき吹けば十分だ。その気になれば、違う音を二つ鳴らせる」

舌の位置を変化させて、二種類の音を出した。彼の顔をもっとよく見ようと持ち上げたランプの灯りで、ラッパの銅の部分が輝いている。

「おまえの銃より遠くまで届くぞ、ティシエール。音の出どころももっとよくわかる。音は長く続くし柔らかい。ところがおまえのは山のあちこちで跳ねて四方から聞こえるから、結局わからなくなる。そうじゃないか」

みなはメトライエ爺さんに追いつき、腕をつかんだ。ジャン・アンチードが先頭に出る。全部で十二人ほどだ。女たちは、「神様！　神様！」と口にする。子供たちを家に戻し、また出てきて家のドアを閉めてから、次第に離れていく遠くの灯りの点を見つめているのだ。ピンク色の滴《しずく》のような点が薄れていく。薄まりながら、まるで吸い取り紙の上のインクのように広がり、だんだん消えていった。斜面は村に面と向かっているから、ふだんの時期なら灯りが徐々に上がっていくさまを長い時間ずっと見られるのだが。

この時期だからだ。夜になったからだけではない。大気はもはや大気ではない。大気は灰のように煤《すす》け、砂のように不透明。

ジャン・アンチードは一つの音を吹くときもあれば違う二つの音を吹くときもある。メトライエ爺さんは腕をつかまれている。

相変わらずまったく風がないから、朝ついた足跡はほとんど消えていない。みなは言い合った。

「この足跡をできるだけたどらないと。あいつが戻るときも、この足跡をたどるはずだから」あいつに何か災いが起きた、と信じこんでいるにもかかわらず。さもなければ、あいつはもう姿を現しているだろう。メトライエ爺さんが尋ねる。「足跡についていっているのは確かか」「もちろん！」とみなは返事をする。とても寒くて相変わらずまったく風がないため、ランプに顔を近づけると口から白い息が出るのが見える。足跡がさらによく見えるようにするなら、ランプを少し横に傾ければいい。足跡のへこみが影を作るからだ。みなは言う。「間違いようがないよ」

しかしメトライエはジャン・アンチードに言う。「一発吹け」しばらくしてから、また言う。「二つの違う音で」

このようにシプリアンは鳥笛におびきよせられるツグミといったところだが、それは長い距離、人間の声よりずっと先まで届く鳥笛だ。——みなは立ち止まって耳を傾ける。また出発する。雪の中にガラスを割ったような音を一斉に立てながら。さらに足が沈みこむ音がするが、これは樵《きこり》が斧で木の幹を倒すときに発する掛け声に似ている。

こうしてたっぷり半時間歩くと、気持ちが挫《くじ》けてきた。メトライエ爺さんはそれでも進むよう強く促し、始終アンチードに「吹け！」、「吹け！」と言うのでアンチードは吹くのだが、爺さんがいなければきっと最後には引き返していただろう。だがアンチードは吹き続ける。こうしてみなは尾根までたどり着いた。尾根に入ろうかどうかためらっていると、またもアンチードがラッパを吹いた。

この高い場所で、全員が立ち止まって息を整える。心臓の動悸《どうき》がやむのも待っていたのだが、ドアを蹴とばすような激しい動悸なので、時間が必要だった。少しずつしか収まらない。

耳を澄ましたが、何も聞こえない。

再び耳を澄ます。身体の中で収まりつつあるあの音しかない。それからまるでこの世がもはや存在していないかのような深い静寂が地上を包んでくる。自分たちはもうこの世にいないかのよう。地面から離れて、星たちが沈黙したまま回っている荒涼とした広大な空間に吊り下げられているかのようだ。

耳を澄ます。何も聞こえない、相変わらず何も聞こえない。だが突然、メトライエ爺さんが腕を上げ、耳に手をあてた。「倅《せがれ》だ、倅だ！……聞こえるか？」

みなはあえて反対しようとはしない。口を開こうとさえしなかった。

再び全員が沈黙する。すると、それは歓喜からだろうか、泣いているからだろうか、おそらくうれし泣きだろうが、爺さんの声には涙が混じっている。

「耳を澄ませ！　耳を澄ませ、あれが呼んでる。近づいてくる」

「どこから？」

「あの奥。わしらはどこにいる？」

「尾根のあたり」

「そうか、あそこの奥の右手……聞こえないか。ああ！」爺さんは続けた。「おまえらは目が見えるだろうが、天は二物《にぶつ》を与えない。おまえらには目があるが、わしには耳がある」

みなは言う。

「それなら黙って！」

爺さんは口を閉じた。すると彼らも順に、下の方、峡谷のずっと奥から呼びかける声がするのが聞こえだした。か細くてはっきりしない。途中で力尽きてしまいそうなほど重みも強さもない声だ。

「吹け！　二回吹け！」

ジャン・アンチードがラッパを吹いた。

「もう一度吹け、もっと強く吹け。わしらがいるのがよくわかるように」

呼び声がだんだんはっきりしてくる。こちらに向かっている。こっちへ来ようとしているはずだ。

だが俺たちはどうするべきか。ティシエールが言った。

「迎えに行かないと。俺が行く。アンチードも一緒に来てくれ。ランプを貸して。アンチード、おまえがランプを持て」

みなは言う。

「大丈夫か？」

「任せておけ」彼は答えた。「このあたりのことは頭に入ってる」

雪の上にメトライエ爺さんを座らせたあと、みなはランプの灯りを見下ろしている。光はどんどん広がるが、広がりすぎて薄くなり、結局また見えなくなった。だがラッパの音とそれに応じる声がする。ついにラッパと声が合流したにちがいない。今はもう声もラッパも聞こえないから……

シプリアンを村へ連れ帰るには、担《かつ》いでいると言ってもよさそうな状態にしなければならなかった。足を踏みだすべき場所を照らす。ふらふらしているからだ。泥酔した男のようにぐらついている。顔面は蒼白。防寒頭巾は外れて、うなじに垂《た》れている。もう銃も帽子もない。何もしゃべらない。尋ねられると、身振りで答えるのがやっと。そのためティシエールとアンチードは腰に腕を回した。彼の方は自分の腕を二人の首にかけている。

幸いなことに下り道で、それに雪は固かった。

父親が尋ねる。

「どんな具合だ？　こいつは身体をやられているか？」

「もちろん大丈夫」

「それなら、なぜしゃべらない？」

「疲れだよ」

メトライエ爺さんが声をかける。

「シプリアン、本当におまえだな？　怪我《けが》はしてないな。なぜ答えないのだろう。触《さわ》らせてみてくれ」

V

その一方、ブリジットが村の少し高台にあるカラマツの林へ枯れ木を集めに行く姿が毎朝目撃されていた。ぶかぶかの靴を履《は》いて雪の中の小道に分け入る。毎日何往復もするものだから、通った跡は台所用の布巾《ふきん》から抜くのを忘れたしつけ糸の切れ端のように見える。

このように彼女の家から林までの道のりは楽だ。しかしカラマツの下は面倒になってきている。枯れ枝が凍った雪に閉じこめられ、大体は先端しか出ていないからだ。そのため手で周囲を掘らねばならなかった。

みなはまずはからかう。

「何をしてる？　木が足りないのか？」

「あるよ」と婆さんは返事をする。

「じゃあどうして？」

「太陽が戻ってこないときのためだよ」

薪《まき》の重みで背中が丸まっている。黒いスカートには灰色の埃《ほこり》のようなものがこびりついている。白い斜面を背景にして、コーヒー色の染みのある顔は真っ黄色になっていた。

「だって」婆さんは続ける。「いつもどおり春までの蓄《たくわ》えは持ってるけど、もし春が来なかったら、そのころ明るくなるどころか暗くなりだしたら、暖かくならず寒さが増したら……その準備をしておかなくちゃね」

女たちは不安になりはじめている。

「ねえ、本当なの？　ねえ」尋ねる。「そんなことってあるかしら」

「地球が完全に傾きだしているかもしれない、宙に浮いているから、とあの人は言ってた」

「宙に？」

「そう、宙に。何の支《ささ》えもなく、宙を動いて回る丸い物体。私たちが動いているのに気づかないのは、地球と一緒に動いているからにすぎない……だからわかるでしょ、ほんのひと突きで……」

「どうしてそんなことを知ってるの？」

「アンゼヴイがそう言ってた。ちょっと待って」そして言う。「薪を置いてくる」

家に入ると、また出てきた。おしゃべり好きだからだ。相変わらず空は低く動かず暗い。その下で婆さんはたくさんの女たちに囲まれている。

「あの人はもうたまにしかしゃべらない」ブリジットは言う。「でもしゃべるときもある。本のページをめくる音がする。火の前に吊るした薬草の下にいる。そう！」さらに言う。「あまり具合がよくないのよ。毎日だんだん弱っていって、ほとんど動けない。ベッドから肘掛け椅子、肘掛け椅子からベッドだけ。こう言ったよ。『わしは太陽より長くは持たないだろう。あっちが終われば、わしも終わり……わしが死んでいるのがみつかるのは下の世界だろうが、あっちの方は空を探してくれ。だがわしと変わらず動かなくなっているだろう』私は訊《き》いた。『それはいつ？』あの人は『ちょっと待て！』と言うの。わかるよね、あの人は紙切れと鉛筆で始終計算をやり直している……それが難問だって。まだ十五週間はあるだろう、と言ってた。だから私は毎週日曜日に釘《くぎ》を打ちこんで数えてる。もう七本立った……そして私は」話を続ける。「オイルランプをともした。菜種油《なたねあぶら》の細口の大瓶がまだ一本たっぷり残っているから。急に真っ暗になってもいいように、少なくとも自分用のランプは持ってる」

婆さんは言っているとおりにしていた。台所の窓が輝いているのが毎晩見える。ひと晩中輝いていて、昼間になっても消えない。それは黒い木でできた家の正面の中で一日中粘り強く光り続けている。昼間もかなり暗いので、光はずっと見えている。ブリジットは腰掛を引き寄せた。

小柄で手が届かないからだが、幸いなことに天井は低い。次に斧《おの》を取りに行く。上に〈六センチ釘〉と書かれた段ボール箱も持ってきた。腰掛に上って腕を伸ばす。上体をそらせて、煙で汚れている側の梁にピカピカの釘を打ちこむ。そこにはすでに七本並んでいた。

数える。これで八本だ。

私は日曜日ごとに釘を打ちこんでいる。

そしてランプにまだオイルがあるかどうか見に行く。火口《ほぐち》の先で芯《しん》が小さな炎を上げながら傾いている。芯は下がっていくが、炎は上に向かっている。

それはクレジュと呼ばれているランプだ。丸くて平たい真鍮《しんちゅう》製の容器に火口と半円形の柄《え》がついていて、柄に鉄線を結べばバランスよく吊り下がる。婆さんはランプをオイルで満たす。火を消すことなく芯を切る。こうしておけば、もう大きな光がなくなっても自分用の光は大丈夫だ。

日曜日の朝だった。ここでは冬に何が見える？ 何も見えない。磨《すり》ガラスを通したように、灰色のぼんやりした光が叢雲とは反対側の暗闇からゆっくりにじり出ている。

何が聞こえる？ まったく何も。雪のせいで足音さえも、風の音さえも。相変わらず風はまったく吹かない。ときどき声がする。子供が泣くこともある。鳥の鳴き声はしない。泉の音さえも。もし戸外を流れるままにさせておけばたいていは徐々に凍ってしまうので、それを避けるために木の樋《とい》の中を流すからだ。

ここは教会の鐘さえ鳴らない。教区外だからだ。

ミサのためには、教会のある下サン＝マルタン村まで下りなければならない。たっぷり半時間の道のりだ。

日曜日の朝、みなは下りる支度《したく》をする。男たちは窓の前でひげを剃《そ》る。縁《ふち》が金属の小さな丸い鏡、あるいは黒い木枠の小さな四角い鏡を横桟《よこさん》に吊るしているからだ。カミソリでひげを剃る者もいるが、若者は電気シェーバーを使い、木に鉋《かんな》をかけるように頬の上を往復させる。だがその朝は、どちらとも手元が見えないから、切り傷を作っては「くそ！」と叫んでいる。

小型の雪かき機を使わないと道を開けられないので、春から秋までに比べてずっと狭く、もはや幅一メートルあるかないか。しかも下の敷砂利《しきじゃり》まで届かない仮の道だ。六十センチくらいの高さの雪壁の間の踏み固まった厚い雪道を進む。最初に来たのは三人の老女。用心しながらゆっくり歩く必要があるからだ。黒ずくめの三人の老女はみな小柄で腰が曲がっている。とはいえ人は年をとるにつれて身体が縮むものだ。前かがみになってお互いに手を組み、頭には黒いスカーフ、厚いウールのショールで胸を包んで背中で結んでいる。何もしゃべらない。下サン＝マルタン村の鐘の音がここまで聞こえてくることがある。鐘の音は四つ、あらゆる種類のカリヨン（音色のちがう数個の鐘を組み合わせたもの）に通暁《つうぎょう》して鳴らし方を心得ている鐘《かね》つき男がいるからだ。だがきょうは聞こえない。空気が淀《よど》んでいるからか、いたるところに積もった綿のような雪が音を吸いこむためか。鐘の聞こえない日曜日。わずかな明かりの中、今は女たち、次に少女たちがやって来ている。そのとき、イザベルの笑い声が聞こえた。ああ！　少なくともあの子は笑っている、少なくともあの子は輝いている。姿が遠くに見える。空色のシルクのブラウス、カラフルな細いストライプの入ったエプロンを身につけ、バラ色のネッカチーフを首に巻いている。

　女友達二人と一緒。三人並んで通れるほど幅がないので、二人の友達は少し前に出て道の両端を、あの子は少し後ろの真ん中あたりを歩いている。

　前の二人が振り返るのが見える。何か尋ねている。

　あの子は誰かに聞かれていないか確かめるように周囲を見渡すと、

「もちろん、オーギュスタンよ」

「また新しいのを買ってもらったの!?」

「そうよ」

　ほかの二人は驚いている。

「だけど」イザベルが言う。「上手にやらないとね」

それから、ツグミがほかの鳥よりもずっと早くその明るい鳴き声を静かな朝に響かせるように、あの子の笑い声が再び聞こえてきた。

「ああ！　うまくやらないと。あの人は言ったわ。『君はもうワンピースを二枚持ってる』私は言い返した。『二枚が何なの？　ときどきは女房がこざっぱりしてほしくないの？　やっぱりアンタマタンヌの店に行きましょう』オーギュスタンは子牛を売ったばかりだから、チャンスを利用しない手はない。だからこう言ったの。『一メートルにつき五フランだけど、全部でたった三メートル。ねえ、アンタマタンヌの店にあるのは最高の布地よ。丈夫で長持ちするから、無駄遣いじゃない』あの人は承知しない。でもこんなときは旦那さんの肩に手をのせるか抱きつくと、こちらの温《ぬく》もりを上着かズボン越しに感じるはずよ。そこで言うの。『店の中に入らない？』あっちは結局承知する。さあ、こうなればしめたもの……」

笑っている。

「私はこう言うの。『きっと値段が高すぎるのね。帰りましょう。それがいい』でもそのときは相手の方が欲しくなっている。こう言い張るわ。『だめだよ、もう来たんだから』あっちが最高の布地を選んでくれる。あとは任せて、それからご褒美《ほうび》にこう言えばいい。『ああ！　きっとほかの奥さん方はみんな嫉妬するでしょう！』向こうはこれで満足よ」

笑っている。

「それにちょうど……ちょうどいやな天気のときこそおしゃれしないと。陰気な天気のときは陽気でいないとね。そう思わない？　そうよ！　もちろん」さらに言う。「冬のまっただ中には、春の方を向かなきゃ」

けれど、もし春が来なければ、もう永久になくなるなら。もっと年上の女たちが山を下りながら話題にしていたのはこのこと。「下の人たちに話してはいけないよ。ばかにされてしまうから」と言い合った。女たちが行ってしまうと、次は男たちが五、六人のグループごとにやって来る。こげ茶か黒の服を着て、動物の毛で作った縁《ふち》なし帽かソフト帽をかぶり、ポケットに手を入れている。息子に腕を引かれたメトライエ爺さんがいる。ルヴァが膝をかばいながら歩いているが、膝の具合はよくなっている。彼は言う。「だいぶよくなってきた。もちろん……アンゼヴイのおかげだ」プラロンの隣を歩いている。彼はさらに言う。「あの湿布のおかげだ……腫《は》れがおさまった。ただまだ足にちょっとしこりがあるけど、かまわずどんどん動かせとアンゼヴイは言った。ほら、俺の杖だ。まあ必要なときは使うが、さしあたり……」杖を腕の下にはさむ。「どうだ？」

「ああ！」話を続ける。「それにしても頭がいい、あのアンゼヴイは。学者だ。物事に詳しいだけじゃなく、その仕組みもちゃんと理解している。あの人に診てもらってよかったと思うだろ」

「また会いに行ったのか？」とプラロンが尋ねる。

「もちろん、足を見せにな。こっちから行かないといけない、あの人はもう外には出ないからな！もうあまり具合が良くない。吊した薬草の下にいて、計算ばかりしている。けれど」ルヴァは続ける。

「俺の膝の診たてが正しかったのなら、多分あの件も間違えていないんじゃ……どう思う？」

「相変わらず四月十三日か？」

「そう言ってる。だが、これは俺たちだけの話にしておくのが一番かも……」

「そして準備しておく」

「そうしたいならな」

「荷物の整理とか……」

二人は通り過ぎ、消えて行った。今はフォロニエがアルレタと一緒に近づいている。

アルレタは顎ひげを伸ばし放題。もう三週間も剃っていない。ゴマ塩ひげが顔中ぴんと伸びていて、同じようにぼさぼさの髪の毛と混ざっている。だから顔が二つあるかのようだ。一つは顎ひげに覆われたばかでかくて丸い顔。その中にやはり丸い小さな顔がある。青い小さな目が二つついている。

「でも、あの子のことはよく覚えているよな、フォロニエ。出て行ってから、そうは経っていない。どれくらいになるだろう」

頭の中で計算する。

「次の春で三年……なあ、フォロニエ、どう思う。あの子は器量も良かったよな」

「ああ！　そうだよ」とフォロニエが答える。

二人は最後尾でほかの者たちとはかなり離れているが、それでも急いでいる様子はない。アルレタが始終立ち止まるからだ。

「俺はもうひげなんか剃らない。何の意味もないし。あの子は器量も良かったよな……」

曲がり道になる。道は狭くて白い。雪は柔らかいがしっかりしているので、足の下に絨毯《じゅうたん》が敷かれているかのよう。マカダム（砕石による舗装法）道の上に小型の雪かき機が残した厚い雪だ。雪は山側に低い壁、何もない側にも低い壁を作っている。進む方向を考える必要はない。道はきちんと示されていて、外れようとしても壁に阻まれるからだ。

だが突然、フォロニエが立ち止まってアルレタの行く手を遮《さえぎ》った。

「見えるか？」

靴先を指しているかと思うほど腕を大きく下げた。だが指したのは、雪の壁の先にある小峡谷だった。あとは石が転がるように視線を二百メートル下まで落としさえすればいい。

「あそこ、モミの木の脇、見えるか？……四角で灰色、大きな石に見える。さあ、何かわかるか。あれはお医者さんの車、去年岩場から転落したやつだ」

アルレタはうなずくだけで、自分の話を続けている。

「メダルに描かれた絵のようだ。覚えているか。カフェで俺をからかおうと、あいつらが言ったことを。『おい、アルレタ。おまえは娘を使って商売をしてるな。これとそっくりじゃないか。政府はおまえにいくらくれる？』あいつらはポケットから五フラン硬貨を出した。覚えてるか、フォロニエ。俺はもちろん何も言わなかったが、〈そのとおり、そっくりだ〉と思っていた（スイスのいくつかの硬貨の表面には、スイスを擬人化した若い女性の横顔が描かれている）。ああ！　娘はあのとき十九歳」彼は言う。「メダルに描かれた絵そっくり。器量はいいし、体格もよくて背が高い。母親と俺のおかげだが、母親は死んじまった。なら俺が育てたのがいけなかったのか。まあたしかに、うまくはできなかった」

フォロニエは肩をすくめる。「誰だってうまくやれるものか」

また曲がり道だ。ふだんの時期なら、視線を四方にやるだけで風景ががらりと変わる。峡谷の反対側にある山の方を向けば、山々はここから二千メートル上にずらりと並んでいる。平野は千メートル下だから、そちらを向けば飛行機に乗って滑空しているかのようだ。――しかしその日は、前方は道の先、片側は斜面の端しか見えず、もう片側には何もない。

「思い当たることはあるか？」

「まったく何も」

「なぜ出て行ったんだろう」

「なぜ一緒にいればいいかというと。それは」アルレタが言う。「それは……でもこれだけは認めてくれないと、フォロニエ、俺の娘だったと……娘というのは、いなくなったら何の意味がある？　娘の存在が喜びになる。離れると、喜びも遠ざかる」

「娘にもそう言うべきだったな」

「でも言えなかった」

考えこんでから、また話しだす。

「そんなこと誰もなかなか気づかない……」

上空でときどきカラスが鳴くが、姿は見えない。同じようにやはり姿は見えないものの、カケスが切り立った急斜面に並んだモミの木の間から、錆《さ》びた風見鶏《かざみどり》が突風にあおられたときのような軋んだ叫び声を上げることもある。アルレタは思う。〈そう、気づかなかった〉また思う。〈ひょっとして気づいていたら……〉アルレタが帽子を手に腕を広げて歩きながら首を振るのが見える。だが彼に答えるのは、カラスの叫び声とカケスの嘲笑《ちょうしょう》だけだ。

「今度は」フォロニエが言う。「アントネッリのトラックだ」

そこは小さな岩壁が別の小さな岩壁にのっていて、二つの間に岩棚ができている。その上にはひっくり返ったトラック。タイヤは上を向いているが、二個しか残っていない。

「じゃあ」アルレタが言う。「どうすればいい？　俺があの子を探していたのは知ってるだろ。もう二年探してる。つまり……わかるな。もう世の中が終わると言われたら、『知ったことか！』と俺は答える。そうなればもうあの子を探す必要がなくなるからな。州の両端、つまりローヌ河の源流からレマン湖まで足を伸ばせば三年はかかるだろうが、これで休める。あれはちょうど都合のいいころに来そうだ」彼は続ける。「だって俺にはもう何も残っていないから」

ところが、おそらくフォロニエはその言葉を待っていたのだろう。

「もう何も？」

「そう、もう何も」アルレタは言う。「旅は金を食うからな。しかも貪欲だ。そうじゃないか。俺はヤギを売った、雌牛《め》を売った、牧草地を売った。あとは仕事道具しか残っていない。それを買ってくれないか」

「いや」フォロニエが答える。「仕事道具なら、もう揃《そろ》ってる。だがその気になれば、アンペールの畑があるじゃないか」

「あれは売り物じゃない」

「世の中が終わるなら、おまえにとってあれは何の役に立つ？」

「おまえには？」

「俺も終わりたいと誰が言った？」

「あれはいい畑だからな。この地方で一番のライ麦がとれる。なあ、フォロニエ、あの畑が欲しいのか」

「そうだな！」フォロニエが答える。「どうしてもじゃない……ただし、おまえに必要なものはよくわかってる。そうだ、おまえは自由が欲しい。しかも世の中が終わるなら、それを待つのに少しばかりの金がポケットにあるのは悪くないと思ってる。俺がおまえからあの畑を買えば、人助けになるかも……」

道はカラマツの森の間を抜けている。小さな羽根のような緑の葉は落ち、綿毛のような雪に代わっている。森は緑色と灰色ではなく、灰色と白だ。まるでもうもうとたちこめた煙のよう。中にはすき間があり、そこに見えているのが雪をかぶった枝か背後の斜面なのかはもうわからない。そして下サン＝マルタン村が現れた。窪地にあり、屋根の低いたくさんの家が石造りの大きな教会の周囲にひしめいている。

「いくらで？」

「そうだな」

二人は何も言わず、さらに数歩進んだ。するとフォロニエが、

「まあ五百」

「千五百」とアルレタが応じる。

教会の鐘はかなり前に鳴りやんでいる。教会の円天井《まるてんじょう》の下で歌が始まったのが聞こえる。中に入ろうとしない人のために扉を開け放しているからだ。彼らは扉の外からミサに耳を澄ませ、ときどき帽子をとる。

「なあ」フォロニエが言う。「今晩プラロンの店で、もう一度話さないか。交渉がうまくいったときのために、書類を持ってきてくれ」

みなはミサに列席したあと、上サン＝マルタン村へ戻った。日は短く、ほんの六、七時間。病んだような空と高い山々のせいだ。暗闇の中に明かりがちらちら揺れるのが見えた。昼間が終わったのだ。

また一日経った。それなら全部であと何日あるのだろう。

つまり何週間あるのだろう。

「おまえは週にいくら使う？」とフォロニエ。

プラロンは二人の会話には耳を傾けず、新聞を読んでいる。デブのシドニーはラジオを調節中。だがフォロニエは、もうアルレタを放さない。首尾よい結果に達するまでは決して交渉を諦めてはいけないことをよく知っている。だからアルレタを目の前に座らせた。

口は上手《うま》い。アルレタにこう言う。

「つまり、おまえは一日にいくら必要だ？」

口の端にパイプをくわえているが、もう一方の端には微笑らしきものが浮かんでいる。だが彼の目は動くことなく、アルレタをじっと見つめている。

「一日にいくら必要だ？　ワインは毎日どれくらい呑む？　さあ！　大体でいいから」彼は続ける……「まあそうだな、五リットルとしよう。それに床屋へも行かないといけない。食べ物代、ワイン代、税金、いやいや！　四月にこの世の終わりが来るなら、税金はもうどうでもいい……かまやしない、全部ひっくるめろ」

「旅の費用もある。これが一番高くつく」

「何の旅？」

「そう！」アルレタは言う。「今度はル・ブヴレ（ヴァリス州の西、レマン湖の南東のフランス国境近くの町）まで行かないといけないだろう。俺がまだ行っていない最後の州境だ。もしかすると……あそこは湖畔《こはん》にある。多分あの子は湖が好きだろうから……」

「もう探さなくていいと言ったじゃないか」

「最後の時が来るなら、あの子は俺といた方がいい。一緒にこの世とおさらばできるから」

「それなら旅の費用を入れろ」

「俺はもうブリーク（ヴァリス州の東、シンプロン峠の入口でドイツ語圏）へは行った。ドイツ語しゃべりたちのところはもう回った。その反対側は、マルティニー、サン＝モーリス、モンテー（どれもレマン湖の南にある町）を訪ねた。残るは湖畔だけ。小さな魚は湖面近く、大きな魚は深く、と魚が層を作って暮らしている（アルプス山麓の住民の湖水地方のイメージ。科学的根拠はない）」

「七百五十ではどうだ？」

「いやだ」

「八百では？」

「いやだ」

若者たちが入ってきた。全部で六人、リュシアン・ルヴァもいる。「こんばんは、シドニー」とみなは声をかける。

「おまえは何にも執着がない、と俺は思っていた」

一方、若者たちはシドニーを抱きしめている。人数が多いので、大胆になる。浮かれていて、二人の男が何を話しているかなど気にもとめない。店の反対側に陣取った。一つの腰掛に三人、別の腰掛にも三人。「放してくれない？　そうしないと承知しないわよ！」と手を振り上げながらシドニーが言うが、若者たちは笑っている。

「さあ、飲み物を持ってきてくれ」と彼らは言った。

席につく。褐色に塗られた木のテーブルの上に肘をついて向き合ったので、互いの顔が近づいた。

周囲の壁の半分くらいまで羽目板《はめいた》工事が進んでいる。ラジオをつけさせた。まずワルツが聞こえてくる。次にスペイン内戦のニュースが始まる。すると誰もが黙って耳を澄ませた。さらにしばらく沈黙が続く。

そのとき、アルレタがこう言うのが聞こえてきた。

「こだわりはない……」

「そうは見えないがな」とフォロニエが応じた。

若者たちは肘をつつき合う。

再び顔を寄せた。

「アンゼヴイのせいだ。二人とも頭がおかしくなった」

若者たちはアルレタの方を向いた。襟《えり》の破れたシャツを着た顔からは濃い顎ひげが二センチ以上も飛び出ていて、毛でできた縁なし帽とつながっているかのように見える。顔の真ん中に丸い穴がある。その中に二つの青い小さな目。〈もう頭にあるのはあのことだけだ〉と彼らは思う。〈娘の件でとっくにおかしくなっていたが、今はその倍もおかしくなった〉

肘をつつきながら小声で話している。だが突然リュシアンが、「あいつだけじゃない」

そして言う。

「俺の親父もそうだ……」

彼はシドニーを呼んだ。

「もうこのことは耳にしてると思うけど、きょうガブリエルとは会えたかい。俺は会いに行けなかった。親父に止められているんだ……あいつも頭がおかしくなった。俺が冬の終わりに結婚するつもりだからだ。やれやれ、親父はうんと言わない。あの子はもう俺に会いに来ようとしないし、俺ももうあの子を訪ねる元気がない……しかもどっちも文無し」

さらに言う。

「シドニーが俺たちの伝言係なんだ……君はいい子だよ、シドニー」

また言った。

「俺の兄貴がブドウ園にいる。だから俺は兄貴のところに厄介になろうと思ってる。少なくとも湖があるからいろいろ楽しめるし。水、青い空、兄貴の言う二つの太陽。俺たちには白しかないが……」

「白だって！」若者の一人が口をはさむ。「というより灰色だな」

「そう。灰色で、明るい太陽はなし」

「しばらくすれば、もっと暗くなる……」

だがそこでみなは爆笑した。別のテーブルではフォロニエがこう言っている。

「九百」

それからは二人、つまりフォロニエとアルレタはもう何もしゃべらない。向かいあって座っているのに、視線さえそむけている。していることといえば、ときどきグラスを上げて「乾杯！」と言うだけ。

アルレタは喉が渇いているので、シドニーに一リットル瓶を持ってこさせる。フォロニエが数字を口にする。アルレタが首を振る。ほかは何も起きない。

そのとき店の反対側が大騒ぎになった。若者たちのせいだが、若者とはもともとうるさいもの。

彼らはシドニーに言っている。

「なあ、俺たちと一緒に来ないか。さあ！　君がいないとだめなんだ。そう、アンゼヴイをやりこめないとな。女の子が必要なんだ……あれにこう言ってくれ。『アンゼヴイさん、身体の調子が悪いの、悪いのよ。ウイキョウの煎《せん》じ薬（消化不良、腹痛、腹にガスが溜まるといった症状に効果がある）が欲しいの……』」

エプロンの下でふくらんでいる娘の腹を見つめる。でっぷり太っているからだ。

「ひょっとすると君は嘘をつかなくていいかも」

「やな人たちね！　放っといて！」

「アンゼヴイにこう言うのもいい。『今月の支払い分を持ってきたわ。入ってもいいかしら』その間、俺たちは隠れている」

だが娘はキッチンへと逃げた。ドアの鍵を一度、二度と閉める音が聞こえる。

「千！」

この言葉はフォロニエが投げかけたものだが、奥のテーブルにいる彼らには聞こえなかった。腹を抱えて笑っていたからだ。アルレタは毛でできた縁なし帽のど真ん中でその言葉を受けとめた。相変わらずうつむいていたからだ。すると帽子が上がり、顎ひげの中の丸い小さな顔が現れた。暈《かさ》に囲まれた月のようだ。今度は首を振らない、いやだとは言わない、何も言わない。二つの小さな青い瞳でフォロニエを見つめるだけ。

「ああ！　おまえだから、これでいいよ」フォロニエが言う。「おまえが人生の最後を楽しく送れるよう考えたのだから、これでいい。あの畑の実際の価値の半分はあるはずだが……しかし結局」さらに言う。「おまえが満足なら。書類はあるか？……」

アルレタは相変わらず何もしゃべらない。

「おまえが持ってこないような気がしたので、こちらが一枚用意した」

上着の内ポケットから古ぼけた財布を取りだす。ボロボロなので紐で巻いてある。太い指で苦労して紐をほどいた。必要以上に時間をかけたのは、思わず浮かんでしまう満足の笑みを誤魔化《ごまか》すためのものだろう。畳《たた》んだ紙を財布から取り出し、黙ったまま動かないアルレタに差しだした。

「さあ」

紙にはこう書いてある。〈下記署名者は、プラシード・フォロニエ氏に対し、自身が所有するアンペールの畑を《　　》の金額にて売却することに同意する〉下欄に署名スペース。

「これは公証人のところへ行くまでの仮のものだ。まずは面会の約束をとりつけないといけないからな。これでいいなら、サインしろ」

「いくら前金でくれる、現金で?」アルレタが尋ねる。「俺はもう文無しだ」

「いくら欲しい?」

「百フラン」

「五十」

だが今度はアルレタが粘った。百フラン、しかも今すぐにと主張する。フォロニエは溜息をついた。

「ペンとインクが要《い》るな。書類に《百フラン前金で受領しました》と書き足そう。そしてサイン。おい! シドニー」

娘はもう店の中にはいなかった。彼はキッチンのドアが閉まっているのに気づく。隅《すみ》では若者たちが小声で話しはじめていた。ときどき誰かが肩越しに二人の男の方へ視線を向ける。フォロニエが立ち上がった。キッチンのドアを開けようとするが、鍵がかかっている。

「おい！　シドニー、どこにいる？……書くものはないか」

娘はドアを細めに開けた。ドアの下に足をはさんですぐ閉められるようにしている。

「どうしたんだ？」フォロニエが尋ねる。「何があった？　ペンとインクが要るんだが……どこにある」さらに言う。「どこにあるか教えてくれ」

入らせまいとしている。

「ラジオの後ろ」

娘はまたドアを閉めた。彼はラジオの裏の方を見る。音はすでに止まっていた。誰かがスイッチを切ったにちがいない。それから戻って座った。そのとき若者たちが、

「さあ、決まりだ、やろうぜ。リュシアン、おまえが女役だ。あとはシドニーが服を貸してくれないかな」

「だけど駄賃《だちん》を払えばあの子は喜んで来るはずだけどなあ」

「古いスカート、カラコ（婦人用上着）、肩掛け、それから顔を白く塗るものだぞ、リュシアン。ほかには眉《まゆ》を描くマッチ。これでよし……それから前にふくらみを作るものも……」

「おまえの上着を丸めろ」

彼らは誰にも聞かれていないのを確かめるかのように、もう一方のテーブルの方をずっと盗み見ている。こうしてそれを目撃した。アルレタがペンをとって何か書いているようだ。書類を早くもらいたさそうにフォロニエが手を差しだしたが、アルレタは承知しない。するとフォロニエはまた財布を開いた。

アルレタは空の一リットル瓶でテーブルを叩きはじめた。幸いなことにそれは厚いガラス製で底も

厚かった。誰も来ないので、アルレタはますます強く叩いた。

やっとキッチンのドアが開いた。

「どうしたの？」

アルレタは、

「もう一本。金はある」

フォロニエが立ち上がって言った。

「俺は帰って寝る」

仕事上のつとめだから、シドニーは結局来ざるをえなかった。ちょっとだけ開けたドアから抜け出ると、一リットル瓶を持ってアルレタのテーブルまでやって来た。

「なあ！」若者たちが声をかける。「おい！　シドニー、もうかまわないと約束するから聞いてくれ。頼みたいことがある」

「なあ！　シドニー、俺たちを信じないのか。さあ、見て……」

リュシアンやほかの者たちは、右手の人差し指を左手の人差し指にのせて十字の印を作っている。

アルレタはグラスに酒を満たすと、一挙に空《から》にする。また注《つ》いだ。

「まだ何か？」とシドニーが訊く。

キッチンの入口に張りついたまま話している。相当警戒していて、いざとなればすぐドアを閉めるつもりだ。若者たちはクスクス笑いながら、テーブルに座って腕で頭を抱えこんでいるアルレタを肩で示した。だが彼の方は何も目に入らず、何も聞こえていない様子。心に浮かぶものに気をとられ、目は心の中へと向かっている。

「こっちに来いよ」

娘は一歩踏みだした。彼らはもっと近づくよう合図した。

「なあ……」

そばまで行っても大丈夫らしい。

「なあ、着古しのスカートとカラコを貸してくれないか」

「どうするの？」

彼らは小声になる。アルレタを指さした。

「それはあとで話す」

「ほかに白粉《おしろい》を少々と水……」

「鏡も……」

そしてこう言った。

「キッチンへ行こうよ……」

シドニーは興味をそそられた。同時に、若者たちはもう自分にはかまわず何か計略を練っているのだと理解する。好奇心の方が優《まさ》った。

「そうしたいのなら」

みなはアルレタの前を通ったが、アルレタは動かない。見えるのが毛でできた縁なし帽か頭のてっぺんなのかわからない。見えるのがひげか髪の毛かわからない。〈酔いつぶれたな。いつものことだ〉とみなは思った。

キッチンに入って、ドアを閉めた。

「つまりシドニー、君が来たがらないから、ルヴァが君の代わりになる。そう、そこに立っていて。こいつを君に化けさせるんだ……あと必要なのは枕だけ。持っているだろ、あとで返すよ。これからその若い女を一人連れてアンゼヴィのところへ行く。だが若い子は色白だし、身体に丸みもある。だから手伝ってくれないと……」

「シドニー」彼らは言う。「キスの代わりに……」

今度は娘の方が笑った。部屋を出る。その間に若者たちは戸棚を引っかきまわして白粉をみつけ、少しだけカップの中に入れた。

服を腕に抱えてシドニーが戻ってきた。スカートとカラコだ。

こう言う。

「まあ！　いたずらっ子たちね。このあと」尋ねる。「外に出るの？　それから何を？」

「怖がらせるんだよ……そうされて当たり前だろ？」

「どうやって？」

「まあ、つまりルヴァが女に化けて中に入る。アンゼヴィはいつも夜中でも人を迎え入れるはずだ。『五フランだ』とあいつは言うよ。それを渡せば、中に入れる……リュシアン、あとはばれないよう、おまえが気をつけるだけ……」

その間にルヴァはスカートを穿《は》き、シドニー自らが胸のあたりを直した。細かい点を心得ているからだ。

「かける言葉に気をつけろ。声の調子にもな。みんなで聞くから、とにかくやってみて。大丈夫そうか確かめてやる」

「『もしもし！　アンゼヴィさん。親切なアンゼヴィさん。具合が良くないんです』」

ルヴァはか細い少女の声を出した。みなは言う。

「いいぞ」

「『なぜかわかりませんが、先月はあれがありませんでした。もう半月になります。だから何か身体に効《き》くものをお持ちでは、と思って……何か、アンゼヴィさん……』」

「いいぞ」

みなは大笑いする。それから白粉の入ったカップを持ってリュシアン・ルヴァの前に出ると、濡らした布きれを使って彼の顔を白く塗る。

「もちろんおまえは顔色が悪くないといけないし、これでひげも隠れるだろう……さあ、スカーフをつけたら少し額《ひたい》の前にずらせ……マッチはあるか。よし、火をつけろ」

マッチの燃えさしを使って、目の周囲を黒く塗った。

「町のお嬢さん方のように、少し口紅《くちべに》もつけないと。持ってないか、シドニー？……しょうがない。じゃ、シロップを少しくれる？」

ドアの脇の棚に、使いかけのシロップの瓶がずらりと並んでいた。キイチゴの瓶の栓を抜くと、先ほどの布の反対側に注《そそ》いでからリュシアンの唇に塗った。鏡を差しだしながら、

「どうだ」

「くそ！　この野郎ども」

リュシアンはみっともないどころか、きれいになった。笑うと、赤い唇のせいで歯の白さがますます際立《きわだ》った。

「さあ、これで終わり。行こうか」

「行こう。シドニー、つまり俺たちは警官役だ。ルヴァを入らせておいてから、ドアをドンドン叩く。『開けなさい。法の名において！　言い訳は無用だ、調べはついている……開けなさい！……』」

今はみな大声でしゃべっている。シドニーが言った。

「気をつけて、アルレタがいるのよ。タレこまれるかも……」

一人がドアを細めに開けて首を出し、アルレタがどうしているか偵察した。アルレタはじっとしている。ただし一リットル瓶は空になっていた。

「いっぱいにしてやれよ」とみなはシドニーに言った……「準備はできたか」と互いに言い合う……「いいな、俺たちはアンゼヴィを連行する。牢屋にぶちこむと言ってやろう。どこかぶ厚い粉雪でできた窪《くぼ》みでもあれば、そこへ連れて行って泳がせるか……」

店の中を通る必要はなかった。キッチンには外へ出られる別のドアがある。今は夜の十一時ごろだろう。星一つない。若者の一人がポケットから懐中電灯を取りだした。彼らは現代的で新しいものが好き。ボタンを押すだけでよかった。

こうして小路をずっと進んでいく。すると何もないところに小さな光が二つ浮かんでいるのに気づいた。近い方は自分らよりも少し下の右手、遠くぼんやりしている方は上にある。

「あれを見ろ！」彼らは言う。「これもやっぱり爺さんのせいだ……」

下にある光の点を指さす。ブリジットのオイルランプだ、もう決して消すことはないから。高いところでは窓が輝いている。あのいかれた爺さんだ、夜遅くまで本を読み耽っているから。「あれこそが村に災いをもたらす元だ」彼らは言う。「奴は魔法をちょっとは使えるだろうが、その気になれば俺たちの方がずっと腕がいいところをみせてやる」

リュシアン・ルヴァが一人で明るい光の洩れる窓の方へ向かった。ほかの者たちは、家の片側に二人、別の側に三人と身を隠した。

彼らはルヴァが窓に近寄るのを眺めている。光は少しだけ家壁まで届くから、ぼんやりとした姿は見える。彼が光の中に入った。うちの村にいる女の子、か弱い女の子そのものだ。腰のあたりで手を合わせ、スカーフを巻いた首をかしげている。若者たちは笑いを押し殺す。

「アンゼヴイさん……ねえ！　親切なアンゼヴイさん、開けてください……」

窓ガラスを叩いた。

ほかの者は家の両隅の陰から眺めている。しばらく経つ。女の子はまた言った。

「開けてください、アンゼヴイさん。あなたに診てもらいたくて。ああ！　私はとても不幸なの……」

誰も出てこない。女の子は再び窓ガラスを叩く。

「アンゼヴイさん、もうだめ……ねえ！　アンゼヴイさん、可哀想《かわいそう》だと思って」

だがそのとき、ルヴァが少しあとずさりするのが若者たちに見えた。さらに少しあとずさり、そして急に反転すると闇の中に消えていった。

彼らはそのあとをあわてて追いかけた。しかし呼びかける勇気はない。懐中電灯の灯りが突然ともって雪の上に白い円を描き、またあっという間に消えただけだった。

VI

〈私は釘を打ちこむ。これで十二本……毎週日曜日に釘を打ちこむ。それからランプにまだオイルがあるか見に行く。芯も切らないと〉

〈私は斧を持って腰掛に上り、左手でおさえた釘の頭を斧の背で叩く〉

〈日の光が消えると、ランプが輝く。太陽がすっかり姿を消しても、私の光はなくならない〉

〈だからできるだけ手入れしないと。オイルが容器の中で固まらないよう見ていないと。芯が短すぎも長すぎもしないよう気をつけなければ。短すぎると消えるし、長すぎると燻《くす》ぶる〉

　女は窓辺《まどべ》に座った。なぜだかわからないが、満足感でいっぱい。一日がもう始まっているのに、日光はまだ届いていないからだ。一日はたしかに始まっている、その時刻だから。けれど、あの空の色合いは日光なのか霧なのか。あれは本物じゃない、偽《にせ》の光だ。狭いところでは薄明かりは上からでなく下から上ってくるように見えるのと同じく、それはますます厚くなった雪から立ち昇っているようだ。しかし窓に守られているブリジットは暖かだ。自分の灯《あか》りを持っているので、外のことは気にせず寛《くつろ》いでいる。

〈わからない、まだはっきりとはわからない、とあの人は言っているけど、ちゃんと計算してる。薬草の下で計算してる。地球が少しでも傾いたらもう日が差さなくなるとわかってる。私たちは暗闇に閉じこめられるでしょうが、それがどうだというの？　こっちに準備ができていてささやかなランプを持っているなら、そのランプのそばに座ってこう言えばいい。『定めあるものが運命を全《まっと》うします

ように』と〉

女は耳を澄ます。物音はしない。雪はまたひと晩中降った。風はなかったが、木から葉が抜け落ちるように雪が空から降り続いている。その朝ほど多くの子供たちがガラス窓に鼻をぺたりとくっつけたことはなかった。外出を禁じられているからだ。起きるとすぐ窓に駆け寄り、息で氷を融《と》かす。外からだと、小さな黒い丸の中に顔があるかのように見える。鼻はひしゃげ、二つの目がこちらを見つめている。一方、女は平然としていた。

〈十二時になったら〉と考えている。〈アンゼヴイのところへ行こう。あの人もびくともしない。二人とも年を重ねてきたのだから〉人は命が終わるころになると人生を反芻《はんすう》し、かつての幸福な瞬間に思いを巡らせる。簡単には手からすり抜けないよう、心の中のロープに結び目を作っているかのようだ。そのころ、イザベルは夫のオーギュスタン・アンチードと一緒に寝床にいた。ベッドの上の方には、かっこいい警官の制服を着た従兄の写真。

「何時なの？」

「八時」

「もう」

小さな窓から見える日の光がほんのわずかなためだ。日が差しているとはとても言えない。届きはするが、窓ガラスとぶつかるとそこで止まってしまう。

「夏になったら植木鉢に花を植えるわ。でもどうしたの、オーギュスタン。もう起きるの？」

「起きる」

「時間はまだあるわよ」

「家畜は？」

「知ってるでしょ、けさ世話をするのはジャンの番。まあ！　落ち着かないのね……」

そして耳元に寄る。「どうしたの、オーギュスタン。きょうはミサに行けないでしょ。雪が深すぎるから。せっかく朝寝坊のチャンスが来たのに、あなたはじっとしていられない……」

自分の足を軽く彼の足にあて、尻をやさしく彼の尻に擦《す》りよせる。すると相手が背を向けたので、心地よく温《ぬく》もった胸を合わせた。

「まあ！　おかしな人」と言う。さらに言う。「動かないで！」

片方の腕を相手の身体の下、もう片方の腕を上に回し、手でまさぐる。

「アンゼヴイのせいなの？　ねえ、もし太陽が、太陽が戻らないならどうしたらいいか知ってる？　つまり私たち二人のことだけど。凍《こご》えないようベッドに潜《もぐ》りこむのよ」

うなじに熱い息を吹きかける。相手の身体をゆっくり自分の方に引き寄せ、そしてそっと自分の方を向かせる。

「それからどうするか知ってる？」

唇で彼を探した。真っ暗なので見失ったかのように、

「オーギュスタン、どこにいるの？　まあ！」しゃべり続ける。「これはあなたじゃない。顎ね、ちくちくするわ……これは何？　鼻、あなたじゃない……でもねえ、それからどうするか知ってる？　もう動かなくていいの。動くとしてもほんのわずか。ねえ、オーギュスタン、もし太陽が戻らなくても……そう、二人はここにいる、一緒にここにいる……何も見えないし、何も聞こえないし、何もわからない。私たち二人だけ。二人だけってすてきよ」

ここで言葉が途切れる。聞こえるのは、ハツカネズミが頭上の屋根裏部屋の穴から出てきて走り回っている音だけ。そして何かが転げ落ちる。さらにはクルミを転がしているような音。――それでもしばらくするとオーギュスタンはベッドから跳び下りると、大急ぎで着替えた。

その翌日か二日後、シプリアン・メトライエはティシエールと一緒に台所にいた。午後になったばかりのこと。二人を残して、メトライエ爺さんはしばらく休むために寝室へ上がった。山では冬はあまり仕事がないので、何もしないよりは眠った方がましだ。午前中いっぱい、シプリアンは木の伐採にかかりきりだった。爺さんがそれを集めて壁際に積み上げる。これは目を必要としない仕事、手だけで十分だからだ。爺さんは身をかがめる。周囲の地面を手探りしているのが見える。薪に手が触れるたび一本一本集めて、子供を抱き上げるかのように腕に乗せる。メトライエ爺さんは自分がまだ役に立てるところを見せたがっている。こうして正午になった。

二人は台所、つまりメトライエ爺さんの寝室の真下にいる。マール（ブドウの搾りかすで作ったブランデー）の瓶も一緒だ。二人の間に置いたスツールの上にシプリアンが瓶と小さなグラス二個をのせた。二人ともときどきパイプを吸う。足元は暖かくしている。よもやま話をしていたが、今は口を閉じていた。窓から屋根が一つ、その上にもう一つ見える。それだけだ。どちらとも二方向に鋭く傾斜した黒い木の三角形にすぎないが、上に五十センチ以上の厚さの白くばかでかい布団のような雪が二つのっている。とてもきれいな布団《ふとん》袋の中に羽毛を詰めたようなふわふわのばかでかいものが二個。違いといえば側面だけだ。くすんだ線が引いてある。雪の密度の濃淡、厚みの違いによって、層がいくつかに分かれているのだ。こうしてこれら白い物体は灰色の空にもたれかかり、侘しい灰色に対して寒気《かんき》を表している。

突如ティシエールが顔を上げた。メトライエを見ることなく、

「なあ……」

そして、

「何があったか、おまえは全然話してくれないな」

「いつのことだ？」

「みんながおまえを探しに行ったときだよ……」

「ああ！　一人でも楽に戻れたのに……」

二人は目を合わさない。ティシエールはパイプを吸いながら火を、メトライエはうつむいて自分の足か膝にのせた肘を見つめている。

「本当か？」

「ちゃんと見ただろ。俺はそんなに遠くまでは行ってなかった……」

「そう。だがどこにいた？」

「ああ、そう、そうだ」メトライエは答える。「谷にいた……」

「真っ暗だったよな」

「それがどうした？」とメトライエは言う。

彼の口からは言葉がなかなか出てこない。苦労して、まるで嫌々《いやいや》ながらのようにしか答えない。それでもティシエールは相手の沈黙に挫《くじ》けることなくすべてを知りたがっているらしい。だから続ける。

「実際、俺は心配だった。谷は真っ暗だったからな……俺たちはおまえの足跡をたどった。ランプを持って。おまえは……」

メトライエは立ち上がった。口からパイプを外す。

「俺はおまえと同じぐらい山のことを知ってるぞ」

「それはわかってる。ただ」ティシエールは言う。「帰りに足跡を見失うなんて、どうしたんだ」

二人は友達で、いつも一緒に狩りをしている。するとメトライエが急にうなだれた。ティシエールは騙《だま》せない、とおそらく悟ったのだろう。彼は言った。「呑まないか？」

彼は空《から》のグラス両方に注《つ》ぐ。二人ともグラスを空《あ》ける。温めた上物のマール。かぐわしい熱さが食道を通って腹まで下りる。頭に向けて昇る方は、こびりついた思念を溶かしていく。

メトライエは意を決した。

「ああ、俺はグラン・ドシューまで登ったんだ」

「グラン・ドシューまで！」

「そうだ」

「何のために？　それでうまくいったのか？」

「うまくいった。俺がしくじるわけがない。それに、よく聞け。アンゼヴイが言ったことを覚えてるな。それで俺は太陽を見たくなったから、〈探しに行こう……〉と考えたんだ。おまえは断ったな。あれはとんでもない間違いだったぞ、ティシエール。ああ！　でも悪くは思っちゃいない、もう忘れたよ。だがもしおまえがいたら、たとえ二十歩先が見えなくても狩りができたかもしれない。つまり二人だったら。そしておまえも見ただろう」

「何を？」

「つまり」メトライエは言う。「ちょん切られた首だ。俺に見えたのはそれだけだから」

「ちょん切られた首？」

「そうだ。俺たちは今霧に包まれているが、多分あのときが来るまでここから動かない方がいいだろう……俺は震えあがって銃を落としてしまった。探しに行こうとして、滑った……」

そのとき、上の部屋でギシギシという音、それとほぼ同時に人の身体が落ちるような音がした。

二人はあわてて階段を駆け上った。

メトライエ爺さんがベッドのそばの床に倒れていた。口から少し泡を吹き、白目をむいている。一人は肩、もう一人は足をつかんだ。身体に温もりはあるが硬直している。立像、灰色の石に彫った立像のような老人を持ち上げる。

床にほんのわずかに血がついていた。仰向《あお》けに落ちたからだ。二人がベッドに寝かせると、枕にかすかに血が滲《にじ》んだ。

「どうってことない」メトライエが声をかける。「親父、大丈夫か？　おい親父、俺だ。聞こえるか？」

ティシエールの方は窓を開けて外に呼びかけ、それから走り出た。そこでみながやって来た。思った以上の人数だ。村中の人が来て、こんな会話を交わしている。「どうしたんだ？」「メトライエの爺さんだ」「何があった？」「血を流してる。ベッドから落ちた」女たちは言う。「耳の裏に蛭《ひる》を這《は》わせないと」「そうね。でも、蛭はどこにいるの？」「何か熱いものを飲ませて」「口を開けさせられないの」「お医者さんに電話しないと」

話はこう決まったが、医者は翌朝まで往診に来られなかった。

道の途中までは車、あとは迎えに来たラバに乗った。ラバの手綱《たづな》を引いているのは、イザベルの義理の弟のジャン・アンチード。轡《くつわ》の脇の手綱をしっかり握っている。風で雪が積み上がっているところは突然足元がなくなるし、凍った地面に雪がかぶさっているところでは蹄鉄《ていてつ》が食いこみもしない。

医者とジャンの二人が現れたのは、十一時ごろだ。メトライエ爺さんはひと晩中身動きもしない。ブリジットはほかの女たちと一緒に看病した。医者とジャンがやって来るのが遠くに見えた。ここから見ると、ラバには足がない。ラバに付き添っているのは足のない若者。寸詰まりだ。ラバの腹はまるで大きく膨らんでいるかのよう。ゴンフル（風が作る雪だまりは、こう名づけられている）とほとんど変わらない高さをのそのそ歩いている。シャベルで掘りながら進んでいるようなものだからだ。いくつかの場所は、斜面の下にできた空洞を男たちが総がかりで完全に埋め戻した跡のように見える。そして家畜と人間が突然その下から現れると、横に伸びたり縦に伸びたりして完全な姿になる。それは道の雪がすっかり払われている場所でのことだが、全身が現れる。ラバに乗った医者とその隣にはジャン。顔は奇妙に黒ずみ、身振りを交えながらしゃべっている。見えてきた村を指さすこともあれば、霧の先にあって見えないもの、かつてあったものの今はもう存在せず、おそらくいつかまた現れるものを指さしている。上方の右手や正面は、晴れたときには白い切っ先が輝き、岩壁の前を黒い点が動き回るのが見えるところだ。岩壁はバラ色だったり灰色だったり、ガラスでできているかのごとくキラキラ輝いたりする。それは夜が近づくと、金《きん》のようになる。だがきょうは何も見えない。二人の姿が様子を見に来た子供たちの目に入っただけだ。子供たちはメトライエの家に向かって走りだした。走りながら、「来たよ！　来たよ！」と叫んでいる。

メトライエ爺さんはまだ動かない。神の呪《のろ》いなのだろうか。もう部屋にはブリジットとシプリアンしかいなかった。

人が入ってくる。鋲付きのでか靴の音が階段で響いた。医者だ。まだ若い男。爺さんは動かない。何が起こったかシプリアンが説明を始めた。

医者はメトライエ爺さんの手首をつかむと、懐中時計を取りだした。メトライエ爺さんは動かない。唇の周りに泡が少しついている。手入れのよくない老いたラバのようだ。木工やすりのような軋んだ音が口から規則的に洩《も》れている。医者は肩をすくめた。「湯はあるか」と言う。

「もうほとんど目が見えないんです」とシプリアンが口をはさんだ。

「年はいくつ？」

「七十五」

「口を洗浄してみよう」

医者は肩に掛けた鞄《かばん》を開いた。ブリジットは台所へ湯をとりに行っている。医者は褐色の液体を数滴グラスに垂らした。

「スプーンが要るな。スープ用のスプーン」

シプリアンに向かって言う。

「ちょっと手伝ってくれ」

病人をベッドに腰掛けさせようとしたが、無意識のうちに拒んでいる。自らの意思であるかのように身体全体で拒んでいるから、関節ももはや動こうとしない。そのためメトライエ爺さんの肩の下に長枕を入れて、身体を少し傾けることしかできなかった。

メトライエ爺さんは相変わらず動かない。半開きの目はもうこっちを見ていない。少しかがんで下から覗いたら、瞼《まぶた》が肌と同じく灰色なのに気づいただろう。目はもうこっちを見ていない。誰も、何う。

も。医者は言う。「つまりこういうことだな。苦しんじゃいない。もう心配はいらない……」その間も、歯のない歯茎の間にスプーンの柄《え》を入れて口を開けさせようとしている。そしてシプリアンに言

「呼吸を楽にさせようとしているだけだ。頭を支えてくれ。そうだ」

しかし柄が曲がってしまう。顎はくっついたまま。医者ができることといえば、布を湿らせて唇を拭き、さらにそれを指に巻いて口の中につっこむだけだった。するとまた泡が出た。指物師《さしものし》が再び仕事に励むかのように、やすりの音はさらに鮮明になる。

「とにかく注射してみよう……冷やした布を頭にのせてくれ。酢を温めて、足首の周りに塗って。いろいろ試さなくては、もちろん……あしたの朝もまだこの状態なら、電話してくれ……」

家の前で大勢が小声でしゃべっているのが聞こえる。アルコールの青いような黄色いような小さな炎が燃える部屋の中は、すでに静まりかえっているからだ。いつものように、医者の来訪を利用して村中が診察を求める。このために、道のりの長さと困難さから丸一日潰《つぶ》れるかもしれないのに医者たちは長旅の往診を引き受けるのだ。

医者は注射器を箱にしまった。

「しばらく様子を見てみよう」彼は言う。「油断は禁物だ……ともかく電話してくれ。頼んだぞ」

シプリアンと握手して、表に出た。するとすぐにジュスチーヌ・エモネが立ちふさがる。

「ああ！　お医者様。何だかわかりませんが、うちのちびの具合が悪いんです」

次にルヴァが近寄るのが見えた。膝の具合を診てもらおうと。

上の部屋にいる男は動かない。ずっと動いていない。梁の内部を虫が食っているような、かすかな

音を規則的に出し続けている。夜になると、村人たちはそれぞれの家に戻った。音はそのころには間《ま》遠《どお》に、しかも弱くなりはじめていた。下り坂の天気のときのコオロギの鳴き声のようだ。

ルヴァがやって来た。部屋に入ってくる。ルヴァはシプリアンを脇に連れて行くと、

「聞いたか。俺の膝を医者が診てくれた……いやあ、もう治っていると言われたよ。関節リウマチの痛みだったんだ。いや何というか」ルヴァはさらに言う。「誰が治してくれたと思う？　あの人を連れてきてやろうか」

シプリアンは首を振る。

「あの男は災いをもたらす」と彼は答える。

「じゃあ、どうするつもりだ」

「さあな」

「おまえの親父が死にかけているのはわかってるな。それなら別のやり方を試すくらいは何でもないだろ？……」

「まあ！　もちろんよ」ブリジットが近づいてきて、口をはさむ。「あの人は学者だから、物事の奥深くまで見える……あの人が持ってるのは古い本よ。今どきの医者が持ってるものよりずっと古い本……あの人ならどうしたらいいかわかるでしょう」

シプリアンはもう何も答えなかった。

それでルヴァはアンゼヴイを迎えに行った。アンゼヴイははじめは行くのを渋《しぶ》ったが、ルヴァはこう言う。

「あなたの力をみせてやってください……あなたは私の膝を治してくださいました。あの爺さんのど

こが悪いのか誰にもわかりません。でもあなたなら悪いところをみつけられます。どこが悪いのか診に行ってください」

アンゼヴイは答える。

「遠すぎるよ。歩くのだけでも大変だ」

「道はできています。ご存じですよね、ブリジットがこしらえましたから。私はまた足が丈夫になりました。外套《がいとう》を着てくださるだけで結構です」

ルヴァは釘に吊るしてあった古いマントを老人の肩にかけ、ウールの太いマフラーを首に巻いた。アンゼヴイは杖に寄りかかった。片側に杖、反対側にルヴァ。先が鉤形《かぎがた》になった鱗木《りんぼく》の太い杖を片手に持ち、もう一方の腕をルヴァの腕にのせて支えてもらう。暗い闇の中、一歩、さらに一歩と進む。一歩足を出しては立ち止まり、次にもう一方の足を出す。ルヴァが声をかける。「ここは気をつけてください、道がデコボコです。こっちの方は大丈夫」まったく見通しが利かないし、灯りも持っていない。でもその夜は村全部の窓の明かりが二人の目の前や足元近くを照らしていた。そのため雪の壁がある道の端は大体見分けがつく。二人の男は少しずつ進んでいくが、ときどきアンゼヴイが溜息をつくのが聞こえる。咳《せき》もしている。だがルヴァは言う。「もうすぐです。あとひと息……それにご存じですよね、あの方はとてもいい人。もう目が見えなくなってきていますが、これ以上の不幸はなんとかして止めないと……気をつけて！　さあ、そのままお進みください、身体を支えていますから……それに、あの人はあなたと同じくらいの年だと思いますが……そう、出血したんです……ベッドから出ようとして仰向けに落ちました……」

階段を上らせるには二人がかりだった。当事者以外は部屋から出された。シプリアンは枕元に肘掛け椅子を近寄せると、「ここにおいでください」とアンゼヴイに言った。アンゼヴイは身体を背もたれにのせた。杖は足の間にはさんでいる。縁がすり切れた大きなフェルト帽の両脇から長い白髪の房がはみ出して肩まで落ちている。その前にある顎ひげは腹まで垂れている。小さな灰色の瞳でメトライエ爺さんを見つめる。そのまま動くことなく、長い時間じっと見つめた（両手の軽い震えと胸の前で顎ひげを揺らす身体のわずかな震動を除けば）。そして、

「マルタン！……」

「マルタン」さらに言う。「わしがわかるか」

だが相手は依然として動かなかった。するとアンゼヴイは首を振りながら再び凝視する。それから言った。

「マルタン、何があったかわかったぞ。あそこに行かないといけないな」

そのとき老人の身体の硬直が急に和《やわ》らいだ。凍った大地に暖かい風が吹きつけたかのように、柔軟さが戻ってきた。手を少し上げ、何か言おうとするかのごとく口が半開きになる。顎がゆっくりと下がっていった。そこでみなは彼が死んだことを悟った。

村の老人たちが次々と弔問《ちょうもん》にやって来た。といっても三、四人ほどだ。指物師の作業場からは金槌《かなづち》の音が聞こえる。

老人たちは戸口に立ってベッドの方を眺めながら言う。

「おまえだよな、マルタン・メトライエ？」

前に出て、聖水に浸《ひた》したカラマツの小枝をテーブルの上に置く。ベッドの前に立つと、

「さようなら、マルタン・メトライエ、いい旅を！　おまえはいい奴《やつ》だった、マルタン・メトライエ……」

彼らはもう一度見つめる。遺体は日曜日のための晴れ着を着せられていた。黒い服だ。日曜日用のシャツも羽織《はお》らされていた。白いシャツと日曜日に締めるネクタイ。シルクのネクタイだ。長くて固い小物を古新聞に包んだように見える二本の手は、胸の上で十字架をつかんでいる。

「おまえはいい友達だった」

そして、

「覚えてるな、射撃大会のあった守護聖人祭の日曜日を……さあ、もう終わりだ、メトライエ。だがどうってことはない」続ける。「おまえはきっと運がいいんだ。死ぬべきときに死んだ。望むときに死んだ……」

指物師は釘を打ち終え、棺《ひつぎ》を黒く塗りはじめた。

翌朝、みなは下サン＝マルタン村に向けて出発した。死者は教会の周りの小さな墓地に埋められるのだ。道は相変わらず凍結している。運び手の足元の雪は、病気の子供のような呻き声を上げる。シャベルを使って、道がもう一度整備された。場所によっては一メートル以上の雪の壁にはさまれているので、道幅はほんのわずか。だから棺をのせた担架《たんか》を腕いっぱい持ち上げる。上げられた黒い棺は前に後ろにと揺れる。一面の雪野原の中、まるで狭い海に浮かぶ小舟のようだ。

これはもう一度故郷をおまえに見せるためだろうか、メトライエ。ふだんはここからの眺めは雄大で美しいから。おまえが故郷をもっと上から見られるようにするためか。滑翔《かっしょう》するように、大空にいるように、翼を広げたハイタカがはるか青い空間を見下ろすかのように。――だが何も見えない。

相変わらず何も見えない。墓地の地面さえひどく凍っていたので、穴掘りにかかるまで雪塚の下に棺を置き、その中に十字架を入れておかなければならなかった。

Ⅶ

「私は釘を打ちこむ。これで十五本」とブリジット。

再び日曜日になる。フォロニエは考えた。〈山を下りるのはあしただ。アルレタのところへ行って、忘れていないか確かめないと〉

かつてアルレタの家は村で最もきれいな家の一つだった。そのころは金があった。元気に育った娘もいた。家のよろい戸のペンキを塗り直させたし、その娘アドリエンヌが十七歳になったときは台所を改装した。清潔そのものでしっかりアイロンのかかった白いカーテンが赤い留《と》め飾りとともに掛かっているのが、どの窓にも見られた。煙突は一日中楽しげにきれいな青い煙をたなびかせ、煙は大急ぎで斜面を伝うと、はるか青空へと向かっていった。

〈ずいぶん前とは違うな〉外れそうなよろい戸の方を見上げながら、フォロニエは思う。二階のガラスは割れている。あの子がいたところだ。今はもういなくなり、すべてが変わった。家の脇道の雪かきさえしていない。大きな雪の山を越えねばならず、足跡でちょっとした小道ができている。〈変われば変わるものだ〉そんなふうにフォロニエは考えている。ノックした。返事がない。予想はしていた。もう一度ノックすると、念のためといった様子でノブを無遠慮に押した。やはりアルレタはいた。はじめは暗くて見分けがつかなかった。それから顔の白っぽい部分がこちらを向くのが見えた。酒瓶《さかびん》とグラスの前に座っている。大きなテーブルの上には、さまざまな台所道具や汚れた皿が散乱している。頭には帽子。火が消えているからだ。

フォロニエは中の様子はよく承知しているのだろう。さっさとアルレタのところまで進んだ。

「なんだ、支度《したく》はまだか。まあいい！　急いじゃいない」と彼は言った。

テービルをはさんでアルレタの前に座った。そして上着の襟《えり》を立てながら言う。「少し冷えるな、おまえのところは」さらに、

「あしただとわかってるな」

するとアルレタが尋ねた。

「何が？」

「あした公証人のところへ行く。俺たちを待ってるんだ。書類は準備してある」

「なんだって！」

「行きたくないのか？」

「いや」アルレタが答える。「もうすっからかんだから」

「あの百フランは？」

アルレタは瓶を指さす。

「あのとき千フランと決めた。前金が百フラン。もうあと九百フランしかくれないのか、この盗人《ぬすっと》！」

「九百」フォロニエが応じる。「現金で九百だ。テーブルの上に並べてやる」

「盗人！」

「紙幣でも五フラン硬貨でも、好きな方で」

「盗人！」

「けさは機嫌が悪そうだな……だが言っておくが、山を下りるなら、頼むから……少し身だしなみを整えてくれないか。ひげも剃ってくれ。ラモンがバリカンを持ってる……」

「それが何になる？」

「もちろん、何にもならないさ。だがつまり世間の目がある」

「世間なんて知ったことか」

「好きにしろ」

アルレタは再びグラスに酒を注《つ》いだ。フォロニエのことは眼中にもない。これは失礼極《きわ》まりない。フォロニエは、

「これで決まりだ。あしたの朝早く迎えに来る」

ところがアルレタは聞いてもいない。再び放心状態だ。耳まで隠れたひげだらけの顔は正面を見つめている。

「あの子の手紙をまたみつけたよ。覚えてるか。前にも見せた。マルティニーの郵便局で投函していた……」

上着のポケットを探り、四つ折りに畳んだ紙をやっと取りだす。角《かど》がかなり傷《いた》んでいる。「さっぱりわけがわからない」と言う。

「覚えてるよな。シオンの従姉《いとこ》のところへ迎えに行ったが、もういなかった。そう、それから三か月ほど経って、この手紙をよこした。なぜだろう」

彼は読み返した。〈いとしいお父様。私は元気です。よい仕事口をみつけました。心配しないでと

伝えたくて、この手紙を書いています。しばらくしたら近況をもっと詳しくお知らせします〉

「ばからしい！」彼は言う。「わけがわからん。器量のいい子なんだ。あの器量よしを一体どうしようというんだ……ああ！」突然叫んだ。「こんな状態が続くなら、消えてしまった方がいい。ほかもみんな」さらに言う。「おまえも、俺も……。それに、あれも」

壁、さらに窓から見える外のものを指さしている。グラスを一気に空けた。肩をすくめる。

「大丈夫だよ」フォロニエが声をかける。「あすの朝迎えに来る。ともかく今回は、娘をみつけられるかどうかがわかるいいチャンスになりそうだ。もしよければ、公証人のところが終わってから一緒に探しに行ってやる」

アルレタは同意も拒否もしなかった。それでも翌日の早朝、二人の男は出発した。


だんだん明るくなるにつれ周囲の雪の清潔さとのギャップが際立つので、アルレタの奇妙ないでたちにはますます驚かされる。服の布地は擦り切れ、原形をとどめていない。上着は二枚、褐色と黒だが、一枚の上にもう一枚羽織っていて、外の方が中よりも短い。膝が破れたズボンに色のすっかり褪《あ》せた帽子。髪の毛がぼうぼうなので、帽子はずり落ちそうだ。首にはカラーのつもりか女物のストッキングを巻いていた。縦横《たてよこ》がほとんど同じ幅の古ぼけた靴を履いているから、歩きづらそうだ。靴は石そっくりの色をしている。石のように重く、石のように硬い。そのため持ち上げることができず引きずっている。だが、それがどうしたっていうんだ？　着飾って何の役に立つ？　すべては終わってしまうのだから。おまえも、俺も、そしてあの子も。しかしあの子と俺が連れ立って突然同じ瞬間に最期を迎えるなら本望だ。――ポケットに手を入れ腕に杖をはさんだ彼は、首を振りつつこんなことを考えている。

下サン＝マルタン村に着いた。声をかけられる。「どこへ行くんだい？」——「ちょっとひと回りしてるだけだ」アルレタはもう喉が渇いているから、宿屋のカフェに立ち寄りたそうだった。「一杯ひっかけるだけだから」と言う。だがフォロニエは、「だめだ！　公証人のところへ行くまではだめだ。サインするときには、しっかりしていないと。言うことをきいてくれたら、用事が済めばシオンでおごってやる」アルレタは宿屋の前で立ち止まった。子供たちがからかってくる。「やーい！　ひげ男！」と叫ぶ。大笑いしながら、「やーい！　ちょびひげ！」フォロニエが顔を向けると、スズメが飛び立つように大騒ぎしながら四方へ散っていった。

アルレタはやっと諦めた。フォロニエが先を進んでいると、少し下でトラックと出会い、町まで乗せてもらった。

公証人のもとを訪れた。アルレタはもう何も言わない。

書き物机のそばに座らされると、証書を手にした公証人が眼鏡《めがね》越しに読みはじめた。支払い金額のところは、しっかり時間をかけた。「千。千ですね」アルレタは身じろぎしなかった。「小額紙幣で払ってほしいな」と言っただけだ。——「そうだ！　それにしてもらおう」とフォロニエが口をはさむ。「五十フランと二十フランの札ではいかがでしょう。事務員を両替にやります。これでいいですね。サインしてくださいますか」

二人ともサインし終えた。

通りには人影も多くはなかった。二人は呑み、さらに食べた。するとフォロニエがこう言った。「今からあの子を探しに行かないか。まずはどこへ行こう」アルレタにもう心当たりはない。こう答える。「俺はもうあちこちへ行った。あの子の従姉がいるにはいるが、行ったら笑われる」また言う。「通りへ出よう」さらに言った。「ここは俺が払う。カフェを回って探そう、ウエイトレスに訊けばいい」二人はカフェを回った。アルレタは女店員に尋ねる。「君たちはどこの出身？」逆に尋ねられる。「それが何か？」――「ああ！」彼は答える。「うちの娘がこの仕事をしているかもしれないんだ」――「なんて名前？」――「アドリエンヌ・アルレタ」――「知らないわ」――「背の高い娘だ。そう！　君たちより背が高い。ああ！」アルレタは続ける。「それに君たちよりずっと美人で……」――「嘘ばっかり！」だが彼は笑わない。「二十二歳。ちょうど今月の終わりで二十二になる……顔を見せてやろうか」小銭入れから五フラン硬貨を取りだす。「どうだ？」また話しだす。「このとおり、政府の折り紙つきだ。髪を三重巻きにしてる。背が高くて体格もいい。それに身のこなしも優美……見たことはないか」笑う娘もいれば、肩をすくめながらそっぽを向く娘もいる。だが彼の頭にはワインがどんどん回っている。パイプを求めて黒い手であらゆるポケットを探るが、みつからない。どこかで忘れたのだ。イラツキながら、また探しはじめる。幸いにもフォロニエは上機嫌だから、相方《あいかた》の様子を見るとパイプ代を払ってやった。そして二時ごろ、腕を引っ張って店を出た。

二人はついていた。まずは小型トラックをつかまえ、谷と反対側の山のふもとまで連れて行ってもらった。次のトラックは下サン＝マルタン村へ行く途中まで登ってくれた。もうあと一時間歩くだけで着く。フォロニエは相変わらずアルレタの腕をつかんでいる。前に引っ張ったり、横に倒れそうになるのを押さえたりしている。もはや足元がおぼつかないからだ。アルレタはしゃべる、ずっとしゃべっている……畑のことを嘆き、それを売ったことを悔やむが、いつのまにかそれも忘れて娘のことを考えている。道沿いのモミの木に話しかける。「俺は一人ぼっち」と言う。そしてカラスに向かって演説する。「一人ぼっちの人生だ」今は誰に話しかけているかわからない。カラスは林の奥深くに戻ったからだ。「ああ！　ちっとも楽しくない」彼は言う。「だが幸せなことに、終わりが近づいている。こんにちは」さらに言う。「それとも、こんばんは、かな。こんにちは、ランプたち！」

遠くの下サン＝マルタン村の窓に灯りがともりはじめたのだ。「おまえらは何様だ」彼は言う。「でも、おまえらはもうすぐ消えてしまう。それだけだ。みんな、俺たちと同じように」

「黙れ」フォロニエが口をはさむ。「もうすぐ着くぞ」

「盗人！」アルレタが応じる。

そして、

「あれ？　ひょっとして、あの子がいるかも。なに、おまえじゃない。おまえは不細工で太りすぎ、服もみっともない。なあ、もしあの子が戻ってきてるなら！　俺は迎えに行くぞ。あの子が道の半分を進んで、俺が残りの半分を進めばいい。首のかしげ方だけで遠くからでもあの子だとわかる」

「着いたぞ」とフォロニエが声をかける。

アルレタは泣きだした。首に巻いていた女物のストッキングを外す。暑苦しいからだ。

宿屋の光が見えたので、声を上げて笑う。それからまた泣きだした。戸口の前からみなに呼びかける（夕方五時ごろの下サン＝マルタン村）。こう言う。「来てくれ！　みんな来てくれ、俺がおごるぞ。金はある、あり余ってる。この世がいつまで続くかわからないしな。おい！　フォロニエ、どこにいる？　知ってるな、あいつは盗人……俺のアンペールの畑を、あの」さらに言う。「立派な畑を……」

店の中に通された。「違うと言う奴はいるか？　ここらで一番立派な畑、四十五アール、ずっと地続きで日当たりが良くて、村のすぐそば……質のいいライ麦がどこよりも早くできる畑だ。さあ！

こいつがいくらくれたか知ってるか。どこにいる、盗人」

村人たちが駆けつける。彼は言った。

「入れよ。俺のおごりだ。おい！　フォロニエ」

しかしフォロニエは姿を消していた。それを知ると、アルレタは笑った。

証拠をみせるため、ポケットにある紙幣を全部取り出した。小額紙幣ばかりで九百フラン近くになる。かなりの分量だ。

札を握りしめる。

「いいか」彼は言う。「さあ始めよう。もうあと二週間しかない。おまえらは何人いる？　数えてみろ！　……おい！　親爺、十リットル持ってこい……」

真夜中十二時ごろ、戸締まりをすませた宿屋の主人が厩へ入っていく。子牛の肢《あし》をひと蹴り、次にラバの腹をひと蹴りする。こうして子牛とラバの間にアルレタを寝かせる狭いスペースを作った。

Ⅷ

メトライエはこう考えていた。〈あの件をはっきりさせないとな〉父の死以来、アンゼヴイが親父に呪いをかけたにちがいないという思いから離れられないのだ。〈ともかくアンゼヴイに会いに行って、本当のところを話してもらおう〉
正午過ぎに家を出た。途中でブリジットと出会う。ちょうど家に帰るところだった。
「どこへ行くの？」と女は尋ねた。

彼は何も答えなかった。

女は前を通り過ぎる相手を目で追いながら、

「自分を責めないで。そうよ、メトライエ。あなたは全然悪くない……だけどねえ、あの人も責めちゃ駄目。弱っているからね。私は掃除をしてきたの。吊るした薬草の下にいるわ。面倒は起こさないで」

メトライエは耳を貸そうとしない。ノックして中に入る。火が見える。勢いよく燃えている。アンゼヴイは藁の肘掛け椅子に座り、古ぼけた長枕を背中にあてていた。顔は重みで前に傾き、顎ひげが膝に垂れている。

「何しに来た?」

「あんたに会おうと思って」

「それで?」

「話をしようと」

「それなら」アンゼヴイは応じる。「座れ」

咳をする。

薬草は根の部分を梁に縛り、コウモリのように逆さに吊るしてあった。

アンゼヴイの前にはテーブルがある。その上に例の本が置かれていた。かつて水汲み場での洗濯に使用していた石鹸のように赤い、大理石模様の羊皮紙で装丁されている。

メトライエは言う。

「つまりこういうことだ。あれはあんたがやったのか?」

「何を？」

「そう」メトライエは続ける。「あんたが来て、親父が死んだ」

「そしておまえ」アンゼヴイが答える。「おまえもそれは避けられない」

考える時間が必要だったので、メトライエはしばらく口をつぐんだ。また話しだす。

「だがもしあんたが来なければ、親父は死なずにすんだかもしれない。あんたなら治してくれるとみんなが言うし、ルヴァも膝を治してもらったと言ってた……」

「あいつはわしの言うことを聞いた」

「なんだと！」メトライエは反論する。「親父の具合が良くなくて、医者が何の処置もできなかったのはわかってる。だがあんたは医者よりも物識《ものし》りだと言われてた。ところが治すどころか、死なせてしまった」

「本に書いてあるとおりにしただけだ」

「まあ聞いてくれ、アンゼヴイ爺さん。あんたが月や星の動きを止めようとするから太陽はもう戻ってこない、ともみんなは言ってる。そこで俺は思った。もしあんたが宇宙を意のままにできるなら、人間に対してはなおさらそうだろう。身体を元通りにもできれば死なせることもできる、と」

アンゼヴイは答えた。

「わしじゃない。本にそう書いてある」

咳をする。再びうつむくと、顎ひげが垂れ下がって胸の上をさらさらと流れる。壊れた雨樋《あまどい》の上に水が滴《したた》っているかのようだ。

「わしはただ、書いてあることを読んでいるだけだ。わしはおまえの父親の寿命が尽きたことを知った。あれは川に流されまいと茂みにしがみつく男のようだった。そこでわしは言った。『もう抵抗はよせ』と」

炎が彼の顔まで上がると、また弱まった。目の周囲には石の窪みに溜《た》まった水のような影ができていた。

メトライエはもう何も言わなかった。アンゼヴイも何も言わない。そして咳をする。

するとメトライエが、

「ああ！　だから俺は行ったんだ」

「どこへ？」

「グラン・ドシューの山の上」

「何をしに？」

「もう太陽がなくなったかどうか見ようと。まだ確かにあった。でも……」

「揺れていたな」

アンゼヴイは咳をする。

「わしじゃない。本にそう書いてある」

本を膝にのせた。その間に炎が弱まっている。消えそうなほど、さらに弱まる。老人は、

「もう見えん。メトライエ、木をくべてくれ」

壁際に薪が積んであった。

「まずは小枝、それから太いのを入れると、火は長持ちする」

すると顔全体が見えてきた。額を走る深い皺、長い髪、白い顎ひげ。小さな目は冷水で洗ったばか

りのように澄んでいる。本のページをめくりだすと、

「こう書いてある……あいつらが笑いたいなら、そうさせておけ。この世は月のように一方しか明るくならないだろう、と。わしらはその裏側だ」

「赤かったぞ」メトライエが言う。「ちょん切られた首のようだった。周りは血だらけ」

「もうすぐ終わりを迎えるからだ。大きな揺れがあるだろう。わしらはもうあれを拝めない。夜がずっと続く側にいる」

「それはいつ？」

「まもなくだ。見えるか、これだ。わしが計算した。足して三十七」

二つの欄に黒い文字が並んでいるページを示す。大きな余白に、たくさんの記号と赤インクで印刷された数字が見える。月、太陽、黄道《こうどう》十二宮《きゅう》だ。

「わしは計算のうえにも計算を加えて、最後にもう一度計算した。足して三十七。次に四、それから十二か十三。これは太陽がわしらのところへ戻るはずの日付とぴったり合う。ところが太陽は戻ってこないだろう。その日は明るくなるどころか、さらに暗くなる。ますます暗くなっていく。地軸の変化のためだ。地球は宙を回っているのだから」と彼は言う。

そこで息が切れた。

「そしてもう回らなくなる。まだしばらくは自転と公転の両方をするが、その後は一つだけ」

「それから？」

「それから暗闇になる。わしらの方は暗闇だ。一日中ランプをともさないといけない。寒くなる。どんどん寒くなる。きょうは何度だ？　零下三度か四度。四月初めになればふだんなら四度。ところ

が」続ける。「零下十度、さらには零下二十度になる。水は石のようになり、モミの木は二つに裂け、チーズを割るには斧が必要、パンは粉ひき場の臼《うす》のように固くなるだろう」

そう聞くと、メトライエは怖くなってきた。アンゼヴイを凝視する。呼吸が苦しそうだ。アンゼヴイは口を開けた。咳をする、さらにもう一度。そして炎が再び弱まると、目は死人のようになった。やっと呼吸が回復した。

「こんな感じだ」

「ということは」メトライエが尋ねる。「うちの親父はあのとき死んでよかったのか」

「あれが定めだったのだ」

「それなら俺たちはどうすればいい？」

「おまえらもそれに従わないといけない」

「それだけか？」

「それだけだ」

アンゼヴイは膝の上から本をどけた。厚い本なので、重さがこたえる。その中には過去、現在、未来のすべてが入っているから重いのだ。今は二月。もうすでに二月二十五日。メトライエはアンゼヴイ宅を辞した。もっと気候に恵まれた地方では花が咲きはじめ、このあたりでさえもブドウの木が樹液を流しはじめる季節だ。ルヴァの息子がいるところでは、南に向いた垣におそらく美しい日差しが注ぎ、黄色や紫色の房が石垣の裂け目から顔をのぞかせているだろう。見下ろすとブルー、正面もブルー、見上げてもブルー。三種類のブルー、湖水、山、そして空。〈やっと春になったというのに〉彼は考える。〈空がついに二つに割れてしまった。垣に隠れたところでは丈《たけ》の低い桃の木が吹きさらしで立っているが、あれは恋人にプレゼントするイヤリングにぶら下げられた小さなピンクの綿に似ているな。俺にはもうそんなものなどないが、かまうものか。だが向こうの奴らも俺たちと同じだろうか。奴らのところでも、あれは突然すっかり消えてしまうのだろうか。少なくとも今は太陽の恵みを享《う》けているのだが。光の中、たっぷりとした光の中で。色彩の中、あらゆる種類の色彩の中で。俺たちのところは黒くて灰色。六か月の間、黒くて灰色。俺たちのところでは、十月半ばから四月半ばまで何の変化もない（見上げる）。上も下も、真ん中さえもない。あれは弱まって、かすかな光になるだろう。そしてそれさえもなくなる。もうどこも、すべて〉村の家々を見渡しながら、〈あいつらはいなくなるだろう〉と考える。〈俺もいなくなる。俺たちはもういなくなる〉

そのとき、木の十字架の前に跪《ひざまず》いている小さな女の子が目に入った。その十字架は、村の通りとアンゼヴイの家に向かう小道の角に立っている。

石の台座がそれを支えている。女の子はエプロンの端で台座の雪を払ってから膝をついた。

メトライエが近づくと、リュシエンヌ・エモネちゃんだとわかった。おそらく八歳くらいだろうが、もう大人の女性のような長いスカートを穿いている。まさにちっちゃな大人。一人前に、頭には黒いスカーフ、腰にはショールを巻いている。さらには高地の女性が履《は》く、鋲を打った大きな靴。

彼が来るのに女の子は気づかなかった。メトライエは立ち止まって考える。〈ここで何をしているのだろう〉立ち上がるのを待ってからそばに近づいた。

「ここで何をしてるの？　濡れちゃうよ」

「大丈夫よ！」

細かいチェックのエプロンには粉のようなものが少しついているだけ。女の子はそれを手で払った。

「ね、もう落ちたわ」

寒さはさらに増し、周囲の物を覆っている雪は道の上の埃と見分けがつかないほど乾いている。リュシエンヌの手だけは湿って赤く霜《しも》焼けだらけだが、高地の女の子の手は大抵《たいてい》そうだ。

メトライエがまた口を開いた。

「邪魔だった？」

「いいえ。全然気がつかなかった」

二人は並んで歩いている。突然メトライエが尋ねた。

「何かあったの？」

「ええ！　そうなの」

「何が？」

「ジュスチーヌ叔母ちゃんのこと」

「病気なの？」

「いいえ、叔母ちゃんじゃなく叔母ちゃんの赤ちゃん。赤ちゃんが心配だって」

「なぜ？」

「だってまだちっちゃいのに、もうすぐ死んでしまうって叔母ちゃんが言ってる」

「あっ！」とメトライエは叫ぶ。

「太陽がなくなるから私たちはみんなもうすぐ死ぬそうよ。こんなひどいことはないって。年寄りや大人《おとな》なら仕方ないけど、まだ何にも悪いことをしていない小さい子供までなんてひどいって」

「ということは」メトライエが口をはさむ。「君はお日様へお祈りしに来たの？」

「えっ！　違うわよ」と女の子は答える。

それにはかまわずメトライエは、「残念だな。タイミングが悪い。お祈りにふさわしい天気じゃない」メトライエは続ける。「お日様も隠れてる。君の姿を見てないし、声も聞いてない。きょうはどこにいるかもわからない。それくらい俺たちから遠くにいる」

「でも」女の子は言う。「お日様にお祈りしたんじゃない」

「なら誰に？」

「神様よ」

「なんだって！」

「そう」女の子は言う。「お日様に命令するのは神様だから。その気になれば、お日様を戻してくれる。そうするつもりじゃないかな？」

突然メトライエは救われた気分になった。身体が軽く感じられる。そして思う。〈俺は何を考えていたんだろう。どうかしてた。天気が悪いと、こんな考えが湧《わ》くものだ。アンゼヴイがそうだ、一日中何もしないで家に閉じこもっているからな。女たちもそうだ、人の言うことを何でも信じたがる性分《しょうぶん》だし。年寄りたちもそうだ、病気のせいで……〉

「そうに決まっているじゃない」と叫んだのはイザベルだった。

そっくり返って大笑いした。顎の下がハトの喉のように小刻みに揺れている。彼の方が見上げているのでそれがわかる。彼は先ほどの道をさらに進み、ちょうど彼女の家の前を通りかかったところ。イザベルは家の玄関階段の上にいたので、道の真ん中にいる彼は相手よりも低い。

彼女が大笑いしたのは、「どこへ行ってたの?」と尋ねたら、「アンゼヴイのところ」とメトライエが答えたからだ。

「あんな話はもちろん嘘よ。あれはお婆さんたちが流している噂。でもちょっと上がって暖まっていったらどう。私しかいないから。うちの旦那、あのアホ旦那は……」

「どこに?」

「薪を集めに行ったわ。ブリジットと同じようにね。あいつはこう言うの。『あの婆さんの言うことはもっともだ。先見の明がある』ジャンと一緒にリュージュで出かけた」

メトライエは中に入った。家の中は快適だ。竈《かまど》がある。設備はよく整い、しかも最新式。それはピカピカの新築、建ったばかりの家だ。きれいなカラマツ材がニスで輝いている。その節《ふし》は目、木目《もくめ》は腕を走る血管のようだ。イザベルはテーブルの上に吊るしてある電球をともした。バラ色の紙に細かい襞《ひだ》を入れて作った笠がかかっている。

「やっぱりバカだと思わない、あのオーギュスタン、うちの旦那は。人の話を聞こうともしないで、『もしものことがあるから』なんて言うの」

「ジャンは?」

「ふん! 笑ってはいるけど、人がいいから。そうでしょ、あっちは年下。でしょ、まだ大人じゃない。もう六回も往復したわ」

話を続ける。

「いつものように一杯やらないと。二人はもうすぐ戻ってくるわ」

地下室で一リットル瓶に白ワインを入れてきた。ワインそのものの色合い、すぐにそれとわかる色だ。メトライエは瓶を指さした。

「おやおや」彼は言う。「太陽が……戻ってきたみたいじゃないか」

ワインは綺麗だ。すべてはこれから始まる。彼は次にイザベルの方を見る。

「君も綺麗だ。これを俺たちのためにとっておいてくれたし。ありがたい」

「まあ！」女は答える。「私だって飲みたかったし……」

「ありがたい。そうだ。目の前にこれがあるからまだいい。そうじゃないと希望もなくなる……」

相手を見つめる。

「君は太陽を手にしているけど」彼は言う。「俺はちがう。太陽は君を金色に染めるが、俺は焼かれるだけ」

「あら、それはきっと太陽に好かれる人と好かれない人がいるからでしょう」

「俺は小石のように灰色のままか、ザリガニのように赤くなる。俺は庭の土のように肌がひび割れる。君は太陽の恵みで熟して丸みを帯びるが、俺は乾いてぺちゃんこになってしまう。だけど」そして言う。「太陽は俺のことがよくわかっているんだろうか。俺がそのすぐそば、山の上、岩の間、雪や氷の上を日傘もささずに動き回るのをずっと上から見ているのに。でもきっと君の言うとおりだろう。あれにはきっと好き嫌いがある……」

「そうよ！　私たちは」彼女は答える。「牧場にいる。私たちは干し草が相手。熊手や馬鍬《まぐわ》を使ってね。私たちは緑の中にいる」さらに続ける。「バッタの群れの中にいる。あっちはモミの木の上から私たちを見つめている。そう！　女の子みんなに親切なわけじゃない……私が知らんふりをすると、こう尋ねてくるわ。『君か？』私は答える。『ええ、私よ』背中を向けると、近づいてきてくすぐる。

自分がいると伝えるために。腕も肩も背中も……」

彼女はテーブルの上に腰かけ、振り向いて肩越しに話している。

「私たちは何も頼まない。くれるものしか受け取らない。だから気に入ってもらえるの」

「俺たちはきっと嫌われているんだろうな」とメトライエは言う。

イザベルの歯が見えた。ランプの下で輝いている。舌先が見えた。うつむきながら舌先で唇をなめる。恥ずかしがり屋の子供のようだ。

「だから怖がったのね。ああ！　でもあなたは一人じゃない。もう怖くはないでしょ？　私と一緒なら、もう誰も怖がらない……乾杯！　メトライエ……」

彼も自分のグラスを上げた。もう一方の手はテーブルに置いて、身体を支えている。

「もうすぐみんな終わるわ。そうなればはっきりするでしょう。あの可哀想な人たちにも」

「誰のこと？」

「つまり、ドニ・ルヴァと奥さん、ブリジット、ジュスチーヌ・エモネ、モラン、ラモン」

さらに言う。

「それにオーギュスタン……それからアルレタ。あの人はみんな酒に注《つ》ぎこんじゃった」

「金は？」

「もちろん。最後の畑までフォロニエに売っちゃった」

「ああ！　フォロニエ、あいつは悪《わる》だ」

「本当に悪」彼女は言う。「実際の半値であの畑を手に入れた。そうよね。あの可哀想な人は毎晩誰かが家まで送って行かないといけない。金を残したくないから急がないと、と言ってる……」

「誰に残すって？」

女は答えた。

「悪魔に。あの人は時間だけはあるの。プラロンはいやと言わない」

また笑いだした。

「自分で育てられないなら、子供を持っちゃいけないよね。どう思う、メトライエ？」

さらに突然、

「奥さんももらうべきじゃない。それがわからないなら……」

そして急に口を閉じた。テーブルに腰かけている。バラ色の笠に覆われたランプの下。ランプは彼女のきれいな項《うなじ》と青くつややかなシニヨン（まとめ髪）を順に映しだす。頰の柔らかなライン、あるいは瞼の下で油を塗ったようにキラキラ輝いている瞳も順に。

「それでもあの人はあの子が大好きだった（今はアルレタのことを話している）。だけど愛し方を知らなかった。それをよく考えないと。私たち女の子に必要なのは、多分あんな愛じゃない。そう、あんなのじゃや。あの人はそれに気づかなかったのよ。あの子は私より少し年上、三つか四つ。私はいくつだと思う、メトライエ」

ランプの下、テーブルに両手をぺたりとつける。暗くなりはじめた夕方。闇はすぐ目の前に迫っている。

「私はまだ十九にもなってない。きっと結婚が早すぎたのね。オーギュスタンは二十三。私より四つ年上。アルレタの子とちょうど同い年よ。ああ！　あの子のこと、よく覚えてる。名前はアドリエンヌ。私たちがまだ小さかったころは、もうお姉さん。でもこんなことを言うの。『退屈だわ』それで私たちはこう尋ねた。『どうして退屈なの？』――『だってここは狭すぎるもの』ねえ、メトライエ、あなたは物のわかる人でしょ。ここは狭すぎる？　二十三歳は年寄りだと思う？……」

そのとき家の前で物音がした。重たげな足音とひゅうひゅう風を切る音。荷を積んだリュージュが雪の中を滑っている。

メトライエは窓から外を眺めた。だが彼女の方は、運んできた木を二人が薪置き場にしまってから中に入ってくるまでテーブルに腰かけたままだった。オーギュスタンは痩せて青白く、髪の毛は真っすぐだが薄い。ジャンは色黒で頬が赤く、目は輝いている。髪は縮れ毛だ。

オーギュスタンは見るからにいらついている。

「ここで何してる？　そうか、おまえらは呑んでいて、俺たちはへとへと……おまえらは暖かくして寛《くつろ》いでる。俺たちは寒さに震えながら汗びっしょり。シャツが背中にくっついちまって、指先の感覚もなくなった……」

女房は言った。

「ジャン、グラスを二つ取ってきて」

イザベルはその場を動かない。オーギュスタンはベンチの端に倒れこむと、首を振りながら肘をついて身体を前に倒す。メトライエが尋ねた。

「こんなになるまで、どこへ行ってたんだ？」

「どこへ行ってただと？　そんなことを訊《き》くのか。あと二週間しかないんだ。ブリジットにどれくらい集めたか訊いてみろ。あいつは早めに始めたからな……何をすべきかに気づいたんだ。薪が必要になるだろ？　寒さに耐えるには」

IX

その朝の十時前、彼の前の半リットル瓶はもう空《から》になっていた。グラスの底でテーブルを叩く。デブのシドニーがやって来た。

デブのシドニーは瓶にワインを注ぐと、掛け売り量を黒板に書きこむ。夜になるころには、かなりの金額になる。しばらく前からみんながアルレタのつけで呑んでいるからだ。

しかしそう望んだのは彼。ポケットから札束を丸ごと取り出す。「さっさと片づけないとな。残したって、それが何になる？　真っ暗になるのに、何もなくなるのに、もう誰もいなくなるのに」

季節は進み、終わりがやってくるのはまもなくだから。俺はそれを待っている。

彼は一人だ。ラジオはついていない。まだ時間は早い。彼は座ったまま、世の中の動きには無関心。何もしゃべらず、身じろぎもしない。ときどきパイプに火をつけるが、そのまま消えるにまかせる。そして煙を出す穴のついた真鍮の蓋《ふた》を上げることなく、また火をつけようとする。指がひどく震えているから、炎はパイプの火皿《ひざら》のまわりをうろつくばかりで、うまく燃え上がることはない。

フォロニエが入ってきた。

「おや、元気か？」

フォロニエはアルレタの前に座る。アルレタは返事をしない。

フォロニエは機嫌がいい。

「おまえは運がいいぞ、アルレタ。いい取引をした」

「盗人！」

それと同時にアルレタは瓶の底でテーブルを叩く。

「次のを注いでくれ」さらに言う。「グラスももう一つ」

すべてはこんな感じで進んでいる。終わりが近づくにつれ、みなはますますプラロンの店に入り浸《びた》りになる。しかもつけで。

「盗人！」アルレタが言う。

「みんな知ってることだ」とフォロニエが答える。

「なるほど。それでもおまえは盗人だ。お袋からもらった畑なのに！　お袋からだけじゃない。お袋の親父、そのまた親父……（自分でもわけがわからなくなっている）ここらで一番見事な畑、一番平坦で日当たりがよくて、石ころ一つない。いいか、それくらい土塊《つちくれ》一つ一つを手で選《え》り分けたんだ……まあいい、すんだことだからな。そうだよな、違うか？」

「もちろんすんだことだ」

「それなら呑まないと」

「ル・ブヴレに行きたいと言ってたが、そうしたのか？」

「ル・ブヴレに？」

「娘を探しに……覚えてないのか？　回れるところはみんな回った、と言ってた。あそこ以外は」

「もういいよ……もうすぐ会えるし」とアルレタ……「まあ太陽はここにいる俺たちの前からだけ消えるんじゃないから。この村の俺たちだけじゃなく、そうだろ？……誰からもだよな？……」

フォロニエはうなずく。

「下サン＝マルタン村の連中からも、だろ？　谷の連中からも？　湖のほとりの連中からも？　よし、それなら」

「それなら？」

「それならあの子も……とにかくアドリエンヌと俺はもう一度会える。ああ！」続ける。「ちょうどそのときに。だからあちこち駆けずり回っても何になる？」

男たちが入ってきた。みんな若い。プラロンも姿を現した。

「ここに集まることになってる……」

彼らは呑みはじめた。アルレタを見ている。彼の顎ひげや髪の毛はさらに伸びていた。伸びるにつれて縁《ふち》どりのようになり、中にある顔はより狭《せば》まってきた。冬の終わりのリンゴのように皺だらけだ。相変わらず上着二枚を重ね着しているが、上に羽織った方の袖が開いて両腕に垂れているから、下の袖が見える。結婚式の衣装のように黒ずくめのところに褐色の短い袖をつけたかのようだ。カラーはなく、シャツはおそらくよれよれになっているのだろうが、本人はわかっていない。もうずっと着たままだからだ。男たちは彼を見ているが、彼は誰も見ていない。人がまるでガラスでできているかのように、人ではなく人の向こうの何かを見つめている。

「ちょうどそのときに」と彼は言う。

そして一人ほくそ笑《え》んだ。それとも自分が見ているものに向かって微笑《ほほえ》んだのか？　彼は尋ねる。

「どんなところだろうな」

「きれいなところだよ」とフォロニエが応じる。

全員がアルレタを取り囲んでいる。

「俺たちは今とは別のものになってしまうのか」

「もちろん。それどころか、見違えるように……つまり、元の顔ではなくなるという意味だが……」

「なんだと！」アルレタは言う。「あの子は今のままでいい」

「あんたは変えろよ。見栄《みば》えが良くなるぞ。どうだ！　アルレタ、若返るんだ……」

男の子たちの一人が、

「髭を剃って」

別の一人が、

「髪を短く刈って」

また別の一人が、

「いい服を着て」

「まあ、まあ」フォロニエが口をはさむ。「おい！　おまえら、ふざけっこなしだ……なあ、アルレタ。聖書の文句を覚えているか？　俺たちはあの世でいつか一緒になる。みんな永遠に。おまえの言うとおり、またあの子と会えるんだ……」

しかしアルレタはいささか不安そうにこう言った。

「お互いがわかるには、どうすればいいだろう」

「光だ」フォロニエが答える。「俺たちは長いこと暗闇の中で暮らしてる。だが突然光が差してくるぞ。ここにあったものよりもはるかにでかい光だ。俺たちはその光で作りかえられ、今とは別のものになる。それから順にあの世へ連れて行かれる」

「それに天使たちがいる」リュシアン・ルヴァが口をはさんだ。

「もちろん」と男の子たちは言う。

「太陽だって。そうだろ、俺たちの太陽なんて、結局はがらくただ。染みだらけだし。あれは太陽の第一段階、試作品、模造品、偽物《にせもの》、それ以上のものじゃない……」

アルレタはワインに酔っているからもう遠慮は要らない、と若者たちは承知している。

「あんたの年はいくつ？」

「五十二だ」

「二十歳《はたち》になれる。あの子の方はいくつ？」

「二十三になる、この五月十日に」

「じゃあ十八だな、娘盛りだから。二人は恋人みたいだ」

「黙れ、ガキども！」

フォロニエも吹きだした。男の子たちがますます調子に乗ってきて、もはや止める手立てがないのをよくわかっている。彼らは実際こう続けている。

「俺たちもあの子のことをよく覚えてる。それだけ親しかったけど、ここからいなくなったのは俺たちのせいじゃない。どうだい、アルレタの旦那。あの子は綺麗すぎた。俺たちには綺麗すぎたんだ。だがもうすぐ俺たちが行くところでは、そんな違いなどないだろうよ。みんな若返って、みんな幸せ。絵にもあるけど……」

テーブルの下で肘《ひじ》をつつき合っている。

「よく知ってるだろ、教会の絵のことだよ……つまりそう、あの子は羽根を持っている。天使のような……遠い高みから俺たちをみつける。そして下りてくる……」

一人が言った。

「セキレイのように赤とグレー」

別の者は、

「ヒワのように緑と赤と黄色」

さらに別の者は、

「カササギのように黒と白」

だがそのとき、まるで桃の木の幹から噴き出た樹液のような太いふた筋の涙がアルレタ爺さんの頰をゆっくり流れているのに気づいた。

彼はもう何もしゃべらない、身じろぎもしない。太い涙の川はなかなか落ちていかない。年老いた肌はそれほどざらついてでこぼこなのだ。

X

ルヴァが女房を呼んだ。

寝室にある机のようなものの前に座っている。蓋を上げると書き物机になるのだ。隣に女房を座らせた。

「なあ、何が起きるかわからないから、身の周りの整理をしないとな。とりあえずジュリアンに戻ってくるよう手紙を書いてくれ」

二人の息子のうちのブドウ畑で働いている方だ。

「何日か休みをもらえと書いてくれ。そうだ」さらに言う。「もし万が一状況が悪くなれば、あいつにいてほしい」

膝は治ったけれど、ルヴァの親爺は具合が悪そうだ。顔はくすんで、太りすぎ。柔らかい頬には無精ひげが生えている。

「ああ！」また話しだす。「俺たちは働いたよな、おまえ！　夏は朝早くから起きて、寝るのもけっこう遅かった。まあ優に十五時間。あちこち駆け回った。ここと山の小屋、それから下のブドウ畑と、年に何度往復したことか。ちょうど苦労が報われるというときに……残念だ！」

女房も太めで顔も青白いが、驚いたように夫を見つめている。こんなに長々とおしゃべりを聞くのは初めてだからだ。彼は書き物机の蓋を上げた。

「とにかくジュリアンにすぐ手紙を書くんだ。アルフォンシーヌ（二人の娘だ）は結婚しているから、夫のところにいさせないとな……四人が集まれば、あとはうまくいくだろう……俺は金《かね》を三つに分けた」

引き出しを開け、紐でくくった包みを三つ取りだした。各々の包みの上には子供の名前が書かれている。

「それぞれの取り分だ……裁判所が口を出すまでもない……家と地所のことは、この中にみんな書いてある」

引き出しから黄色い封筒を取りだした。〈遺言の件〉という文字が読みとれる。

「もし仮に俺が真っ先におさらばしたときどうしたらいいか、おまえにもわかるように」

「でも」女房は言う。「死ぬときはみんな一緒だし。それとも……」

口ごもる。

「そんな時は来ない……あなたの病気が治ったように……ねえ、ドニ、あの話を信じてるの？」

「もしもってこともあるだろ。貯えはできたのか？」

「貯え！」女房は答える。「ええ。バターが三か月分とチーズが半年分……それにパンは八か月分焼いた。ハムが三本、調理用のソーセージが三十本と生で食べられるソーセージが二十本。砂糖が十八キロ……」

さらに考える。

「ポレンタ（北イタリア発祥の、とうもろこしの粉を水で煮こんで練り上げた料理）は袋にいっぱい。家畜に食べさせる干し草は七月の分まで……」

「それだけあれば十分だな」彼は言う。「もう動き回れなくなるし」

「動き回る？」

「もう家から出られなくなる」

「どうして？」

「暗くなって凍りついてしまうから」

「誰がそう言ったの？」

「アンゼヴイ……これまでは、夜だけじゃなく昼もあった。暗くなっても、次は明るくなった。でももう夜しかなくなる。次も夜、そのまた次も夜。零下八度から十五度、そして二十度……薪はたっぷりあるのか？」

「なんですって」女房は答える。「よく知ってるでしょ。もうどこへ置いていいかわからないほどよ。

家の周りに山と積んである……」

「取りに行けるかどうかだな」

「薪小屋にもいっぱい、物置にもいっぱい」

「台所にもひと山作っておけ。念のために……それから、みんなの冬用の服もあるだけ全部出しておけ。必要に応じて重ね着していこう」

さらに考えてから、こう言った。

「これぐらいでいいだろう」

まだ午後二時にもなっておらず、寝室は南向きなのに、もうランプがついていた。二人は並んで座っているが、もう何もしゃべらない。ルヴァの女房は、書き物机の上で震えている柔らかで真っ青の自分の手を見つめている。材質の関係か、蓋の木目《もくめ》は麦穂の束のようだ。手はどうしてこんなに血の気を失ってしまったのだろう。

そのとき、誰かが台所に入ってきた。ルヴァがまずしたのは、書き物机を再び閉じること。そして考えた。〈きっとリュシアンだ〉

呼びかける。

「リュシアン！」

ドアを開けたリュシアンは、机の前のランプの下に両親が座っているのを見て驚く。

「俺は身の周りを整理したぞ」ルヴァが言う。「あのときのために……まあ、もう知ってるよな……」

リュシアンは答える。

「いや、知らない」

「そうか、それならそれでいい……おまえらの取り分を作った。包みは三つ。おまえのと、兄さんのと、それに姉さんのだ。その場所は、もう母さんには教えた。だがひょっとして母さんが……そう」さらに言う。「常に万が一のことを考えておかないとな……もし母さんが……まあ、おまえにも教えておこう……あそこだ、わかるな……」

引き出しを開けて、包みを指さした。そして言う。「あれがおまえのだ……それぞれの上におまえらの名前が書いてある」

引き出しを閉じた。

「今まで何をしてた？」

「馬鍬を直してた」

「あれは急ぎじゃない」ルヴァは言った……「それより薪をとりに行け……」

だが息子の方はあることで頭がいっぱいだった。それは、〈金が入るぞ。親父は思っていたよりずっと金持ちだな。財産はどれくらいあるか一度も聞いたことはなかったが、俺はさっき封筒を目にした……急いでガブリエルのところに行かないと〉

斧《おの》をつかんだ。それを道路沿いの林の木の根元に隠すと、下サン＝マルタン村まで走った。村からそう遠くないところで出会った男の子に十サンチーム渡した。

「ガブリエル・デュセがどこに住んでるか知ってるか？　そうか、行って俺が待ってると伝えてくれ。でもあの子以外には誰にも言うな。うまくやってくれたら、もう十サンチームやるから」

子供は駆けだした。一方リュシアンは繰り返し考えている。〈それにしても厚い包みだった。一体

中に何が入っているんだろう。お札かな？　もしそうだとすると、俺たちは金持ちになれる！……〉

干し草置き場の前に積んである材木の上に座った。そこから下サン＝マルタン村が見渡せる。窪地にある村全体を見下ろせる。この季節の村は氷河の崩れた底に似ている。つまりクレバスだらけ。〈よし〉彼は考える。〈前貸ししてくれるよう親父に頼もう。断ったりはしないだろう。だけどあの子は来るだろうか。もうそうしょっちゅうは会えなくなると俺が言ってから、ずっと機嫌を損ねているはずだ……〉だがともかく相手がやって来るのが見えた。物事が逆転して様相が一変する瞬間というのが人生にはあるものだと彼は思う。遠くの方にあの子が現れた。黒くはっきりした影が近寄ってくる。リュージュと靴に擦《こす》られて、道自体も黒さが目立つ。娘はときおり村の方を振り返る。それでもどんどん近づいてくるので、彼は立ち上がって帽子を高く上げた。「そうなんだよ」先に口を開く。「あれはみんな過ぎたことだ……急いで来て！　さあ！　ガブリエル」今は大声で呼びかけている。「さあ！　急いで。詳しく話してあげるから……」娘は利口でおとなしそう、内気そうな一方で茶目っ気もありそうだ。痩《や》せていて背が高い。立ち止まると、スカーフの下で微笑んだ。彼は、「やっぱり来てくれたね。誰かに見られなかった？」――「まあ！」娘は答える。「見られたらよくないの？いけないことをしているわけじゃないのに」――「伝えたいことがあったんだ！」彼は言う。「いい知らせだけど、どこに行けばゆっくり話ができるかな」

娘は答えた。

「干し草置き場はどう？　うちのだから」

入口の脇の材木の下に隠してある鍵をとった。戸を大きく開けたまま干し草に座る。

「知ってるよね。うちの親父はあの噂話に怯《おび》えてる。聞いただろ？　知らないのか。まあ、どうでもいいけど。でもとにかく親父は俺たちの結婚話にすぐには耳を貸さなかった……ところがなあ、状況が変わりそうなんだ」

「いつ？」

「もうすぐ。一、二週間ほどあとの十二日か十三日ごろ。親父は怖くなったんだ。だがそれは間違いだったとそのとき気づくだろう。しかも親父は金を持ってる」

娘はスカーフの先をほどいて首にかけた。髪はブロンドだ。シニヨンにした細くて柔らかい髪を項《うなじ》に垂らしている。話は聞いてはいるが、意味がよくわからない。

彼は言う。

「最初から話さないとな……まあ、俺もあれを信じていた。しばらくは」

「何を？」

二人の背後の干し草がパチパチはねている。外に出られなくなったバッタだろうか、それとも二つ折りにされた長い藁屑《わらくず》が弾力で急にはね返ったのだろうか。

「アンゼヴイ爺さんのことは知ってる？」

「もちろん。病気を治してもらいに家へ行くもの」

「そうか、あいつは学者で、ぶ厚い本を一日中読んでる。あるとき、うちの親父にあのことを言ったんだ……ああ！　あいつは計算を何度もやり直した。それで親父は信じたんだ。君は信じる？」

「あなたは？」

「俺は信じない。だが親父は『待っていろ』と言う。それで俺もこう思うことにした。〈待つしかない〉俺も怖かったからな。それで女の格好を……」

娘は目を丸くした。

「そうだ。シドニーのスカートとカラコを借りて女に変装したんだ。プラロンの店にいる子だよ。友達が集まって、アンゼヴイにいたずらしようということになった。『お前が女役だな……』とみんなに言われた。女の格好をして、そう、白粉《おしろい》をつけ、マッチの消し炭で眉を描いて。怒ってるの？……ガブリエル、まあ話を聞いてくれ……奴の家に着いたら、ほかの者は隠れて、俺が窓ガラスを叩く。あいつは火の前に座っていた。俺は言った。『私です、アンゼヴイさん』わかるだろ、女の子のか細い声で。俺は言った。夜中の十二時だ。『アンゼヴイさん、開けてください。お願いだから』また窓ガラスを叩く。そのときまであいつは火の前に座って、こっちに背を向けていた。火の前の真っ黒な影が立ち上がる。その色が変わった。真っ白なものが目の前にいる。顎ひげのせいだ。そのとき俺は怖くなった。まるで雲のように見えたから……」

「それでどうしたの？」

「逃げた……」

さらに言う。

「そうだよ、怖くなったんだ……俺は思った。〈こいつは人間じゃない。人間以上の存在だ〉俺は怖くなった」

「今は？」

「ああ！　それを言いに来たんだ。俺はもうあんな話なんて信じちゃいないが、親父は相変わらず信じてる。身の周りを整理して、包みを三つ作った。そう、俺たちは三人きょうだい、兄貴と姉さんと俺。さっき呼ばれて、『これはおまえのだ』と言われた。見てみると、こんなにぶ厚い。中に何が入っていたかわからないが、きっとお札だろう。もちろん千フラン札か五十フラン札かは知らないが。でもとにかく何か入ってる。たくさん入ってる。これで俺たちは結婚できるぞ」

娘は微笑む。そして言った。

「でもあなたは、どうして考えが変わったの？」

「みんなにばかにされたからだ」

「誰に？」

「友達にだよ、メトライエ、ティシエール」

「それで？」

「今日の午後は金のこともあったから、うれしくて元気が出てきた。それがもらえるとわかったんだから、すべてはうまくいくだろ？　そう思わない？」

「まあ！」娘は答える。「私はお金よりもあなたのことが。姿を見せなくなってからはね」

「会う勇気がなかったんだ。気が滅入《めい》って」

「そんなこと忘れたわ。今はここにいるんだもの」

だが彼は一つの考えが頭から離れない。

「そうだろ？　自分の家と畑、牧場、ブドウ畑があるのはわかってた。知らないわけがない、みんなで働いているんだから。でも金のことは……さあ、これで金も手に入る。みんなに結婚のことを知らせられるぞ」

「あまり急がないで」

「どうして？　まあそうだな、君がいいなら十三日まで待とう。十三日はあの日だから……でもねえ、やっぱり変だと思わない？……そう」さらに言う。「この冬の天気は。もちろん俺たちのところは一年のうち半分は太陽を拝めず、君のところも似たりよったりだけど、そんなことはどうでもいい。気になるのは、十月から一度も晴れの日がなくて、一度も陽《ひ》が差さなかったことだ。霧のない日なんて一日もなかった。だから年寄りたちの気持ちが滅入って、女や病人たちも……それから本を抱えたあのいかれ野郎も……」

「あら！」娘は言う。「きっとあの太陽だけにこだわってはいけないのよ。一つだけじゃないでしょ」

「それ以外はどこにあるの？」

娘は首をかしげながら微笑み、胸の少し左側に手をあてた。

XI

イザベルは仕立屋のジャンヌ・エムリーを家に呼んでいた。金曜日のことだ。

二人は二階の部屋にいる。ジャンヌ・エムリーはミシンを持ってきている。石ストーブの火は朝からずっと勢いよく燃えている。

天気が悪くて暗いので、イザベルはテーブルを窓辺まで動かしてから段ボール箱を置いていた。箱を開けると、

「これで足りるかしら。作れそう？」

「大丈夫よ！」

青いアルパカ生地《きじ》だが、きれいな銀色に光る襞《ひだ》がいっぱい入っている。

「生地を追加注文する手紙をアンタマタンヌに書いてもいいわね、ってオーギュスタンに頼んだの。でもなんてことでしょ、あの人はうんと言わないの。こんなこと初めてよ」

「どうしたのかしら」

イザベルは額《ひたい》を触り、それから唇に指をつけた。

「そんな話は禁物なの。大したことじゃないから。どう思う？　あの人はもう薪のことしか考えてない。けさもジャンを連れて森に行った……」

「とにかく」ジャンヌ・エムリーが応じる。「どんどん寸法を測っていきましょう。スカートに必要な生地の量がわかれば、カラコの分が足りているかどうかはすぐにわかる」

「そう！」イザベルが答える。「変よね。オーギュスタンが何かを断るなんて初めて。でも私はそんなときのやり方なら心得てる。それでこう言ったの。『春用によ。もうすぐ春になるわ、オーギュスタン』あの人は肩をすくめたわ。顔色も悪い。同じように顔色の悪い人が村には五、六人いる。理由はわかるわね。私がこう言っても無駄だった。『だけど、私たち、私たち女が一番に始めないと、そう、おしゃれしないと、って思わない？　太陽を呼びこむのよ』でもあの人はこう言った。『黙れ！　君は自分が何を言っているかわかってない』私は言った。『ねえ、オーギュスタン。ここへ来て』そして続けた。『これでもまだ駄目？』最初に鼻先にキスした。うんと言ってくれて、私の思いどおりになるまで。でもそうはならなかった……仕方ないわ！」

ジャンヌ・エムリーは巻尺《まきじゃく》を取りだした。イザベルはブラウスを脱ぐ。すると太陽が再び戻ってきたかのように、部屋が明るくなりはじめた。

季節が二か月も進んだように見える。

「まあ！」ジャンヌ・エムリーが言う。「顔だけじゃないのね……ピカピカ輝いているのは顔だけじゃない。どんな手入れをしてるの？」

「何もしてないわ」とイザベルは答える。

「八十七」

スカートの丈《たけ》だ。

「もっと短くしたい？」

「もちろん……短いと、山小屋へ踊りに行くとき便利だし……」

ジャンヌ・エムリーは手帳に数字を書きつけている。

六十九。これはウエストだ。

「ずいぶん細いわね」

だがイザベルは溜息をついた。

「どういうこと？　それは私のせいじゃない。あの人はあっちの方は淡泊だから」さらに言う。「それに手際も悪いし。もう八か月になるでしょ？　どうしたらいいかしら。結婚してもう八か月よ。私はオーギュスタンに言うの。『子供は夏に生まれないと。太陽の恵みを享《う》けさせたいのなら、天気の良いころに生まれないと……』ところが子供はできない。できたとしても、冬が来るまでには生まれない。ジャンヌ・エムリー、だから言うの。『スカートを短くして』って」

ジャンヌの方が少し年上だが、二人は親友、友達同士だから何でも話す。

「若ぶりのスカートを作ってくれたら、またみんなで山小屋へ踊りに行けるかも……」

「誰と？」

「誰とでもよ。ちょっとこっちへ来てくれる、ジャンヌ？」

「ちょっと待って」ジャンヌは言う。「生地の長さを測らないと」

「三メートル五十あるわ」

「待って。一、二、三。ちょっと足りないわ。スカートに二メートル五十は見ておかないと……残りは一メートルもない……」

布に蠟《ろう》引きした測定用テープを手にして近づく。「うわっ！　冷たい」とイザベル。項から肩までぺたりとつける。次は肩から手首まで。

「身体には丸みがあるわ！　襟《えり》までは作れそうにない」

「それなら、なしにしましょう」

「みんなにどう言われるかしら」

「スカーフをつければ誰も気づかない……そうだ！」続ける。「私はいろんなものを持ってる。婚約していたころのもの、あの人がまだプレゼントをくれていたころのもの、一緒に定期市に行っていたころのもの……」

階段を下りていく。貝殻装飾で覆われた小さな箱を持って戻ってくる。大きな貝殻は蓋の上、小さな貝殻は側面に貼りついている。それを両手で運んできた。金めっきの掛金と錠《じょう》付きだ。

「これも婚約時代のもの」

箱の中には、四つに畳んだシルクのハンカチ、金のブローチ、イヤリング、珊瑚《さんご》のネックレス、ヘアピン、銅でできた櫛《くし》が入っている。

「どう、いろいろ揃ってるでしょ。天気が良かったおかげよ。戻ってくるわ、あの太陽は。自分で戻ろうとしないのなら、無理やり戻らせましょう……ねえジャンヌ、スカートの方はどんどん進めて。あとはなんとかなるから。いつ試着できるかしら」

「日曜日の午後はどう？」

「あなたの家で？」

「よければ、うちで」

「それがいいわ」イザベルは言う。「あの人には何も知られたくない」

鏡の前でスカーフをいくつか試してみた。鏡に映る姿はまるで太陽だ。鏡の中に美しい彩《いろど》りを与え、それは自分とその周囲に反射する。杏《あんず》の色、旬《しゅん》が終わる間際《まぎわ》のマスカットの色。彼女は斜め折りにしたシルクのスカーフを首に巻く。房《ふさ》ができるが、うねっているので、すき間から肌がのぞいている。

ジャンヌ・エムリーが言う。

「どうしたら髪にこんなに艶《つや》が出るの？」

「ソーダを使って洗ってるの」

「それから？」

「火の前で乾かすのよ」


〈私は釘を打ちこむ。これが最後〉〈そして〉ブリジットは考える。〈私はもう動かなくなる〉ランプの油をまた取り替えた。芯を切ると、戻って腰を下ろした。こう考える。〈あの瞬間を迎える用意はできた。でもどんな感じだろう〉

村は依然として暗い。どこも、家の外も中も、しんと静まりかえっている。彼女はスカートの前で手を組み、口をつぐんだまま首をかしげる。〈十三日に火のような光が現れるはずの山の上には、もう何も現れない。三日経つと、私は動かなくなる。はるか空の上は、以前は緑色、黄色、そしてバラ色だった。突然、火に薪をひと抱えくべたようになったあと灰色になり、それがさらに濃くなる。少しずつ黒くなっていく。私は動かなくなり、すべてを悟る〉

〈そのときは灯りをつけているだろう。瓶には油がいっぱい入っている。だから私は暗くなるまではおとなしくしていよう。私のところは真っ暗にはならない。すぐ暗くなりもしない。ともしたランプがあるから。その寿命はちょうど私と同じくらい〉

〈寒くなる、どんどん寒くなる、とアンゼヴイは言っていた。でも私にはこの火がある。腕を伸ばす力が私に残っているかぎりは燃え続けるだろう〉

〈私の心臓が動いているかぎり。私の年老いた血がひからびた皮膚の下で温《ぬく》もりを保っているかぎり。――それからは、あなた様のご自由に。あなた様がすべてをお決めになる。ご存じのとおり、私は弁解も抗議もしない、取り乱しもしないし、文句も言わないのだから。あなた様が今度いつ来られるかはランプの炎が知らせてくれるでしょう。順々にゆっくりそれぞれの家に入ってこられる。そして私の家にも〉

目を閉じたが、また開けた。ミサのために山を下りる時刻なのだ。ショールにくるまり、黒いウールのスカーフを頭に巻いた。ミサ典書《てんしょ》を手にとると同時に引き出しを開ける。新聞紙に包んだ硬くて丸い小さな物を四つ取りだし、ポケットに入れた。あまり速くは歩けないので、少し早めに出発した。だから路上には一人だけ。きょうは雪道が開かれ、よく踏み固められている。しばらく前から雪は降っていないからだ。それにたとえ雪が融けなくても、季節が進むにつれて雪は踏み固められて厚みがどんどん減るのだ。そのため苦労なく進めるし、靴にくっついていた土埃《つちぼこり》のおかげで、滑り防止に年配の女性たちがよくやるように、切った古ストッキングを靴にかぶせる必要もなかった。こうしていつもの日曜日と同じように、この日もミサが執《と》り行われた。いつものように、上サン＝マルタンの村人たちは列席した。すべては平穏無事に過ぎた。この遠く離れたサン＝マルタン村からやって来た男たちは、しばらく教会の前にとどまっておしゃべりに興じさえした。ブリジットだけはポケットに四つの小さな包みを入れたままだから、急いで村を突き切り、妹が住んでいる家に着いた。

「あら！」驚いた妹は言う。「どうした風の吹き回し？」

「おまえたちに挨拶に来たよ」

「ほんとに久しぶりね。一緒にお昼を食べていって」

「無理だよ」

「なぜ？」

「家の用事があるからね」

「へえ！」妹は言う。「あんたのようなお婆さんが」

「うちのじゃない。アンゼヴイのところ」

「薬草を扱っているお爺さんのこと？」

「そう」

「元気なの？」

「具合はあまり良くない……それはそうと」そして言う。「子供たちは？」

「まだ帰ってないの」

「まあ！」とブリジット。

「あら、帰ってきた。あの子たちよ」

そのとき若い娘が二人入ってきた。

ブリジットはポケットから小さな包みを二つ取りだした。

「おまえたちに持ってきた」彼女は言う。「ほんの……ほんのお土産《みやげ》。一つずつある」

みなびっくり仰天《ぎょうてん》した。ブリジットは貧乏なのだから。お土産って？　一体どういうことだろう。

「兄さんたちを探してきて。カフェにいるはずだから、ブリジット伯母さんが来ていると言いなさい……」

母が二人姉妹の上の方に言うと、娘は出かけ、すぐに二十歳くらいの若者を二人連れて戻ってきた。

ブリジットはそれぞれに小さな包みを差しだした。「中を見てもいい？」と男の子たちは訊く。

それは五フラン硬貨だった。

二人は、「ああ！　どうもありがとう……」

彼女は応じる。「お土産だよ」

二人は笑っている。「ちょうどよかったよ。きょうの午後、射撃協会の集まりがあるんだけど、ほんとは行きたくなかったんだ……」

「二人とも兵役《へいえき》が終わったの」母が言う。「二人とも射撃兵に……」

「みんなと呑まなくちゃいけないんだけど、金がかかるから行きたくなかったんだ……でもこれでなんとかなるよ……どうもありがとう」

XII

たしかに気候は、最後までアンゼヴイの言葉を信じた者たちに理があると思えるかのようだった。彼は言う。「太陽が病んでいるからだ。もう霧を振り払うだけの力はない」さらに言う。「毎日少しずつ沈んでいき、毎日次第に弱まり、冷え、縮んでいく。だがそのときが来るまでみんなを怖がらせないよう、このことは誰にも何も言うな」だからブリジットは何も言わなかった。彼は吊るした薬草の下で咳をしているが、秘密を知っている者たちはうなずく。「あの人が悪いんじゃない」

冬のさなか、太陽が一日中顔をみせないこれらの村々でさえ、ふだんの澄んだ空ときらめく雪はことのほか美しいからだ。太陽を六か月の間拝めないここでさえ、山々の背後に太陽の存在が感じられる。さまざまな色をその使者として送ってくる。ほのかなバラ色、薄黄色、赤茶色の繊細な絵筆が周囲の斜面を彩《いろど》っていく。屋根の上の雪は、青く染めたばかりの布のようだ。雪は屋根の端に厚くはみ出しているから、四つ折りにしたベッドシーツを何枚も重ねたように見える。はみ出ている雪の塊はときどき崩れて落下し、音を立てて砕け散る。熟した果実のようだ。杭《くい》の先にのった雪は羊毛で作った縁なし帽といったところ。大気は微妙な変化こそしているが動かない。だから人は大気を吸うというよりは呑みこんでいる。それは見渡すかぎり水晶よりも透明なので、物を曇らせたりぼやけさせたりするどころか明瞭かつ間近に見せる。まるで眼鏡のレンズだ。われわれから隠れたまま、太陽が谷の向こうの山々を急に照らしだす瞬間がある。半円状にずらりと並んだ大山脈が現れる。おがくずの山にマッチで火をつけたかのようだ。何キロも続く山の大パノラマだが、こちらは闇の中にいるというのに、いたるところで燃えあがる。空にはさまざまな形や色の頂《いただき》が何百も並んでいる。三角形、四角形、それ以上のもの、円形、単なる尾根の隆起、下の部分が隠れて円柱や塔、木の幹のごとく単独でそびえ立っているかのようなもの。尖《とが》ったもの、すり減ったもの、円《まる》くなったもの、なまくらで尖りの悪いものもある。熟した小麦の山のように見えるものもあれば、固められた大気、すなわち空気の塊が積み重なったように透明なものもある。子供が口をつけた氷の塊に見えるものもある。——裾《すそ》野《の》はといえば、大斜面に並んでいる影と光の帯を、少し下にある森のギザギザの線が断ち切っている。はるか遠くからあらゆる音が聞こえてくる。空の果てまで何もかも見える。スキーヤーが稜線を滑るときに上げる、小さな列車が走っているようなわずかな雪煙さえも。ひとたび夜になりあらゆるものが消えてしまうと、白い大地の上にあった火花と同じほどの数の光が今度は暗い空にまたたいている。

この冬、雪は灰色のままで空は低く、すべてが侘しかった。ここ数日でさえ、わずかに残っていた光がさらに弱まったようだ。とりわけジュリアン・ルヴァがやって来た日曜日の午後は。

「何があったんだ？」彼は訊く。「親父に呼び戻された」

「たいしたことじゃない」フォロニエが答える……「しかしまあ、おまえには悪い話じゃない。いい骨休みになる」

みなはルヴァに尋ねる。

「あっちはどんな天気だ？」

それからしばらく経ったある夕方、プラロンの店でのこと。日が長くなってきたにもかかわらず、四時から灯《あか》りをつけねばならなかった。男たちは自分の家からプラロンの店へと向かった。不安を覚えている者もそうでない者も、手をポケットにつっこんだまま。革の縁なし帽はとろうとはしない。冬服も脱ごうとしない。十二月のような服装で、上着の下に未加工の羊毛の袖がついた厚いチョッキを羽織っている。凍えるような寒さが続いているからだ。夜だけでなく、一日中凍えるような寒さだ。

みなはパイプや葉巻に火をつけた。

戦争の状況は芳《かんば》しくない。ラジオは七時ごろニュースを伝えた。次はアコーディオンのコンサート。そのときジュリアン・ルヴァが入ってきた。

みなはシドニーを呼んだ。

「なあ、シドニー。音を消してくれないか」

彼女がスイッチをひねると、音楽はやんだ。煙で互いの姿があまりはっきりとは見えないが、少なくとも声は聞こえるので、おしゃべりは続く。

「おい、ジュリアン。どこにいる？　ここに来いよ。あっちはどうだい？」

「悪くない」

「天気は？」

「天気はどうかって？　いい日もあれば悪い日もある。そんな季節だ。きょう陽《ひ》が出たかと思えば、次の日の空はご機嫌斜め」

「ここことはちがうな」

「えっ！」とジュリアン。

「そう、変なんだ。この冬ほど電気を使いまくったことはこれまで一度もない。ところで、おまえの親父さんは？……」

「ふん！　何が言いたいんだ？　戻ってこいと言ってきたのは親父だ。俺は休暇を願い出た。親父が病気なので、とあっちで言い訳をしないといけなかった……ところがなんと」話を続ける。「それは本当だった。親父は顔色が悪い、お袋も……なあ、どう思う？……」

「たいしたことじゃない！」フォロニエが言う……「それより湖のほとりでおまえらがしていることを話してくれないか」

「いつもどおりさ。土を耕したり、ブドウの木を刈りこんだり……」

「そうか、ここにいる俺たちはまだ何もできていない……」

「俺たちは堆肥《たいひ》を運ぶんだ。もう春のような陽気が続いてる。『もうやめだ！』と言って、俺たちはチョッキを脱ぐ。シャツを脱ぐ奴さえいる。ところが翌日は雨。だがそれでも季節がかなり進んでいるから、塀の角を出て湖からの照り返しを浴びたときは、もうかなり暑く感じるよ」

「あっちには太陽が二つあるからな」フォロニエが応じる。「こっちには一つもない」

突然笑いだした。

「不公平だぞ！　向こうでは余計にあって、こっちは足りないなんて……俺たちはどうやって土を耕したらいい？　雌鶏《めんどり》みたいに雪を突っついてか。どうやって堆肥を運んだらいいんだ？　堆肥の山は雪で滑って、隣の家、そのまた隣の家へと流れ落ちてしまう。苦労のかいがないだろう？　どう思う、アルレタ」

いつものようにアルレタが来ている。アルレタは隅に陣取り、五、六リットル分の空き瓶を前にしている。アルレタは口を開く。「盗人！」のひと言だけ。

するとフォロニエがまた笑った。ジュリアン・ルヴァに言う。

「俺たちがどんな人間かわかってるだろ。無愛想で礼儀知らず……ひどく高く暗いところで暮らしてる。山は多すぎるし、おまけに近すぎる。おかげで俺たちの顔色は良くない。地下室にしまいこみすぎたジャガイモのようだ。性格も暗くなる。俺はちがうが」さらに言う。「だが周りを見てみろ……おまえもそうだ、ジュリアン。俺にはわかる。あっちにいたというのに。あっちではもう花が咲いてる」さらに言う。「鳥もさえずってる。でもこっちではまだ何の動きもないのだから、もうすべては終わりだなんて言いだす奴が出てくる」

「さあ！　こんな調子だが、とにかく乾杯だ！　ジュリアン。あと何日か辛抱すればわかるよ。みんなうまくいくって。おい！　アルレタ」

「盗人！」アルレタが言い返す。

「それしか言えないのか」

「盗人！」

だがアルレタはもう座ってさえいられない様子だ。ちゃんと立てるどころか、腰掛に深く座って両肘で踏ん張ってはいるものの、次第に身体がかしいでいく。目が閉じられ、また開く。さあ、どうすればいいだろう。なあ、アルレタ！

彼は振り向こうとしたが、身体がもう言うことをきかない。

その日曜日の夜はこんなふうだった。標高千四百メートルのどんよりした空の下、プラロンの店に十五人ほどが集まっている。煙草の煙がもうもうとたちこめて、電灯の光はぼんやりしている。流れ出した卵の黄身のようだ。今は全員がアルレタの方を見ている。突然彼の片腕が、つかんでいたテーブルから外れた。褐色の木のテーブルのへりに頭をぶつける。

「くそっ！」

彼は立ち上がろうとさえしない。帽子が床に落ちた。顎ひげがテーブルにこぼれたワインに浸《つ》かっている。グラスをひっくり返したからだ。腕は折れた枝のようにぶらぶらしている。みなが近寄って抱き起こした。両肘をテーブルに戻してから話しかけるが、何も聞こえていない様子。

「おい！　シドニー」フォロニエが言う。「こいつの勘定はいくらだ？」

「けさは三、午後は四、それから夜は……」

テーブルの上の一リットル瓶を数えている。

「五たす四たす三で十二……」

「一フラン五十掛け十二だから十八フランか。わかった、払ってやる。それからおまえらも手伝ってくれ」

アルレタのズボンのポケットを探る。

そして言う。「可哀想だがアルレタ、もう一度盗むからな。そうしなくちゃいけないんだ」

手を引き出すと、小銭、畳んだ札束、銀貨でいっぱいだ。「おや、まだ金持ちだぞ」それから、「おまえらも見てくれ。五、十、十二、十四」テーブルの上に五フラン銀貨や大小の硬貨を次々と並べていく。「十七フラン五十、十八フラン。これでぴったり。残りは元のところへ戻すぞ。万が一俺が訴えられたら、証人になってくれ」

笑う。今夜は始まったときより楽しく終わりそうだ。思わぬ余興があったし。みなは言った。「とりあえずは、こいつを家に運ばないとな。そうしないと床に転がってしまう」五、六人がとりかかった。ほかの者たちは面白がって見物している。彼らはアルレタの肩を叩いて言った。「アルレタ、行こう。時間だ。プラロンの店が閉まる……」口から出まかせだ。「行こうか、アルレタ」と呼びかける。だが彼は聞いてもいない。何か考えこんでいる。両腕に額を押しつけているので、頭の裏側と耳の後ろまで伸びた顎ひげしか見えない。するとフォロニエが髪の毛をつかんだ。「なあ！　聞こえるか」顔を持ち上げるが、放した途端にまたがっくりと落ちた。

「おい！　ラモン。足を持て」

ほかの者たちは成り行きを一つも見逃すまいと立ち上がった。フォロニエを囲んでいる。

「おい！　ルヴァ。おまえも手を貸してくれ。足の方を頼む。俺は肩だ……そうだ、引っ張ってくれ。腰掛に気をつけろ。これでよし」

さらに言う。

「さあ、アルレタ、おとなしくしていろ。ベッドで寝た方がいいだろ……」

そしてアルレタの耳元に身を寄せ、

「それになあ。言うことをきけば、おまえの娘は……そう、戻ってくる」

アルレタが突然身体を起こした。

「アドリエンヌは？」

「なあ、こんなおまえを娘に見せたいか」

「どこにいる？」

「とにかく行こう」

「盗人！」とアルレタが言った。

テーブルの上に倒れたが、フォロニエと主人が肩をつかんだ。ドアが開けられた。部屋にこもった煙が外に流れ出ようとするが、出られない。同時に霧が入ろうとしてきたからだ。霧と煙の間でくんずほぐれつの戦いが起こり、かがんでいる彼らの頭上に円天井のようなものができる。誰かがこう言った。「カンテラが必要だな」それほど暗かったのだ。カンテラを探しに行った。これが幸いした。カンテラがなければ、道は見えもしなかっただろう。アルレタは唸《うな》っている。カンテラが先頭、次はアルレタの足を抱えた男たち、それにアルレタの肩をつかんだ男たちが続く。アルレタは宙吊りの状態だから、胴のあたりは地面を擦《こす》っている。その地面は氷と土が混じって凍結しているが、はっきりとは見えない。彼はときおりもがこうとする。しかしそれも諦めると、文句を口にする。するとみなは「もうすぐだよ」と答える。灯りが地面に作る青白い円を追って彼らは進んでいる。どの家も光が消えているから何も見えない。フォロニエが「大丈夫か?」と尋ねると、みなは「大丈夫だ」と答える。しかし、そうとばかりは言っていられなくなった。アルレタを地面に寝かせる。彼は死人のように動かない。

みなは笑う。カンテラがまた進みはじめる。「この死人は軽いからついてるな」とみなは言う。

「着いたぞ」とフォロニエが言った。

カンテラが右に曲がった。「そのまま進んで、ドアが開《あ》いているか見てくれ」

カンテラは見えなくなったが、声が届いた。「うん、開いている」と言っている。

「それならこっちを照らしてくれ。足元が怪しくなってきた」

石にはつまずくし、道には古ぼけた二つの段差があった。表面の土と氷をきちんと払っていないからつるつる滑る。そのためアルレタの足をつけさせようとしても、うまくいかなかった。

苦労して台所のドアを抜けた。ふつう死者は家に運び入れるのではなく、そこから出すものだ。彼らは死者を自宅に運んでいる。

やっとのことで部屋を通りぬけることができた。それほど物が散乱している。かつてはベッドであったもの、木の脚があるからなんとかベッドだとわかるものにたどり着くには、床に転がっているいろんな物を足でどかさねばならなかった。ベッドの脚の間には汚れたぼろ切れの山。ズタズタになったシーツや毛布の残骸だ。


夜の十時ごろだった。イザベルは夫のオーギュスタンがまだ戻らないのにやきもきしている。彼は夕食のあと、両親におやすみを言うため家を出た。両親は隣に住んでいる。結婚したとき、二人だけのための小さな家を新築してもらった。年寄りは古い物をそのまま使うのが世の習わしだ。だから若者たちは新品を揃えた。〈何をしてるのだろう〉と彼女は考える。一人だとすぐに退屈してしまう。おしゃれしたって何の意味もない。褒《ほ》めてくれて、みんなにそれを伝えてくれなければ。午後の何時間かをジャンヌ・エムリーと過ごし、帰る途中では別の知り合いと会って、いつものように笑い、おしゃべりした。今はもう誰もいない。竈《かまど》の上のピンクのレース紙で飾りつけた棚にのっている目覚まし時計の針が〈X〉を過ぎると、もう我慢できなくなって立ち上がった。

古い方の家の台所に三人が座っていた。オーギュスタン、それに彼の両親だ。

三人とも口をつぐんでいる。

年のいった二人は疲れきっている。もともとおしゃべりではないから当然だ。気持ちが沈んでいるので、無理してしゃべっても言葉が尽きてしまう。テーブルに新聞が置いてあるが、父親も母親も読んでいない。こっちも当たり前だ。二人とも疲れているからだが、オーギュスタンは？　彼もしゃべらないし、新聞も読んでいない。三人とも黙っている。イザベルが入口のドアを押すと同時に、三人ともが憔悴《しょうすい》した顔を向けた。オーギュスタンは両親と同世代に見える。

「どうしたの？……」

三人は答えない。さっきのアルレタと同じ。

「今何時かわかってる？」

「わかってるさ……」と父親のアンチードが言った。

母親のアンチードが胸元で重ねていた手の片方を上げた。また下ろす。こう言いたいかのように。〈それがどうだっていうの？　もうすぐ終わりが近づいているとわかっているのに、まだ時間を気にするの？〉

イザベルはオーギュスタンの腕をとって、「帰りましょ」と言った。

「ジャンはどこにいるの？」とも。

「まあ！」母親のアンチードが答える。「ずっと前に寝たよ。あの子は呑気《のんき》だ、若いからね。でもわたしらは……」

イザベルは聞いてもいない様子だった。オーギュスタンは言われたとおり妻について行った。闇の中に手を伸ばして、「おい！　どこにいる？」と尋ねる。妻は自分たちの小さな家のドアを開けると、まるで玄関階段にカーペットを敷くように夫までランプの光を送った。今は周囲の壁から親戚たちが二人を見つめている。一人の砲兵士官は胸の前で腕を組んで袖の階級章を誇示している。二人のベッドはかなり高いので、上がるには椅子の助けが必要だ。ベッドには暗紅色地《あんこうしょくじ》のレースのきれいなベッドカバーがかかっている。古いタイプのベッドに最新流行の装飾。二人はまだまだ若いから。

「オーギュスタン……」

妻は夫の隣に横になると、灯りを消した。空っぽで沈黙した世界、もういたるところ何も見えず、何も聞こえなくなっている。二人はそこから抜け出て、自分たちだけの別世界へと移動する。妻は家の鍵はすべてかけ終えていた。「みんな閉めたわよ、オーギュスタン」声をかける。「今はうちにいる。私たちはうちにいるのよ。二人きりで」

本当に言葉が口から出ているのだろうか、それとも内心の声が話しているのだろうか。話す方法は一つではない。

だけどこれが最後のつもりでまたやってみないと。そこで相手の足を自分の足で探りつつ話しかける。手をまさぐり、身体を押しつける。だが夫は心ここにはない様子。

壁の方を向いてしまった。彼女は大声で呼ぶ。

「オーギュスタン！　ねえ！　オーギュスタン……ねえ！」話しだす。「眠ってはいないでしょ？……それなら聞いて。こう言いたかったの。『私と一緒に来てくれない？』って」

夫は振り返りもしなかった。

「どこへ？」

「上よ、山の上まで」

彼は再び黙りこむ。

すると妻は、

「まあ！　オーギュスタン。口がきけなくなったの？　それとも私の声が聞こえない？　あなたは下にいて、私は山の上からあなたに声をかけてるみたい。谷の反対側にいるあなたに呼びかけてるみたい。こんなに近くにいるのに、私たちは遠く離れてない？　オーギュスタン、返事をしないのね。一緒に来てくれるでしょ」

「いつ？」

妻は計算してから言った。

「十三日ね、次の水曜日」

彼が尋ねた。

「何しに？」

「太陽に挨拶しに行くのよ、オーギュスタン。とにかく戻ってくるでしょうから」

だが彼は何やらぶつぶつ言うと妻から離れ、広いベッドのさらに壁際《かべぎわ》へと場所を移した。

XIII

翌朝イザベルが訪れたとき、ジャンは物置で仕事をしていた。鎌を鍛えるときに使う小さな鉄床《かなどこ》をはめこんだ太い丸太に腰かけている。シャベルを修理している最中だ。そのため、わずかしかない日光を正面から受けとめようと顔を上げていないといけなかった。

イザベルが言った。

「オーギュスタンが村へ行ったから、急いで来たの。あなたがいてよかった」

彼はシャベルを膝の上にのせた。

「調子はどう？」

「あなたは？」

「元気だよ、ありがとう」

縮れた髪に手をあてて軍隊式の敬礼をした。山小屋を建てるときに使う木材の色をした顔の下から真っ白な歯が覗《のぞ》く。

ジャンは座り、相手は立っている。イザベルがまた話しだした。

「よく眠れた？」

「ああ！　俺はいつだってぐっすり眠るね」

「でも私は眠れなかった」と彼女。

オーギュスタンが姿を見せるかもしれない、と開いているドアから村へ向かう道に目をやるが、誰もいない。第一、来るのが見えたとしてもここからは遠い。

「ラッパを持ってきて、ジャン。ヤギの番をするときのラッパ。それを吹いてちょうだい」

「何のために？」

「それはね」彼女は言う。「まだ詳しくは話してなかったけど。次の水曜日なの。みんなの噂話はよく知ってるでしょ。ねえ、私たちの仲間で行かない？　もう二度と太陽が姿を見せなくなるとみんなが言っているちょうどそのときに、山に登って太陽が出るのを手伝うの。きっと出てくるわよ」

「オーギュスタンは？」

「行きたがらないの。あなたは？」

「俺は行きたいな」

「それなら急いでメトライエに知らせに行って。あの人の方が私たちより道に詳しいから。銃も持ってくるよう頼んでね。私はジャンヌ・エムリーを誘ってみるわ。全部で五、六人になるけど、誰にも言わないでね。朝早く出発するの。あなたはヤギの番をするときのようにラッパを吹く……」

女は何度も道の方へ目をやる。彼の方は丸太に腰かけて笑っている。二人は楽しげにしゃべっている。女は胸元にかかったスカーフの先を弄《もてあそ》ぶ。

「あなたはチビだったわね、よく覚えてる。私もあなたとたいして変わらなかったけど。覚えてるかしら？　あなたが朝早くヤギを連れて村を出ていたころのことのことだけど。私たちは窓ガラスの向こうから見てた。裸足で寝間着のままでね。いつも大きな白いヤギが先頭を切るけど、小さくて黒いヤギは行きたがらない。エモネおばさんは必ず遅刻よ。するとあなたは怒って、思いっきりラッパを吹いてた」

「覚えてる。そんなに昔のことじゃない」

「それなら、またやって。太陽が戻ってきたらきれいに輝くように、磨《みが》き粉《こ》でラッパをピカピカにしておいてね」

ラッパは銅製で、吹口《ふきぐち》は黒い角《つの》でできている。彼は笑う。

「いいね」ジャンが答える。「楽しい遠足になるな。それに外と内では大違いだ」続ける。「部屋にこもって暮らす奴もいれば、外で動きまわる奴もいる。俺たちは外の方」

「ジャンヌ・エムリーにも頼んでみる。あの子の家で落ち合いましょう。だけど来る人は秘密を洩《も》らさないようにしないと。あなた、メトライエ、ティシエール、ジャンヌ・エムリー、それに私。まだいるかな……メトライエは銃、あなたはラッパ。太陽が嫌《いや》がったって、無理やり引っ張り出しましょうよ」

「俺は出てくると信じてる」

「覚えてるでしょ。ここの村では十時ごろにならないと太陽は姿を見せない。私たちは八時前にはみつけて、みんなに知らせるの」

「わかった」

ジャンは立ち上がった。イザベルに近づくと、

「だけどイザベル。話が決まったんだから、プレゼントをくれない？」

「何を？」

「ああ！」彼は言う。「してくれる？　おでこに」

彼女は彼の両耳をはさんだ。また道の方へすばやく目をやる。それから、柔らかくて狭いところ、骨と近いので皮膚がぴんと張っているところ、豊かな髪の生え際《はえぎわ》のすぐ下に。茎が風でそよぐ麦畑のすぐそばにも似た場所。

「ええ！　もちろんよ」彼女は言う。「当然よ、あの人は来たがらないんだから」


そしてまた陰鬱な一日が過ぎた。次もまた陰鬱な一日だった。夜の十時ごろのこと。窓から光が消えるにつれ、家々もこの世から消えていく。闇の中に闇が加わる。家は次々と存在を消し去っていった。この死が支配する中で、村の場所を示してまだ生きていると訴えているのはもうかすかな光のみ。ブリジットの家の灯りだ。なんとかともってはいるが、息も絶え絶え。もし消えてしまえば、われわれにはあと何が残るだろう。

ドニ・ルヴァはベッドに入ったが、なかなか寝つけなかった。

おそらく十一時ごろのことだが、彼はこんなことを考えた。〈誰かが俺を呼んでいるのか、それとも夢かな……〉

だがまた呼ぶ声がした。そこで女房を肘で小突《こづ》く。

「おい、ウーフロジーヌ、何か聞こえないか？」

二人の息子はとっくの昔に眠ったはずだ。だが女房は傍《かたわ》らで身動きはしないものの、寝つけずにいるにちがいない。何も言葉を交わさないが、多分二人とも同じことを考えていたのだろう。女房が小声でこう返事したからだ。

「何かしら？」

「ドニ！」

たしかに誰かが自分を呼んでいる。家の前から声がしている。弱々しいが切羽詰《せっぱ》まった様子。囁《ささや》き声なのに、叫んでいるかのようだ。彼は身体を起こした。「おまえはここにいろ！」と言うと、灯りもつけずにベッドから出た。息子たちを起こさないよう、物音一つ立てずズボンと上着を身につける。その間も小声の呼びかけは続いている。「ねえ！　ドニ！　ねえ！　聞こえるかい、ドニ？」一瞬静まるが、また声がする。この声には聞き覚えが……

思ったとおりだ。戸を開けると、ブリジットがいた。

「ドニ、すぐ来て。なんてこと。ああ！　神様！」

彼は尋ねた。「どうしたんだ？」

「すぐに来て。あの人の火が消えてる」

「誰の火？」

ブリジットは答えた。

「アンゼヴイ……」

「それが？」

「だって」女は答える。「よっぽどじゃないと火を絶やさないでしょうに……私はよく知ってる。九時にはまだ窓ガラスの向こうで動いてた。それで私は眠りこんだ。それからしばらくしてはっと目を覚ましたの。大変なことが起きたと誰かが言っているような気がして。上の家ではもう火は動いてなかった……ドニ、行ってみて」

「それはいいが、あと二、三人必要だろう」

「あなたの子供たちを呼んで」

彼は首を振った。

「いや」彼は言う。「あいつらじゃ無理だ。俺が支度している間にあんたが誰か探しに行ってくれないか」

彼女はフォロニエとメトライエを連れて戻ってくる。これで四人になった。ルヴァの家からアンゼヴイの家は見えない。道の角まで行けばやっと見えるのだが、その夜は影も形もなかった。場所を示す光は、鉄道の保線員が上げ下げするくすんだ色の旗を連想させる。しかしその旗はたたんで持ち去られていた。雪自体にも色はない。床に垂れたカーテンの下から洩れるようなほのかな光を暗闇の中で発しているだけだ。これが最後の夜。彼らは進む。全部で四人。ついにアンゼヴイの戸口の前まで達した。中に入る。家の外以上に暗い闇が広がっていた。

「くそ！」メトライエが言う。「マッチはあるか？」

「俺が持ってる」とフォロニエ。

二人は戸口にいる。フォロニエは硫黄マッチを擦《す》ると、部屋の中へと腕を差しだす。だが小さな青い炎では知れたものだ。少し火の勢いが強くなったが、まだ十分ではなかった。

「あら！」ブリジットが言う。「ロウソクを探しに行かないと。マントルピースの上にあるはずよ。火といったらそれだけだったんだから」

「俺が行ってみる」とフォロニエが言った。

またマッチを擦ったが、立ち止まる。

部屋を包む静寂が前進の妨げになっているかのようだ。結局ブリジットも付き添った。マッチの火が消えた。テーブルとぶつかり、その位置がわかる。ブリジットが小声で言った。「ここよ」フォロニエの上着の裾《すそ》をつかむ。そしてロウソクがともされ、二人の姿が見えてきた。

「言ったとおりでしょ？」

フォロニエはロウソクを差し上げると、まだ戸口にいて入るのをためらっている残りの二人の方へ向けた。ブリジットは見分けがつくようになった肘掛け椅子に向かって手を合わせている。

三度続けて十字を切った。

肘掛け椅子にはアンゼヴィ爺さんがいた。眠りこむように、油が尽きて消えたランプのように、水が涸《か》れた泉のように、舌《ぜつ》が壊れて鳴らなくなった鐘のように、ひっそりと死んでいた。しかし、手だけは開いていた。本が膝から滑り落ちている。首が横倒しになっているのでもはや顔は見えず、夏の間も冬が続く山々の高みの白銀のような様相を髪の毛と顎ひげが見せているだけだ。

「何があったんだ？」

フォロニエだ。何か口にせずにはいられなかった。

「何があったんだ？　年寄りだから寿命が来たのかな。誰の手も借りずにいっちまった。さあ始めようか」フォロニエはしゃべり続ける。「身体が温《あたた》かいうちにな」

テーブルの上にロウソクを置いた。

「この人だけじゃなく、私たちも」ブリジットが呟《つぶや》く。「私たちみんなも……ああ！　乱暴にしないで」遺体に近づいて運ぶ段取りをしているフォロニエとメトライエを見て言った。ルヴァ親爺はじっとしていたが、顎が震えているのが見てとれる。「お願いだから乱暴にしないで。どこに運ぶの？」

「ベッドがあるはずだが？」とフォロニエが答えた。

「まあ！」彼女は答える。「それは無理よ。最近はもうベッドでは寝てなかった。息をするのもやっとだったから。私がしてあげるからちょっと待って」

ブリジットは仕事にとりかかる。「こっちを照らして」と言って部屋の隅へ行くと、たしかにモミの木製の古いベッドがあった。枠組みは簡素で、藁布団《わらぶとん》と毛布が何枚か敷いてある。長枕にはカバーがなく、布団にはシーツがかかっていない。だが彼女は手で布団の皺《しわ》をできるだけ伸ばし、長枕をしかるべき位置に置いた。それから二人、シプリアンとフォロニエがアンゼヴイを運んできた。

「アルレタよりは軽いよ」フォロニエがしゃべっている。「それにいうことをよく聞いてくれる。暮らし向きはあいつとどっこいどっこいだがな……」

二人が藁布団の上にアンゼヴイを寝かせている間に、ブリジットは死者の手を組ませた。それからみなは彼の頭にスカーフを巻き、口を閉じさせた。そのあとはブリジット。「聖水とロザリオを探してこなくちゃ……」するとルヴァが言った。

「俺も行く」

しかし、彼は戻ってこなかった。

ブリジットの方は帰ってくると、永遠《とわ》の旅立ちまでの習わしに従って必要な物すべてを死者の周りに並べた。ロウソクに火をともし、テーブルの端にこざっぱりしたテーブルクロスをかけ、ベッドの傍《かたわ》らに腰かけた。

そしてうなずく。

「あの人が言ってたとおりだわ。『わしは〈あれ〉と同じときに旅立つ』って」

「なんだって！」

「ちゃんとわかってた。ちゃんとね」

「見分けがつかなくなったんだよ」フォロニエが口をはさむ。「自分と太陽のね」

「まあ！　もうやめて」とブリジット。

そのときメトライエが椅子から立ち上がった。「おや！　帰るのか」とフォロニエが声をかける。

「うん、もう行かなくちゃ。誰か代わりに来させるよ」

「俺はもうしばらくいる」

「私はずっといるよ」ブリジットは言う。「でも、シプリアン」と続ける。「私のランプはまだ大丈夫か、帰りに見ておいて」


同じ夜のこと、あの子は朝五時になると目を覚ました。たとえどんよりしていても、四月は明るくなるのが早い。片方の膝を動かす。もう一方も動かす。すると、「何してるの？」とオーギュスタンが尋ねてきた。でもまだ寝ぼけている。「なんだか喉が渇いて。台所で水を飲んでくる」ベッドから滑り下りる。灯りはつけなかった。足を忍ばせて家を出る。雪と暗闇の中に入るが、道のりは遠くない。ほどなくジャンヌ・エムリーの家の窓が明るく輝いているのが見えてきた。灯りをつけているので、窓の下から、「ジャンヌ、私よ」と声をかけるだけでよかった。

「今何時かしら。あの人たちももうすぐ来るわね」とイザベル。

「あら！」ジャンヌが言う。「まだよ」

「準備はできた？」

「私はできてるけど」

「私の服は？」

「ここよ」

ベッドの上にイザベルのスカートとブラウスが並んでいた。「でも」ジャンヌ・エムリーが言う。

「薄いから、少し寒そう」

「大丈夫よ！」イザベルが答える。「ショールがある」

鏡の前に行った。ジャンヌは紐をつけて釘に掛けてあった電球を近づけた。

「生地が足りなかったの」とジャンヌ。

「かまわないわ。ネックレスがあるし」

笑いながら、鏡の前で腕を上げた。笑い声は流れる水のよう、その水底《みなそこ》で白い小石にも似た歯が揺れている。

「ちょっときついわ！」

「待って」とジャンヌ・エムリーが言う。

両手でカラコを引っ張った。

「ぴったり合ってないし、あなたの身体は丸っこいの。あら！」さらに言う。「胸が見えちゃう」

「かまわないわよ、春だし。私のネックレスはどこに置いたの？　それにイヤリングは？」

ネックレスをつけると、褐色の首に赤い切り傷がついたかのようだ。血の滴に似たものも二つ耳を飾った。

それから鏡を傾け、足元から頭まで眺めわたした。鋲を打った大きな靴に小さな足が入っている。また眺めわたす。ウールの厚い靴下の中のふくらはぎは丸みを帯び、ウエストは細く、項《うなじ》はふっくらしている。

「ねえ、ジャンヌ。これでいいと思う？」

ジャンヌ・エムリーは、

「いいと思うわ」

するとイザベルはショールをとり、胸のあたりで結んだ。いろいろな色の小さな花束模様がついた黒いスカーフを顎の下で縛《しば》る。

「これでいいわ！」

ちょうどそのとき、窓の下からジャンの声が聞こえた。

「いるかい？」

イザベルが答える。

「ラッパは持ってる？」

彼は上着の下から取りだした。

それからメトライエとティシエールが姿を現す。イザベルはメトライエに言った。

「銃は持ってきた？」

彼の肩から銃身がはみ出しているのがすでに見えていた。

「弾は、メトライエ？」

彼はポケットを探った。手にいっぱいだ。シャモア狩りに使うものと同じ実弾だ。

「あるよ。ほら、言われたよりたくさん。何発撃たないといけなかったっけ？……」

「十三発連続で」

「なぜ十三？」

「きょうが十三日だから」

そのとき、みなは驚いた。弟のリュシアン・ルヴァだけでなく、思いがけずジュリアンもいたからだ。

「おや、二人とも来たのか？」

「なんだ、おまえも来るのかよ？」

「そうだ」ジュリアンは答える。「俺も早く太陽を見たいからな。寂しかったよ」

そのときメトライエが言った。

「アンゼヴイが死んだのは知っているな」

「さあ、これでよし、終わり！」イザベルが言う。「新しいスタートよ、それとも再スタートかしら。前を行って、メトライエ。道を教えてちょうだい。それからあなた、ジャンはその次」

彼女がドアを開けるとメトライエは、

「よし。ただしアンゼヴイが死んだからには誰もかれもみな終わりだと言い張る奴らが出てくるぞ」

イザベルの笑い声が響いた。季節外れのツグミの囀《さえず》りのようだった。

みなはじめは口をつぐんでいた。村を横切る道の一角を通らねばならなかったからだ。二人ずつ並んで歩いている。メトライエが先頭だ。ジャンはイザベルの隣、彼女に手をとられている。村の東側のはずれでは、ブリジットの家の灯りが窓ガラスの向こうでぼんやりと輝いている。その夜は、もう一つの窓がふつうよりも強く照らされていた。光はしっかりと安定してあまり変化しない。アンゼヴイの台所の片隅で燃えている数本のロウソクだった。

そのため彼らは黙ってアンゼヴイの家の脇を通りすぎた。山を登りはじめる。雪は凍っていた。夜になればますます凍る。しかし陽を浴びると底から融《と》けだすので、すでに厚みは減っている。メトライエが先頭を歩いている。彼が切り開いた通り道をティシエール、さらにほかの者たちがたどって広げていく。眼下に見える村は相変わらず眠りこんでいる。たくさんの小さな屋根はほとんど見えず、屋根を縁どる青い線もはっきりしない。周囲にも足元にもまだ何の変化も現れていない。雪がようやく色づくには、さらに登らねばならなかった。といっても、それは本当に色だろうか。下から青白いものが徐々に生まれてくるのが見えた。形も輪郭もはっきりしないが、ともかくぼんやりした光が出てきた。足元で日の光が生まれている。まだ暗闇に支配されている大気の中で、その光が彼らを導いた。ラッパを吹くべきだろうか、ジャン？　ああ！　まだだ。頭上にある山頂はそう遠くないが、まずはそこに着かないと。そこからは斜面を二つとも臨めるのだから。そこが山の両側が出会う地点だ。片側も覗ければ、反対側も覗ける。一つの地域全体、そして別の地域もまるごと目に収めることができる。

そのときはラッパを吹いてもかまわないだろ？

七人は尾根に達した。雪は風に吹き飛ばされている。ここは遮《さえぎ》るものが何もないので、北から南からと吹いてくる。彼らがこの山の背を前にすると、並んでいる岩塊が急に色や形を持ちはじめた。灰色になった、灰色が見える。それだけではない。木目模様《もくめ》がある、それが見える。染みがついている、それが見える。岩のすき間に雪が少し残っていたのだ。雪も見えれば、大地も見える。その上には黄色くなった芝がわずかに生えている。黄色、白、灰色、褐色。

そのときイザベルが腕を伸ばした。

「あそこを見て。言ったとおりでしょ？」

ほかの者たちは立ち止まった。今は彼女を見ている。イザベルも彼らを見ている。みんなの顔の色がわかる、服の色も。メトライエのゲートル、ティシエールのすね当て、ジュリアン・ルヴァの口ひげ。イザベルの褐色の頰は熟《う》れた桃のようだ。

「もうすぐ晴れてくるわ。ラッパを吹いて、ジャン。村まで聞こえるように。軍隊にいたころのように吹くの。こう伝えて。『起きろ、年寄りども、時間だ』と」

ジャンがラッパを吹いた。

すると村が徐々に息を吹き返していった。上からだと、光によって蘇るのが見てとれる。ジャンはうつむくと同時に楽器の吹き口を村の方に向けた。彼らを取り巻く大気は洗い浄《きよ》められ、すっきり透明になった。そのずっと先にある家々の屋根が完全に見渡せる。さまざまな方向に傾いた青っぽい四角形がひしめいている。ジャンのラッパはそれらを指さしている。そのとき青い屋根の上に、もっと薄い青がたなびきはじめた。晴れた日の凪に穏やかに揺られる湖の波の動きに似ている。下のあそこでは台所に火が入ったところ。女たちは竈《かまど》や炉の前に身をかがめている。「何の音かしら？」と女たちは言った。

顔を上げて考える。〈何の音かしら？　あれはヤギ飼いのラッパだけど〉それから窓の方を向いて、〈よかった！　きょうは晴れそう〉

「まあ！　坊や、どうしたの？」

ジュスチーヌ・エモネが子供を持ち上げ抱きしめた。額と額、頬と頬をつけて話しかける。だが顔を真っ赤にした子供はまだ歯の生えていない口を大きく開けたままだ。顔をしわくちゃにして泣くので、目がどこにあるのかもわからないほどだ。突然子供が息をしなくなる。長い静寂。聞こえるのはもはや切れ切れの息づかいだけ。

「まあ！　坊や、坊や、どうしたの？　どこが痛いの？　本当に何もかも終わりなのかしら」

だがそのとき、窓から明るい陽が差しこんできた。母親は近寄ってその光の中に入る。それから子供をまばゆい光へと向けた。

〈そうよ！〉考える。〈大泣きするから目がどこにあるか見えなかったのよ。でも顔は赤い、きれいな赤。病気なら、こんな赤じゃない。お腹がすいているだけかも〉

窓辺に腰かけて自分のカラコを開いた。突然泣き声がやむ。母親は胸の先を指でつまんで身を寄せる。すると鳥の綿毛のようなうぶ毛の小さな顔が横を向いた。かすかな音を立てる。私からこの子へと向かうものがある、流れていくものがある。

そのため母親はもう動かない。視線だけは上げるが、顔はそのまま。かしげた顔には、まるで別の光のような微笑みが浮かんでいる。見つめているのは格子の窓ガラスの先にある雪。庭のカーネーションが一斉に開花したようにバラ色になっていた。

ジャン・アンチードは上でラッパを吹いている。そのときルヴァの女房が夫を呼ぶ。「ドニ、ドニ、見て。あなたの間違いよ……日が照ってる……きっときょうは太陽を拝めるわ」上にいるジャン・アンチードは、「さあ、これでおしまいだ」上着の中にラッパをしまう。イザベルがこう言ったからだ。

「とりあえずはこれで十分よ」

それからメトライエに言った。「セジムまで尾根を進まないと。大丈夫かしら？　ねえ、メトライエ」

「もちろん行けるよ、晴れてるし」

彼らは石だらけの山の背を歩く。次は土が露出している山の背。ひたすら歩く。岩の上では歯で骨をかじっているように鋲が軋るし、生い茂った草の上はフェルトの絨毯《じゅうたん》を足で踏んでいるかのようだ。ねじ曲がったカラマツが数本生えている平地に達した。木は横風に吹きつけられた灰色の煙のように見える。だがその煙の向こう、左手の彼方《かなた》に突然見えてきたものは。

「ジャン、もう一度吹いて」

彼はラッパを吹いた。メトライエは相変わらずイザベルに手を差し伸べている。難所にかかると、メトライエは上から彼女を引っ張り上げ、ジャンが下から押す。

「さあ！　ジャン、いいわね。もう一度吹いて」

ラッパが輝きはじめた。

彼女は言う。

「暑くてたまらないわ」
彼らは山の出っ張りでまた立ち止まった。大地がはるか彼方まで見えてきた。頭上に大空が広がりはじめた。イザベルは言う。「暑くてたまらないわ」スカーフを外した。

肌は褐色とバラ色が混じり合い、首もイヤリングも見える、髪の毛も見える。髪にわずかにかかっていた雪が融けて小さな滴を作っている。草の先端についた露が日の光に輝いているかのようだ。

「ああ！」彼女は言う。「でも、もうすぐよね」ショールの下の胸が膨らんでいる。

「ほとんど着いたようなもんだよ」メトライエが答える。「もうあとひと踏ん張り。ちょうどいいときに上に着くだろう。おや！　身体が金色だ……」

イザベルを見ている。

「君ら二人とも金色だよ」ジャンの方も見ながら言う。「俺たちは日焼けしてるよな、ティシエール。まあ、俺たちは案内役だ。君らはついてきてくれればいい」

ミルクが凝固するように、雲が水平線に集まってふわふわした塊がいくつかできる。灰色だった塊はバラ色になり、きれいに並びながら震えている。海辺の砂浜に打ち寄せる波のようだ。そしてそれは向かって左手の方から始まった。ロウソクに火がついたかのように最初の山頂が現れた。彼らはまだ暗闇の中にいるが、東の方角の彼方では、今は全部の火が次々とともっている。かつてのように、想像したもの、自分で考えだしたもの、目をつむって思い浮かべたものだけではない。——現実のもの、本物、見えもするし触れることもできそうなものがそこにあり、視線を惹《ひ》きつけ我を忘れさせる。靄《もや》は丸くなって、いつでも飛びたてる気球のように山の平らな場所に並んでいる。これら気球のような球体はみな次々と飛びだしていった。その背後には朝の景色の中、千もの山頂がまばゆいドレスをまとって跪《ひざまず》いているのが見える。

「吹いて、ジャン。それとももう息が続かない？……」

彼は再び吹く。彼らの前にあるのは最後の急斜面だけ。登りはじめる。そのとき、山脈の上空が突然金色に変わる。日の光のせいで大きな扇を開いたようになった。

イザベルはメトライエに言った。

「準備して！」

「ああ！　でももう少し先じゃ」

すると彼女は言った。

「暑くてたまらないわ」

空気がどんどん生暖かくなってきたからだが、身体を動かしたせいもある。

「わかるだろ」リュシアン・ルヴァが兄に声をかける。「来てよかったって！」

イザベルの方はショールをとる。むきだしの首の下側に赤いネックレスが見えた。

「まあ！」ジャンヌ・エムリーが言う。「見てよ、あなたのカラコは短すぎる！」

「仕方ないわ」そしてジャンに、「あなたもそう思う？」笑うと、薄い布地の下のきれいな肩が揺れた。

「出てきてる？」

「まだ完全には」

「残念ね」彼女は言った。「だけど、待っていたら山小屋まで下りられない。この真下にあるのに」

「わかってる」メトライエが答える。「でも雪が深すぎるし、融けはじめてる」

「がっかり！　あそこで踊れたのに。ジャン、ハーモニカは家にある？　あるならいつもポケットに入れておいて。一緒に干し草作りに行きましょ。もうじきよ」さらに言う。「時間はあっという間に経つから。どう、ジャン？」

そして、

「メトライエ、準備はできた？」

彼女はみんなの前にいて、背を向けている。お下げ髪が黒ブドウの房のように項に垂れているのが見える。

頬のうぶ毛が突然輝いた。それと同時に首筋や肩の輪郭が炎の一閃《いっせん》を浴びて浮き上がった。

メトライエが銃を空に向けている。

一、二、三、四。村にいる者たちは銃声の数を数えている。「どこで撃ってるのかな」十三まで数えた。

アンゼヴイの通夜をしていたブリジットももう一人の老婆もまだ彼のそばについていた。そのとき、眠りから覚めたハエが部屋のどこかをぶんぶん飛び回りだす羽音が聞こえてきた。

「あら！」老婆が口を開いた。「どうしたんだろうね。こんな季節なのに……」

ブリジットは何も答えずに立ち上がった。そして布きれを持ってくると、それを死者の顔にかぶせた。

断章　もし太陽が戻らなければ

Si le soleil ne revenait pas

まずはユリスだろう。彼が一番の早起きだから。しかしベッドから出たがらない。すぐ二度寝に入るだろう。

このように考える間《ま》くらいはあった。〈まだ夜が明けてないから大丈夫〉と再び頭を腕にのせるだろう。ごつい手がはみ出している。

一方、三日前から熱を出している子供の看病に一睡もしなかったファヴル夫人はその日の夜の長さにいささか驚いていることだろう。〈変ね。寝ないと時間の経《た》つのがこんなに遅いなんて〉と思う。ハーブティーが入ったカップをとって、枕に埋もれている小さな顔に向けてかがみこむ。

その次は多分ラルパンだろう。年寄りだから眠りは短い。老人特有の不安感のため、長くじっとしてはいられない。目覚めるとすぐ立ち上がるはずだ。

実際にそうした。ガラスに膨らみのある大きな懐中時計が壁に掛けてある。時刻を見ようと時計に近づいた。首を振る。時計を釘《くぎ》から外《はず》して耳にあて、長い間聞き入った。時を刻む心臓部は金属カバーの中で鳴り続けている。チクタクという音を規則的に繰り返している。爺《じい》さんはもうどう考えたらいいかわからなくなった。〈針が進んだにちがいない。でもこんなことは初めてだ〉と思う。

寝室を横切って、ドアを開けた。台所に入る。二つめのドアを開け、廊下を突き進んだ。

時計は手にしたままで、スチールのチェーンが指に絡《から》まっている。

入口まで行くと、静かに閂《かんぬき》を引く。

開《あ》けた途端にこれまで見たことのないような暗闇が目に飛びこんできたので、少しあとずさりした。依然としてわけがわからない。再び時計を耳にくっつけ、前方を眺めながらまた首を振る。いっしょくたに見える庭や畑の向こうには広大で真っ暗な空があった。星が白くちりばめられている。輝いていないから、絵筆で空に描いたかのようだ。

暗闇と白い星しか見えない。風はまったくないが、非常に寒い。何もかもが凝固したかのように見える。空気そのものもかさかさして、ガラスのようだ。〈どうしたんだろう〉とラルパンは思った。

村は依然として眠っている。それで爺さんはひとまず安心した。きっとわしは目覚めが悪かったか嫌《いや》な夢を見たんだ。しかし喉仏《のどぼとけ》の下の筋肉が突然収縮して、喉仏を突き上げた。呼吸が苦しくなる。ドアを閉めなくてはと思い、そうした。そのまま立ちつくす。どうしていいかわからないので時が経つのを待った。

そのとき大時計が五時を告げたが、夜は明けていない。

とはいっても今は五月。五つの響きは二倍、三倍に増幅されているような気がする。金属板にぶつかったかのように反響してこだまからこだまへと跳ね返っていくので、知らんふりはできない。ラルパンは顔を突きだし、ドア板に耳をつけてそれに聞き入った。大時計が再び鳴る。その新たな響きも弱まってきたので、一つめのドア、そして二つめのドアを開けた。長い呼び声が闇から湧き上がってきた。

隣家《りんか》の女の声だと気づく。「ジュリアン！　ジュリアン！」と夫を呼んでいる。ジュリアンの返事が聞こえた。「悪魔の仕業《しわざ》にちがいない」反対側から三つめの声が「どうしたんだ？」と訊《き》いてくる。そして今は互いに尋ねる声があちこちで飛び交っている。

爺さんは勇気を出してドアを開けた。戸口に立ってあたりを見回すが、カンテラの赤い点が動いている以外はまったく何も見えない。光が強くないから点にすぎないのだ。上空には星が作る白い点、下界にはカンテラの赤い点がある。

爺さんは咳《せき》をした。冷気が足をつたわって上ってくる。それでも周囲の生の気配を感じたいからその場を離れなかった。爺さんも闇夜に向かって相手かまわず呼びかける。「どうしたんだ」

それに答える声があるが、どこからかはわからない。

爺さんはもう一度声を張り上げるが、その声は震えている。

「とにかく時計全部が一度に進むなんてありえないぞ」

返事をしてきたのはジュリアンの声だとわかった。

「悪魔の仕業だと言ってるだろ」

地下室の中のように黴臭《かびくさ》い。誰も動いていないのは見なくてもわかる。広場を囲んだ家々の戸口に立っている人の気配は感じられる。濃い闇をかき分けて呼び合い、会話を交わしているが、誰もあえて前に出ようとはしなかった。

突然足音が聞こえた。紐《ひも》をきちんと結ばずに大きな靴を引きずっている音がどんどん近づいてくる。それに大きな叫び声が加わった。全員が言い合う。「頭のいかれたローズだ（ラミュの小説『エーメ・パシュ』の登場人物。キリストと話せると思いこんでいる狂女）」

みなの前を女は走っている。姿は全然見えないが、間近で叫び声がするので背筋がぞっとする。それは動物の鳴き声のようだ。夜に納屋《なや》の梁《はり》にとまったフクロウが嘴《くちばし》を開けて発する音に似ている。羽の厚い綿毛の下からしぼりだすように嘆きに満ちた苦しそうなうめき声を上げる。女の声は薄れてしばらく静まったが、また金切《かな》り声になる。これが走っているローズの叫び声だ。大きな靴の紐を結ぶひまなどなかったから、踵《かかと》が鳴っている。

ああ！　なんと、こんなことがあるだろうか。あれは死の叫びだ。ラルパンはドアに寄りかかっている。そしてこう言った（今度はか細い女のような声で）。

「なんだ！　なんだ！　こんなことってあるか」

女たちはみな泣きだした。

＊　＊　＊

けさ僕は君のことを考えている。ものぐさだから、よろい戸もカーテンも閉めきった心地良い部屋の中で君が目覚めるのはやっと七時か八時だろう。温《あたた》かいベッドから出て最初にするのは、腕を広げて伸びをすること。それから欠伸《あくび》だ。

君は長い夜、それに何もかも忘れられる深い眠りが好きだ。ベッドを出るのは嫌《いや》だろう。だが突然、椅子の背もたれにかけておいたあの新調のワンピースのことが頭に浮かぶ。うれしくなって、すぐに鏡の前で着てみるだろう。それは白のワンピース。白は君によく似合う。だから君は微笑《ほほえ》む。けれども太陽がブラインドを突き抜けて送ってくるあの明るく透明な光の帯がカーテン地についていないのでがっかりする。どこも真っ暗だ。君は思う。〈きっと天気が悪いのね〉

それは大きな悲しみの種だ。とりあえずこのまま寝ていようと考えるが、〈外を見なくちゃ〉と思う。天気が悪いと決まったわけではないからだ。

急いで素足を小さな赤いスリッパに滑りこませて大きな肩掛けを羽織《はお》ると、手探りで進む。とにかくこの暗闇には興味津々《しんしん》だ。この冷気にも。季節外《はず》れだが、ぶり返しはよくあることだ。

紐を引くと、木のカーテンリングがスライドしてがちゃがちゃぶつかる音がした。イスパニア錠（回る取っ手のついた掛け金。両開きの窓を閉めるのに用いる）は手探りで探さざるをえない。これはこれで楽しい。窓の外の扉を開けると今の時間なら日の光がどっと流れこむはずなのに、よろい戸のレールも手探りでみつけないといけない。

闇夜と同時に騒がしい声も入ってきた。どうしてあの女の人たちは泣いてるのかしら。だが君は何かが目に入ったので、すぐこの騒ぎを忘れてしまう。それは黒い穴、深淵。暗くて中が見えない口のようだ。そこから顔に息を吹きかけてきた。君もまた何だかわからない。誰もすぐにはわからないものだ。しかし君はともかく急いで寝室の奥へと引き返す。それから口をわずかに開けて、震えながら自問する。

氷塊のような星々が見えた。あのすごい冷気はそこから来ているにちがいない。暖かい服が必要だろうが、君は探しに行こうとさえ思わない。少なくとも表へ出ないといけないが、その勇気がない。もう動けない。歯だけが鳴りだした。ガチガチという小さな音が、四方から入ってくる騒がしい声に交じる。

突然、君もまた呼びかける。誰を呼んでいる？　僕を呼んでいる。行けないのを知っているにもかかわらず。僕がはるか遠くにいることは承知しているが、誰かが必要だから僕に訴えかけている。君はもう僕をばかにしないよね。前に笑ってからかっていたことを忘れている。ふつうは我慢しないものだけど、僕がしたことまでも赦《ゆる》してくれた。もう前のように僕を傷つけたりはしない。今の君はいい子、怯《おび》えた少女にすぎない。寒気がするから、誰かに暖めてもらいたいのだ。手のことを考える。〈あの人が握ってくれたら〉と思っている。しかし喉《のど》や舌はからからだ！　声がザラザラする。ぜいぜい喘《あえ》いで言葉をきちんと言えない。どんどんしわがれ、途切れ途切れになった。

君はもうただの叫び声になってしまったね、お嬢ちゃん。しかもか弱い呼びかけ！　ときどき中断するが、誰からの返事もない。ほかの叫び声だけは聞こえるけれど、どれもが君のと同じで自分のためにしているのだから、やはり何の返事もない。どこか彼方《かなた》へと消えている。――君の叫び声は僕に向かっているが、僕は聞くことができない。

君はさらにしばらく続けてから、徒労だと理解する。

一人ぼっちだと感じる。永遠に一人ぼっちだ。未知なるものの入口が開いて、孤独に打ちのめされた。未知なるものとは〝死〟のこと。

それが〝死〟だというのはもう疑う余地もない。下と上から同時に息を吹きかけてくる。あの星たち全部にもとりついている。開いた入口とは〝死〟だった。カーテンの襞《ひだ》を揺らしながら息が届く。今夜はその顔がどんどん近づいてくる。だから君はもっとあとずさりしたいだろうが、背後には壁がある。

〈私は死ぬんだわ〉と君は思う。もはや入ってこない空気を吸おうと無駄骨を折る。声が急に、切れた糸のようになった。息が通るスペースを失ったからだ。

しかしまだ頭は働く。〈せめてあの人がいてくれたら〉とまた思う。二人でなら死さえも甘美なものになるだろう。君は突然、僕のことでこれまで好きでなかったところ全部、君の孤独全部、恐怖心全部、死の予感全部をもってして僕を愛するようになる。予想外のことだ。〈永遠に〉という言葉なんて思いつきもしなかった。

君は今この言葉について考えている。納得するにはしばらく時間が必要だ。しかしそのとき、何千もある髪の毛の根元がちくちく痛みだすと同時に髪は柔らかさを失い、逆立《さかだ》ってきた。

そして君は納得する。これからどうなるのか、何が起きるのか。まずは冷気、それから暗闇。今夜のように、しかしずっと広範囲が闇に包まれていくだろう。ここに置かれたベッド、壁、カーテン、部屋だけでなく、戸外の庭、人家、村全部も。村全部どころか村を囲む畑、林、あそこの湖、山、さらに遠くの地方、海や他国、地上のものすべてが。真っ暗な空や白い星までもどこかに運ばれ消えてしまうだろう。――この世の真ん中にいる君も運ばれ消えてしまう。

まだ君の瞼《まぶた》の間には最後のわずかな光がちらついていることだろう。こわばった指先はなんとか動いて生あることを示している。腰を動かそうとしたが、もう無理だ。手のようなものが心臓の周りを絞《し》めつける。〝あれ〟がやって来たのだ。事物を否定するもの、永遠のものが。

君がそれを目にするのは初めてだ。君は箸《はし》が転んでも笑っていたよね、お嬢ちゃん。そんなことばかりだった。服や新しいヘアースタイル、ファッションにも。たしかに君にはひまがなかった。でも今は時間ができた。

すると突然、思いがけなく強い力が働いて君の声はすっかり回復した。再び呼びかける。何度も呼びかける君は井戸の滑車のよう、油の足りない車輪のよう、小さなカエルのよう、夏の夜のコオロギのようだ。君は呼びかける。僕を呼ぶ。僕の方は意地悪して耳を貸さないよ。〝あれ〟が入ってきたとき壁に釘づけになっていた可哀想なお嬢ちゃん。しかし今は外から、苦しそうな叫び、子供たちの泣き声、女たちの嗚咽《おえつ》、馬のいななき、犬の吠《ほ》え声、牛の鳴き声、さらにはダンス音楽や酒飲みの歌が四方からいっしょくたに届いている。――死を前にしてもなおも生きたいと望む人たちがいるからだ。あの闇にすっぽり覆われた中でも、生きる喜びを狂おしいまでに味わっていた。生を取り戻したとしても徐々に消えてしまうくらいなら自分たちで壊してしまえと思っている。

フランス・サヴォワの若者

Le Garçon savoyard

I

彼らは午後いっぱいかけて石運船《せきうんせん》（砕石場から出た石を運ぶ船）のヴォーデール丸（『東風』の意味）から荷を下ろそうと、次々に手車を押した。船から渡された板は荷の重みでたわんでいる。

午後八時ごろに作業を終えた。上半身裸だったので上着を羽織《はお》る。梯子《はしご》を下りて甲板《かんぱん》の下の〝ねぐら〟へと向かう。炉石《ろいし》の上に三脚の竈《かまど》が据《す》えられていて、寝食はそのねぐらで行っている。服を着替えて梯子をまた上ると、「さあ、行こうか」と声をかけ合った。

軽くなったので、今は船体のほとんどが水から出ている。軛《くびき》を解かれた女のようにその場で踊っている。

彼らはほかの仕事も終えていた。一杯やりに行く絶好のチャンスだ。翌朝にならないと出航できないのだから。

カフェから自動ピアノの響きが聞こえる。桟橋《さんばし》に沿って山脈のように並んでいる石や砂の山の反対側を自動車が走っている。

分岐線には貨車が待機している。くすんだ赤い車体に白い文字が描いてある。

のっぽのクレリシ、デュブロ、メトラル、パンジェ爺さん、ジョゼフ・ジャケの五人。それぞれ煙草を巻いてから、常連にしている『ポワソン』（『魚』という意味）というカフェの方へ向かった。

だが彼らが港の広場まで来ると、ジョゼフだけが左に曲がっていく。

声をかける。

「どこへ行くんだ？」

「ちょっとひと回りしてくる」

「俺たちと一緒に来ないのか？」

ジョゼフは何も答えなかった。彼はちょっと変わった若者だ。もうみなに背を向けて、ローザンヌの街の高台へと続く並木道に入っていた。街灯は今ついたところだ。クレリシは肩をすくめる。あいつの奇癖、みなと同じことは決してしないのには慣れている。だから放っておいた。ジョゼフは人通りの中に姿を消していた。この時刻の通りは大混雑だ。並木道を上る者もあれば下る者もいて、二列の並木の下に両方向の流れを作っている。ところどころ木々の間から紫色の月光が洩《も》れている。

ジョゼフはポケットに手を入れている。光から影、影から光へと移動する。

いろんなことを考えている。自分の家を思い浮かべた。湖の反対側、船着場《ふなつきば》の少し上に建っている。

船着場の脇には船が停泊する小さな港がある。

それは湖の反対側。かつては甲板が接し合ってダンスフロアのような一枚板に見えるほど船の数は多かった。

彼は考える。〈あれはもう終わった話。何もかもがあのころとは変わっている〉

前屈《かが》みで歩いている。上りの並木道だが長い。ぶらぶら歩きする人たちの間を縫って並木道を上っている。〈どうして何もかも変わってしまうのだろう〉

向こうの港のすぐそばには『プチ・マラン』（『ちびの船乗り』という意味）という名のカフェがある。青色の下地に黄色い文字で店の名前が描かれている。〈ジョルジェットは今どこにいるんだろう？　家にいて僕を待ってるだろうか〉

あの子の家はかなりの高台にある。教会よりも上、クリ林よりも高い山の突き出しに建っている。やたらとある庭の塀が邪魔をしなければ、ここから家が見えただろうに。あそこはここから二十キロから二十五キロほど離れた対岸だ。人は広大な青い湖面を船の舳先《へさき》で切り裂きながらやって来て、帰りも同じく引き裂いていく。

あしたあの子は家にいるだろう。僕を待っているのだから。そのあとは？

彼はこんな男だ。すぐに退屈する。

新しく煙草を巻くと、手を添えて火をつけた。〈どこへ行こうか〉と考える。そんなの知ったことか。じっとしていられないだけだ。

だから辿《たど》ってきた方向を進むしかないとわかっている。実際にそうして、並木道よりもさらに急な坂道の下に達した。途中は階段になっている。その階段を上った。次の坂道は二つの建物に左右をはさまれていた。

彼はこうして古い教会（サン・フランソワ教会）が建つ広場へと導かれた。路面電車がたくさん走っている。運転手は電車の先頭の床に取り付けた取り外しのできるペダルを踵《かかと》で踏んで警笛を鳴らしている。電車が終点に到着すると、そのペダルをポケットにしまってからバックする。

あの子の名前はジョルジェット、二人が婚約して一年以上経《た》つから、結婚もまもなくだ。まあ、それだけのこと。人は人生に何を求めるのだろう。

いつのまにか広場を越えていた。突然下りはじめる。この街はいくつもの丘の上にできているのだから。アップダウンの激しい街だ。下ってはまた上り、再び下る。石畳の細道を下っていくと、はるか下に小さな広場があった。そこから別の石畳の細道が目の前の上り斜面に伸びている。古い噴水のところまで来た。目隠しをして秤《はかり》を持っている女性の彩色された石像がある（パリュ広場にある正義の女神像）。

あの子の名前はジョルジェット・ボルカール。これが彼のフィアンセの名前。

ちょうどそのとき、彼の前や周囲を人々が連れ立って歩いているのに気づいた。両親とその子供たち、男女、若者のグループだ。みな同じところ（リポンヌ広場）へと向かっている。最後の通りは軽い上りだが、どんどん勾配《こうばい》がなくなっていく。その通りの先の靄《もや》のようなものの中で、さまざまな明かりがもつれ合って揺れている。音楽の調べが微風に運ばれるかのように耳まで届いてきた。ジョゼフはみなと一緒に進む。すると反射鏡の光に直撃された。赤、黄、紫の光の束は回転する鏡とぶつかると粉々に砕けて四散する。真鍮《しんちゅう》の棒で吊るしたゴンドラが上から下、下から上と大気をなぞり、人々を別世界へと誘う。ゴンドラは回っている。音響装置はピカピカに磨いた真鍮製の朝顔型の十六個のスピーカーから成り、四段に重ねられている。ゴンドラには人が乗っている。彼らは赤、黄、紫と順に色を変えていく別の装置に照らされて変貌、変身しながら揺れ動いている。彼は群衆に流されて露店と射的《しゃてき》屋が立ち並ぶ間を進むにつれ、次第に平常心を失っていった。そして大きな円形テントの前へと導かれた。太い文字で〈シルク・コンチネンタル〉（フランス語で〝シルク〟は〝サーカス〟、〝コンチネンタル〟は〝ヨーロッパ大陸の〟という意味）と書いてあった。水玉模様の垂れ幕がかかった三、四段の木の階段を進むと入場券売り場があり、女が座っている。だがそこは同時に原始林でもある。大きな絵が並んでいるのだ。四枚ある。見たこともない花が咲く巨木の隣にはつる草の茂み。黄色や緑のオウムがとまっている。あそこには赤毛の巨大なゴリラ。

腕を伸ばして人間の三倍もある歯をむき出し、人間の三倍の歩幅で進んでいる。その前を可哀想《かわいそう》な黒人がこちらに逃げこもうと必死で走っている。「頑張れ！　しっかりしろ、あと少しで来られるぞ」と叫びたくなるが、ああ駄目！　黒人とわれわれの間には越えられない深淵があるのに突然気づく。

　これは絵の世界。

　しかしともかくみなはアフリカにいると同時にインド諸国（インド・インドシナ・東インド諸島およびその付近の地方の総称的旧名）にもいて、アメリカのカウボーイの中にもいる。踊り子はインド諸国の女。浅黒い肌をしている。

　蛇が彼女の丸っこいが堅い身体を二重巻きにしているので、蛇が締めつけているところの肌はへこんでいる。カウボーイたちは手に持った投げ縄を頭上に掲げて回している。ジョゼフは眺める。僕らはどこにいるのだろう。〈そうだ〉と彼は考える。〈今は北極にいる〉氷原の割れ目が白と青の壁を作っていて、前には狭い水路がある。この水路の手前では狩人《かりうど》がシロクマに武器を向けている。仁王《におう》立ちしたシロクマの心臓のところには赤いリボン飾りがついていた。

　僕らはどこにいるんだろう。そう、いたるところに。母国を離れ、いろんな国に同時にいる。暑くもあれば寒くもある。氷のせいで、インド諸国の気候のせいで。水盤の絵から噴き上がる水はもう止まらない。噴水の水は動いているのだ。踊り子は絵だろうか。いや、絵ではない。動いたから。きれいなお尻をわずかに振りつつ腕を上げている。すると周囲の人たちが階段を上っていった。男女のカップル、二、三人の友達同士、そして連れのいない男。ああ孤独よ！　しばらくはさよならだ。少女が二人、ひと家族全員。さらにジョゼフ。彼も階段を上っているのだから。みなは小銭入れを取り出す。

　もう金なんてどうでもいい。一フラン、二フラン、三フラン。ふだんは硬貨も紙幣もしょっちゅう数え直しては、ベストのボタン付きのポケットの中、小銭入れの奥底、ゴム止めで封ができる財布の小さなポケットの中にきちんとしまいこんでいる。これは食べるため、夜露《よつゆ》をしのぐため、暖をとるためのものだから。貯《たくわ》え、すなわち不幸な時期に備えた保険だ。しかし不幸な時期などもはや訪れないし、災害も病気もない。日常生活から離れているのだから。きょうはお祭り。さあ二フラン。僕が二フランで君も二フラン。はい、これよ。さあ、お入りください。客たちが暗紅色のビロード布がかかった入場券売り場の左右に回ると、太った女が赤か緑か青か白の四角い紙切れを差しだす。——みなは入場する。

そのころ彼女は値段が五フラン九十の粗末な白シルクブラウスを脱ごうとしていた。誰でも持っていそうなもの。粗末な紺《こん》サージのスカートは九フラン五十。誰でも持っていそうなもの。身体を縛《しば》るこれら貧相な衣服にはイニシャルが入っている。クリーニング屋に渡して洗って返してもらうか、たらいに入れて自分で洗うかする。——女なら誰もがするように。でも今はさようなら。世の女性たちよ、さようなら。彼女はそれらを脇に片づけるや、まだ身につけているものを一つ一つ床に落とす。残ったのは肉体だけ。美しい。彼女は三方向から光を当てて全身を鏡に映す。影がないか、あってもぼんやり薄いだけなので、動くたびに消えてしまう。これがポスターで宣伝されているミス・アナベラ。体重はあるのだが、消すことができる。重いけれど、軽くもできる。世の中にはルールというものがあるが、私には私のルールがある。こんな生活にはさよならよ。いえ、あんなもの生活じゃない。悲しげに歩いたりつまらない仕事にかかずらったりするなんて、さようなら。重い肉の塊を九か月もお腹に抱え、さらにもっと長い間それを腕に抱いていないといけないなんて。

彼女は飛び立とうとするかのように腕を上げた。身体を撫《な》でてみるが、崩れていない。お腹は出ていないし、その上にある二つの丸いものも丸いままだ。自分に備わっているものがわかる。それは柔軟さと力、力と自由。だが肉体に刻まれた悲しい痕跡もやはり目に入る。それは人間だという痕跡。肩越しに首を回して、腰のくびれた部分や艶《つや》やかな肌全体をじっくり見つめる。肌は筋肉の盛り上がりに沿って柔らかく反射して輝き、筋肉がゆるむと輝きは消える。最初は片方の肩越し、次はもう片方の肩越しだ。しかし肌の下には静脈がある。色むらがあり、シミがあり、不揃《ふぞろ》いな肌理《きめ》がある。われわれの肉体にはまだ下等な質をさらけ出すものが多くあり、それによって人は死なねばならない。肉体にも死があるからだ。でも私はもう死にはしない、と彼女は考える。私はもう死ぬ運命にないかのようになる。死を越えた豊穣《ほうじょう》に達するべく上昇しないといけない。さらなる自己実現のために自らを脱しないといけない。

もう彼女だと見分けがつかなくなりだした。どんどん変身していく。必要なあらゆる物はあらかじめ用意されているので、手を伸ばすだけでいい。仕切り壁のフックにシルクの長いタイツが掛かっている。彼女は脚を上げる。下から、下半身から身につけはじめる。脚を伸ばすと、手を元に戻して身を起こす。立像のような脚ができた。彼女は生身の女だが、無垢《むく》だ。

耳をすませば聞こえるとおり、今夜の広場はお祭り。いろいろな音の塊がどんどん威力を増しつつ行き来する。トランペットの音が入ったオルケストリオン（オーケストラやバンドのような音を奏でるように設計された自動演奏機械）、ダンス曲、オルガンの風袋《ふいご》がしぼむ音。鐘《かね》も鳴らされている。「みなさん。公演が始まります」――人々は興行の雰囲気のせいで日常の雑事を忘れる。日曜日のために平日を忘れる。暗黙の了解によって現実を忘れる。ガラス製の小さな自在棚の上に並んでいるのは化粧瓶と色ペンシル。彼女は今や画家となった。

われわれを日常から解放して癒《いや》すべく画家たちが絵に向かって行うあらゆる努力を、彼女は自らに施す。画家はものを変貌させるが、彼女は自分を変貌させる。胸、首、肩。腕を伸ばし、疵《きず》がないかよく確かめようと上げてみる。そうすることによって、これからなるもの、なりたいもの、ますます自分が近づいているものと絶えず比較している。座って鏡にどんどん近づき、どんどん前屈みになることで、色むらのような欠点をみつけていく。欠点は徐々に消えていく。

ミルクのような液体が詰まった小瓶。彼女はその液体をスポンジにつける。白粉《おしろい》だ。

彼女の肌はバラ色。けれども反射光、眩《まばゆ》い光、柔らかな銀白色の明かりの下では白く青くなる。

まがい物のネックレスをつけるが、つけたとたんに本物になる。金製ではないブレスレットを腕に滑らせるが、滑らせたとたんにそれらは金になる。

人間の唇は赤いといっても、真っ赤というほどではない。完璧とはいかない部分がある。われわれの本性は秘かに不平を言う。髪の毛や眉《まゆ》は不平を言う。眉はあまりかっこよくないし濃すぎる。髪の毛はあまりふくらみがなく豊かでもない。だからペンシルか毛抜きが必要だ。ヘアアイロンも使わないといけない。

本性を具現化する、すなわちそれを凌駕《りょうが》するためには、自然の中にみつかるあらゆるものを動員しないといけない。

ちなみに、そのときのジョゼフはもう自分が騒音の中にいるのか静寂の中にいるのかわからなくなっていた。音楽に包まれているからだが、音楽は静寂でも騒音でもない。ジョゼフは全員の視線が注がれる中央の円形ステージを取り囲む階段状の観覧席の一角に席をとっていた。

今ジョゼフの前にいるのは二人の芸人。一人は胸に月の絵をつけ、もう一人の胸には太陽の絵がついている。まずはこれから登場する女性への賛辞を述べた。風に揺すぶられる木のように襞がひらひらする幅広のゆったりした衣装を着たその二人が目の前で動き回っている。笑っていたが、笑うのをやめる。彼女の登場を告げる音楽が奏《かな》でられ、そしてやんだ。まるでわれわれ自身の動悸のようだ。ついに彼女が現れた。太陽と月はお辞儀する。現実と幻想の中、われわれが待ち望んでいた彼女は純白で無垢そのもの、手が届きそうでいてはるか遠くにいる。ああ！　みなのはるか上にいる。

天体に扮した二人はまだ挨拶《あいさつ》を続けている。ジョゼフは彼女を正面にとらえた。女であって女以上の存在、もはや力、そして美そのものでしかない。彼女は唇に両手をつけ、片方ずつで投げキスを送った。それからわれわれのことを忘れたかのように両脚でジャンプした。――みなはじっと見つめている――離れていく彼女をもはや地面は引きとめられない。跳んでも戻ってしまうわれわれとは違い、地面に縛られていないからだ。彼女の身体は垂直に進む。ワイヤーロープへと上っていく。別れを惜しむ地上をあとにする。眩《まぶ》しくきらびやかな彼女は美しすぎて、地上にはもうとどめる資格がないかのようだ。

視線全部がそれを追う。彼女はどこにいる？　彼女はわれわれをどこへ導くのか。全員の視線はあの空中の通り道まで上がっていた。

彼女の足元のワイヤーロープは斜めに伸びてまもなく見えなくなる。虚空《こくう》の只中《ただなか》で断ち切られた。残るは彼女だけ、彼女だけが大事。脚を伸ばしているのが見えた。バラ色の美しい脚。次にもう一方のバラ色の美しい脚。頭上の何もないところでぶら下がっている。

支えは上から照らす灯《あか》りだけで十分。灯りに向かって二、三歩踏みだす。

彼女は塵《ちり》のような空気の上、柱のごとく立ち昇る靄《もや》の上にいる。雲の上に立っている。止まっている間は音楽に身を揺らせている。両腕を上げると、白い腋《わき》の下がきらめいた。伸びをする。自分の家にいるかのように空中にいる。腿《もも》が前に突きだされた。腿が膨《ふく》らんだように見える。膝の両側へと広がりだしたような気がする。

身体を前に出すと、髪の毛も前に出る。腕も前に出る。

腕は柔らかく澄んだバラ色の反射光を浴びて白い。螺鈿《らでん》でできているか、象牙《ぞうげ》のようになった。腕を下ろすと、腕は蝶が羽をはばたかせるときのように小刻みに震える。光を通すほど透明な腕がゆっくりと上がる。顔もそれにつられて上がる。彼女の表情がまた見えてきた。微笑《ほほえ》んでいる。

口元からこぼれる美しい微笑み。無理なく途切れることのない微笑み。終わりもなければ始まりもない微笑み。終わることなどもう決してありえないだろう。始まりなどなかったのだから。歯は白く、唇は赤い。髪の毛は柔らかな束となって肩にゆっくり垂れかかっていた。肩の間を熱い影が箕《み》(穀粒ともみ殻を振り分ける農具)の中の小麦のように揺れている。

なぜなら今彼女は立っているからだ。空中に脚をつけ、身体をぴんと張っている。晴れた日の湖上のさざ波のように、身体のところどころが上がっては下がり、膨《ふく》らんではしぼむ。

彼女は寄せては返す音楽そのものになった。消えては現れ、靄のようにもなれば叢雲《むらくも》のようにもなる。彼女はどんどん上に、われわれのはるか上まで進んでいった。その姿を追うため、ジョゼフは顔を上げねばならなかった。――そして突然、彼女はわれわれの前から姿を消した。

足で一点を蹴って跳び上がったのだ。

ジョゼフにはもう彼女の姿が見えなくなった。舞台絵の中の穴に入り、そこから消えていったのだ。

II

船で湖の対岸に渡ったサヴォワ（レマン湖の対岸にあるフランスの地方）の若者はこんな様子だった。今こちら側では、フィアンセのジョルジェットが彼を待っている。

それはその翌日、つまり日曜日の朝のこと。ヴォーデール丸は午前七時ごろに出航することになっているが、すべては風の吹き方次第。彼らのせりふを使うと、何もかも空気次第だ。そのためジョルジェットは朝早く家を出て、果実についた果粉のような黄褐色の霞《かすみ》越しにはるか対岸の方を眺めている。何か来ていないかと探すが、何も見えなかった。

家からほんの数歩で土地の突端まで達し、そこから湖全体が見渡せる。あの船は簡単にみつけられるだろう。最近はもう船縁《ふなべり》に砂の山あるいは巨大な切り石を壁のように並べて航行する船は多くないから。

今はすべてが変化している時代。エンジンも発明された。かつては上からだと白い蝶のように見える速度の遅いスクーナー（二本以上のマストの縦帆式帆船）がかなり多く見受けられた。キャベツの葉の表面に似た水泡や縞目を作ってぶつかり合うさざ波に囲まれ、なかなか動かなかった。今の湖面には、煙を吐く角《つの》がついて腹を引きずりながら足早に進む黒いミミズの類以外はほとんど見かけない。

あの子は何もみつけられない。今いるところからなら何でも見えるのに。飛び立つ準備のできた気球のように眼下にずらりと並んだクリの木の丸い頂《いただき》のはるか先の右手には、ローヌ河の河口がある。河口を出たところに黄色い潮津波《しおつなみ》（河口に入る潮波が垂直の壁になって河を逆流する現象）ができている。一枚の紙のように平坦なローヌ平野が見える。正面には四角や三角形の山々。頂上付近は分かれているが、下の方は混じり合って巨大な勾配《こうばい》を形成している。埋まっている岩はガラスの破片のようだ。その下の湖岸沿いには、森や果樹園が村や町と一緒に並んでいる。そして斜面全体に家屋が点在している。緑の草地にでたらめに舞い降りたハトの群れのようだ。その先の西側へ目を向けると、果樹園がある。生垣《いけがき》が縦にきれいに並んでいる。七月下旬のその朝は黄色っぽい。黄色とグレー。それに湖面が真っ青だから、ブルーが少し混じる。

あの子はそれらを眺めている。見終わることなどないほど広大だ。さらに向こうの東側では、白い翼のようなものが空の高みでゆっくり揺れている。天使が降り立ったため、鳥が止まった枝のように大気がその重みで動いているかのようだ。

それは光を浴びながら彼方《かなた》で漂っている氷河。

ジョルジェットの父親は家の前でパイプをくゆらせていた。その家は小さく天井の低い平屋。屋根が褐色の白い家だ。ボルカール親爺《おやじ》は何もしゃべらない。饒舌《じょうぜつ》になることは決してない。ベンチに座っていて、足元には老いぼれ犬のマロー。親爺の傍《かたわ》らに長々と寝そべっている。舌を垂らして涎《よだれ》で敷石を濡らすので、灰色だった敷石は青と白になっている。

ナポレオン三世時代のようなゴマ塩の皇帝ひげ（ナポレオン三世がはやした、下顎の尖りひげ）をはやしたボルカール親爺がそこにいる。腕を膝にのせてパイプを吸っている。その間も二つの鐘が一緒に鳴っているが、音の高さが合わず邪魔し合っている。一つの音は高く、もう一つの音は低い。夫婦に諍《いさか》いが起きたときのようだ。

音は見えない下の段から昇ってきていた。山全体は湖まで数段に分かれてそそり立っているからだ。

最下段には港があり、次の段には教会。しかしここは三番めの段丘だから、ミサを告げる鐘の音は下のどこかで鳴っているとしか聞こえない。

サヴォワ地方特有のつば広帽子をかぶったボルカール親爺はパイプをくゆらし、犬は眠っている。家に戻ったジョルジェットはときどき窓から布切れを振る。それからまた突端まで行った。そこは再びカンカン照りで、銀白の光がぴかぴか光っている。美しいシルクのようにきらめいている。――彼女がこころもち西の方へ顔を向けると、穏やかな風が右頰《ほほ》を撫《な》でる。ヴォーデール丸が目に入ったのだ。〈東風〉という奇妙な名前を持つ尖《とが》った二枚帆の真っ黒な大型船がこちらにやって来ている。

あとは待つだけだ。彼女はまた家に戻って火を熾《おこ》し、スープを火にかけた。それから寝室へ移動する。窓の横桟《よこさん》に小さな鏡をぶら下げ、たらいに冷たい水を入れる。簞笥《たんす》から白い襟《えり》がついた水玉模様の青いワンピースを取り出した。

今いる部屋の窓からは菜園と付近の斜面が見えるだけだ。湖水は、それが愛《いと》おしそうに胸に抱いてあやしているものすべてとともに視界から消えていた。昇ってきた太陽は尾根の背後にやっと現れたところだ。ここは冬には三か月以上も日陰になる。夏でも午前十時までは日陰だ。この世には直してほしいことがいっぱいあるけど、それでもこの世はすてきだわ。

彼女はそう考えていた。それに目を閉じさえすれば、船が現れてくる。船上にいるのは五人。順風だから、することがない。ジョゼフは片方の帆の下にある外板にまたがっている。帆はこころもち前に膨《ふく》れている。ときどき錬鉄の太い輪でとめた帆桁《ほげた》を軽く軋《きし》ませながら揺れると、吐息《といき》をつく胸のようにゆっくり持ち上がってぴんと張る。ジョゼフの隣にはクレリシ。反対側にはデュブロ。トランプの切り札カードのクイーンが見える。

帆は手で触《さわ》ると石のように硬くすべすべしている。――ジョルジェットはたらいに水を張り、布切れをつけてその端を濡らす。――波はピチャピチャ音を立てながら船縁《ふなべり》に当たっている。唇の音、まるでキスのようだ。あの人、クレリシ、デュブロ、メトラル。

四人でトランプをしている。パンジェ爺さんは舵《かじ》に寄りかかっている。必要ならそのまま背中で押すのだ。すると帆は大きくたわんで、帆桁《ほげた》が少し浮く。それから動かなくなると、帆は張りを取り戻す。真っ直ぐ進んでいる。あとは船任せでいい。背後のヴォー州側の岸は遠ざかるとともに空に沈んでいく。すると代わりに入江の奥にある小さな町が見えてきた。宿屋の看板の金文字が屋根のところで輝いている。岬《みさき》、小さな滝、そして広大なブドウ畑。――ジョルジェットは石鹸で顔、首、腕を洗う。あとはまた目を開ければいい。突然自分の姿が見える。視界が戻ったのだ。われわれは同時にいくつもの世界にいる。

彼女は金色の紐《ひも》に吊るした黒い枠の小さな四角い鏡で、真っ赤な自分の頬を見つめている。それは顔を映すのがやっとの大きさだ。自分に呼びかける。うれしくてたまらない。おめかしをしている。あの人のために。しばらく経つと、突然彼女が家から走り出る姿が見えるだろう。いつもそうだから。〈ヴォーデール丸はどうしてるのかしら〉と考えながら。

日差しの下、身につけているのはスカートとブラウスだけだ。肌はきらめいている。腕は褐色のところと白いところ、首も褐色のところと白いところがある。

風は弱まり、帆は下りていた。船と波止場とを結ぶ艀《はしけ》は、もう船尾を出てもなかなか前へ行けないにちがいない。走り疲れた犬のように舳先《へさき》を下げて進んでいる。

このようにして時は経っていく。ボルカール親爺はやっと食卓についた。「行くのか？」と娘に尋ねると、そうと返事がある。「わしもだ」と彼は応じた。

「鍵は持ってるか？……」

それ以上は何も言わなかった。無口な男だ。

ここからは見えない教会の鐘が一時、二時と鳴った。ジョルジェットは石ころだらけの道に入っている。湖はずっと目に入るから、何が起きているかすぐうかがえる。今はまたモントルーやその山間《やまあい》にある大きなホテルが見える。彼女の左頬や肩が青く染まる。帽子のつばの下が青く染まる。眼下で揺れながら行ったり来たりしている湖水のせいだ（それとも斜面と一緒にこちらの身体も傾いているからか？）。ジョルジェットの視線は尾根から湖まで、すなわち標高二千メートルから三百七十メートルまで一挙に下る斜面をなぞっている。やっと最下層にある二、三の小段丘までたどり着いた。草地やブドウ園、わずかな畑。畑の周囲にはブドウの木、小さなクリ林もある。

すてきな下り坂だ。

教会の前では男たちがペタンク（金属製のボールを転がして標的に近づける南仏起源の競技）に興じている。プレーヤーは二、三人で、ほかの数人は見物だ。

男の一人が膝を前に出す。ボールを持った右手を後ろへもっていきながら膝を曲げる。

ボールはわずかに空中を飛んでから落ちてくる。

その影がボールの少し前の踏み固められた地面の上をゆっくり走り、ボールがどしんと音を立てて地面に達した瞬間に突如合体する。

「おまえの番だ、フェリシアン」という声が聞こえる。そのときジョルジェットの未来の義母の隣に住むタポニエが、「ああ！　あんたか、ジョルジェット」と声をかけてきた。顎《あご》ひげには白いものが混じり、シャツのボタン穴が全部裂けているので前を紐で縛《しば》っている。

唾《つば》を吐いてからまた続けた。

「これからどこへ？」

すると歯のない老いぼれた口が笑いだした。

「訊《き》くだけ野暮《やぼ》かな？」と言う。「あんたのような可愛い子には訊くだけ野暮かな？」

次のボールが宙を舞った。

日曜日のジョルジェット。フィアンセを迎えに行っている。天井《てんじょう》の低い家が両側に並ぶ平坦な道をしばらく進む。塀で左右を囲まれた道がやっと下り坂になってきた。あとはもうキラキラと色合いを変える湖水しかない。濡れた洗濯物を棒で叩くときのような音を立てる外輪のついた、真っ白な蒸気船が航行している。

水遊びをする素っ裸の子供たちが埠頭《ふとう》の堤《つつみ》の上を走っている。その堤から分かれた別の二本の堤は遠くで同じ方向に直角に曲がっている。ドア付きの大きな部屋、あるいは建てはじめたものの放棄された家の基礎部分のようだ。

それはまさに基礎だけ残っている家。二つの堤のとっつきの先に荷揚げ用発動機船が二艘《そう》停泊しているが、それだけだ。時代は変化している。素っ裸の子供たちは低い堤の上を走っている。飛びこむのに適した場所を探しているのだ。それから腕を上げて前に身を投げると、褐色の身体がきらめいて湖面に穴を作る。笑い声と叫び声が聞こえる。すると背後のもっと高いところにヴォーデール丸が現れた。妊娠した女の腹のように二枚の帆をいっぱいに張った船はとてつもなく大きく見える。その二枚の帆は先端に装飾のある高いマストのところで交差している。

ジョルジェットは腰を下ろした。ヴォーデール丸が近づいている。もうすぐ着くだろう。船上の男たちは帆脚綱《ほあしづな》を緩《ゆる》めていた。帆が突然しおれたかのように垂れ下がりはじめた。

ヴォーデール丸の男たちは棹《さお》を握っている。彼女はジョゼフの姿をみつけたらすぐ合図を送ろうと手にハンカチを持っている。ふつうは船の前側にいるからだ。なぜ出てこないのかしら。まだ姿が見えない。ほかの人たちは棹を水に突きさしてから船縁《ふなべり》に沿って順に歩いてくるのに。

〈何をしてるんだろう〉と彼女は思う。ヴォーデール丸はすでに港に入っている。

子供たちが大騒ぎしながら船の周りを泳いでいる。船体につかまったりデッキによじ登ろうとしたり艀《はしけ》に這《は》い上ったりしている。――船員たちが走りだした。腕を上げてロープを引く。鎖をガチャガチャさせる。錨《いかり》を降ろす。

順番に下船してきた。ジョゼフはまるで気が進まないかのように、やっと最後に出てきた。

今はジョルジェットの目に入っている。上着を肩にかけポケットに手を入れたままうつむいて、みなの後ろからやって来る。ほかの者たちが『プチ・マラン』の戸口から声をかけるが、彼は首を振った。ジョルジェットは今いるところから動かずに待っていればいい。彼がすぐ近くまで来たときやっと立ち上がった。そして彼は目の前にいる。相変わらず手をポケットに入れ、ハンチング帽を目深《まぶか》にかぶっている。

「ああ！　君か」

彼女は尋ねる。

「どこにいたの？」

彼はキスしてもらおうと頬を差しだした。それだけだ。

「まあ！　ジョゼフ、どうしたの？」

「何でもない」

「怒ってるの？」

だが彼は肩をすくめた。

「船が近づいてきたとき姿が見えなかったから。隠れてたの？」

「僕が？」

彼は再び肩をすくめた。今は二人で坂を上っている。道が狭いため、前後になって歩いている。カフェ『プチ・マラン』の自動ピアノの音楽が聞こえてきた。笑い声も聞こえた。話し声もする。複数の男の声と一人の女の声だ。二人は低い塀の間を上っている。塀の裏にはよく手入れされた庭がある。丈《たけ》の高いヒマワリはまだ緑色の長い茎の先に花をつけておらず、タチアオイの蕾《つぼみ》は結婚式のとき子供たちに投げ与えるキャンディーのように紙で包まれている。二人は何もしゃべらない。彼が前を行っている。そして教会がある段丘に達すると、

「困ったな。どこへ行っても人がいそうだ。どこへ行こう？」

「わかってるでしょ」

彼は答えた。

「何が？」

彼女はこんな言い草にびっくりしている。二人きりになったときは人がまったく通らない西側のクリの木立《こだち》へ行って座るのが、以前からの習慣だからだ。それでも彼はその方角へ向かった。二人は

家々の間を抜けた。昼寝をしていた男がよろい戸を押し開ける。二人が歩いているのをみつけると、冷やかしてきた。

遠くでは相変わらずペタンクをしている。二人は教会の広場を避けるために少し脇にそれた。クリの木立の下には何も生えていない。茂みはそれほど厚いのだ。二人はむきだしの地面に腰を下ろした。乾いたコーヒー滓《かす》のように粒の粗《あら》い埃《ほこり》が掌《てのひら》にくっつく。しかし険しい斜面には出っ張りがある。角《かど》のとれた腰掛《こしかけ》といったところだから、座るには便利だ。

彼女がまた話しはじめた。

「あなたが病気だと思ったの」

「まさか！」

「みんなと何があったの？」

「何も！」

彼女は生暖かい地面に座っている。彼はその隣に上着を敷いて腹ばいで寝そべり、組んだ腕に顎をのせている。

彼は会話には応じるが、きっとそう長くは続かないだろう。男というのは変な生き物だ。問い詰められるのがあまり好きではない。それでも彼女は質問攻めをやめられなかった。心が不安に駆られているからだ。

「どこにいたの？」

「そりゃあローザンヌさ。それがどうかした？」

「向こうへ戻るの？」

「もちろん、あさってに」

「あさって？」

「船に荷を積んだらすぐ」

「それなら私をまた一人ぼっちにさせるの？」

「どういうこと？　仕事じゃないか」

「どうしてあんな仕事を選んだの？」

「そうだな！」彼は答えた。「変化があるから」

「どんな変化があるの？」

彼はもう答えない。

ジョルジェットの顔をじっと見つめはじめた。つぶさに観察すると、こう言った。

「口を開けて」

「何のために？」

「歯を見るためさ。これは何？」

「知らない」

八重歯だった。

「ほらね」彼は言う。「ああ！　歯並びが悪い！」

彼は相手の手をとると、両手で握った。

「どうして爪が傷《いた》んでるの？」

「まあ！　ジョゼフ」彼女は答える。「どういうことよ。庭仕事のせいじゃない」

彼女の日に焼けた手はきゃしゃで小さいけれど、たしかに少し荒れていた。土と水のせいだ。働いているのだから仕方のないこと。

「そうか！」彼は応じる。さらに言う。「そのとおりだね。でもこれは？」

再び指を伸ばすと、白い襟を少し押し開いて首の付け根にあてた。

シミがあるからだ。人間はもともとどこかに傷があるものだ。

彼女は泣きたい気持ちでいっぱいになる。ウサギがキャベツの葉をかじるときのように唇を小刻みに震わせた。

「まあ！　ジョゼフ」彼女は言う。「じゃあどうすればいいの？　私が悪いの？」

Ⅲ

午後中『プチ・マラン』は人でいっぱいだった。湖は今バラ色に染まっている。きょう最後の蒸気船が通ったばかりだ。

船尾には三色旗（フランスの国旗）、船首には赤地に白十字の旗（スイスの国旗）が掲げられている。外輪は昼間よりもずっとすごい音を立てていた。

カモメが急に湖面から飛び立った。どこで夜を過ごしているかよくわからないが、決まった時刻に湖面を離れる。

湖水がバラ色ではなくなった。緑色、そして次第に黒くなっていく。対岸では大量の光の点が一斉にともった。向こうの穏やかな湖面には、岸に沿って数多くの光の線が並んで浮いているかのようだ。

ジョゼフは急な坂道を下っていた。

今は夜の十時半ぐらいだろう。ジョルジェットを家に送り届けた彼は『プチ・マラン』まで下りてしまおうと決めた。きっと仲間に会えると考えたのだ。

湖の前に女がいた。暗いので真っ黒に見える。カフェの明かりはプラタナスの木々の下からしか届かない。

その女は彼に背を向けている。ジョゼフは近づいて後ろから声をかけた。

「マチルド姐《ねえ》さん……」

女は振り向いた。

「人違いよ」

ジョゼフは答えた。

「あっ！　失礼……」

相手の顔をじっと見るが、はっきりしない。それでも「あなたなんて知らない」と言いたいかのように向こうもこちらを見つめているくらいは判別できる。人違いで、思っていたマチルドではないとわかった。

「そうか！」彼は言う。「新人だね」

「そう」

「いつからここに？」

「きのうの朝から」

「マチルドは？」

「いなくなった」

「そうなの！」彼は言う。「間違えてすまなかったけど、ここ二、三日は留守していたから……」

さらに言った。

「そうだな。あなたはあの子よりも背が高い」

それから相手が何も返事をしないので、

「仲間の船員たちは？」

そう言うと同時にカフェの店先の方を向いた。明かりがついていて、キョウチクトウの絵が描かれた樽《たる》の向こうに無人のテーブルが二列並んでいるのが、開いたドア越しに見えた。

「もう誰もいないの？」

「行って見てごらんなさい」女は答える。「年寄りが二人いる」

パンジェ爺さんが片隅にいる。別の隅にはゴマ塩の口ひげをたくわえた小柄《こがら》な男。二人とも澄んだ液体、すなわちブランデーの半リットル瓶の前に座っている。ときおり手に持った小さなグラスを無言で口へ運ぶ。

ジョゼフはハンチング帽をちょっと上げて挨拶した。パンジェ爺さんは「やあ！」と言ったきり、もう何もしゃべらない。

女の方はかなり遅れて入ってきた。急いでいたようには見えない。ジョゼフの数歩後ろで立ち止まると、さらに待ってから尋ねる。

「何を飲む？」

新入りウエイトレスだ。

「何だっていいよ」とジョゼフは答えた。

女は肩をすくめる。

「やあ！」とまたパンジェが声をかけてきた。「どこにいた？」

「一人なの？」とジョゼフ。「ほかの人たちは？」

「眠いんだと。寝に帰った」

「コーヒーをくれ」とジョゼフは言った。

「ブラック？」

「いや、ミルクを入れて」

そしてしばらく会話が途切れた。壁にはレジオン・ドヌール最高勲章の綬《じゅ》をつけたルーベ大統領（エミール・ルーベ。一八九九年から一九〇六年までフランス大統領）の写真。かつてはカラーだったが、今は色褪《あ》せている。フェリックス・フォール大統領（フェリックス＝フランソワ・フォール。一八九五年から一八九九年までフランス大統領。ドレフュス事件のときエミール・ゾラは彼宛の公開質問状を新聞に掲載した）の白黒写真もレジオン・ドヌール最高勲章の綬をつけている。カウンターの脇には古い自動ピアノもある。投入口に小銭を滑りこませれば、犬小屋から放たれた犬のように音楽が飛びだしてくる。

ジョゼフはコーヒーをひと口飲んだ。生ぬるかった。

そのときパンジェ爺さんが尋ねてきた。

「おまえは船に乗って向こうへ戻るのか」

そうだ、とジョゼフは答えた。

するとパンジェ爺さんは言う。

「わしはもう終わりにする」

「五百フラン」パンジェ爺さんは続ける。「五百フラン貯めた……あのくそ金《がね》は……缶の中に……奴らはあの船を売り払うという噂が今流れてる。おまえはあの発動機船に乗ればいい。わしは無理だ、年をとりすぎた……」

「コンビーフ缶の中に入れて」さらにしゃべる。「それをマントルピースの下に隠した。立ち昇る煙があの子の邪魔をしてみつけられないと思ったからな……そうじゃないか！　つまり娘のことだ。でもあいつは火が消えるのを待つだけでいい。そうだろ、わしは一人暮らし。表に出ればもう家には誰もいない。五百フラン……」

ウエイトレスは引き返す途中で口に手をあてて欠伸《あくび》をした。

「あとは縄《なわ》がほんの少しあればなあ……」とパンジェ爺さんは言った。

そして口を閉じた。もう一人の老人も何もしゃべらないし、自動ピアノも鳴っていない。ウエイトレスはなおさらだ。亜鉛板を張った新品のきれいなカウンターに背をもたれている。格子棚にはボトルがたくさん並んでいる。

もう店じまいだ。客が出て行けば帰って寝られるが、なかなか出て行かない。老人というのはもうあまり眠らないし、家もあってないようなもの。安酒を前に全然しゃべらないか、くだらないことを口にしながら何時間も過ごす。年寄りたちを追い出すことのできる閉店時刻にはまだなっていない。だがさっさと消えてもらいたいことをわからせようと努める。ウエイトレスは欠伸をする。ジョゼフにはこう言った。

「あなたは眠くないの？……あなたもヴォーデール丸に乗ってるんでしょ。船は何時に出たの？」

「七時」

「けっこう早かったのね」

女は欠伸をする。パンジェ爺さんがこう繰り返すのが聞こえる。

「五百フラン」

また口をつぐむ。うなだれた肩の間に頭がめりこんでいった。

するとジョゼフが新入りウエイトレスに話しかけた。単にお近づきの印だろうか。好奇心だけからだろうか。

「出身は？」

「リヨン」

「ああ！　大都会だな」

そしてだしぬけに、

「リヨンと言ったね」

ちょっと考えると、

「あれもあそこから来たな」

「誰のこと？」

彼はすぐには答えなかった。あのいくつものトレーラーはトラクターに牽引《けんいん》されてやって来る。トレーラーは丸っこく、分解されてはまた組み立てられる。中心の支柱を立ててしっかり地面に打ちこむ。それからロープ一式を使ってテントを張る。

組み立てては解体する。着いては立ち去る。シロクマ、ゴリラ、踊り子。カウボーイたちは馬に乗る。

彼は言った。

「どれもモーターで動くんだ。知ってる？」

「いいえ」

彼は続けた。

「きのうはローザンヌにいた。でももともとはリヨンから来てる。入口にそう書いてあった」

「まあ！」女は答えた。「サーカスのことね」

「見たことない？　残念だな」

パンジェ爺さんがまたこう言うのが聞こえた。

「縄がほんの少しあれば、それで終わり」

すると女が話しはじめた。

「どうしてあのサーカスのことを私に訊《き》くの？　たしかにあちこち回ってるわ。仲間に入りたいの？」

「まあね」

「何をするの？　運転手？」

「まあね」

女は笑いだした。

パンジェ爺さんが老いたしわがれ声で歌いはじめた。船の上で歌う歌だ。ただし途中からだが。

……崖の上にいるのは
月のように白い女

俺に運があって
　近寄れるなら……
途中を飛ばしたにちがいない。歌はこんなふうに続いたから。

　生きようが死のうが
　必要ならこの世の果てまで
　地球が丸ければ
　外に飛び出してしまうけれど

「あれは船で歌う歌だ」ジョゼフは言う。「きれいな歌だ。なあ、パンジェ親爺。次の出発はいつだっけ？」

「あさってだ」

「それなら、またあさって」とジョゼフが声をかけた。

「ああ！　わしは」とパンジェ爺さん。「もう終わりだ。あとは縄がほんの少しあればなあ……」

Ⅳ

こうして彼らはまた五人でヴォーデール丸に乗ってローザンヌに向かった。その翌日にはまた戻ってきたが、ジョゼフの姿はなかった。あのサヴォワの若者だ。「奴はどこにいるんだ？」と尋ねられると、彼らは「知らないな。向こうに残った」と答える。

タポニエは村から西へ十五分ぐらいのところにある泉へ水を汲みに行って戻っているところだ。ラバの脇を歩きながら話しかける。「さあ！　どうした、ジャコブ」

道はでこぼこした悪路だが、斜面となだらかにつながっている。樹皮をはいだ枯れ枝に這《は》わせているので骸骨のように見えるブドウの高い木々に縁《ふち》どられているところもあれば、クリの木立の陰になっているところもある。タポニエは樽に水を満たすと、蓄《たくわ》えがなくなった村人たちに売り歩くのだ。バケツ一杯が二スー（一スーは五サンチーム）だから、高くはない。

「おい！　ジャコブ」

彼は言う。

「どうした？　ハエのせいか、それともやる気がないのか」

ラバが立ち止まったのだ。前を歩いていたタポニエが振り返る。

「どうした。さあ、ジャコブ！」

するとラバは引き綱を引っ張る。綱がぴんと張ると、重い道具全体が再びぐらつく。壊れそうなほど古い草運搬用の荷車の上に、六百リットルの樽《たる》を弓形の木材とつないだロープで固定しているのだ。荷車が右に左に傾くと、ブリキのバケツが車輪の間でガチャガチャ音を立てる。

タポニエは垣根から引き抜いた小枝でズボンを軽く叩いている。

一週間ひげを剃《そ》っていないから、こけた頰に灰色の苔《こけ》が生えているかのようだ。汚いシャツに破れた麦わら帽子、ヤニがべたついている陶製のパイプ。いい奴だ。男前でもある。しかも幸せな男。ここ三週間お客なしはまれだったので、日に四度は往復していた。

バケツ一杯で二スー。これで儲《もう》けは出る。

しかし急に周囲が真っ暗になり、荷車の音がしなくなった。クリの木立に入ったのだ。そこでは夏の晴天から十一月のどんよりした気候に変わる。木陰が作る靄のようなものの中を車はゆっくり進む。そして再び光が差しはじめ、目の前の垂れ下がった枝のすき間から夏がまた突然現れた。

車輪の重みで小石がつぶれる音がすると、荷車は揺れて傾く。樽も傾いて揺れ、水が注《そそ》ぎ口から飛び散る。人里へ戻ってきた。眼下の湖水からは白い炎のようなきらめきが音もなくこちらを狙い撃ちしてくるし、上空の山はその腕を伸ばすと小さな雲をハンカチのように振って挨拶してくる。

道沿いの家の一軒から女が出てきた。

「こんにちは」とタポニエ。

「水はどうかな」

「あら！　ちょうどよかったわ」

「どれほど？」

「バケツ二杯」

ジャケ夫人、ジョゼフの母親だった。名前はマリー。

太った女だ。口ひげのようにバカでかいゴマ塩の眉が、窪《くぼ》んではいるが生気ある目の上に突き出ている。頭には赤いスカーフを巻き、グレーの綿ネルのブラウスに覆われた豊かな胸の下にはストライプのエプロンがかかっている。

彼女は教会のある段丘に住んでいる。教会のすぐ並びだ。タポニエは樽、荷車、ラバを伴って帰ってきた。彼の言う商売道具一式だ。しかも割のいい商売だとか。——バケツをつかんでは、「その証拠にジャコブは肥《ふと》っている」と言う。

彼は樽の後ろ側にある注ぎ口のところへ行く。長い木のコックで閉じてあるので、その端を引っぱればいいだけだ。タポニエは片手でバケツを引き寄せる。もう片方の手は岩から水を噴き出させるモーセ（前十三世紀ごろイスラエル民族をエジプトから脱出させた指導者）のようだ。

「さあ」彼は言う。「それに冷たいよ！」

あたりは乾燥して、レタスのしおれた球が潰《つぶ》れて転がっている。グーズベリーやカシス、ラズベリーのような小さな果実をつけた茂みは薄い埃《ほこり》をかぶっているため、地面を這《は》う白い煙のように見える。タポニエは台所の流しにある石の水溜《た》めにバケツの水をぶちまけた。そして戻ると、再びバケツを満たす。

ジャケ夫人は言った。

「これで四スーね。さあどうぞ」

彼は答える。

「どうも」

急いでいないので、彼はパイプに煙草を詰める。ジャコブの方は日陰に入っている。

「息子さんは？」

ジャケ夫人は手を振り上げる。

「あら！」彼女は言う。「訊かないでよ！」

「帰ってないの？」

「そう」

二度めのローザンヌ行きのことだった。

タポニエは階段に腰を下ろした。家は二階までしかない。緑色のよろい戸の白いきれいな建物で、正面には窓が四つ。三段の小階段が入口の前にある。

タポニエはパイプに火をつける。

「甘やかしましたな！」

「どういうこと？」ジャケ夫人が応じる。「父親が早く死んでるのよ」

「そう」タポニエは続ける。「一人息子とはこんなもんだ。それに年頃になると……」

「ちょっと訊くけど」ジャケ夫人は言った。「あの子はどうしてあんな船に乗りこんだのかしら。どうして？ フィアンセのいる子が」

タポニエはまたパイプをひと口、ふた口吸う。そして何も言わずに立ち上がった。遠くにジョルジエットが来るのが見えたのだ。

「こんにちは、ジョルジェットさん……さようなら、ジャケのおかみさん。またあした」

ジャケ夫人は戸口でジョルジェットを待っている。

「どうしたの？」

しかしジョルジェットはまず胸に手をあてて息を整えねばならなかった。「ちょっと待って」と言う。「とにかく入りなさい」とジャケ夫人は答えた。

二人の女、すなわち母親と未来の義理の娘は家の奥へと通じる廊下を進んだ。ジョルジェットは椅子に倒れこむ。「大急ぎで上ってきたの」

「シロップはどう？　冷たい水もあるし。タポニエが持ってきてくれたばかりよ」

「まあ！　どうもありがとう」とジョルジェットは答える。

ジャケ夫人は戸棚の瓶とグラスを取りに行った。

「それで？」

「ええ」ジョルジェットが答える。「四人とも『プチ・マラン』にいたの。そう、四人よ。給料をもらうために。待ちぼうけを食わされたとジョゼフのことを怒ってた」

「それから？」

「そう！　あの人たちはこう言うの。『心配ないよ。あいつの性格はよく知ってるだろ。気まぐれなんだ』それからこうも言うの。『もう大人《おとな》だから一人で戻れるし』私が『元気だった？』と尋ねると、『元気、とても元気。身体のことは心配しなくていい。そうじゃなくて、あれはきっと……』みんなは笑いだした。それで私は店を出たの」

「誰がお客の相手をしてたの？」

「タシュロンのおばさんよ」

ジョルジェットはひと口飲んだ、ラズベリーシロップだ。その濃いきれいなバラ色をグラスについた露がわずかに曇らせている。

「ねえ」とジャケ夫人。

彼女は腰に手をあててジョルジェットの前に立っている。皺《しわ》が薄く寄った広い額を覆う赤いスカーフの下には太い眉。

「ねえ、もう待ってるだけじゃダメ……結婚式の日取りの話はあの子にしたんでしょ！　してないの？　そうしなさいと言ったのに」

「できなかったの」

「それなら言うけど、こんな状態は終わりにして、変なことが起きないうちに急いで結婚しないと。この前の日曜日はどうだった？」

「何もなかった」

「あの子は何て言ってた？」

娘は思い出そうとするが、何も浮かばない。

「何も言ってくれなかった」

「それなら、最後に会ったとき……いつもとは変わったことに気づかなかった？」

するとジョルジェットは答えた。

「そう言えばちょっと」

ジャケ夫人が言葉を遮《さえぎ》った。

「思ったとおりだわ。あんな男の子たちは好き放題にさせちゃダメ」

さらに言った。

「八月、九月、十月。これだけあれば新居用に作り直せる。十一月には結婚できるでしょう……」

ちょうど同じころ、彼は湖畔沿いを引き返していた。前の晩船に乗りそこねたので、早朝にル・ブヴレ（ヴァリス州にあるレマン湖畔のフランス国境に近い町）まで行く蒸気船に乗ったのだ。そこからはずっと歩かねばならなかった。二時間の行程だ。日は陰《かげ》っている。街道はよく整備されていて、往来も盛んだ。とりわけ夏は自動車の数が多い。

湖畔を進んでいる間、彼の心は千々に乱れていた。森を抜けると、また湖が見えてきた。さざ波が岩とぶつかって山の早瀬のような音を立てている。

山はそびえているが、湖面は平らだ。彼の左手にある山が垂直の塊なら、右手の湖面は床のようだ。稲の根っこで作ったリゼットブラシ（こう呼ばれている）に石鹸をつけて何度も何度も擦《こす》ってから水でざぶざぶ洗い流したために節《ふし》がこぶのようになった、古いモミ材の床だ。

モミの木に囲まれた街道上にあのサーカスのワイヤーロープを張ることはできないだろうか。

最初の小さな村が見えてきた。次に森の斜面に四角形をなしている放牧地に建った家々。

青いズボン、綿の白シャツ姿のその若者がやって来るのが見えてきた。古い上着を両肩にかけ、ハンチングをかぶり、エスパドリーユ（縄底のズック靴）を履《は》いている。速足で進んでは立ち止まり、速足で進んではまた立ち止まる。上空は山の尾根から対岸の丘陵地帯までテント布を張っているかのようだ。実際には鳥の囀《さえず》りしか聞こえない日陰の静寂の中にいるのに、彼の頭の中では光と騒音が充満している。

スポットライトの光線が交錯する。赤、紫、黄、青の光は文字のように見える。音楽を奏でているのは十二の真鍮製の朝顔の形をしたスピーカーだが、それはずっと昔のこと。いつだっけ？　最初に船でやって来たときだ。こんがらがっている時間の流れを整理しないといけない。場所だけではない。場所とそこにあったもの、物と人を。先行するものは前に、それに続くものはあとにしなければ。

——道路沿いには下宿屋、安い小さな下宿屋がところどころにある。国境に近いから村の中には税関もある。古ぼけた石橋の両側に二つの税関がそれぞれ設置されている。

彼は家をめざして街道を進んでいる。それと同時にまた、両方の掌を合わせたほどの幅もない渡し板の上で（きのうのことだ）バランスをとっている。

街の中心部まで上っているときもまだ背中や胸の筋肉に手押し車の振動が残っていたが、あれはいつのことだろう。きのうの夕方だ。最近のことなのに、ずっと昔のように感じる！　また仲間たちの誘いを断った。一杯やりに行こうという誘いだ。自分は街に向かって大急ぎで上ったが、それはなぜ？〈あの人〉にもう一度会うためだ。音響、光、祭り。――そしてあの人。さらには自分自身を見直すために？　元の自分に少し何かが加わる。人生についても少し何かが加わる。これで人生は本物になるのだ（うまく説明できないが）。――ところがもう何もなかった。広場は空っぽ。祭りがあった場所はもはやその面影《おもかげ》もない。散らかった紙、石油のねっとりした染《し》み、ふさがれて間もない地面の穴。

ああ！　周りの山はなんと高いことか。ハイタカがときどき山から離れて紙片のように上空を横切っていく。

祭りが行われた広場に居合わせた人たちに尋ねる。「連中はどこへ行ったか知らない？」「誰のこと？」――「サーカス」「警察に訊いてみれば」

「俺は知ってる」と誰かが言った。「ジュネーヴの方へ向かったけど、きっと途中のどこかに立ち寄るだろう」

また誰かが言った。「エンジン付きの車だから、大きな道しか行けないはずだ。モルジュ（ローザンヌの西約十キロにある町）に立ち寄ったかもしれない」

彼は言う。「リヨンから来た〈ル・グラン・シルク・コンチネンタル〉だ」

「とにかくモルジュへ行ってみろよ」

こうして船員仲間たちはジョゼフを待ったけれど、来ないので置いてきぼりにしたのだった。

彼は列車に乗ってモルジュまで行った。カフェで尋ねてみる。

「何も見なかったぞ」という答え。

「いや、見た」と客の一人。「エンジン付きのやつだよな？　トレーラーは三台？　色は青？　それならここを通った。さあ、いつだったかな。きのうの十一時ごろか……ああ！　もうとっくに通り過ぎていった！」

「どうもありがとう」

ローザンヌに戻ると、翌朝までの時間を駅の待合室のベンチで過ごした。

彼は今思っている。〈もう終わりだ〉バカにバカを重ねている！　〈あの人〉の名前を思い出そうとするが、名前さえ忘れているのに気づいた。とにかく入口の上に赤い文字で、

〈ミス……〉

と書いてあった。しかしその先を思い出せない。――馬たちが駆ける草原の絵、割れた氷原の絵、白黒の碁盤状の中庭の絵の上に書いてあったが、あの人の名前は？　ここで終わりだ。もう名前が出てこない。彼女は彼の目の前の景色の中をまた軽やかに上昇していった。

国境を通るときジョゼフが所持していた証明書を見せると、「いいだろう」と言われた。未開拓の土地へと向かう。黒く積み重なった地層から岩が突き出ている。地層は湖からの照り返しでブリキ板

のようにピカピカ光っている。あの人は白く清浄で、もはや重みはない。重力、われわれの誰もが体感する重力から自由になっている。大気をかき分けて旅をする。見えない何かに支えられ運ばれるのだ。はるか高みを小走りに進んでは止まり、昇っては降り、バランスをとる。——だがこの街道はカーブして、向こう岸は後退したために視界から消えた。荒涼とした場所、そして海のようにだだっ広い湖が姿を現す。彼女はまだあそこにいて、腕を広げたり脚を曲げたりと身体を動かしていた。それともあれはバラ色の小さな雲だろうか。はるか遠くの上空に見える白とバラ色、軽く柔らかなものは。女性であって女性以上の存在。重力や人間らしさといったものから逸脱している。あの人を運ぶには光だけで十分……

「おい！　そう、おまえ！　気をつけろ！」

赤い旗を持った男だった。

ジョゼフは進むのを止められた。二台の乗用車、籠《かご》を背負ったパン屋の小僧もやはり路上で止められている。小僧は自転車から下りていた。ここは採石場だ。男は街道に配置された採石場の職員で、採石場の反対側では別の男が同様に靴や車輪をつけたもの、すなわち歩行者や車の通行を止めている。

午前十一時半のこと。これから発破《はっぱ》作業が行われるのだ。

ジョゼフは言った。「わかった。待つよ」自動車や自転車と同じようにする。もうあの岩場のどこにも人影がない。山を穿《うが》ってできた広い砕石跡の端から端までも。樹木に覆われた高い斜面の横腹に白い傷跡がついている。もう誰もいない。いつもはコール天の作業ズボンのために黒ずんで見えるごく小さな点が上で忙しく動き回っているのだが。ここから二百メートル上の高さなので蟻《あり》よりも小さい。

長い導火線に火をつけると、作業員たちは走って岩陰に身を隠した。待つ。さらに待つ。すると湖面は太鼓の革になったかのように硬く乾いた音響を受けとめる。何度も何度も。

一発の発破だけでも轟音《ごうおん》は鳴りやまない。空間全体がへこんで閉じている。湖がそのくしゃみのようなものを上空へ差し向けるから、空も咳をする。

八発、九発、十発。毎回まず短い爆音がすると空間全体が長い時間振動する。その轟《とどろ》きはローザンヌ、モルジュ、ニヨン（ジュネーヴの北約二十五キロにあるレマン湖畔の町）、ジュネーヴにまでさえ届く。ところが採石場の上空には葦《あし》の穂綿《ほわた》のようなものしか見えない。すなわち四本、五本、六本と、煙が徐々にばらけるのだ。それと同時に山が崩れて大小の石が転がっていくさまは、恐怖にかられて逃げる羊の群れに似ている。大きな石は前方で跳びはね、小さな石はその背後を転がる。さらに微小なものは水のように流れていく。

赤い旗を持った男たちがその旗を下げる。あの若者、ジョゼフは何を考えただろうか。急斜面のてっぺんに、小指ほどもない大きさの採石場の作業員の姿が見えた。爆発がうまくいったかどうかを見るため避難所から出てきたのだ。ジョゼフは思った。〈よし！　これで家に帰れるな〉そして〈ああ！　これで終わりだ〉

自動車は発進し、パン屋の小僧は自転車にまたがった。彼にも声がかけられた。〈これが採石場というものか〉午前中いっぱい作業して、昼に発破をかけるのだ。

少し遠くでは、岸に近づいた二艘《そう》の発動機船が板を渡して接岸したのも見えた。石運船は見当たらない。船もあの人も永久に消えてしまうだろう。
すれ違う自動車が上げる疾風《しっぷう》や車体の塗装の照り返しが彼を苛《さいな》む。街道は再び少し向きを変え、ある地点で大きくカーブする。
彼は思う。〈終わりだ、終わりだ。目を覚ませ〉
ぽっかりした空の下、急な坂道を上った。教会のたもとに着く。庭沿いを進むと、庭に植えたサラダ菜が干からびているのに気づいた。〈それならタポニエのように樽を持って水を汲みに行こう。時間はあるからな。たっぷりある〉と考える。〈時間は好きなだけある。余るくらいに……〉

ジャケ夫人はちょうどテーブルにスープをのせているところだった。

「まあ」彼女は言う。「どこにいたの？」

彼は答えた。

「時間に遅れて、みんなに置いていかれたんだ」

母親は尋ねた。

「どこに行ってたの？」

彼は答えた。

「お祭り」

「お祭り？」

「そう」彼は続ける。「ぶらぶらしようと街中まで上っていったら、お祭りをやってた。でももう終わってる……」

彼女は肩をすくめた。

「お祭りですって？　お祭りで何をしようとしたの？」

「どうでもいいだろ！」

「それで歩いて帰ってきたの？」

彼は答えた。

「そう。ル・ブヴレから」

「まあ！　ジョゼフ」彼女は言う。「私たちのことはどうでもいいのね。忘れないで、おまえには婚約者もこの私もいる。それなのにいつも自分勝手。二人とも心配して待ってたのよ。ジョルジェットが来て、『あの人はどこにいるの？』と訊かれたよ。どう答えればよかったかしら。あの子は港まで下りて船の人たちと会ったけど、みんなも何も知らなかった」

彼はつぶやいた。

「終わったよ」

彼女は尋ねた。

「何が終わったの？」

「あれの役目が」

「何の？」

「船のことさ。もうお役御免だ。今度のは発動機船だ。二十万フラン以上する。全部鉄でできていて、エンジンは百馬力。それに機械操作だ」

「それならヴォーデール丸は？」とジャケ夫人。

「薪《まき》にして売り払われるだろうな」

「そう！」と彼女。「それならおまえは？」

「僕は」彼は答える。「そうだな！　簡単だ。終わったって言っただろ。もうあの船には戻らない」

夏の真っ盛りだった。よろい戸を閉めているから、台所は真っ暗だ。二人は向き合って座っているのに、互いの姿がほとんど見えない。たまに射しこむ光のせいで、グラスや皿の縁《ふち》、さらには竈《かまど》の上にある銅の湯沸《わか》しが闇の中で輝くことはあっても、二人の姿はぼんやりしている。それでも母親は息子を目で探して、

「本当なの？」

彼はうなずいた。

「まあ！　ジョゼフ、本当なの？　うまく話をつけられるのかい？　仕事の契約を結んでるんだろ……」

「そうだけど。でも向こうが新しい船に代えるのなら……」

「まだ未払いの給料があるだろ」

「夕方行ってくる」とジョゼフは答えた。

窓の外の扉がぴったりと閉じられているため、窓ガラスの向こうから出られない大きなハエのブンブンという騒音、そして路上でときおり鳴る自動車のクラクション以外は何も聞こえない。

ジョゼフが再び口を開いた。

「庭に水をやらないと」

「たっぷりとね」

「それなら僕がやりに行くよ。水は買ってるんだろ?」

「買ってるよ」

「もう買わなくていい。僕がまた汲みに行く」

「でも」母親は言う。「どうしてあの船に雇ってもらったんだい?」

「なんとなく、ほかの土地へ行ってみたかったんだ。ここはちょっと狭いし……気分を変えたかったんだ」

「それで?」

「それで、まあこのとおり。事情が変わった」

青バエはすぐ近くにいるから、遠くの車のクラクションやエンジン音よりもずっと騒がしい。もう一匹の毛だらけの大きなハエが窓ガラスを静かに這い上がり、落ちてはまた這い上がっている。

「そうね!」ジャケ夫人は言う。「ジョルジェットは喜ぶでしょう。これでおまえたちは結婚できるから」

「それでいいなら」

「もちろんいいさ。できるだけ早く、この秋にでも。あと足りないのはベッドとシーツだけ……」

彼女は続けた。

「すぐアゴスチーノの店に行って壁紙の張り替えとニスの塗り直しに来るよう頼んで。こんなに天気がいいから、あっという間に乾くでしょう。それから来年の契約はどうなるかわからないと借地人らに言いに行かないと。おまえがまた使うんだから」

彼はうなずく。

「これでもまだ何か不満？　部屋を三つきれいに直せば十分よね？　だけど」彼女は続ける。「おまえはまだジョルジェットと会っていないから、あの子はまだ何も知らない」

彼は言った。

「上でシャツを着替えてから行ってくる。全部あの子に話すよ。夕飯には一緒に戻ってくる」

V

その日の夕食後のこと。クレリシは自動ピアノのコイン投入口に二スー入れた。ピアノに身を寄せると、まずは歯車が高速回転してミツバチがいっぱい入った巣箱のような音を立て、それから硬貨が落ちるのが聞こえた。

その顔めがけて鳴り響いたのはポルカだった。

「なあ、タシュロンの女将《おかみ》さん。俺とポルカを踊ってくれよ」

「まあ！　ちょっと我慢してよ、クレリシさん。メルセデスがもうすぐ来るわ。まだ支度《したく》をしてるから」

タシュロン夫人はひどく小柄だが、やり手だ。女一人で大勢の男の相手をする。

黒髪のかつらをつけ、スカートのベルトを目いっぱいきつく締めているにもかかわらず、もうどこにウエストがあるかさえわからない。

最高勲章の綬をつけたルーベ大統領の写真は赤、青、黄が色褪《あ》せて灰色。やはり最高勲章の綬をつけたフェリックス・フォール大統領の写真は白黒。二人はそれぞれ壁に少し斜めに掛かっている、ガラスのないむき出しの額の中からこちらを見つめている。

「みんな金は持ってるからな、タシュロンの女将さん……」

「五百フラン」パンジェ爺さんが口を開く。「それで全部……五百フランで、それ以上はなし。わしの契約は前払いだった」

彼はもともと小柄だが、衰えが目立つ。身体はますます硬く縮こまっている。一人でテーブルに座っているので、見えるのは鎖骨が目立つ胸の上側、首、手、顔。日差しで焦《こ》げた古い木材のようだ。

「ヴォーデール丸がもう出ないなら……わしは年をとりすぎて発動機船は無理だ」

「タシュロンの女将さん！」

「もうちょっと待って！」タシュロン夫人は言う。「あの子は上に着替えに行ったの」

いつの間にか二人の税官吏が表に姿を現した。風変わりな制服を着ている。上着はカーキ色、ズボンはホライゾンブルー（やわらかい青）、セルロイドのカラー。店の看板は紺色の下地に黄色い文字が書かれていて、水夫帽をはすにかぶった男の顔の絵が両脇にある。そのきれいな看板の下を通り過ぎていった……

「煙突の中なんだ」とパンジェ爺さんは口にする。

誰も爺さんの話を聞いていない。客はゆうに十五人はいる。採石場の労働者たちに船乗りの四人、村の若い男女がそれぞれ二、三人。

「ところで」クレリシが尋ねる。「ジョゼフは？　ここには来ないのか」

「来るよ！　もうすぐ来る」とデュブロが応じる。

「おまえは給料をもらったか」

「もらった」とデュブロ。

「だけど」クレリシは続ける。「あいつはどうした。知ってるか」

「知らない」

「なぜ俺たちを避けるんだろう……なあ！　タシュロンの女将さん。何か飲むものをくれないか」彼は声をかける。「メルセデス姐さんが来る前に」

「すぐ来るわよ」

「そうかい」

「おめかししてるの」

「それはそれは……だがあのジョゼフは……そうだ！」彼はさらにしゃべる。「あいつと組んだせいで、俺はトランプで二フランすっちまった。覚えてるよな、この前。トランプをやりたくないなら、そう言ってくれればよかったのに。はっきりとな。何を考えてやがる……」

「もう忘れろ」デュブロが口をはさむ。「おまえは発動機船に雇ってもらうのか」

パンジェ爺さんがまたこう言うのが聞こえた。

「縄がほんの少しあればなあ……もうすぐわしの姿を見かけなくなったら、娘のところへ行けばいい。『あの五百フランだが。煙突の中に隠してなかったか』と訊いてくれ。あいつは嫌《いや》な顔をするだろうが、それはいつものことだ……」

誰かがまた自動ピアノに二スー入れたので、もうパンジェ爺さんの話もほかの会話も聞きとれなくなった。ワルツが大音響で流れている。

だから女が入ってきた音も聞こえなかった。みなが腰かけているテーブルの間に突然現れた。

クレリシが歓声を上げて、こう言った。

「待ってました……」

女は髪をカールしている。唇を赤く塗り、頬をピンク色に染めていた。目にはアイシャドウをつけている。

口を開く。

「さあさあ。仕事を始めるわ」

「なら俺たちの仕事は？」とクレリシ。「石を運ぶこと？」

彼は立ち上がる。

「灯りを全部つけないと。これじゃ寂しいだろ、タシュロンの女将さん……」

しかしタシュロン夫人は姿を消していた。

「メルセデス姐さん。俺たちの騒ぎ方をあんたは知らないな……もちろん騒げるときだが……七月十四日（フランスの革命記念日）には見られるはずだ。だけど一つ問題がある。タシュロンの女将さんはケチで……」

彼は電気のブレーカーをでたらめに動かす。部屋が真っ暗になると同時に人声も消えた。

「くそ！」とクレリシ。

マッチを擦《す》る。パンジェ爺さんが歌いはじめた。

あの子は逃げるけど
俺はあの子の後を追うぞ
地の果てまで

闇の彼方まで
地球が丸ければ
外に飛び出してしまうけれど……

「なあ、デュブロ。来てくれないか。この機械の使い方が全然わからない」

生きようが死のうが
必要ならこの世の果てまで

デュブロがやって来て、光が戻った。デュブロは言う。

「もっと明るくしたいなら、これだ。こっちのボードのスイッチ……」

今は前の倍も明るくなっている。デュブロがまた言う。

「赤い電球もある。ちょっと待て……ほら、あそこに」

「いいぞ！　七月十四日みたいだ！」とクレリシは叫んだ。


彼の方は静かな星空の下、坂道を下っていた。その夜の彼はとてもおとなしい。のんびりかまえているよう、上空の星たちがアドバイスを送っているからだ。ちょっと動いては止まって話しかける。「私たちを見てごらん。あくせく動き回ってる？」星たちは同じ場所から離れないし、色も変えない。「私は赤。私は青くて小さい。私は白」空の端から端まで一面に散らばっている。空は虫に食われてすき間のできた葉っぱのようだ。漆黒だが、穴だらけ。その穴は組み合わさって菱形《ひしがた》、四角形、あるいはしっぽがついた凧《たこ》のような図形を描く。アンドロメダ座、ケンタウルス座、大熊座、小熊座などだが、ジョゼフは星の名前を知らなかった。

彼は坂道の高みにある石塀《いしべい》にしばらく座ってこれら無数の星を眺めたが、どうすれば識別ができるだろう。さらに空の真ん中には白い道のようなものがある。袋が破れて中身がぶちまけられたかのようだ。

湖がまた見えてきた。長旅をしてきた浮浪者が路傍の斜面に倒れこんだときに漏《も》らす、ぜいぜいという吐息のような音を立てている。その湖のざわめきが聞こえなくなった。突然自動ピアノの音、次いで笑い声が耳に入ってくる。

ごちゃごちゃと乱雑なもの。星たちとは正反対だ。彼は考える。〈ああ！ 空はなんて静かなことか。だがここ、僕たちのところ、人間のいるところは違う。あいつらは呑《の》んでるな。心の声が聞こえなくなるよう精一杯騒いでいる〉彼は来た道を引き返そうかと一瞬思いさえした。しかし給料のことがあったので、また歩みを続けた。

看板の上に並んだ赤、白、青の三色の電灯がともされ、カフェの店名と二人の水夫を輝かせていた。暑いにもかかわらず、看板の下のドアは閉まっている。

ガラス窓の向こう側の布カーテンは引いてあった。ともかく中では道の上まで聞こえよとばかりのばか騒ぎをしているにちがいない。店の上側には開閉できる明かり取り窓があり、大砲の砲口のようにそこから音が飛び出してくる。みなは歌い、テーブルを叩き、自動ピアノを鳴らさせ、大笑いしたかと思うと、急に静かになる。

ジョゼフは近づいてガラス窓の端に顔をくっつけた。カーテンがめくれていて、そこから中が覗けるのだ。煙草の煙以外は見えない。

星空の下はなんて静かなのだろう。すなわち〈あの人〉のいるところだが、どうすればもう一度会えるだろう。彼は暗闇の中にいる。煙の向こうに見えるのはパンジェ爺さんだけ。一人ぼっちで肘をついて前屈みでテーブルに座り、ブランデーの瓶を前にしている。

そのとき何かが起こった。激しい怒りがこみ上げてきたのだ。「こんなんじゃない！」と言わんばかりに拳《こぶし》を耳の高さで二、三度振る。

上の我が家では二人の女が待っている。彼は音がみなに聞こえるほど力いっぱいドアノブを押した。「来たぞ」と言うと、みなは振り返った。彼は再び「来たぞ」と言う。

「おい！　メルセデス姐さん」クレリシが叫ぶ。「すぐ来て。友達のジョゼフだ。ハンサムだろ、おまえさん好みだ。知ってるか？」

「見たことはあるわ」

ジョゼフは部屋の真ん中に仁王立ちしている。こう言った。

「金をもらいに来た」

「ここにあるよ」デュブロが応じる。「親方から預かってきた」

ポケットから封筒を取り出す。灰色の封筒の上には下手くそなインク文字で名前が記してある。

ジョゼフは自分の名前かどうか確かめる。間違いなかった。

「それに」彼は動くことなく、さらに言った。「僕はもうあの船には乗らない」

「いいだろう！」クレリシが応じる。「だが今は呑もう。メルセデス姐さん、もう一リットル頼む。

それから俺と一曲踊ろう。今度はとびきりすてきなやつでな。どうだ？」

ジョゼフは部屋の真ん中に立ったまま動かない。若者たちは自分のテーブルに戻っていた。

「ここに座れ」クレリシが声をかける。「俺がみんなに一杯ずつおごる。その次はおまえがおごるということでどうだ？　金はたんまり持ってるからな……」

彼はジョゼフの腕をつかんだが、ジョゼフは言った。

「放せよ！」

クレリシは放したが、ジョゼフはそれでも彼と同じテーブルに腰を下ろした。メルセデスがグラスと白ワインを持って戻ってきた。

「乾杯！……」クレリシが言う。「次は音楽だな……おい！　みんなどうした」

彼にしゃべらせておこうとみな口を閉じていた。「さあ、ジョゼフ！　どうした。メルセデス姐さん、俺たちの出番だぞ」

再び音楽。ポルカだ。少女らは立ち上がり、若者たちもそれに続く。メルセデスは肌が触れそうなほどジョゼフの近くにいたが、彼は依然として相手を見ていない。帰らなくてはいけないことだけはわかっている。だからそう言いかけると、クレリシがいなくなっているのに気づいた。

あいつはどこにいる？　彼は顔を上げた。

女は背が高くて腕が白い。髪の毛は自然のままではない。項《うなじ》の後ろや耳の周りの髪はきれいにカールされている。小さな貝がずらりと並んでいるかのようだ。彼は女を後ろから見る。今度は正面から見る。そのとき向こうもこちらを見ているのに気づいた。そばを通るときには流し目を送ってくる。

彼は思った。〈あの女は僕を見ている〉

クレリシがメルセデスの耳元でなにやら囁《ささや》き、二人はダンスを始めた。彼は女を後ろから見る、正面から見る。またこっちを見てきた。

突然ジョゼフは言った。

「さあ！　もう終わりにしろ」

ピアノが急にやんだ。

だがみなはもう「音楽！　音楽！」と叫んでいる。若者のうちの一人が硬貨をひと握りポケットからつかみ出すのが見えた。その中を探ってめざす硬貨をみつけると、ピアノに近づいていく。

ジョゼフが立ち上がった。

「もう終わりにしろと言ってるだろ、クレリシ。僕は帰るよ。お姐さん、勘定はいくら？」

ピアノの音が再び炸裂する。女は寄ってこなかった。

彼は立っていて、あの二人はすぐ近くにいる。クレリシは女の腰に手をまわした。今度はタンゴ。スローで重く、悲しげだ。二人はほとんど場所を変えない。そのためジョゼフはまた女を後ろから、横から、そして正面から見つめる。向こうもずっとこちらから目を離さず、笑みを送ってくるのに気づいた。

彼は身をのりだした。椅子が倒れる。「聞こえないのか、クレリシ」と言うかのように、クレリシの肩に手をおいた。

相手は肩をすくめる。

彼はクレリシの両肩をつかんだ。クレリシはパートナーを放す。

「どうしたんだ？」

踊っているほかの者たちもパートナーから離れた。

「やめろよ」

「誰に言ってるんだ？」

女は両手を上にやった。

クレリシは言った。

「こいつはまともじゃない！」

「なあ」さらに続ける。「何が言いたいんだ？　いつもしてることだろ？　俺たちがおまえをのけ者にしたか、この偏屈《へんくつ》野郎……」

女は両手の指先で巻き毛を耳の反対側に戻した。白すぎる歯がきらめいたのがまたジョゼフに見えたが、それからはもう何も見えなくなった。殴りかかると同時にこめかみに一発食らったからだ。テーブルが倒れる。ジョゼフはクレリシに腰を抱え上げられ、仰向《あお》けに倒れる。また立ち上がろうとしたが、四、五人が飛びかかってきた。うまく身を守れない。もう守れない。こんな声が聞こえてくる。

「こん畜生！」

そして、

「このばかを放すな、放すな！」

次に誰かが、

「どうしてやろうか」

返事があった。

「湖に放りこもう」

彼はまた足をばたつかせようとしたが、二人が両足を、別の二人が両腕をつかんでいる。運ばれている間、彼は冷たい夜風を顔に感じる。そして桟橋の手すり越しに放り投げられた。

女はもう誰もいない広場を歩いている。背後のカフェが一瞬光って、女の背中を照らした。それから赤い光、青い光、最後に白い光と徐々に消えていく。消したのはやり手のタシュロン夫人だった。灯りはもう一つか二つしか残っていないが、女はさらに進んだ。それから立ち止まる。足音が聞こえたからだ。

税官吏の一人だった。

「何があったんだ？」

「いえ！　何でもない。ただの喧嘩よ」

「俺も見た」と税官吏は言う。

「一人を湖に放りこんだの」

「そいつはどこに？」

「さあ」と女。

「手を貸してやろうか」

「いいわ、ありがとう。それに」女は続ける。「大丈夫よ。船乗りなら泳げるから」

女は桟橋の手すりから身を乗りだしたが、何も見えない。暗い深淵のようだ。あれだけまぶしい光を見たあとだから、また暗闇に慣れる必要があった。

ヴォーデール丸と二隻の発動機船が港に停泊していることだけは見分けられた。三隻とも黒く形がぼんやりしているが、ヴォーデール丸のマストは空に伸びているので比較的よくわかる。三隻は船首の舫綱《もやいづな》を桟橋の手すりの大きな鉄の環《わ》に繋《つな》ぎ、錨《いかり》を船尾から下ろしている。そのためデッキは少しは明るく見えるが、三隻の間には油でねっとりしたような真っ黒で深い二本の溝がある。

女はさらに身を乗りだす。

「ジョゼフさん！」

呼びかける。

「私よ。もう来てもいいわ。みんないなくなったから」

依然として何も見えないが、今は人が泳いでいるときのかすかな物音がはっきり聞こえている。さらに目を凝らすと、しばらくして水面よりも黒っぽい点が沖に向かって進んでいるのに気づいた。岸から離れれば離れるほど暗闇は薄まっていく。薄明かりと花粉のように湖に落ちる無数の星屑《ほしくず》があるからだ。その黒い点がさらに明るい場所に達したのを見て、あれはジョゼフに間違いないと女は思った。

「ジョゼフさん！」

税官吏が遠くから見ているにちがいないが、気になどしていられようか。〈もうこうなったら、あの子には私がどうしても必要なの〉と女は考える。

呼びかけに返事はない。水から出ている頭は岸からどんどん遠ざかる。どこへ行くつもりかしら。しかしすぐにわかった。発動機船もヴォーデール丸も積み荷はない。船倉に何も入っていない。だから水が船を押し上げている。荷を下ろしてからはゆうに一メートルはせり上がっていた。

ジョゼフは鎖《くさり》を探しているのだ。ヴォーデール丸の船尾に回って水面から手を伸ばしている。

あとは待つだけだった。鎖の音がする。デッキへ登ろうと彼が鎖をつかんで立てた音だ。それから周囲にぼんやりと浮かんでいる粉粒《こなつぶ》のような星の光の中に真っ黒な姿を現した。ゆっくりとデッキを進んでいる。ときどき腕やズボンに手をあてる。濡れて動きにくいため、身体に貼《は》りついた衣服の水分を絞り出そうとしているのだ。

「ジョゼフさん！……」

女は小声で話しかける。

「私が呼んだのが聞こえなかった？」

「いや、聞こえたよ！」

「返事をしなかったじゃない」

「ああ！」彼は答える。「そっちへ行こうとしていたんだ」

女はまた言った。

「それなら、すぐここに来て」

「いや、僕は上に戻る」

「どこへ？」

「僕のうちへ」

「あら！」女は応じる。「そんなに慌てなくていいのに」

彼は埠頭《ふとう》に飛び移った。

「ちょっとくらい時間があるでしょ。まず身体を乾かさないと……ほら、もう誰もいない……」

「そうか！　なるほど」と彼は答えた。

「みんな逃げたわ。気が小さいのね」

カフェの入口は大きく開いていて、空っぽの店内が見渡せる。こぼしたワインや割れたグラスの残《ざん》骸《がい》が床に散らばっている。そこが女の行き先。彼の行き先もほぼ同じ。こうして明るい場所へ向かうべく女について行った。すると女は突然振り返って、

「まあ！　血が出てる！」

「いや！」彼は応じる。「何でもない」

しかし彼が額に手をあててへばりついている前髪をかき分けると、引っこめた手は真っ赤だった。

そこで店内に入ってから女は、「言ったとおりでしょ……すぐここに来て！」と言う。

「さあ座って！」

「いや！　何でもない」

「座ってってば！」

女の言葉に従い、彼は座ってされるがままになった。女はまず額を洗い、包帯代わりにしようとナプキンを裂いた。

彼はずっと相手の顔が見えない。目より高い位置にいるからだ。

「皮がむけただけだわ。待って！」

布を折って絆創膏《ばんそうこう》代わりにする。

「寒くない？」

大丈夫と彼は答えた。

女は彼の頭に包帯を巻き、安全ピンを使って後ろで留《と》めると、「さあ、これでおしまい！」と言っ

た。

さらに、

「ねえ、急いで店を閉めてくるわ……」

彼は言った。

「僕は上に戻る」

「待ってよ。シャッターを下ろすから、乾いているシャツがないか探しに行きましょう。そのあと家に戻ればいいじゃない」女は言う。「そうしたいんなら……」

彼はそうすることにした。女はシャッターを一つ一つつかみ、ガラス窓の外側に下ろした。あとはもう入口のシャッターだけだが、そこで女は言った。

「行かなくちゃ」

「どこへ？」

「あら！　私はここで寝てないの。別の建物に住んでるのよ」

「そうか！」と彼は応じた。

女は引き出しから入口の鍵、そしてそれよりもっと小さな南京錠《なんきんじょう》用の鍵を取り出した。入口を閉め、南京錠の鍵もかける。

「私の部屋は向こうの階段よ。箪笥《たんす》の中に適当なものがないか見てみましょ。このままじゃ身体が冷えるわよ」

『プチ・マラン』の隣に納屋《なや》のような建物があり、そこに女の部屋がある。納屋の一階は舟、オール、網などの置き場に使われている。階段を上るとまずテラスがあり、そこから部屋へ行ける。つまり二階は建物の片側だけだ。

女は階段を上る。

「あなたは知らないでしょうけど」話しだす。「ここもやっぱりタシュロンの女将さんの持ち物なの。下を誰かに貸して、私は上に住んでる」

女は振り返りもしなかった。彼がついてきているかどうかも気にしていない様子だ。こうしてテラスに達した。ブドウの蔓《つる》がバルコニーまで柱を這い上っている。どこも明るい星の光を浴びているので、見通しがよくきく。バルコニーの下には大きな箪笥があった。女はそれを開ける。

「たくさん入ってるでしょ。タシュロンの旦那さんの物なの」

箪笥の中には古びた麦わら帽子、ブドウの茎や葉に農薬を散布するための背負い籠《かご》、さらにはいろんな種類の古い衣服があった。

「多分古くさいでしょうけど、乾いてはいる。それに」女は続ける。「暗ければ色なんてどれも同じだし」

箪笥の中でみつけた服を包んで腕に抱えた。

部屋にはドアが二つある。一つめの表のドアは鍵がかかっていた。二つめの中のドアは押すだけだ。女は手を中に差し入れ、電灯のスイッチをひねった。

「さあ入って」と女は言った。

「いや、もう帰らなくちゃ」と彼は答えた。

赤いベッドカバーがかかったクルミ材の古い舟形《ふながた》ベッド、丸テーブル、ノブが木でできた引き出し付きの鏡台、藁《わら》製の椅子、暗紅色のビロードを張った肘掛け椅子が見える。みな備え付けの家具だ。

しかし部屋の中には本人の物もある。新聞から切り抜いて壁にピン留めした数多くの写真や衣類。ワンピースは椅子にかかっている。テーブルの上には白粉やニッケルのフレームの四角い鏡。

「散らかっててごめんなさい。でもわかるでしょ、こんな仕事だから……そこに座って」

服の包みをベッドの上に放り投げた。

「こんな仕事は先のことなんか全然わからない……鞄《かばん》から荷物を全部出す前にさようならというときだってある」

「それなら」彼は言った。「ここも長くはないかも？」

「どうかしら。行ったり来たりの渡り鳥なのよ……」

すると彼は言った。

「あの人も……」

「誰のこと？」

彼は返事をしなかった。

「さあ」女は言う。「こっちは気にしないで。上着をとって……私のことはわかってるでしょ、ジョゼフさん……シャツも脱いでね。これならきっとあなたに似合いそう」

青い布地のズボンをベッドの上に広げてみせた。ジョゼフの服からはずっと滴《しずく》が垂れていて、床に水溜《た》まりを作っている。だが彼は首を振ってこう言う。

「やっぱりこんなんじゃない……いいよ、着替えなくてもこのままで」

女の腕に触れる。

「白くてきれいだね」

「そりゃあ」女は応じる。「白いわよ、おばかさん。手入れしないとでも思ってるの？　仕事だもの。急いで服を着替えて、待ってる人たちのところへ帰りなさい」

彼は言う。

「あの人は君よりほっそりしていた」

女が尋ねた。

「あなたは婚約してるんでしょ？」

「うん」彼は答えた。「でもあの子のことじゃない！」

「まあ！」女は言った。「とにかくあなたが湖に放りこまれたとき助けたのは私なのよ、ねえ、おばかさん……さあ、もう一度助けてあげる。肺炎が心配だし。私にどうしてほしいの？……」

二人は向かい合ってしゃべっているが、女が近寄る。上着をつかむと、

「さあ、急いで」と言った。

・・・・・・・・・・・・・・・

彼は夜明けが近いのがわかった。しかし〈こんなんじゃない〉と考える。灯りは消えていたが、窓から入る月明かりが白い紙のように床に広がっていた。彼は思った。〈これは偽物《にせもの》だ。本物はどこだ？〉床に届いた光は反射して天井《てんじょう》にぶつかり、それから女のいるベッドへと落ちる。彼は女のそばにいる。ちょっと横を向くだけで相手が見えた。彼は焦《あせ》らず落ち着いている。こう考える。〈僕には探しているものがある。だがそれを手に入れられるだろうか。しかもそれが何かわからない〉微《かす》かではあるが均一に広がった月明かりに照らされている女を眺める。月光の下、女の胸がゆっくりと規

則的に上下している。眠っている女。何かに飢えていたが、今はそれも忘れている。ところが僕は？ずっと飢えたままだ。ああ！　この女の邪魔をしてはいけないな。

女は手を顔の下に入れていた。作りものの巻き毛が顔の周りに散らばっている。指物師《さしものし》の仕事台の削《けず》り屑《くず》のようだ。キスしたために口紅が台無しだ。子供がジャムを食べたあとのように、唇の輪郭がはみ出している。キスは目も台無しにしている。黒いアイシャドウが流れたからだ。そこに唇をつけたのは僕。唇の赤い色もそうだ、と彼は考える。唇に甘い味が残っているからだ。黒、赤、バラ色。どれもまがい物だから、長持ちせず消えてしまう。こうしたきれいなものは身体にまとわりついているだけ。どれもまやかしだ。彼は濡らした指を女の頬につけた。女はうーんと唸《うな》って、「どうしたの？」と訊いた。「何でもない」と彼は答える。女は「ああ！　あなたなの、ダーリン……」と言って再び寝入った。人はまがい物に騙《だま》される。どれもまやかしだ。この女は今は素肌だが、肌さえも嘘をつく。みせかけの美しさでさらに男を誘惑しようと飾っているのだ。胸だって白すぎる。腹の色は青と白。女たちは特別な乳液を身体にすりこんで、花やその香り、自然の色彩を模倣する。自然の美しいものを自分にとりこんで男を惹《ひ》きつける。

ただし長くは続かない。ぐったりして汗をかいている身体を目の前にしているから、長続きはしないとよくわかる。女たちは瘦《や》せようとしてわざと身体を締めつける。元のスタイルを作り変えるのだ。さらにポーズをとってそれを際立たせる。身のこなしや足取りを工夫して身軽そうに装う。誘惑の欲望が女にはあるからだ。ヒールを高くして足を長く見せる。ところが突然この意欲が消える。睡魔に襲われて……

彼は考える。〈名前だって嘘だよな、メルセデス……〉

再び相手を見ると、身体が白状している。「これが本当の私」と言っている。服をはがれ、さらに意識さえもはがれたのだから、二度ヴェールを脱いだようなものだ。老い疲れてたるんだ身体が年齢と疲弊を訴えている。彼は言った。

「じっとしてて！」

女が口を開く。

「どうしたの？」

彼は女の身体越しに床に跳び下りた。

「何するの？」

「服を着る」

「今何時？」

「さあな、もうすぐ日が出る」

女は欠伸をしながら伸びをし、目をこすった。

「まあ！　まだ早いわ」女は言う。「来て……」

寝ぼけまなこで、

「坊や！　まだ早いわ。すぐ来て」

しかし彼はすでにズボンを穿《は》いていた。すると女は向き直って、

「ばかね。あなたの服はびしょ濡れよ」

「かまうもんか」彼は答える。「自分の服の方がいい」

「じゃあ帰るの？」

「うん」

「そうなの」女は応じる。「好きなようにしなさい」

シーツを引き寄せ、また壁の方を向いた。その間に彼は着終えている。

東の空に見える朝日は紐に掛かった薄灰色の洗濯物のようだ。朝日の上の方の色彩は空の彼方《かなた》までまっすぐ伸びている。けれど下の方の光は山の不規則な稜線によってずたずたにされている。風にひきちぎられたかのようだ。

月は空の真ん中にある。白く青ざめ、今にも消えようとしている。水に溶ける氷の塊のようにどんどん薄くなっていく。

彼は寒気《さむけ》を覚えたので、少しでも温《あたた》まろうと速足で坂を上った。しかし身体に貼りついた服が動きの邪魔をする。

頭が痛い。膝を殴られたので、足をひどく引きずっていた。

VI

ずっと乾燥して雨も降らないので、タポニエ爺さんは村と泉の往復を続けていた。彼は草地の低い側の地面から湧き出ている泉まで行く。泉は焼け焦げた草に塗料缶をひっくり返したようなけばけばしい緑色を呈していた。彼はそれから村へと戻る。

ジャケ夫人の家の前でまたラバのジャコブを止めた。

「おや、どうしたんだい？」と彼は夫人に尋ねた。

ハエに悩まされる季節になってきた。かなり暑いので、ジャケ夫人は赤いスカーフを外していた。日に焼けた顔の上に白い額が見える。三本の太い皺が五線譜のように刻まれていた。鼻の付け根には二本の線が左右に走っている。

「なんてことでしょ！」

落胆したように両腕が垂れ落ちた。

「あの女のことは知ってる？」

「いや」

「『プチ・マラン』の女将さんが雇った新しいウエイトレスよ……あの子は気が弱いから、好きにされた。でもそうでしょ、婚約してるのよ！……あの子はもう四、五日も来ていない」

「誰のこと？」

「ジョルジェットよ」

「なるほど」タポニエは応じる。「気持ちはわかる」

「そう」ジャケ夫人が言う。「だけどあの子はいい子。あんな女はいったいどこから来るのかしら。まっとうな男たちを誘惑しに来る権利なんてないのに……」

「じゃ、また今度」タポニエは言う。「わしが次に来るときまでに片づいていてほしいな。何事も時が解決する。最後の最後にはうまくいくよ！……」

去り際《ぎわ》にこう言った。

「神様は俺たちを作るために塵《ちり》をちょっと吹きかける。もう一度吹きかけられたら俺たちはバラバラ……」

そのころジョゼフは路上をうろつき回っていた。こう考えたからだ。〈ジョルジェットはすべてお見通しだ。怒ってるだろうな。怒りを鎮《しず》めるにはどうすればいいだろう。結局たいしたことじゃないんだから〉

彼はジョルジェットの家まで行ったが、おそらく自分が来るのを見られたのだろう。いくら叩いてもドアは閉じたままだ。何度も何度も呼びかけたが、まったく返事がない。

そのため相手の様子を窺《うかが》おうと、道からあまり離れていない垣根の裏に隠れた。やっと彼女が現れた。村の方へ下っている。あとはまた上ってくるのを待つだけだ。

しかし彼が出てきたのを見ると、自分の方が少し前にいたので道をまっすぐに駆けだした。

「ジョルジェット!」

彼は追いかけるが、聞こえないふりをされる。ちょうどそのときタポニエ爺さんがラバや樽とともに彼女の前に現れなければ、追いつけなかっただろう。そのため彼女は草地に逃げこまざるをえなくなった。彼も続いて跳《と》びこんだが、土地の起伏のせいでタポニエの姿は見えなくなった。彼の痕跡として残っているのはパイプの煙だけ。空中に青い輪を作っていたが、それも徐々に四散していった。

「ジョルジェット、君は誤解してる」

彼はまだあとを追いかけている。

「ジョルジェット、話を聞いてくれ……」

彼女はなおも走り続けるが、どこをめざしているかもうはっきりしない。坂はどんどん険しくなっていったが、突如湖に向かう下りへと変わる。クリ林が急に現れて道は途切れた。

慌《あわ》てて戻りながら彼女は言った。

「通してよ！」

彼は道をふさごうと腕を広げた。

彼女はまた振り向いて駆けだした。彼は再び追いはじめる。彼女が再び止まった。

「放《ほ》っといてよ、恥知らず。さもないと助けを呼ぶわよ……最低の男ね！　婚約していながら、ほかの女と遊びまわる！」

「あれは女じゃない」

「はあ？」

ほかに言葉は出ない。あまりの驚きで、ぽかんと口を開けたまま動かない。彼は目の前に立っている。二人は林まで行った。頭上に見える枝葉はまるで洞窟の円天井《まるてんじょう》だ。二人はネズミの穴を通るかのように中へ入った。そして彼は、

「ジョルジェット、君は誤解してる……あの女は本物じゃないんだから。あんな女なんてどうでもいい。僕は騙《だま》されたけど、もうそれで終わりだ……そうじゃない？　僕はつまらない男さ。いつも何かを探し求めてる」

彼女は相手にしゃべらせておいてから返事した。

「それでみつけたの……」

「みつけたかどうかなんてわかるものか……」

「あら！　そうなの」

彼女は背を向けるかのように再び肩を動かした。だが彼は、

「これまではわからなかった。でも今はわかる。僕にはもう君しかいない、ジョルジェット」

彼女はもう一度相手をじっと見た。話しはじめる。

「それなら、あの女の人を争って喧嘩したの？」

頭のてっぺんから足先まで眺めわたす。

「ひどい格好ね。傷だらけなのに図々しく私を追ってここまで来るなんて。誰にやられたの？」

「クレリシ」

「まあ」彼女は応ずる。「やっぱりね」

彼は言った。

「ねえ、座ろうよ。だって」続ける。「まだ赦《ゆる》してくれてないから」

二人は斜面がところどころに凹凸《おうとつ》を作って階段のようになっているところにいる。それはまるで背もたれつきのベンチだ。二人は再び隣り合う。その場所は二人のためにわざわざ作られたかのようだ。枝葉の円天井の下で動くものは何もなく、周囲のむき出しの地面には新品の硬貨のような陽《ひ》だまりがいくつもできている。ときおりボートの外板にオールがあたる音が遠くから聞こえてくる。

「つまりどういうこと？」彼女が尋ねる。「クレリシに焼きもちを焼かれたの？」

彼女は腰を下ろし、彼も隣に座った。二人の会話が始まっている……

「だってあなたはいつも変なことばかり考えているから。その頭の中には何があるの？」

彼は答える。

「頭の中には君しかいない」

「私だけ？」

「そう。君だけ」

「誓う？」

「誓う」

するとと彼女が笑いだしたので、これで自分は赦されたと彼は確信した。彼女は両手をスカートにのせて座っている。彼はその隣に座っている。両手は膝の上だ。二人とも正面を見据えている。視線はちょうど目の高さまで伸びている丈《たけ》の低い木の太い枝のつけ根へと向かっている。あちこちある葉のすき間はまるでステンドグラスのようだ。

「あなたはちょっとおかしいわよ」と彼女は言う。

「よくわかってる。でも治るさ」

「自信があるの？」

相手が手を伸ばしてきたので、彼女はその手をとって言う。「どうかしら……。今にわかるわ」続ける。「あなたがおとなしくしているなら……でももう一つ知りたいことがあるの。あの人にもシミがあるかどうか」

「誰？」

「『プチ・マラン』のあの女の人よ」

彼は尋ねた。

「どんなシミ？」

「もう忘れたの？　この前ローザンヌから戻った日……あなたは不機嫌だった。『ここには何もない』とあなたは言ったの」

「ジョルジェット、違うんだ……」

「あの人も手が荒れてた？　そうよ！　よくわかってる」さらに言う。「カフェでグラスを洗っているから爪が傷《いた》む……」

「ジョルジェット……」

「いいえ」彼女は言う。「私が訊きたかったのは、あの人も私のように八重歯だったかどうかよ。だってわかるでしょう」続ける。「私たちは子供のころに治療してもらう時間なんてないから。それに歯医者さんに行けば、お金だってたくさんかかる」

「ジョルジェット、それなら言うけど、僕は八重歯は嫌いじゃない……」

さらに続ける。

「まがい物じゃないもの」

しかし彼女の方が話を遮《さえぎ》る。

「それでもまだわからないことがあるの。ねえジョゼフ、『あんな女なんてどうでもいい』って言ったわね。もう誓ったんだから私は信じるわ。でも同じようなことが前にもあった。そのときは『このシミは何だ？』と言ったのよ。『プチ・マラン』のあの女の人をまだ知らないころ」

「あっ！」彼は答える。「いや、それはそうだけど。でもあのときの人は宙に浮いていた。ワイヤーロープに乗って。サーカスだよ、お祭りのときの。垂れ幕もあった。シロクマのいる北極、アラブの土地、馬に乗ったカウボーイも……ああ、眩暈《めまい》がしてきそうだ」

「ということは幻なの？」

「いや、違う。でも遠くに、多分ずっと、ずっと遠くにいる」彼は答える。「それに」また続ける。「もう終わったことだし」

「あら！　それなら安心だけど」彼女は言う。「でもそれだけ？」

「いや」

「ほかに何か？」

「女性がいた。肌が真っ白なきれいな女性がワイヤーロープに乗っていた。それからどこかに飛んでいった」

「まあ！」ジョルジェットが応ずる。「飛んでいったなんて……」

「そうなんだ」と彼。「あの人は実際にこの世にいたけど、今はもうどこにもいない……あとは君しかいない、ジョルジェット……」

タポニエが道を引き返してくる音が聞こえてきた。

Ⅶ

ジャケ夫人はアゴスチーノに家へ来てもらった。彼はゴマ塩の口ひげをたくわえた年寄りのイタリア人、三十年以上前からこの地で左官兼ペンキ屋をやっている。

彼はその朝、繰り出し梯子《ばしご》を肩にかつぎ、塗料缶を手にしてやってきた。エプロンの前ポケットには壁紙が五、六巻《まき》入っている。そこから選んでもらえるようジャケ夫人に渡した。

二階でアゴスチーノは歌っている。その朝はみなそろって台所にいた。すべては円《まる》く収まったからだ。つまりジョゼフ、その母親、それにジョルジェットの三人だ。壁紙の一つのことでなかなか意見がまとまらない。ジャケ夫人は汚れが目立ってしまうと考えているのだ。ジョゼフの方は母親が勧める壁紙は暗すぎると思っている。

「私は白の地色は好きじゃない。ちょっとした汚れでも目につくわ」

「だからきれいなんだよ」とジョゼフ。「どう思う、ジョルジェット」

ピンクのリボンで束ねた野の花の模様がついている。

「それに」彼は言う。「明るくて日曜日のような気分だ」続ける。「浮き浮きするよ。僕らは年寄りじゃない。そうだろ、ジョルジェット」

「私は」ジョルジェットは答える。「二人に任せる」

そのとき入口のドアを叩く音がした。ジョゼフが開けに行く。

デュブロだと知ってひどく驚いた。相手は用件を言いだしにくそうな様子だった。「やあ！　ジョゼフ！」と声をかけてきたので、「おや、デュブロ！　どうした？」と返事した。

しかしデュブロは玄関階段の三段を下り、通りまで出るようジョゼフに合図した。秘密の話があるかのようだった。

「なあ、ジョゼフ、わかるな。この前の夜に起きた事件のときは本当に困った……」

「僕はもうとっくに忘れてるよ」

「もちろん。悪気じゃないし。でもな。みんな酔っ払っていて、俺はおまえを守ろうとしたけど、五、六人がかりだった」

ジョゼフは笑いながら答えた。

「話はそれだけか？」

ジョゼフが上機嫌なのを見てデュブロは驚き、話を続ける勇気が湧《わ》いてきた。

「それなら」彼は言う。「あまり根には持ってないと？……」

「見てみろ」

ジョゼフは額の隅に残っている赤い痣《あざ》を見せ、膝に触る。そして、

「これで終わり。ところで何を言いに来た？」

「ああ！　それそれ」とデュブロ。

「パンジェ爺さんが……家からいなくなってる。誰も姿を見なくなってから四日経《た》つ……」

「家に入れ」ジョゼフが言う。「それはみんな知ってる」

「もちろんそうだ。村中が噂している……ただし……」

声を潜《ひそ》めてまた話しはじめた。

「おまえもよく知ってるウエイトレスのメルセデスだけど。『プチ・マラン』でおまえがパンジェ爺さんとひと晩中二人きりだったことがあるから、ほかの人より事情を知ってるはず、とあの女は言ってる……」

「とにかく中へ入れ」とジョゼフが応じた。「ジョルジェットがいるが、気にすることはない。冷えたワインを一杯飲めよ……さあ、急いで入れ」

彼はドアを開けた。廊下から叫ぶ。「デュブロだ……」そのためデュブロは中に入るしかなかった。

黄色い塗装の廊下は暗く冷えたが、二人の女が待つその先の台所まで進んだ。

テーブルには壁紙が数巻《すうまき》。コップを二個両端に置いて、壁紙を半開きにしている。

「選んでたんだ」ジョゼフが言う。「所帯を持つからな……なんだって！　そうだよ、もうすぐだ……母さん」声をかける。「飲むものをとってきて……」

デュブロは腰を下ろした。ジャケ夫人が白ワインの瓶を持って地下室から戻ってくる。二階では相変わらずアゴスチーノがきれいなテノールで歌っている（今は『サンタ・ルチア』だ）。

「さあ、話せよ」

ジョゼフは女二人に事情を説明した。

「こいつは入るのを渋っていた。きっと二人に心配をかけると」

「何も知らないよ。パンジェ爺さんのことは……」

「私は知ってた」とジョルジェットは答えた。

「私は知らないよ」とジャケ夫人。

「それなら、デュブロに訊いてごらん」

「そう」デュブロが話しだす。「まったく気の毒なことだが……雇い主の旦那が新しい発動機船を買ってきたのは知ってるだろ。もうヴォーデール丸はお払い箱だ。あの船は薪《まき》になって売られる。パンジェは帆を張って走る船にずっと乗ってた。仕事を変えるには年をとりすぎてる……あのエンジン、鉄の船体、クレーン、ベルトコンベヤー、いろんな機械設備。爺さんに向いていないのはもちろんだ。だからわかるな、もう四日も……」

「どこに行ったの？」とジャケ夫人が尋ねる。

「わからん。村で見た者は誰もいない……」

「娘さんは？」

「娘も。それで……」

「話を続けろよ」とジョゼフが促した。

「つまりこうだ。あのウエイトレス、『プチ・マラン』にウエイトレスがいるだろ」

向かいにジョルジェットがいるため、彼は目を伏せた。

「あいつはこう言ってる。パンジェと一緒にいたから事情を知っているのはジョゼフしかいない。ジョゼフに訊けばと」

「とんでもない！」

しかしジョルジェットが口をはさんだ。

「どうして行かないの、ジョゼフ」

デュブロにも言った。

「それで私が困ると思う？」

「それに、あなた。力になれるのなら」ジョゼフに語りかけた。「知ってることを伝えられるのなら……」

「たしかに」ジョゼフが応じる。「あの言葉は意味がよくわからなかった。これで終わりとか言ってた……」

「そうでしょ」ジョルジェットが相槌《あいづち》を打つ。

「五百フランの話もしていた」

「そうでしょ」

「煙突のこと、それからロープの切れ端のことも口にしていた」

「早く行かなくちゃ」とジョルジェットがせかした。

「そうだ」デュブロも言う。「一緒に行こう」

二人は瓶の酒を飲み干した。午前十時のことだ。

カフェ『プチ・マラン』では何の問題も起きなかった。ジョゼフに対する女の態度はとても自然で丁寧だった。「いらっしゃい、ジョゼフさん」と挨拶されたので、彼は「こんにちは、お姐さん」と返事した。

その日の店内はごったがえしていた。二人の税官吏が食前酒を飲みに来ていた。村長や村人たちがいる。メトラルもいた。

彼は立ち上がるとジョゼフに近づき、「やあ！」と声をかける。手を差しだした。

ジョゼフが尋ねる。

「クレリシは？」

「いない」

「次の出航はいつだ？」

「ああ！　きょうあしたじゃない……船に荷を積んでるところだ」

ジョゼフはデュブロを伴って村長がいるテーブルについた。村長の前にはレモンリキュール入りのベルモット酒（白ワインをベースにブランデーを加えて増強し、数多くの風味を加えたワイン）が置いてある。

「そうだな！」村長が口を開く。「金を盗んだのが娘なら、われわれはあの子に何もできない。直系の場合は罪にならないと法律にもある……ただし事の経緯をちょっと調べなくてはいけないな。だがわかるよな。わしが行くと事が大げさになりすぎる。二人で娘のところへ行ってくれないか」

村長の話を聞くと、

「僕はいいよ」とジョゼフは答える。「おまえも一緒に来るか、デュブロ」

「その方がいいなら」とデュブロ。

「ならすぐ行こう……だけど」ジョゼフは続ける。「村長さん。娘のところへ行ってみても手がかりがなければ、爺さんを探しに行かないと。多分まだそう遠くへは行ってない……」

「そうだな。だけどどこに？」と村長。

「そう」ジョゼフが言う。「もうすぐ僕の舅《しゅうと》になる人が、鼻のよくきく犬を飼ってる」

ここの村人は漁師、船乗り、ブドウ作りたちだが、村の背後の長く険しい斜面に立つと猟師にもなる。草地の隅には野ウサギがいるし、峡谷ではよくキツネと出くわす。さらに切り立ったはるか高みの岩地はシャモア（山岳地帯に住む野生ヤギ）の棲《す》み家《か》だ。

「きっと」ジョゼフはさらにしゃべる。「爺さんの服かシャツの切れ端がみつかるだろう」

「考えておこう」村長が答える。「だがその前に、ちょっとこいつを……」

ジョゼフはベルモット・カシス（ドライ・ベルモットとカシスリキュールの組み合わせ）を飲み干してから立ち上がる。デュブロも立ち上がった。

メルセデスが戸口にいて、声をかけてきた。

「あとでまた会える、ジョゼフさん？」

「多分ね。さよなら、お姐さん」

「さよなら、ジョゼフさん」

デュブロと彼の二人は広場の左側の上り道を進めばよかった。

半壊した古い低層の家屋が道沿いに続いている。漆喰《しっくい》さえ塗っていないむき出しのものもあれば漆喰が剝《は》がれ落ちたものもある。屋根から瓦《かわら》がはみ出ているので、雨が降ると水はそこからしたたり落ちる。

その家はこの並びの最後、街道へ出る手前にあった。

台所のドアは道に向かって開いていて、そこから出てくるマントルピースの煙は削った鉋屑《かんなくず》のように長くしなやかに壁にへばりついていた。

二人は声をかけた。「誰かいる？」

太った女が出てきた。腕は血色がよく、白い水玉模様が入った黒いブラウスを着ている。半裸の子供が二人、スカートにしがみついている。一人はまだよちよち歩きだ。

「何の用？」と女は訊いた。

そしてすぐ、

「あとで来てよ。亭主はいないわ。採石場で働いてる」

「いや！」ジョゼフが答えた。「用があるのは旦那さんじゃなくあんただ。お父さんを探してるんだ。どこにいるかあんたは知ってるだろ」

「私が！」彼女は言う。「知るもんですか。それにあんたたちと何の関係があるの？」

「ああ！」とジョゼフ。「それなら、とにかくいないということだね？」

「もちろんここにはいない！　だけど父さんの家には寄ってみたの？」

「鍵は持ってる？」

「鍵なんて要《い》らない。かけたことなんてないわ。そんなもの」彼女は続ける。「あの貧乏人が持ってるもんですか！」

「家はどこ？」

「俺が知ってる」とデュブロが口をはさんだ。

二人は道を下り、ほかよりもさらに崩れた家の前まで行った。石でできた外階段が二階とつながっている。その階段に沿って石の手すりがあったが壊れていて、上るときは足首まで外から見えてしまう。階段も脆《もろ》くて足がピアノのキーのように変な沈み方をする。カシワ材の古びたドアへたどり着いた。バラバラになるのを防ぐためにモミの木の板で補強してある。ドアは押すだけでよかったが、割れてでこぼこになった土間のタイルに引っかかってなかなか開かない。天井がなくなっているから、屋根はもろ見え。要するに屋根裏部屋のようなものだ。たくさんの星がきらめいているように見えるのは瓦のすき間だった。ガラスがないので窓は板でふさがれていた。

隅にベッドらしきものがある。シーツはなく、破れた藁布団《わらぶとん》がのっている。部屋の真ん中にはテーブル。脚は三本しかないがなんとか立っている。テーブルの上には陶製パイプ、タバコの空《あ》き箱、七、八本の空瓶《からびん》、古びた靴が一足置いてある。そして部屋の奥には自在鉤《じざいかぎ》がついた暖炉。いろんな台所道具が並んでいて、赤い土鍋にはまだポレンタ（北イタリア発祥の、とうもろこしの粉を水で煮こんで練り上げた料理）がいっぱい入っている。

ジョゼフは暖炉のマントルピースの中に頭を滑りこませた。部屋の中をかき回しているデュブロに声をかける。

「おい！　デュブロ」

そして暖炉の中から、

「覚えてるよな。ここに金を隠したと爺さんは言ってた」

彼は通風口の中で立ち上がった。意外に明るい。煤《すす》に覆われた内壁が銀のように輝いている。煙突の笠が北風で吹き飛ばされていたからだ。内壁の片側の人の目の高さに穴か壁龕《へきがん》のようなものが見える。手を伸ばせば簡単に届く。

この壁龕の中にコンビーフ缶があった。中は空っぽだ。

ジョゼフはそれをデュブロに見せる。

「さあ」彼は言う。「あとは村長とまた会うだけだ。それからボルカール親爺のところへ行く。犬が要るからな……」

こうして彼らは翌日の早朝に出発した。ボルカール、ジョゼフ、デュブロの三人だ。ボルカールは飼い犬の首紐をつかんでいる。

曇りだったが、こんな天気は久しぶりだ。今にも雷雨が来そうな曇り空。

三人の男たちは村の誰もがまだ起きださないうちにパンジェ爺さんの家まで下った。家の中に犬のマローを入れて、家具の下や隅々《すみずみ》を好きに嗅《か》ぎまわらせてから外に出した。あたりはまだ暗かったが、きっとしばらくはこのままだろう。

ボルカールはマローを放して、

「さあ、行け……」

マローは困ったように、山へ向かう道に沿った斜面を右往左往している。

「乾ききっているからな」ボルカールは言う。「いつから雨が降ってない？　けさは夜露さえ一滴もない」

マローは茂みの中に姿を消した。下に見える村の一角が生気を取り戻していく物音が徐々に聞こえてきた。——夜が明けたことをはっきり示す箇所は空のどこにもなかったが、雲を背後からむらなく照らす光が四方に広がっている。

マローが再び姿を現して道を辿《たど》りはじめたので、みなはついていった。

長い耳を垂らした赤茶けた犬だ。

「探せ、マロー！」

たどり着くまでどんな行程を辿ることになりそうか（そんなものがあるとすればだが）よくわからないので、ボルカールは革の秣 袋《まぐさぶくろ》を持ってきていた。分解した銃のほかにパン、チーズ、そしてチェリーブランデーを詰めた水筒が入っている。犬を追っていると、犬はときどき片肢《かたあし》を上げて振り向く。こうして男たちは教会のすぐ近く、それから左手の峡谷まで連れて行かれた。峡谷に入りこむと、今度は早瀬の河原を登る。角《かど》が擦《こす》れて丸まった石のために歩きづらい。

マローはときどき尻尾を振って急に峡谷の斜面へと向かうが、あっという間に戻ってくる。

「おいおい」ボルカールが声をかける。「そうじゃない、よくわかってるだろ……何を嗅《か》ぎつけた？テンか、カササギか。さあ、マロー！　急げ……」

犬はそれに従う。こうして彼らは山の新たな段丘《だんきゅう》に達した。木々で囲まれた四角い牧草地があり、ボルカールの干し草小屋は少し上の西側に見える。

マローがぐるぐる回りだした。

「どうしたもんかな」とボルカール。

みなはしばらく腰を下ろした。意気消沈している。

「ところで、何があったのかもう一度説明してくれないか」ボルカールがジョゼフに言う。「パンジェに何があった？」

時間を稼ぐためだ。三人とも牧草地の高い側の地面に腰を下ろして一服している。ジョゼフとデュブロは紙巻きたばこ、ボルカールはパイプ。ジョゼフが、

「つまり、爺さんは盗難にあったんだ。五百フラン。僕は缶をみつけた。娘の仕業《しわざ》だ……それでかっとなったんだろう。ああ！　あまり遠くへは行っていないはずだが……」

「多分な」とボルカール。

パイプを吸う。

ボルカールがまたしゃべりだした。

「わしの犬にかなうものなどないが、この日照りじゃどうしようもない。ところでそれはいつの話だ」

「四、五日前」

「四、五日前だと！」

三人のちょうど靴の先に湖が見える。その朝の湖は踏み固めた土のような色をしている。そのため道が交差している広大な平原が眼下にあるかのようだ。この平原は滑らかで無人だ。町や村、あらゆる種類の建造物、耕地、人の盛んな往来がいたるところにあってもいいはずなのに。路上にもほかの場所にも人っ子一人いないのには驚いてしまう。

「行こうか」とボルカールが声をかける。

みなは再び動きはじめる。森の中へ連れて行かれる。また立ち止まった。

とうとうボルカールがこう言う。「わしの干し草小屋まで行ってみるか。雨宿りもできるし」さら

に「雲行きが怪しいぞ」と言いながら空へ顔を向ける。空には相変わらず動きがないが、ぼんやりした光がすき間を抜けて人の腕のようにこちらへ向かってくる。

三人の男はボルカールの干し草小屋まで行って、軒先《のきさき》に入った。四角に切ったモミの木の幹で作った小さな家だ。台所兼用の寝室には窓が一つ、そこから光が入ってくる。干し草作りに来たときに泊まりこむための最低の設備だ。

彼らは食事にしようと、泉へ行って水筒を満たす。もうほとんどしゃべらない。

ここからも湖の上流全体を臨める。窪んだ形は船尾のように見える。ここは船の内部のようだ。湖面が甲板、その下に竜骨《りゅうこつ》。周囲の高い山々が外板で、森があちこちで膨張や収縮をなんとか抑えている。しかし靄《もや》っているから視界は悪い。タールを溶かしたときのような蒸気が四方に立ち昇っている。依然として何もなく誰もいない。深い静寂。彼らは食べかつ飲み、舌を出して寝そべっている犬にも食べ物を分け与えると再び腰を下ろした。

そのときボルカール親爺が立ち上がるのが見えた。

ふかしているパイプを口から外す。

立ち上がりはしたが、無言だ。何かに導かれるように崖の先まで進んだ。首を振る。

それからボルカールはこちらを向いた。

こっちに来るよう二人に合図する。峡谷の反対側の右手の少し下にあるものを指さした。岩壁の先で五、六個の黒い点が上ったり下りたり四方へ散ったりしている。燃えた藪《やぶ》の上に立ち昇る火の粉の残り滓《かす》のようだ。

「あいつはいい場所を選んだよな」とボルカール親爺は言う。

「いい場所？」

「カラスだ」ボルカール親爺は続ける。「見えないか……あの黒い点」

そのときカラスは群れをなし、一つの点めがけて襲いかかった。

「わしらなら探すのに長くかかったかもしれないが」ボルカールは話す。「幸いカラスはわしらよりも目が利《き》く」

今度は意味がわかったので、二人もうなずいた。

ボルカールは飼い犬に向かって口笛を吹く。

「やれやれ、マロー。きょうは褒美《ほうび》をやれんな」

秣袋《まぐさぶくろ》をとると銃を組み立て、薬莢《やっきょう》を二発こめてから言う。

「鹿弾《しかだま》（大粒の散弾）だ。小粒の弾だと羽を掠《かす》めるだけだからな。追い払っても、カラスどもはしぶとい」

三人とも歩きだした。峡谷を抜け、通りやすいところばかりではない岩場を下る。ボルカールはまずは遠くからカラスめがけて二発撃った。下の広い空間にいたカラスは叫び声を上げながら散らばって大きく旋回しはじめた。男たちはなおも進むが、さしあたりは何も目に入らない。

さらに進んで、飛び出ている木につかまり、身を乗りださなければならなかった。それは四、五メートル下にあった。

頭の上部が見えた。頭の先には胴体があるが、少し揺れながらぶら下がっているから見分けがつかない。パンジェ爺さんは首にロープを巻いてから飛びこんだのだ。後頭部しか見えないが、身体はもうすっかりカラスに食われていて、骨がむき出したところは白い斑《まだら》になっている。

「ああ！　要領よくやりやがったな」ボルカールが口を開く。「だがあいつらの大好物は……おとなしくしろ！」興奮してきたマローに向かって言う……「そう、目だ」

頭は胸に向かって垂れているから、その目を見ることはできなかった。

「お座り！」とボルカール親爺。

さらに話す。

「あいつは気配りのきく男だ。周りを汚したくなかったから、わざわざこうした……」

雨がポツポツと降ってきたが、すぐにやんだ。

ジョゼフが口を開く。

「どうする？」

「触っちゃいけない。村長と役人を呼びに行かないと。頼むよ、デュブロ……わしとジョゼフはここで待ってる」

デュブロはうなずいた。

「それで」ボルカールは彼に向かって叫ぶ。「袋とロープ、それに短い梯子《はしご》を持ってくるよう言ってくれ……袋は一つだけじゃなく二つか三つ、厚いものをな……」


ときどきボルカールは舞い戻ってくるカラスに向かって銃を撃つ。

また雨が降りだしたので、二人の男はモミの木の下に避難せざるをえなくなった。そこでゆうに四時間は待った。

雷雨にまでなりそうな気配は依然としてない。ときおりにわか雨がモミの木に降りかかって針葉の生い茂る枝を叩くと、その下にいる二人は雨を避けようと幹に身を寄せる。そしてにわか雨は急にやむ。蛇口をひねってまた閉めたときのようだ。

するとニ人はモミの木陰から出て、ボルカールは一発放つ。

「あのいやらしい鳥どもときたら……それに」彼はしゃべる。「わしらの居場所をみんなに知らせてるんだ」

ボルカールはさらに一発放つ。また雨が降りだした。

「ところで、結婚するのか？」

二人は再びモミの木陰にいる。

「知ってるでしょ」

「知ってる。だがわしが言いたいのは、今度は決まりかかってことだ」

「そう」

「いつだ？」

「この秋」

「困ったな」とボルカールは答えた。

雨が降っている間、二人はモミの木陰にいる。少し下ではパンジェ爺さんがロープの先でぶらぶら揺れている。

「わしは猟の許可証など持ってないが、密猟監視人とは仲がいいんだ。秋は猟のシーズンだからな」

ときどきカラスが尾根の上に現れる。その姿は波頭《はとう》をぐるぐると漂う樹皮の残骸に似ているから、巨大な波が湖底から運んできたかのようだ。ボルカールは枝をかき分け、銃身をさらした。

「そうだろ。家事をするのはジョルジェットで、食べ物も届けてくれる」

ジョゼフは何も答えない。

「もっとあとにしてくれよ」とボルカールは言った。

そのとき呼び声がした。

ボルカールとジョゼフが木陰から出ると、低い岩壁の下のガレ場を進む足音が聞こえる。「おーい！ここだ。右へ曲がれ」とボルカールが怒鳴った。岩の残骸の間から男たちが次々と現れた。デュブロ、村長、調停判事に二人の警官。警官の一人はロープと袋、もう一方は人の背丈《せたけ》ほどの梯子を担《かつ》いでいる。

「やれやれ」村長が口を開く。「わしらに山登りさせやがった、あの野郎は……」

さらに言う。「奴はどこだ？」

その場所に案内した。するとほかの者たちも村長とともに下を覗《のぞ》いた。

「ロープを切らないと」と警官の一人が言った。

「引き上げられないかな」

「身体がばらばらになっちまう」

「そう思うか？」

「四日は経ってるし」

「岩場の下に転がっていったら？」

「その心配はまったくない」

男たちはさらにかがんで覗きこんだ。たしかにパンジェ爺さんの足のすぐ下には岩が平らに張り出していて、隅に低いモミの木が数本生えている。それが遺体を受け止めてくれるだろう。

「ロープを切って、袋に詰める……それで一件落着……爺さんは重くはないはずだ」

警官がナイフを取り出した。

「やるか」

「やってくれ」と村長が答えた。

警官は左腕でモミの木の幹を抱えてから、ロープの結び目がある場所（パンジェ爺さんはそこから奈落へ飛びこんだのだ）まで右腕を伸ばす。手をさらに伸ばそうと枝を支えにして上からロープを狙う。使い古されて真っ黒になったロープであまり太くはないが、ねっとりして切れにくい。彼の背後では六、七人がかたまってナイフの刃先に目を凝らしている。麻縄《あさなわ》の厚みの中に刃が入って最初の切れ目ができると身体の重みでそれが開いていった。中の繊維が現れる。黒っぽい表面の下はジャガイモの皮のように白かった。

体重でどんどん引っ張られるため切れ目は急速に広がり、もう数本の繊維しか残っていない。ついにちぎれた。

「やったぞ！」と警官は言った。

みなは目をつむって顔をそむける。熟しすぎた果実が地面に落ちて潰《つぶ》れたときのようなぐしゃっという鈍い音がした。

音はそれきりだった。

警官がこう言うのが聞こえた。

「うまくいった」

彼は身を乗りだし、下の方を覗いていた。みなも覗きこむ。ぺしゃんこになっている。くすんだ色の服がわずかに見え、そこから腕と足が出ているが、胴体とのつながりが不自然だ。脇には赤土の上を長い間転がって傷だらけになった九柱戯《きゅうちゅうぎ》（ボーリングに似た遊び）のボールのようなものが見える。

ボルカールが口を開いた。「言ったとおりだろ。あいつは食われちまった」

「さあ、急ごう！」村長が言った。「報告書が要るから、わしもおまえらと一緒に下りるぞ」

持ってきたロープの準備をしていた警官たちに声をかける。そのロープをモミの木の幹に縛りつけて警官たちは下りていった。村長も続く。

それからはロープをほどいて彼らに投げ渡すだけだ。

ジョゼフ、ボルカール、デュブロの三人は岩壁の下まで行った。待っていると、警官の一人が同僚にこう言っているのが聞こえた……

「袋をいっぱいに開け……足を入れろ……それから胴体をゆっくり入れればいい……この袋はかなりでかいから、ちょうどいい」

「丁寧に」村長が声をかける。「丁寧に」

「待ってくれ」と警官。

彼はしばらく横を向いて息を整えなければならなかった。

「できた！　袋をもう一つ！……ああ！　ここからは楽だな。袋は何枚ある？」

「四枚」

「一つに重ねよう」

彼は言う。

「気をつけろ。あそこから降ろすぞ」

茂みに覆われた断崖の端から袋が出てきた。ロープで縛られたちっぽけな袋だ。

「ああ！」警官は言う。「重くはない、大丈夫。梯子はあるか？……」

袋を下ろす。下から声がする。

「あと二メートル、あと一メートル……」

袋のロープがほどかれた。

「どれくらいあると思う？」

「そうだな！……三十キロくらいかな」

「そんなにもないって」

Ⅷ

その晩の八時ごろ、デュブロはカフェ『プチ・マラン』にやって来た。

「いやあ」彼は言う。「みんなご機嫌だな！」

服はずぶ濡れだが、ハンチング帽を押し上げると汗びっしょりだった。クレリシが応じる。

「あたりまえだよ」

「やれやれ。俺がどこにいたか知ってるか」

彼は続ける。

「あいつをみつけたよ」

「なんだって！」

ちょうど自動ピアノがやんだ。

「もういいから」デュブロがまた口を開く……「静かにしてろ！」とピアノに言う。

みなは尋ねる。

「どこで？」

「山の上だ」

カフェの客全員が彼を取り囲んだ。

「それなら遺体を下まで運んだのか」

「そうだ」

「どこでみつけた？」

デュブロは首にロープを巻く仕草をした。

「モミの木。山の高いところだ……あんな場所にいようとは思いもつかなかっただろう。あいつらがいなければ……」

「何が？」

「あのいやらしい鳥たち……」

みなのすぐ後ろに立っていたメルセデス姐さんは「まあ！」と言って顔をそむけた。

「こんなもんさ」デュブロは続ける。「なあ、メルセデス姐さん。あまり嫌《いや》な顔をしないでくれよ。人生なんてこんなもんだからな。ジョゼフと奴《やつ》の舅《しゅうと》と俺の三人で犬を連れて行ったんだが、どこもからからに干上《ひ》がっていた。もしカラスどもがいなければ……」

「それならあいつは？」

「ああ！　あいつ……わかるよな、五日経ってる。カラスにはたっぷり時間があった……」

「なんだと」税官吏のうちの一人が口をはさむ。「そんなのはおかしいぞ！　世の中間違ってる。一生働きづめだった男が！」

誰かがまた口をはさんだ。

「娘のせいだ」

「どっちにしたって、とにかく六十五で食いっぱぐれちまった」

税官吏に向かって言う。

「おまえがなぜ不平を言う？　おまえらは国から給料をもらっているだろ……」

「いや！　自分のことを言ってるんじゃない……」

「年金もある」

「そのとおり。だがあいつは？……六十五で失業！」

みなは首を振る。そのときジョゼフが入ってきた。彼の姿を見て、みなは驚いた。その晩来るとは思っていなかったからだ。一日中走り回っていたから疲れているはずだと。しかしそれでも彼はやって来た。

彼が入ってくるのを見た途端、クレリシは立ち上がった。

「なあ、ジョゼフ」声をかける。「話したいことがある」

ジョゼフは返事をせずに相手を見つめる。

「そう、こないだの夜のことだ」クレリシは続ける。……「そうだ、俺は後悔してる」

ジョゼフは肩をすくめた。

「俺は酔っ払ってたし、みんなもはしゃいでいた……おまえは見るからに不機嫌だったよな。仕方ないだろ。俺たちはバカをやった。握手してくれるか」

ジョゼフは手を差しだした。

その晩の雰囲気はかなり奇妙だった。誰も口にしようとしないが、事件のことでかなり動揺していたからだ。ジョゼフの顔は汗だくだが、青ざめている。席を作ってもらった。するとメルセデスが近寄り、「こんばんは、ジョゼフさん。調子はいかが？」と声をかけた。

彼は耳に入らないようだ。デュブロが尋ねる。

「それで？」

「何が？」

「おまえの舅は？」

「寝に帰った」

「あいつはどこに？」

「自分の部屋に」

「娘は？」

「知ったことか、自分の家の用でもう手一杯なんだと」

「あいつは一人ぼっちか？」

「仕方ないだろ」

「ああ！　情けない」と税官吏が口をはさむ。「二十世紀の、しかも文明国で！」

「といってもなあ、あれは辛い役目だし」とデュブロが応じる。

ジョゼフは再びしゃべらなくなる。飲み物が持ってこられた。まだ雷雨にはなっていないが、その兆《きざ》しは現れている。ときどき稲光《いなびかり》が西の方角に見える。ガラスの向こうで立ち昇っている。ベンガル花火（緩燃性の色鮮やかな花火）のように赤くゆっくりと。

空は真っ暗で、湖は静まりかえっている。ときおり風が吹くが、南からなので波を湖の対岸へと追いやっている。沖の湖面は荒れているが、このあたりはまだ静かだ。

「四つの袋に入れて」デュブロがまた話しだす。「梯子に載せた。一緒に重ねて……」

ジョゼフの方を向く。

「おれの言ってるのは本当だろ？」

みなはじっと耳を傾けていたので、メルセデスが表へ出たことには気づかなかった。風が出てきたから、ドアを閉めに行ったのだ。女は出る姿を見られず、しばらくして戻る姿も見られなかった。みなデュブロの話に夢中だった。そこに突然女が現れ、ジョゼフの肩に手をかけた。

「ジョゼフさん。あなたにお客さんよ」

「誰？」

「行ってごらんなさい」

彼が立ち上がると、全員が目で追う。彼はテラス席のあるところまで出た。砂利《じゃり》に水溜まりができていた。ときどきプラタナスが、ネックレスの糸が切れてばらけた真珠のような水滴を頭に落としてくる。だが茎が短すぎるので、葉はほとんど動かない。真っ暗だから、最初は何も見えなかった。彼は声をかける。

「誰かいるのか？」

自分の名前を呼ぶ声がする。

その方を向くと、また稲光が走ったおかげでジョルジェットだとわかった。赤い稲光を背にした暗闇の中に、彼女自身も紛《まぎ》れている。稲光は消えた。

「ああ！　君か。ここで何してるの？」

彼女は答える。

「あなたを探しに来たの」

「天気が荒れそうだから」ジョゼフは言う。「家にいればよかったのに」

しかし彼女は、

「まあ！　ジョゼフ」続ける。「私だと言ってるでしょ」

「わかってる」

「それなら」彼女はさらに言う。「来てくれる？」

「いいよ。でもまず勘定を払ってこないと」

「いいえ、行かないで。お金はまた今度にして」

彼女は彼の腕をとった。

「あの女の人がいるから」

「何を言ってるんだ」と彼は応じた。

「ええ」彼女は答える。「怖いの」

「何が？」

「よくわからないけど、怖い……」

そして突然、

「あの人は？」

「誰のこと？」

「パンジェさん」

「自分の部屋に寝かせてる」

「一人ぼっちで？」

彼はうなずいた。

「何ですって！」彼女は言う。「そんなのひどい。誰もそばにいてあげないの？　いいわ、あなたがいる。あなたと私。さあ行きましょ」

「何を考えてるんだ、ジョルジェット。お父さんは？」

「とっくの昔に寝たわ」彼女は答える。「あなたが行かないなら、私一人で行く」

〈女というのはいつもこうだからな！〉と彼は思った。不機嫌になり動かなかったが、相手は振り向きもせず速足でどんどん進んでいる。ついて行かざるをえなかった。

彼女は背後の足音が聞こえると、

「ロウソクが必要ね。お店はまだ開いてるはずだわ」

二人は少し寄り道をした。店の明かりはまだ消えていなかったので、中に入ってロウソクを買った。パンジェの家の前で彼はマッチを擦《す》った。火に両手をかざしてぐらぐらする階段を照らしながら、二人は順に上る。火のついた二本のロウソクから小さな燭台の古い木枠に獣脂を少々垂らして、そこにロウソクを差した。

こうして二人は爺さんを見ることができた。さっきはベッドにのせたまま立ち去ったのだ。破れた藁布団《わらぶとん》を敷いた古い木のベッドに横たわっている。ほんの少しこんもりしている。二人はそれぞれ腰掛に座った。ロウソクの炎のため、ときどきベッドがわずかに動くように見える。その上にいる者もわずかに動いてはまた動かなくなる。

ジョゼフが囁《ささや》いた。

「どうしようか」

「しばらく付き添って、それから誰かを探しましょう。一人ぼっちにしないように。そんなのひどいから」

「家の鍵は持ってきてる？」

「ええ」

「寒くない？」

「寒くはないわ」

「震えてるよ」

彼女は答えなかった。二人はベッドの上にあるものをずっと見つめている。それは普通の人間の丈《たけ》よりもかなり短い。パンジェ爺さんを包んだ袋はまだほどかれていなかった。袋の中の爺さんはじっと動かないが、ロウソクの二つの炎がまたわずかにそれが動いたように見せた。

彼女が突然口を開いた。

「遺体を見られないかしら」

「何を考えてる」

彼は言う。

「触っちゃだめだ」

「あら！　カラスのせいね」と彼女は応じる。

「なぜ知ってる？」

「お父さんよ」

二人は小声でしゃべっている。ときどき部屋が隅々《すみずみ》まで照らされる。ロウソクの灯りの背後から屋根のすき間を通って強い光がさっと差しこむからだ。二人はついに口を閉じた。互いに別の方を向いて座っている。彼女の両手はスカートの上、彼は肘を膝につけている。

雨はやんでいた。

そのとき通りに足音が聞こえた。家の前で止まり、階段を上ってくる。ジョゼフは部屋に入るとき、ちゃんとドアを閉めていた。ノックがある。

「いったい誰だろう」立ち上がって、ドアを開ける。

ドアの向こうの女は言った。「入っていいかしら」

さらに言う。

「嵐になりそうだから、傘を持ってきてあげたの」

彼は驚きながらも中に入れた。女はベッドに近づき、「こんばんは、お嬢さん」とジョルジェットに挨拶する。そして褐色の小さな膨らみを指さし、「これがあの人？」と訊いた。

「これだけなの？」女は続ける。「可哀想に、なんてちっちゃい！　太ってはいなかったのはたしかだけど……そうよね」さらにしゃべる。「いいお客さんだった……あなたたちがここに来てると思った。ちょっと座ってもいいかしら」

二人とも返事をしなかったが、相手は気にする様子もなく腰をかけた。

「みんな友達なのに、どうして？　こんなことになったら友達じゃなくなる人も出てくるってこと？あなたたちが来ていてよかった。人はそこらの動物とは違うもの。朝になったら花輪を注文してくる……それから、ねえ、あなたたちが疲れてきたら、私が代わりにここにいる……タシュロンの女将さんを呼んでくるわ……あの人もせめて通夜《つや》には来ないと……お客さん、すごくいいお客さんだった……あなたは覚えているでしょ」ジョゼフに話しかける。「よく歌を歌ってた。どんな歌詞だったかしら」

また雨が降りだした。遠くでは雷鳴が轟《とどろ》いている。

「あの歌の中で、あの人は何か探していた。何だったかしら」

さらにしゃべる。

「人を探してた……覚えてるでしょ、〈地の果てまで……〉という歌詞だった。地の果てはすぐ近くだったのね。どう思う、ジョゼフさん？　ところで」続ける。「神父さんには知らせたのかしら……あっ！　そうだ、自殺だった。かまやしない。あしたの朝知らせてくる」

頭上の屋根を流れる雨水がすき間を伝って落ち、床に細い滝のような音を立てている。

「そうよね」女はしゃべる。「私が来てよかったでしょ」

雷鳴はほとんど途切れなくなり、九柱戯ゲームをしているときのような大音響が急に起きる。そして突然音がやむが、倒れたピンを立て直す役目の男の子（〈ラギユール〉と呼ばれている）がいるかのようだ。

「庭を湿らせてくれそう」女は言う。「ジョゼフさん。どうして何もしゃべらないの？　ジョゼフさん、悲しそうね……あなたの仲間が船のことでストをするのは知ってる？」

彼は腕組みしてテーブルの端に座った。女は言う。

「ああ！　そうだ、もう辞めたんだわね。みんなが言ってた。結婚することも。もうすぐなの？」

彼は相手を上目遣《うわめづか》いに見た。

「だって結婚式の日に私がまだここにいるかどうかわからないもの。退屈だから、多分いなくなる……あなたも退屈じゃないの？」

「僕が？」

「そう、あなたよ！　よくわかってる。つまり……ここはちっぽけだから。人生だってそうじゃない？　それに長くは続かない」

彼が応じた。

「だけど人生にはすてきなことがある」

「何が？」

自分がなぜこんなことを口にするのかわからないが、こう言う。

「そう」しゃべりだす。「ときどき……ときどき、きれいな光が当たる。白かったりバラ色だったり軽《かろ》やかだったり」

「あら！　あなたが行ったサーカスのこと……お嬢さん」今度はジョルジェットに話しかける。「サーカスのことはもう話してもらった？　船であっちへ行った夜のことよ。この人は次の日まで帰らなかった……でもサーカス団というのは」続ける。「旅から旅の毎日……それにあなたたちは結婚するんだから……」

IX

〈偽物《にせもの》と本物がある〉彼はこのように考えている。〈違いを見分けるにはどうすればいいだろう。想像の産物と現実に存在する物がある。現実の物がどこで始まり想像上の物がどこで終わるか、どうやって知ることができるだろう。物がキラキラ光っていると人はそのあとをついて行く。キラキラしているというだけで本物ではないのか〉

こんな夢想に耽《ふけ》りながら道を歩いていると、呼びとめられて「元気か」と声をかけられる。

彼の方は、目の前で立ち止まった男たちをぼんやり眺めつつ、「誰だろう」と考える。縁なし帽をかぶった若者であったり、戸口に立っている奴であったり、四十がらみの男であったりする。「おい！ジョゼフ。最近見かけないな」彼は何やら答えて通り過ぎる。〈ここに人生はあるだろうか。だが、ここにないならどこにある？〉

タポニエは泉への往復をやめていた。「しばらく遊んで暮らすよ」と言う。山の同じ段丘にあるジャケ夫人の家からすぐ近くの家の前のベンチに腰を下ろしている。

泉が流れを取り戻したからだ。庭の地面は色を変えた。カタツムリが再び現れ、はすにかぶった帽子のように殻を傾けて花壇の間を引きずっている。

突然レタスが緑の色を取り戻し、ヒャクニチソウの茎が再びまっすぐに伸びた。大地の中でまどろんでいた強い力が蘇ったのだ。

そうなるとタポニエはお手上げだ。なるように放っておくしかない。ベンチの自分の脇に安タバコを置き、手をこまねいている。

「やあ、ジョゼフ。どこへ行くんだい？……」

しかしジョゼフは誰が話しかけてきたのか、それがタポニエだとわかる前に、まずは目にちらついているほかの多くの思いを振り払わねばならなかった。この男は一体いくつくらいだろう。五十か。青いシャツを着て赤いベルトを締めた身体はまだ丈夫でがっしりしている。大きな赤ら顔の日焼けした額の上に短く刈った薄い白髪がのっている。――こっちに来るよう合図してきた。

「なあ、今はおとなしくしてるのか」とタポニエが声をかける。

ジョゼフは曖昧《あいまい》に返事をする。何やら答えて笑いだす。

「まともになったんだな」

そのころ、ジャケ夫人は台所にいた。ジョルジェットにこう言う。

「あの子はブドウ畑を返してくれるよう言いにデュシューのところに行ったわ。それから牧場を貸してるラパのところへ回る」

さらに続ける。

「私が心配なのはあの女よ。この前の晩、あいつはおまえに何て言った？」

「ああ！　パンジェの話をしてた」

「それから？」

「それから、いろいろ……そう、自分のことも話した」

「それから？」

「私たちのことも」

「シーツが六組」ジャケ夫人がしゃべりだす。「これで十分かい？　古いのもあと二組あるから、あげるよ。これで八組……タオルが十枚ほど……紙に書いてちょうだい」

ジョルジェットは台所の引き出しに入っていた古い手帳の一ページをちぎった。欄外を赤インクで囲った方眼紙だ。

鉛筆の先を舐《な》める。

「忘れているものがないかどうか」ジャケ夫人は言う。「シーツが六組、タオル……枕カバーを縫わないといけないけど、いくつ いる？」

「六つ」

「こっちも六つ？　書いたかい？　次は食器……」

そして言う。

「あいつは死んで葬られた。でもあの女は……」

「そうだ！　ここから離れたいと言ってた」

ジャケ夫人が応じる。

「いいことね。でもいつ？」

「もうすぐ」

「それはよかった」とジャケ夫人。「だけどわからないのは、どうしてあの晩おまえたちがあそこへ行ったかということよ……二人ともよく考えて行動しないと」

「あら！　思いついたのは私よ」

「どんなわけで？」

「わからない」

「それにあの女はなぜ来たんだい？」

「知らない」

「とにかく」ジャケ夫人は言った。「あいつ（ジョゼフのことだ）から目を離してはいけないよ。呑《の》みに行かせないよう気をつけてね。あの船から下りたのは良かったけど、あの子は気まぐれだから。それにいろいろ誘惑もあるし……」

まっすぐ立ったヒャクニチソウは新たな蕾《つぼみ》のついた多くの若茎を窓の下に生やし、筒状の花弁を四方に向けている。中の頭状花《とうじょうか》も開いて、内部のきれいな色彩を見せている。

台所のドアを開ける音が聞こえた。

ジョゼフが口火を切る。

「デュシューとは話がついた。だけど残っている支払いを少し安くしてくれと言われた」

「どうして？」

「連絡が遅かったから、あのブドウ畑を来年も借りるつもりでもうお金を払ったそうだ」

「もう？」

「うん、今年はいつもより多めに硫酸銅（生石灰と混ぜて農薬を作る）を買ったと言ってる」

「それなら、それを買いとればいいだろ。私が行ってくる」とジャケ夫人。

そして話題を変え、

「アゴスチーノは下塗りが終わった……三、四日したらまた来て中塗りをするそうよ」

ジョルジェットに向かって、

「見てみる？」

三人そろって二階に上がった。全部の部屋の壁紙が張り替えられている。寝室の壁紙は薄い地色に野花の小さな束の模様がある。ジャケ夫人はその壁紙を最初嫌がったが、最後は息子に押し切られた。ガラス窓は大きく開け放たれている。庭やバラ色の瓦《かわら》を葺《ふ》いた屋根の向こうでは、湖がおだやかに波打っている。そこから強烈な光が届き、空からは別の光が降り注ぐ。ここの日差しは上からだけでなく下からもある。光は下りるだけではない。上りもする。

爆音がして、山の一角が崩れた。二発め、三発め、六発まで続く。

昼近いので発破をかけているのだ。

ジョゼフは言った。

「急いでるな。新しい発動機船が来たところだから」


だが真実はどこにある？　観念の中だけでなく本当に存在するものはどこにある？　かりそめではなく永遠に存在するものはどこにある？

彼はジョルジェットの手をとった日のことを思い出す。「シミがあるね」と言った。きっと本当に存在しているものにはどれもシミがあるのだ。シミのないものなんて観念の中だけ。

「歯並びが悪い」とジョルジェットに言ったが、それはきっとあの子が生身の人間だからにすぎない。そのため別の折には、「僕は八重歯は嫌いじゃない」と言った。

ということは、あるものをあるがままに愛するべきか。あるいは現実にない美しいものを愛するべきか。存在するものと存在しないものがどうにか折り合えそうな場所はあるのだろうか。

これがサヴォワの若者。おかしな奴だ。

その夜の彼は、牧場を貸しているラパのところへ話をつけに行くことになっていた。ラパは村の反対側の港経由で採石場へと向かう道の上に住んでいた。パンジェ爺さんの家のすぐ上だ。「じゃあ行ってくる」とジョゼフは声をかけた。午後六時だった。

「夕食までに戻ってくるから待ってて」

女二人は待った。夕食の時刻は七時半。でも八時になっても戻ってこない。

二人の女は彼を待ちきれずに食事を始めた。八時半になるころ、ジャケ夫人が言う。「ラパのところにまだいるようだね」

「迎えに行ってくる」とジョルジェットが答えた。

「行くの？」

「その方がいいでしょ」

「そうね」とジャケ夫人が応じた。

ジョルジェットは肩にショールを羽織っただけで家を出た。季節が深まったため、すでに暗くなりはじめている。まだ明るさの残る夜空のあちこちに星が出ている。明るさが空とあまり変わらないから、星は土埃まみれの牧場に咲くヒナギクに似ている。姿は見えないが発動機船が港に戻ってきていて、闇の奥のどこかでクリームを泡立てるときのような音を発している。その音がやむと、今度は自動ピアノの調べが聞こえだした。ジョルジェットは立ち止まった。〈あの人はラパのところにはいないかも〉と思ったからだ。

『プチ・マラン』のピアノだ。〈ひょっとして！〉彼女は考える……〈いないかどうか見に、まずカフェへ行った方がいいんじゃないかしら〉

投錨する鎖の音が発動機船からしだすと、自動ピアノの方が聞こえなくなった。ジョルジェットは急な坂を下った。発動機船の乗組員たちはまだ船を下りていない。広場には誰もいないから、丈の低いプラタナスに囲まれているせいで大きな部屋のように見える。プラタナスの葉は密生しているために枝の境目《さかいめ》も見えなくなり、天井板に漆喰を塗ったような不透明の面になっている。広場は真っ暗だが、背後の『プチ・マラン』は輝いていて、明かりの洩れるドア枠の中に両拳を腰にあてて立っている黒い影を映している。

ジョルジェットは近づき、「こんばんは、お姐さん」と声をかけた。

すぐには返事がない。首を振り向け、こちらをじっと見つめた。向こうからははっきり見えないからだ。

その姿はぼんやりしていて、「こんばんは、お姐さん」と言っても黙っている。それで「ジャケさんはいますか」とジョルジェットは尋ねた。

返事があった。

「いいえ、いない」

「どこにいます？」

「知らないわ」

おそらくその言葉を信じてなさそうな仕草をジョルジェットはしたのだろう。相手がそばに寄ってきた。

「見てみたらどう。いらっしゃい、お嬢さん。自分の目で確かめて」

ジョルジェットが覗《のぞ》くと、カフェにはたしかに男二人だけ。テーブルをはさんで、周囲のことなどどこ吹く風とばかりにしゃべっている。

彼女は言った。

「どうもありがとう、お姐さん」

返事がある。

「どういたしまして……それに、わかってるでしょ。私が呼べばあの人は来るだろうけど」

さらに言う。

「彼を探してるの？」

笑いだした。

「追っかけるのがあなたの仕事ね」

笑っている。ジョルジェットは何も返事できなくなった。乗組員たちが下船してくる。彼女は小道の暗がりに紛れこんだ。背後から大声が聞こえる。「ああ！　メルセデス姐さんだ」男のうちの一人が、「メルセデス姐さん、お土産《みやげ》があるぞ。待っててくれ。急いでちょっとつまんでから戻ってくる」

発動機船の乗組員たちはジョルジェットが隠れている小道を上りはじめた。そのときちょうどジョゼフは道の反対側にいた。あの子がいる、と彼は見るというより勘が働いた。その方へと下りていく。しかし突然パンジェ爺さんの家の角に身を隠した。こう考えたのだ。〈僕がいるとあの子が感づけば、万々歳《ばんばんざい》だ。気づかなければ、それまで。僕がいるとわかるなら、僕を愛しているということのるかそるかだが、どうなる？

〈あの子は『プチ・マラン』に行ったけど、僕はいなかった。どこにいるかわかるかな〉石の残骸とイラクサに覆われた、半分崩れている階段のすぐ脇にいる。

彼女は近づいてそのまま通り過ぎる。こちらを振り向きもしなかった。

そこで彼は壁際に置かれた大きな切石《きりいし》に腰かけた。心の中で苦笑いする。〈女の子なんてあんなもんさ。ラパのところへ行って、ここにはいないと言われるだけだろう〉と考えた。

そのときクレリシの声が聞こえてきた。

「おまえはいくらもらってる？　それじゃあ少ないぜ」クレリシはしゃべる。「百五十馬力だろ。どんな天気でも船旅は二時間もあれば十分だ。クレーンを使うから一日に一往復、二往復だってできる。人手は半分。親方はそれだけ儲かる」

「そのとおり」とデュブロ。

三人めの男（機械屋だ）は、

「考えてみる価値はある」

彼らは道の途中、ジョゼフの目の前で立ち止まった。ジョゼフの方は、〈それならこの愛も本物じゃないのか。あの子は僕を愛しているのに僕がわからず通り過ぎたということは〉

「親方に会いに行かないと」

「どこに住んでる？」

「ル・ブヴレ」

「そうか。だがあそこは事務所だろ……」

「かまやしない、立派な社長だ。『社長様……』と呼ぼう。きっと喜ぶぜ」

ジョルジェットが戻ってきた。道を下る。さっきの道を逆に辿っているが、歩みはのろくなった。パンジェの家と隣家《りんか》の間には狭くて暗い路地しかない。そのため上りと同様に下りでもジョゼフに気づかなかった。

「『これくらいは出せるか。さもないとストだぞ』と言ってやろう。採石場の連中も仲間に入れないと」

「あら！　クレリシさんなの」

ジョルジェットが近づいてくると彼は急に口をつぐみ、それから声をかける。

「ああ、あんたか、ジョルジェットさん。ここで何してるの？」

「あの人を見かけなかった？」

「誰を？」

「ジョゼフ」

「いやいや。ほら、俺たちは帰ったばっかりで……知ってるだろ、あいつはもう俺たちの船にはいない。しょうがないよ。あいつはストライキ中だ。俺たちより前に始めたんだ……」

みなは笑う。

「『プチ・マラン』には行ったかい？　あいつがいたら、待っててくれるよう言ってくれ。俺たちは軽く腹に入れてくる。二十分で行けるな」

しかし彼女は、

「あそこにはいなかったわ」

「そうか！」クレリシが応じる。「何をしてるんだろう。どんな様子だ」

さらに言った。

「あいつは少しいかれてる」

しかし彼の方は壁の陰で、〈何が本物なんだろう。ここにないものこそ本物かもしれない。実際に存在するものは嘘をつくから〉

「あいつをみつけたら知らせるよ……さようなら」

「さようなら」

男たちは小道を上りながら議論を再開した。彼女は下る。港近くの広場の方へ曲がるのをジョゼフは目で追った。

〈それに実際に存在するものはつまらない〉彼は考える。〈いつも見た目は変わらないし。それにすぐに傷《いた》んでいく。そうならないものがあるだろうか……〉

彼は立ち上がった。ぐらぐらする階段を上る。ドアは倒れていた。蝶番《ちょうつがい》が重みに耐えられなくなったのだ。倒れたドアをまたいで進まねばならない。ベッドの台枠は崩れ、天井板は垂れ下がっている。床には瓶の破片と古新聞。すき間風が吹きこんでくるのでマッチを擦《す》って眺めると、石もたくさん転がっている。近所のガキどもがここに来て荒らしまわったにちがいない。埃をかぶって重そうな蜘蛛の巣は、部屋の隅に吊るした汚れた下着のようだ。実際に存在するものとはこんなもの。あっという間に消えていく。爺さんはどこかに運ばれていった。あの人は存在すらしていただろうか。誰がそれを覚えている？　あの人はいなくなり、家もなくなる。地上のものは長くそこにはとどまらない。

またマッチを擦って、藁布団の上のパンジェ爺さんがいた場所を探す。縁が赤く真ん中に大きな穴の開いた、馬の頸《くび》に掛ける褐色のカバーがかけられていた。普通の人間の背丈よりずっと短い貧相な袋だった。ロウソクの炎が揺れると、袋もわずかに揺れていた。しかし袋はとっくに運び去られていた。破れた藁布団が床に落ちている。とはいっても袋は小さいから厄介ではなかった。ジョゼフは警官たちの言葉を思い出す。「重くはないぞ」「どれくらいだ？」「まあ三十キロもない」

彼は家から出た。

どこへ行こうとしているのか自分でもよくわからない。この世にずっととどまっているものなど何もないのだから。身体の重みに任せて坂を下る。体重の命ずるままだ。こうして埠頭《ふとう》まで連れて行かれた。そこは星空の下。プラタナスが作る天井の下から抜け出て、広大な空の下にいる。星は動いているが、動かないものもある。彼が座った埠頭の下では、二艘の発動機船の周りで淀《よど》んでいる湖水が微風に揺られてピチャピチャと音を立てている。ときおりわずかに浮き上がったり沈んだりする発動機船は水底《みなそこ》まで伸びる黒い壁のようだ。さらに遠くでは、上空までそびえ立ったマストが果物を落とそうとする竿のように揺れている。

カフェではまた賑やかな話し声がしてきた。先ほどの話どおり、クレリシとその仲間が戻ってきたにちがいない。話し声がやんだ。自動ピアノが一曲奏《かな》でている。時が経つ。

彼は冷静だが憂鬱。発動機船とヴォーデール丸の前の埠頭に腰かけている。船は人間の所有物だが、人間のものではない風の力を利用して、自分たちの力を作りだす。それから五、六人がデッキをあたふたと駆けまわり、人の手によらない上空の風をぴんと張った帆で受けとめるだけだ。乗組員のうちの一人は計器盤の前にいる。何もかもが変わっていく中で、もはや変わることができない小柄な爺さんがいた。みな変化したあげく死んでいく。それが人間というものだ。彼は上空で動く星を眺めつつ考えている。星たちは太古から未来までこんな動作を穏やかに続けている。湖水も穏やかに満ち引きする。僕たち人間にはそんなものなどない。しかしそれでも上空のどこか（彼はそう思っている）で大気と交じりあっている女の人がいた。身体の重みなどなくて軽い。ああ！　とても軽いから僕らのはるか上にいる。つまりいつまでも変わらないであろう女の人が一人いる。いつまでも続くものたちの仲間だ。それとも僕は夢を見たのだろうか。

これがサヴォワの若者。埠頭に座っている。

今は午後十時ごろだろう。声が聞こえた。

「行こうか」

別の声が答える。

「行こう」

カフェから出てきた男たちだ。

「さよなら、メルセデス姐さん……また今度。今夜は少々物足りなかったから……残念だけど……」

彼らは鈍い音をさせながら立ち去った。縄底の靴で、しかも足を引きずって歩くからだ。

それからシャッターを取りつける音が聞こえてきた。握りがついた幅の狭い木の板を数枚はめこむ。店じまいをしているのだ。閉店の時間だ。そしてしばらく時が経つ。ジョゼフは依然として動かない。そのとき背後で足音が聞こえたような気がした。振り返るが、プラタナスが作る影のために最初は何も見えなかった。しかし開け放したままのカフェのドアの四角い形が闇の中にはっきり浮かびあがっている。黒の下地に黄色い紙を貼りつけたかのようだ。その前を一つの影が通った。女だ。それが誰かわかっているので、彼は動かない。

また沖の方を眺めていると、人がやってきた。どんどん近づいてきて、声をかけてくる。

「あら！　ここにいたの？」

彼が答えないでいると、また言う。

「涼んでるの？」

彼は黙ったままだ。

「ねえ！　ジョゼフ……」

そして、

「何をぼんやりしてるの？　ねえ！　ここには何でもあるでしょ。星、水、船……でも、それが何かの役に立つの？」

彼は言った。

「どうして僕がここにいるとわかったのですか」

「見えたからよ」と女……「それに何？　今さら敬語なんて使わなくてもいいでしょ」

女は彼の脇に立っている。

「店を閉める前にひと回りするの。聞いてるでしょ、怪しい人がいるの。それとも、『ご存知ですか？……』と言わなくちゃいけないかしら。あなたは星の名前がわかる？」

彼は首を振った。

「私も。数が多すぎるから。でもきれいだわ。時間があるときはこうして」女は話す。「星を見るの。あなたはいつもひまだから」続ける。「私よりも星の名前を知っていないと。上の空にもあるし、地上に落ちたものもある。見えるわね、スイス側の岸のたくさんの明かりが」

対岸の湖と山々の間できらめく光の点を指さしている。地上でも一列に並んだり四角形や三角形になったりとさまざまな星座を形成している。

暗闇のどこかで白鳥が翼をばたつかせた。そして正面の対岸に紫色の閃光が走った。

「あれは市街電車よ。トロリーの方向を変えるときに光るの。トロリー線がついてるから」

彼は尋ねた。

「出て行く気持ちは変わらないのですか」

「ええ」

「いつ?」

ところが女は急に振り返り、

「ちょっと待って。店を閉めないと。それともまだおしゃべりしたいの?」

「もういいよ」

「ああ! そう」女は言う。「おやすみなさい。私は帰る」

女は立ち去る。その姿を彼は眺めている。埠頭に垂らしていた足の一方を持ち上げた。その足を埠頭につけて、しばらく膝を折った姿勢になる。もう片方の足はぶらぶらさせている。しかしその足も上げて横向きに座った。女をずっと目で追う。女はシャッターの最後の一枚をつかむと、ドアの前にはめこんだ。

ジョゼフは立ち上がった。女はポケットから南京錠を取り出す。彼は考える(これは口実にすぎないが)。〈いつ発《た》つか訊かなくては〉

向こうは彼にはかまっていない様子だ。「待って。鍵をかけるから……」と言った。

「ちゃんと見えるの?」

「できた」

女は彼を見つめる。

「さあ、一緒に上へ行く？」

「いや、行かない。でも一つ……」

「何？」

「訊きたいことが……」

「何も答えられないわよ……」

女は大笑いする。階段を駆け上った。彼は下にいる。部屋のドアが開く音を聞いた。それから彼は階段に足をのせては止まり、また次の段に足をのせる。

テラスに達する。女は部屋のドアを半分開けていた。透明な紙をランプの笠《かさ》代わりにしているので、部屋の中はピンク色に染まっていた。

彼は口を開いた。

「もうすぐ変わっていく」

「あら！　いたの？」

女は振り向きもせず、部屋の中を行ったり来たりしている。こう訊いてきた。

「何て言ったの？」

「変わっていく」と彼は答えた。

「どこが変わっていくの？」

「ここ」彼は言う。「そしてどこも。変わってはいくけど」続ける。「一つだけ……」

彼は尋ねた。

「いつここを発つの？」

「結婚するんだから、そんなことどうでもいいじゃない」

彼は答えた。

「それはそうだけど」

「お利口にしているならお祝いをあげるわ。結婚はいつなの？」

「知らない」

「結婚できていいじゃない」と女は言う。

「さあどうだか」

「だけどあなたは金持ちでしょ」

「そうでもない」

「それにあの子は可愛いわ」

「もっと可愛い子だっている」

「まあ！　生意気ね」女は応じる。「何が欲しいの？　あなたを愛してる、とあの子は言ってた。さっきも来たわよ。『ここにはいない』と私が言ったら、『どこにいるの？』と訊かれた。あなたを探してるわ」

彼は言う。

「僕だって」

「何を探してるの？　それに結婚するんでしょ……」

彼は答える。

「かまうもんか」

「一緒に来たいの？」

「どこへ行くか次第だな」

「家に戻るのよ」

「家ってどこ？」

「リヨン」

「そうか、じゃあ一緒に行くよ」

「それから？」

「また戻るだろうな」

「まあ！　坊やったら」女は言う。「年はいくつ？　サーカスやからくり機械を見たいの？」

こんな会話を交わしている間、彼は再びシロクマのいる北極にいる。階段を上ると、ビロードで覆ったテーブルの向こうに真っ黒なコートを着た太った女が見える。それから眩《まぶ》しい光に照らされる。たくさんの光の中にあの光がある。

「名前は何て言ったかしら。シルク・コンチネンタル？　でもねえ、坊や。あの名前、金ぴか飾り、垂れ幕はみんなの度肝《どぎも》を抜くためよ。旅芸人たちの金稼ぎ。あらゆる手段で客を呼びこむの。私と同類だわ」

「いや！」彼は口をはさむ。「それだけじゃない」

「女芸人は何て名前？」

「忘れた」

女は笑い、また話を続ける。

「その人のことをフィアンセには話したの？　すればいいじゃない。面白がるわ」

彼は一歩前へ出た。

「あの子には関係ない」

「それなら私にはあるの？……ああ！　わかった。手を貸してほしいのね。あなた、年はいくつ？」

それから「ねえ、ジョゼフ！」続ける。「あなたはもう子供じゃないのよ。まったく！……」

彼は俯《うつむ》いたままだ。〈帰らないと……〉と考えている。

それから顔を上げ、もう一歩前に出た。

「それでもちゃんとしたものはある」

「どこに？」

彼は答える。

「この世には」

「そう信じてるの？」

彼はまた俯いた。相手が立ち上がる音が聞こえる。ベッドに腰を下ろしていたのだ。

「あの女たちはヒールのついた靴を履くしか能がないのよ、あんたって子供ね」女はしゃべる。「見てごらんなさい。私だって持ってるわ、ハイヒールを」

彼は顔を上げる。相手はクローゼットの下からおしゃれなハイヒールを取り出して、サンダルを脱ぐ。目の前で突然立ち上がると、前よりも背が高くなっていた。

「このとおり大きくなるのよ、坊や。そうよ！　坊や、わかる？　その気になればみんなを騙《だま》せる」

「だけどこの世にはきれいなものだってある」

「私はどう？」女は答える。「その気になれば私だって。ねえ、ジョゼフ。この前の晩の私はきれいだったでしょ？……みんながあなたを湖に投げこんだときよ。あなたはもう私をまともに見られなかった。湖に投げこまれたのはどうして？　それなのにあなたはここに来た……」

しかし彼は言う。

「だけど真っ白できれいなものだってある」

「それは見せかけよ」女は答える。「芸人たちは腕にパウダーを塗るの」

彼はもう相手を見ていない。

「顔には白とピンクのメーキャップ。タイツもある」と女は言う。

彼はもう相手を見ていない。女はブラウスを脱いだ。鏡の前に座って髪の毛を指に巻く。

「これがカール」また話しだす。「カールしてみせましょうか。ねえ、あの芸人はどんな衣装を着てた？　たいしたことないでしょ」続ける。「綱渡り芸人なんて私と同じ……男たちの目につかないといけないから。ちょっと待って」さらに言う。「私は道具をひと揃《そろ》い持ってるの。タイツはないけど。でも足に白粉をつけるわ」

彼は言った。

「もう帰るよ」

「まだだめよ」女は答える。「見せたいものがあるから。そうだ！　ジョゼフ、もう私のこと嫌い？……あんなブレスレットなんて偽物。まやかしのためだから。でも何もかもがそうよ」

「嘘だ」彼は言う……「そうじゃないものだってある」

女は大声で笑った。彼は俯いたまま、ドアへ向かおうとした。しかし女は、

「待って。話はあとで」

ドアは半分開いたままだった。女は彼の脇を通り過ぎる。ドアを閉め、鍵をかけた。

「あとで開けてあげるけど、今はだめ。こっちを見ないで。『一、二、三、さあ見て……』と言ってからよ。ああ！　あなたはまだうぶだから……それに」続ける。「これはあなたのためなの」

容器や小瓶を開ける音が聞こえる。

「あの女もいい匂いがしてた？　そう！」女は言う。「簡単よ……さあ、できた。一、二、三……」

しかし彼は女の方を見ない。相変わらず椅子にしゃがみこんでいる。

「ジョゼフ！」

彼は首を振る。

「ねえ！　ジョゼフ」

彼は言う。

「それは本物じゃない」

女は答える。

「みんなそうよ……きれいなものはみんな偽物」

彼は声を荒げる。

「嘘だ！」

そして、「ドアを開けろ」と言った。

「いやよ」と女。「あなたはここへ来たんでしょ」さらに言う。「どうしてここへ来たのかしら」相手が近寄る音がしたので、彼は立ち上がった。あとずさりしながら顔を上げる。そして「あっ！」と叫んだ。

「あの女と似てるでしょ？」

彼は違うと言ったが、実際はもうわからない。女の肩も胸も足もブロンドやバラ色に染まっている。顔は螺鈿《らでん》のきらめきを受けて真っ白、花のような柔らかな色合いだ。

女は言う。

「同じじゃない？」

だが彼は、

「いや、違う」

すると女は、

「まあ！　強情ね！」

さらに近寄るので彼はあとずさりし、「違う。おまえは嘘つきだ」と言った。

「私が好きなら、そんなことどうでもいいじゃない」

「おまえなんか好きじゃない」彼は答える。「離れろ」

それでも女は白い歯と赤い唇をかざしてにじり寄る。指物師《さしものし》の鉋屑《かんなくず》が飛んできたように髪の毛が彼の額《ひたい》にかかり、指に絡《から》みつく。ねっとりした溶液を少しつけているからだ。

「離れろ！」

女は離れない。彼も口とは裏腹に離れない。

「ああ！　わかるでしょ……これは本物よ！　私の話の中にはそれでも嘘じゃないものがあるの。どう、ジョゼフ？」

するとと女の目が突然恐怖に変わり、あとずさりしはじめた。彼は追いかける。突きだした腕の先の両手が大きく開いている。

X

彼は今、自分の手を見つめている。何もない。

そこは山の高み、パンジェ爺さんを発見した場所のすぐ近くだった。彼は膝にのせた両手を見つめている。手には何もない、拍子《ひょうし》抜けするほどに、しかも力が抜けている。動こうともしない。もう仕事は終わったのだから。まがい物を片づけたのだ。

あとは何をすればよいかと彼は考える。

また手を眺めて驚く。歩いていると意識さえせず長い時間歩いた。登っているとも思わず長い時間山を登った。足は地面についていたが、大気に支えられ、抱えられ、持ち上げられたかのようだ。身体と心がばらばら。一部は闇の中に飛び去ったが、残りは取り残されている。

「似てるでしょ？」と女が囁《ささや》いたので、「誰に？」と答えた。

両手で相手の首をつかむと、女は言う。「ジョゼフ、どうしたの？　私は柔らかくてどこもすべすべ。私みたいじゃなかった？」

「誰が？」

「よくわかってるでしょ……まあ！　ジョルジェットじゃないわよ……」

「嘘だ！」と彼は答えた。

「ワイヤーロープに乗っていた女よ。だってねえ、あれはトリックだし。ジョゼフ！……ジョゼフ！……」

彼は木の根っ子に躓《つまず》いたが、同時にバラ色の月光を浴びる。――僕は「嘘だ！」と口にした。

湿った斜面に入りこむと、丈の低い草が生えていた。草に両手が触れた瞬間、手を握りしめる。すぐにきつくは握らない。〈嘘だと言え〉と心の中で繰り返していたからだ。

徐々に明るくなってくると、自分が岩の出っ張りに座っているのに気づいた。日差しはまだ周囲の暗闇に灰色の粉を少々ふりまいているにすぎない。いつの間にかあの女からどんどん遠く、どんどん上へと坂を登ってきたのか、と彼は思った。

あの女は今どこにいるのだろう。

それから冷たく澄んだ空気を胸いっぱい吸いこんだ。あの女はまがい物だから。あの女は本物じゃないから。

ほんのわずか頭上の木の間から鳥が囀《さえず》りはじめた。もう季節外れなのに。一羽が囀り、もう一羽が同じ囀りで応える。羽ばたきが聞こえる。一羽が三種類の音を歌のように響かせた。それが終わると、明るくなってきた木々のいたるところからけたたましい鳴き声がしはじめた。老婆が何人も集まってお喋《しゃべ》りをしているかのようだ。集まってできた密な空気を羽の先で壊す。羽の先をぶつけながら別れる。そこは湖岸の上。彼は岩に腰かけている。また全景が見えてきた。どれも本物、実際に存在するもの。湖は開花時期のイガマメ畑（飼料用に栽培される）のようなバラ色になる。対岸にあるいくつかの町も見えてきた。はっきりそれとわかる。たくさんの家屋が明るい点を作り、それらがいくつかの場所で合体して斑紋になる。こうして二つの大きな斑紋とほかのもっと小さな斑紋が、岩壁をいただいた山の斜面に並んでいる。岩壁も背後からランプで照らされたかのように輝いている。

あらゆるものが見える。少し屈《かが》むと、右手にはローヌ河。〈僕は何をしたのか〉と彼は考える。〈まあ、あれでよかったじゃないか〉と。

レマン湖に流れこむローヌ河は、バラ色の水に黄色い棒を差しこんだかのようだった。すべてが始まる。あるいは再開する。これこそが浄化された世界、真実の世界だ、と再び両手を見つめながら彼は思う。

村では雄鶏《おんどり》が鳴いている。

一艘《そう》の漁船が岸から離れていく。湖面に落ちた麦粒のように見える。湖面がちょっと動いただけで麦粒は持ち上げられる。

タシュロン夫人は夫の死以来独り占めしている、ダブルの舟形ベッドの中で目を覚ました。よろい戸を通してしか日光は寝室に入ってこない。しっかり閉じてはいるが、それでも目覚まし時計の文字盤が読めるほどの光が入ってくる。

タシュロン夫人は午前七時近くだと気づいてびっくりした。

ふだんのこの時刻なら、寝室の真下にある店はもう人の出入りが始まっている。店の前のシャッターを一枚一枚外す音もする。それで目が覚めるのだ。

〈メルセデスは何をしてるんだろ？　まだ寝てるのかしら〉

それでもすぐには動かなかった。背は低いが丸々とした肉の塊が、積み重ねたクッションにもたれかかっている。髪の薄い小さな顔はそこにのめりこんでいる。

また耳を澄ませ、〈何を考えているんだろう。もうすぐ客が来るのに……〉

それで暗紅色のまがい物のサテンの掛け布団の下から静脈瘤《りゅう》で黒くなった足を出した。スカートを穿《は》き、白ウールのキャミソールを急いで引っかけた。裸足《はだし》にスリッパでカフェの裏の台所に通じる階段を下りる。

台所には誰もいない。何もかもが昨夜のままで、汚れたグラスと食器が流しのそばのテーブルの上に散らかっている。

三度続けて舌打ちした。不愉快な証拠だ。

太りすぎて歩くのが困難なため、腿《もも》よりもぶ厚い腕でいつも壁につかまろうとする。入口のドアを開けた。さわやかな朝の光が飛びこんできた。もうすっかり明るく、鳥の鳴き声がかしましい。樹皮をはいだばかりのモミ材の色に似た黄色い光が、プラタナスの葉のすき間から斜めに差しこんでいる。

女将さんは目に手をかざした。

戸口に立ったまま、「メルセデス！」と大声で呼ぶ。さらに二度、三度。

返事がないので、自分の寝室に戻った。すっかり着替えを終える。黒いシルクのブラウスとかつらをつけた。ぶつぶつと怒りながらまた下りてくる。しかし幸いなことに、広場にはまだ誰もいない。客は来ていなかった。

それから納屋の窓の下まで進んだ。

二つの窓のよろい戸はしっかりと閉じたままだったが、予想はしていたのか肩をすくめるだけ。階段の下に立つと今度は大声で、「メルセデス。ねえ！　メルセデス。聞こえる？」と呼びかけた。

しかし、さわやかな朝の中で動くものは何もない。そのためまた溜息《ためいき》をついたタシュロン夫人は二階に通じる外階段へと向かった。

広場を通る男がいる。

女将さんは男の注意を惹《ひ》くまいと振り向きさえしなかった。

それからすぐ、税官吏の一人が湖畔沿いに『プチ・マラン』までやって来た。咳払いのような音が聞こえたので、顔を上げた。何か見える。老婆だが、すぐには見分けがつかない。あとで彼はこう言った。「それくらい異様だった。まるで今にも吐きそうなように顔が歪んでた」

〈あれはタシュロンの女将さんじゃあ〉と彼は突然気づいた。

「どうしたんだい、タシュロンの女将さん」

相手は彼の方へ腕を差しだしてから、それをまた胸まで戻した。

税官吏は尋ねる。

「どうした、タシュロンの女将さん。何かあったのか？」

そのとき女将さんはやっと声を出すことができた。変にしゃがれた叫びだ。税官吏は走り寄り、やっとのことで抱きかかえた。

階段の上の方に座らせる。

二階のドアは二つとも大きく開いていた。柔らかなバラ色の灯りが部屋の内部を照らしている。その光は外の光とは対照的にまったく動かない。外ではまだ何もかもが揺れて見えている。税官吏はゆっくりと慎重にめざす方向へと進む。戸口に顔をつっこんだ。

税官吏は手をケピ帽（将校や警官などがかぶる庇のついた円筒形の帽子）の高さまで上げ、「なんだ！……なんだ！……」と叫ぶ。それから階段に座ったままのタシュロンの女将さんに目を止めることなくその脇を通り抜け、村に向かって駆けだした。

一人の女がエプロンで手を拭きながら小道を下っている。背後の子どもたちは指をしゃぶっている。それから人があちこちから現れた。税官吏が三人、警官も一人自転車でやって来た。税官吏の一人が階段の下に立ちはだかり、上ろうとする村人を制している。みなはもう事件について話している。誰かがこう言う。

「やったのはきっとあいつだ」

「誰？」

「浮浪者さ」

「どんな奴だった？」

「ちょっと年配のゴマ塩ひげ」

XI

ジョゼフに知らせに行く役目はメトラルが引き受けた。彼はそこにいるだろうと、午前八時を少し過ぎたころジャケ夫人宅まで上っていった。しかし夫人は言う。

「ここにはいないわ」

メトラル自身が興奮していたので、ジャケ夫人のことまで思いが及ばなかった。彼女もそれ以上は

何も言わない。メトラルは、

「ちょっとした事件が起きたから、ジョゼフに会いに来たんだ」

「誰に？」

「『プチ・マラン』のウエイトレス。さっきベッドの上でみつけた。殺されてた」

「なんですって！」

ジャケ夫人は顔を背《そむ》けた。額に巻いた赤いコットンのスカーフの下の太い眉の動きは、もう今は横からしか見えない。

夫人は言った。

「誰がやったの？」

「浮浪者だ」

「捕まえた？」

「まだ」

「そう！」

夫人は背を向け、朝食に使った流しの上の食器を片づけるのに忙しそうなふりをする。

「それでジョゼフは？」と彼はまた尋ねたが、「知らない」という返事。

彼は続ける。

「なんだって。知らないの？」

「ええ。声も聞いてない。きっと私がまだ寝てるうちに出かけたんだわ」

さらに言う。

「多分ジョルジェットのところよ」

「それなら向こうへ行ってみる」

メトラルは最後に、

「悪かったな。でも捜査が始まると、ジョゼフの証言が必要になるから」

夫人はもう何も口にする必要はなくなった。相手はすでに表へ出て、石ころ道を歩いている。足が長く伸び、首から上は消えかかっている影が前方に映しだされている。

メトラルは、自宅の前にいるボルカール爺さんに向かって遠くから怒鳴る。

「ジョゼフはいるかい？」

「いいや」

「事件のことは聞いてないのか……」

そこでまたさっきの話をした。

しかしボルカール爺さんはこう言っただけだ。

「いい厄介払いになった！」

そして尋ねる。

「誰の仕業《しわざ》かわかってるのか？」

「浮浪者らしい」

「浮浪者？」

「そう、姿を見た奴がいる……ひげ面《づら》の年寄りで、布袋《ぬのぶくろ》を担《かつ》いでた。警察を呼びに行ったよ」

ボルカール爺さんは言った。

「わしも行く。一緒に来るか？」

「いや」メトラルが答える。「俺はジョゼフを探す」

「見かけなかったぞ」

「それならジョルジェットさんは？」

「部屋にいるはずだ」

ボルカールは台所の釘に掛けてあるチョッキを取りに行った。声をかける。

「ジョルジェット、どこにいる？……おい！　ジョルジェット」

しばらくして部屋の中から返事があった。

「ここよ」

「何してる？」

「着替えてるの」

メトラルに、「娘はもうすぐ来る」と伝える。

ジョルジェットは驚きのあまり、椅子に倒れこんでいたのだ。

家のドアの前で地面に尻をついて座りこんでいるマローが、短くあえぐような唸《うな》り声を上げている。そこからなら舌を垂らしたまま主人の爺さんの動きを追える。――娘は思った。〈やったのはきっとあの人！〉さらに〈これでいいのよ！〉

きっとあの人！　と彼女は思っている。確信があるからだ。霧が晴れるように頭がすっきりして、物事が朝日を浴びて再び秩序だって見えてきたような気がする。

でもメトラルに何も疑われないようにするには、どう振る舞えばいいかしら。

まずはいつもの声を取り戻さねばならなかった。できるだけ自然に。みんなが知っている声、ふつうの声（とはいえいつもどおりとはいかないが）に返らないといけない。さあできた。部屋の中から呼びかける。

「メトラルさん。すぐ行くわ」

心の中では〈あの人よ！〉と思っている。こうも思う。〈あの人は私が好き。好きだからあんなことをした。邪魔な奴がいたのよ。何もかもぶち壊す女がいた〉口を開く。

笑みがこぼれたが、声は出さない。

〈私とあの人を邪魔する者はもう誰もいない〉

自然な表情にしようと鏡に向かう。かつての顔、ふだんの顔に作り直すのだ。何も知らないかのように、

「何があったの？」

「実は……」

幸いなことに、台所の中は暗かった。

「実は……」メトラルは話す。「メルセデスだよ。覚えてるだろ、ウエイトレスの……絞め殺された……」

彼女は叫ぶ。

「まあ！」

それだけだ。

「だからジョゼフを探しに来た……」

「ここにはいないわ」

「どこにいる？」

「ジュネーヴへ行ったはずよ」

旅行の作り話がとっさに浮かんだ。

「新居用の家具を買いに行ったはずよ」

明るくはずんだ声音《こわね》だ。言葉がすらすら出てくる。早口でしゃべりだした。

「あの人のお母さんの家には寄った？」

「そこから来たんだ」

「それで？」

「やっぱり見てないそうだ」

「あら！　私と同じね。朝早く出かけたのよ。天気がいいからって」

頬が熱くほてってきたが、メトラルはまったく怪しんでいない様子だ。じっと考えこんでいる。

「もう失礼するよ。また下へ行かないといけないからね。捜査が始まっているはずだ」

「そうね」彼女は答える。「行かないと」

そして言った。

「あの人はどんな様子だったの？」

「なんだって！」彼は答える。「口では言いにくい」

「それなら」彼女は続ける。「誰がみつけたの？」

「タシュロンの女将さんだ」

「どこで？」

「本人の部屋」

「えっ！　でも」彼女はさらに続ける。「簡単に忍びこめたってことよね。そうでしょ。納屋の上だもの！」

〈あれは私のため〉と彼女は考える。

〈私のせいだわ〉遠ざかるメトラルを見つめながら、〈私のせいだわ。あの人は私を愛してるもの〉と小さな雲が浮かぶ青空を見つめながら考える。

〈だけどあの人はどこにいるのかしら〉

マローに話しかけた。

「お前は知ってる？　何でも知ってるでしょ」

家の前のベンチに腰かけた。マローの両耳をつかんで、鼻面《はなづら》にキスする。

犬は感謝の眼差《まなざ》しを向けた。褐色の目の周りは石鹸水が浮いているかのように少し青くなっている。

彼女は犬の首をつかんで言った。「いい子ね！」そして考える。〈家の中にあの人の物があったかしら。そう！〉さらに考える。〈ジョゼフの忘れ物……そうだ！〉思いつく。〈古いハンチング帽があった……〉

「おりこうにしてて、マロー！」

マローは敷石に座ったままでいる。彼女は家の中に入り、ハンチング帽を持って出てきた。

「これは誰の物？　マロー、誰の？　さあ、行きましょ」

〈この前と同じだわ。ただしパンジェは死んだけど、あの人は生きている〉

マローは彼女の周りを跳びはねながら短い吠え声をあげはじめた。しかし山のこの段丘には見渡すかぎり人っ子一人いない。彼女は熱い想いを胸に抱いて一人でそこにいる。

「待ってて。すぐ戻ってくるから」

台所の竈《かまど》に火を入れ、テーブルに皿、ナイフ、スプーンを並べた。鍋に水を入れる。ボルカールは大体いつも一人で夕食をとる。父さんが帰るころにはスープができているだろう。〈若い娘はいつもこうだ。家にいたためしがない！〉とぼやき、それから夕食をとるだろう。あとは節《ふし》くれだったブナの枝を二、三本くべるだけでいい。火持ちがするからだ。煙道《えんどう》を細くして風通しを減らした。

村に向かう坂を下る。でもあの人は一体どこにいるんだろう。

どこかで私を待ってるにちがいない。パスポートは持っていないのだから、国境は越えられない。警備が手薄な山もあるにはあるけど、まずは二人で打ち合わせをしないといけないから、どこかで待ってるにちがいない。日の当たる道を進んでいく。転がり落ちた石は白い埃をあげ、灰色のバッタは跳びはねると赤や青に見える。

その朝、教会の周辺にはまったく人気《ひとけ》がなかった。良かった。夏休みが終わったばかりだから、子供たちは学校にいる。外に出られる人はみんな港の広場まで下りたにちがいない。世間の好奇の的だもの。〈でもお義母《かあ》さんはちがう〉とジョルジェットは考える。〈きっと家にいるわ〉

ジャケ夫人の家の入口は半開きになっていた。思ったとおりだ。〈家にいるんだわ……。良かった！〉

たしかに夫人は暗い台所の椅子に座っていた。背もたれに身体をもたせかけている。両手はそれぞれ膝の上で開いていた。

「ねえ」ジョルジェットが声をかけた。「そうでしょ。あの人はジュネーヴへ出かけたのよね……」

ジャケ夫人ははっと我に返ると、赤い木綿《もめん》のスカーフを巻いた顔をちらりとふり向ける。

「あの人が犯人だよね！」とジョルジェットは言った。

「会ったの？」

「いいえ」

「それなら……どうしてわかるの？」

「わかるわよ」とジョルジェット。

ジャケ夫人は椅子から動かずに言った。

「ああ！　あの悪タレが！」

それから突然、

「可哀想に！　あの子のせいじゃない」

ジョルジェットが口をはさんだ。

「もちろんそうよ……だから急いでここへ来たの。メトラルとは会った？」

「ええ……そう！　ほかにも人がたくさん来た」

「何て言ったの？」

「何も言わなかった」

「そうなの！」ジョルジェットは応じる。「良かった……何も知らないって言ったのね？」

「朝早く出かけたはずだとは言ったよ」

「そう！」とジョルジェット。「良かったわ。じゃあジュネーヴにいることにしましょう。どこにいるかと訊かれたら、ジュネーヴだと言ってね。新居用の家具を買いに行ったはずだと。私はそうメトラルに話したの」

「そうかい！」ジャケ夫人は言う。「それでうちの子はどこにいるんだい？」

「探してみる」とジョルジェット。

さらに言った。

「犬がいるし、ハンチング帽もある」

「それから？」

「あとは成り行き次第」

「ああ！」とジャケ夫人。「可哀想に！　誰か気づいてない？」

「いいえ、何もわからないでしょう……それに」ジョルジェットは続ける。「もしわかったって、あの人には危険はないわ。みんなが味方についてくれるもの……あれは悪い女よ。どこの馬の骨やらわからないし」

「そう思うかい？」

ジャケ夫人は立ち上がろうとした。

「でも時間を稼がないと。ばれたらまずいわ。『ジュネーヴへ行ってるはずよ』とだけ言ってね。近所付き合いはふだんどおりよ。いつもと同じようにね。その間に私が探してくる」とジョルジェット。

彼女がドアを開けると、さっきまで座りこんでいたマローが立って待っていた。こちらの意図を察しているので先を行く。「マロー、さすがね！」と声をかけた。晴天の下、犬にハンチング帽をかざして匂いをかがせながら山に向かっている。廃屋の間を抜けると、もう家はなくなった。そこで立ち止まる。下に見える村から声が聞こえるが、このあたりはしんと静まりかえっている。さらに下の街道では、いつものように自動車やオートバイの爆音やクラクションが響いている。ここにはコオロギ、バッタ、あるいは囀りながら洋ナシの木を飛び出すツグミしかいない。彼女はその木の下を抜け、さらに遠くの高いブナの木まで達した。

「探して！　探して！」マローは斜面を行ったり来たりする。斜面に生えた草の茎にぶら下がった露はダイヤモンドのネックレスのようだ。

山の中の景色は美しい。彼女はあらゆる小道を知っていた。もはや小道とは呼べないかもしれないが。しかし女の子たちはブルーベリーやラズベリーを摘《つ》みに、年をとった女たちは枯れ木を拾いにやって来る。そして茂みの中になんとか通れる道を切り開いた。それらは互いにつながっていて、上のモミの林まで続いている。林の地面にはもはや植物は生えず、赤茶けた斜面でしかない。ワックスがかかった床のように滑りやすい。

「探して！　探して！」と彼女は声をかける。マローは地面に鼻をつけて再び進む。

犬はまず広大な採石場の方へ行ったが、今は西に向かっていて、その姿は木々の間に隠れている。彼女はあとを追おうと登り続ける。枝をつかむときもあれば、木の幹に抱きついて急斜面を上がるときもある。かすかな吠え声が聞こえた。

マローだ。

彼女は全力で走って雨水が作る溝のようなところまで達した。マローはもう三十メートルくらい上のところにいて、乾いた小石（早瀬は雨が降らないと涸《か》れてしまう）の中をゆっくり歩いている。彼女がついてきているか確かめるために何度か振り向く。

ああ！　やっぱり間違っていなかった。

心に希望が湧いてきたので、足取りが軽くなる。雑木林《ぞうきばやし》の奥からときおりカケスのけたたましい叫び声がする。一方、旋回しながら青空へと向かうカラスたちは煙突から飛び出た紙の燃えさしのようだ。

彼はその間ずっと眠っていた。

彼は眠っている。そのことを彼女は知らないが、もうすぐみつかるのはわかる。マローは前に進んでいる。大丈夫だ。〈この世界はやっぱりきれい〉と思う。立ち止まって斜面に背を向け、下界を眺めた。青いところは湖。黄色っぽく見えるのは家々だ。彼は眠っている。彼女はマローが自分のそばに寄ってくるのを見た。狭いむき出しの岩棚のようなところまで来ていた。岩棚は右手にまっすぐ続いている。マローは近寄ってはまた戻る。片肢《かたあし》を上げて再び近寄ってきた。

そのとき彼の姿が目に入った。斜面のそう遠くないところで腕枕をして寝そべっている。

彼は眠っている。こちらに背を向けて。

彼女は忍び足ですぐそばまで近づいた。マローには後ろで伏せているよう手で合図した。あの人がいる。本物だ。これですべてうまくいく。あの人はここ、現実世界にいるのだから。本物の服、エスパドリーユ、ハンチング帽姿だ。彼女が眺めていると、彼は少し身体を動かした。

腿《もも》につけていた手を移動させた。頭の位置が変わる。少し上がってまた下がり、今度は完全に上がった。

彼女は身動きせず、ひと言もしゃべらなかった。

彼女は何もしゃべらない。彼は手で目を擦《こす》る。そしてゆっくり座り直して欠伸をした。

そこで彼女が声をかけた。

「ジョゼフ！」

彼は見返す。

「ああ！　君か。どこから来たの？」

「わかってるでしょ」

彼は言った。

「どうして僕のいるところがわかった？」

「あら！」彼女は答えた。「何だってわかるわ……」

さらに続ける。

「だけどまず、あなたがいることになってる場所を教えてあげる。ジュネーヴよ……」

笑う。

「あなたはジュネーヴにいると村の人たちに言ったの。あなたを探してるから」

彼を見つめる瞳はキラキラ輝いていた。

「なぜって、やったのはあなたでしょ」話しだす。「ああ！　私は何でもわかる……ねえ、ジョゼフ。やったのは自分だと素直に言って、ジョゼフ」

彼は何も答えなかった。膝にのせて大きく開いた両方の手を見つめるだけだ。

「私にはわかってた。ここに来たわけもわかってるわね。話を合わせておかないと。浮浪者が捕まったわ……」

彼は何も尋ねない。

「だけどきっと浮浪者は自分は無実だと証明できるでしょう。それからあなたがいないことにみんな驚くわ。だからジュネーヴへ行ったと言ったの。新居用の家具を買いにジュネーヴへ行ったと」

彼は何も尋ねないが、彼女はそのことに気づかない。伝えるべきことを一つも言い落とすまいと必死だ。

「あなたがこれからどうするつもりか急いで訊きに来たの。それによって私がどうしたらいいのかが決まる。話を合わせなくちゃ。これからどうするの？」

すると彼は答えた。

「何もしない」

「ジョゼフ！」

彼は腕を膝に回してかがみこんだ。眼下には、日光を浴びてさまざまな色合いを見せるこの世の美しいものがある。湖、大地、そして湖との間、大地との間にある大気。彼はこのままずっとここにいたいかのようだ。しかし彼女は、

「もう行かないと」

「どこへ？」

「いい、父さんの干し草置き場がある。あそこなら大丈夫。火も熾《おこ》せるし。誰もあそこまでは探しに来ないわ」

彼はそれ以上何もしゃべらなかった。立ち上がって、彼女のあとをついて行く。彼女が先導し、彼は従う。険しい斜面を斜めに進み、壁に支えられた建物の二階によじ登るように二人とも少し上の張り出し部分につかまった。首を伸ばすと、向こうの緩やかな斜面の牧草地をとらえることができた。

木造の小屋が石の基礎の上に立っている。

彼女は山積みした板の下に隠してある入口の鍵を取り出した。

村人たちは暗くならないうちに自宅へ戻っていた。『プチ・マラン』で見物すべきものはもうなくなったからだ。納屋のドアには封印が貼られた。

大勢の男たちが家の前や教会の広場に寄り集まってしゃべっている。女たちはジャケ夫人の家にいる。

男たちはここに二、三人、あそこに二、三人、といったふうに集団を作っている。家は低く、ほとんどはS形瓦（半丸の部分と平らな部分が組み合わさった瓦）の屋根が外に張り出した平屋建てだ。樋《とい》はない。——太った男も小柄な男も手をポケットにつっこんでいる。

グループからグループへとニュースが伝わる。

誰かがやって来て言う。

「二人めがいるらしい」

「二人めというと？」

「二人めの浮浪者だ」

「どこに？」

「それを探してる」

「どんな奴だ？」

「のっぽでひげなし」

「ちびの方はどうなった？」

「エヴィアンへ連れて行かれた。締め上げている最中だ」

そこでパン屋が笑いだした。

「女は素っ裸だったんだって！」彼はしゃべる。「本当にそんな恰好《かっこう》で見つかったのかい？　素っ裸！

素っ裸で何してたんだ。浮浪者もか？」

誰かが口をはさむ。

「あの晩は暑かった」

こう言う者もいる。

「まああんな奴らはどこからでもやって来る。エヴィアン、トノン、ル・ブヴレ……」

太った男が叫ぶ。

「素っ裸でか！」

「車や自転車がある……」

「とにかくこれは大した事件じゃない」

「そうだ」また誰かが言う。「あんな奴らのためにこんな大騒ぎをして何になる」

ジョルジェットが道を下ってくるのが目に入った。太陽はもう地平線近くまで沈んでいるので、影は彼女の前に伸びている。

彼女は挨拶する。

「こんばんは、みなさん……」

「こんばんは、こんばんは……じゃあ今やっと来たの？　ということは何の興味もないと……」

彼女は答える。

「あんな話は好きじゃない」

みなは言う。

「だけどちょっとした事件だ……お巡《まわ》りさんたちに訊いてみるといい。現場写真を撮ってたぞ！」

だが彼女の方は、

「うちの父を見なかった？」

タポニエはさっき来たばかりだった。

「あんたのお父さんなら」彼は言う。「もちろん見かけた。心配しないで！　ル・ブヴレから来たコという名前の仕事仲間と一緒だ。知ってるか？　知らない？　とにかく二人はドネの店にいる。猟師同士だから話すことがあるのさ。『プチ・マラン』が閉まってからドネは景気がいいはずだ」

「あら！」彼女は応ずる。「店を閉めたの？」

「もちろん。どうしようもないだろ。タシュロンの女将さんは具合が悪い、そしてあの女……」

「あの人はどうなったの？」

「棺《ひつぎ》に入れてどっかへ持って行くんだろう。検死しないといけないからな」

「まあ！」

「素っ裸だった」パン屋がまた言う。「一糸まとわず」

誰もまったく怪しんでいないように見えた。そのため彼女はさりげなく自然に振る舞う。

「もう行かなくちゃ」

「どこへ？」

「もうすぐ私のお母さんになる人の家よ」

「そうか！　あんたのフィアンセは？　ちっとも見かけないぞ」

「ここにはいないわ」

「どこにいる？」

「ジュネーヴへ行ったの」

「ジュネーヴに？」

「そう」彼女は答える。「新居の準備で」

相手は言う。

「そうか！　もうすぐかい？」

「ええ」と彼女。

笑みがこぼれる。

「いつなんだい？」

「この秋よ……じゃさようなら」

何もかも自分の思いどおりに進んでいる。誰も怪しんでいない。ジャケ夫人の家のドアを押すと、台所から女たちの話し声が聞こえてきた。だが彼女を見るなり、「まあ！　ジョルジェットが来た。もうおいとまするわ」

そう言って出て行った。あと台所にはもうジョルジェットとジャケ夫人だけ。その間に山が太陽を二つに割っていた。きれいなバラ色の光はまだしばらくは台所の裏の果樹園の木々にモスリンのようにかかっていて、その照り返しが台所の窓から二人のところまで届いている。

ジャケ夫人がこう言うのが聞こえた。

「あの子に会った？　そう！　どこにいるの？」

「マローのおかげよ」ジョルジェットは答える。「それにみんなうまくいってる」さらに言う。「誰の仕業《しわざ》かわかりっこない。それにもしわかったとしてもうまく片づくわ。みんなの話を聞いてごらんなさい」

「そう思うかい？」

「もちろん」ジョルジェットは答える。「今はジュネーヴにいることになってる」

「あの子はこれからどうするつもりなんだい？」

「そのことだけど」とジョルジェット。

ほかに用事はないので腰かけた。ジャケ夫人も彼女の前に座った。

この時刻は暖炉の灰を台所中にまき散らしたような薄闇が二人を包んでいる。

「そうでしょ。私たち二人で野良《のら》仕事をまた始めるなら、雌《め》牛が一頭か二頭必要になるわ。みんなにはジュネーヴから葉書が届いたと言うの。あの人は家畜のことでそこからシクス（オート＝サヴォワ県のシクス・フェル・ア・シュヴァル村）の方を回ったことにする……」

「あの子は承知したのかい？」

「まだだけど。でも行って承知させる。山の上で待ってるから……だけど要《い》るのは……」

彼女は続けた。

「私は手元のお金を全部持ってきたわ。二百フランある」

ポケットから財布を取り出した。

「たいして多くはないけど」

ジャケ夫人は、

「お金が要るのかい？　私も出すよ」

急に立ち上がると、

「いくら要るの？」

万事順調だ。暗くなると、あちこちからドアが閉まる音が聞こえてきた。村人たちは戸口で別れの挨拶を交わしている。

ジャケ夫人が再び現れて、

「五百フランある。これで足りる？」

「まあ！　十分よ」とジョルジェット。「子供を産んでない若い雌牛だって買える。うまくいくわ」続ける。「どう思う？　四、五日経ってあの人がまだ縮れ毛だらけの若い雌牛に新品の綱をつけて帰ってくるというのは」

「だけどお父さんを放っておいていいの？」

「猟師の友達と会ってる。そうなのよ！」ジョルジェットはしゃべる。「まだ家に帰ってない。それにねえ、家でも大体は一人よ。あとはジョゼフの友達だけど……」

「船に乗って出かけたよ」

「ストはなかったの？」

「そう、話がついた」

「よかったわね！」とジョルジェット。

「そうだね！」とジャケ夫人が相槌《あいづち》を打った。

ジョルジェットは月のない闇の中を上って家に帰った。鎖につながれていたマローは、彼女の姿を見るとくんくん鳴きはじめた。黙らせる。餌を用意して持ってきた。そして犬小屋に入れた。万事順調で筋書きどおりに進んでいる。樽のワインを瓶に詰めて籠《かご》の底に寝かせ、前日調理した太いソーセージを隣に入れた。その上に丸パンの半分、さらに真っ黄色のきれいな早なりのリンゴを五、六個のせた。はしりの果物は喜ばれるので、よく気のきく彼女は果樹園でリンゴを摘んでおいたのだ。

それでもあらゆることに考えを巡らさないといけない。布切れを持ってきて籠の四隅《よすみ》を包んだ。風が出たときのためにと考えたのだが、風はまったく吹いていない。誰かと出くわすことも想定した。深夜の山道で籠を抱えている姿を見られたら怪しまれるからだが、誰にも会うことはないだろう。もし仮に出会ったとしても、「干し草置き場にいる父のところに行くの」と言えばいい。それなら怪しまれないだろう。よくあることだから。

マローは犬小屋の奥で寝入っていた。彼女は天気の様子を見ようとドアを開けた。

晩夏のけだるい空模様だ。ここのところ晴れの日が続いている。小さな雲がところどころに浮かんでいるが、丸くて大海原《おおうなばら》に点在する島のようにじっと動かない。その海の真ん中で二、三の星が灯台のようにまたたいている。それらのおかげで道を間違えないくらいは夜目《よめ》が利《き》く。さらに、〈ランプも持って行こう。林の中でともせばいい〉と考えた。

木々の葉一枚たりとも揺れていないほど大気は穏やかだ。

ときどきこの静寂の奥底から夜行性の鳥が押し殺した叫び声を上げる。悲しみに沈んだ女が嘆き声を聞かれまいと口に手をあてているようだ。

XII

彼は干し草置き場の奥の藁布団《わらぶとん》に寝転がっていた。夢想に耽《ふけ》っている。

「いるの？」

彼女は手に防風ランプを携《たずさ》えている。丸みのあるガラスの中の動かない小さな炎を顔の高さまで上げた。

声をかける。

「灯りがなかったでしょ。これでよく見えるし、お互いがわかるわ」

テーブルの上にランプを置いた。

ランプはベッドのへりを照らしだした。その周りには天気が崩れだしたときの月のような真ん丸の光輪。太い鉄のランプ枠が壁に三本線を映しだしている。

「それに、これが食べ物。何も食べてないからお腹が空《す》いてるよね！」

詰めこんできたご馳走《ちそう》を籠から取り出して言った。

「できたわよ。こっちに来ない？」

彼は動かない。まだ夢の中だ。

「どうしたの？」

「腹は減ってない」

「だめよ」彼女は応じる。「無理しても食べなくちゃ。腹ごしらえが必要よ」

「何のために？」

「だって先は長いし、村に着くまでかなり時間がかかるわよ」

「村？」

「そう」彼女は答える。「山小屋にまだ人がいるかもしれないから……」

食べ物を並べ終えると、また口を開いた。

「急いで。話があるの」

彼は立ち上がって、ランプが赤く小さな炎を上げているテーブルへと向かった。ベンチに腰を下ろす。向かいの別のベンチには彼女が座っていた。

彼はポケットからナイフを取り出した。三本の刃とコルク抜きがついたナイフだ。柄《え》と直角になるまでコルク抜きを引き出し、彼女が差しだす瓶のコルクに突き立てた。

次に大きな刃を出してパンを切る。

彼女の顔に微笑みが広がる。

「ねえ、ジョゼフ、時間はあるわ。明るくなるまで待ちましょ。今何時？」

彼は懐中時計を見たが、針は止まっていた。

「わからない。ネジを巻くのを忘れてた……」

「いいわよ」彼女は言う。「夜明けはすぐわかるもの。食べ物の残りを持って行ってね」

彼は尋ねる。

「どこへ？」

「峠を越えるのよ」

「それから？」

「それから、待つの」

「ああ」と彼は答えた。

ソーセージをひと切れ食べ、ワインを一杯飲んだ。彼女はテーブルに肘をついたまま顔を寄せる。

「ねえ、作戦は全部できてる……あなたはジュネーヴにいることになってるわ……でもまず話を合わせないとね。聞いてる？」

彼が再び向けてきた視線に彼女はぎょっとした。

この人は私を見てはいるけど、まるで見ていないかのようだ。二人の視線はたしかに合ってはいるけど、視線はそのまま素通りしていく。

「ジョゼフ！　ねえ！　ジョゼフ！」

「どうしたの？」

彼女は続ける。

「とにかく面白いんだから」

「何が？」

「話がよ……いいわね、あなたはジュネーヴにいることになってる。それからほかの人たちだけど、浮浪者を捕まえたからもうすぐ尋問が始まるわ。それにもしこの男は犯人じゃないということになっても、もう一人いるの。のっぽのひげなしとちびの年寄り……のっぽの方はまだみつかってないわ。もっと時間がかかるでしょう。だからいいのよ、ジョゼフ。こうするの。あなたはジュネーヴにいたけど、そこからボンヌヴィル（オート＝サヴォワ県の町）かもっと先まで向かった、ということにするの。私に葉書を送るのよ。『あの人が書いてきた』とみんなに言うわ」

　彼は話を理解していないどころか、そうしようと努めてさえいないように見えた。彼女はますます早口になり、同じ説明を何度も繰り返す。

「さあ、わかったわね」彼女は言う。「お金も持ってきた。結構あるわ。七百フランよ」

　ポケットから小銭入れを取り出した。四つ折りにした紙幣を抜いて、テーブルに積み上げた。しかし彼は手にとろうとしない。見てもいない様子だ。

「待ってる間の生活費になるわ。大事なのは時間を稼ぐことよ。だって、捜査を続けるのを諦めるにしろ疑いを抱くにしろ、どうやってあなただと証明できるかしら。私もあなたと一緒に行きたいくらい。ああ！　そうしたい」彼女は続ける。「山を越えるの。二人で一緒に。でも感づかれるかもしれない。だから私は残るわ。あなたは逃げて」

　彼はうなずいた。

「山を越えるの……」

　彼はずっと前に食べ終えていた。刃を戻してナイフをポケットにしまった。両手には何も持たず、じっと俯《うつむ》いている。

　突然しゃべりだした。

「歌があったよね」

「え？」

　彼は口ずさんだ。

「こんな曲じゃなかったっけ。君は知らないか」彼はしゃべる。「ああ！　そうだ、君はいなかった。俺は追うぞ……〈地の彼方まで〉俺は追うぞ。〈闇の果てまで〉（二二〇～二二一ページに出てくる歌詞とは「彼方」と「果て」が入れ替わっている）」

「それは何なの？」

「爺さん、パンジェ爺さんだよ。覚えてる？　二人で通夜をしただろ。この歌を歌ってたのは爺さんだ。『プチ・マラン』で」ジョゼフはしゃべる。「首を吊る前の日に」

彼に言葉が戻ってきた。

「どうして僕らは通夜に行ったんだろうね。君は変なことを思いついたもんだ……いや、ちがうかな」彼は続ける。「よくわからないけど、きっと君の方が正しかった。こうやって人は物事を学ぶんだ」

また歌いはじめた。

地の彼方まで
闇の果てまで……

「ジョゼフ！」と彼女は呼びかける。

「君は知らないだろうが、山の中では人間は、そう、ちっぽけなもの。本当にちっぽけだ」彼は話しだす。「目に見えないぐらい。吊った首は前に垂れてたから、爺さんはずっと自分の足元を見てた……身体も重くない」続ける。「だからかすかに右、左と風に揺られる」

また歌った。

地球が丸ければ
外に飛び出してしまうけれど……

彼女は彼を見つめて、

「いいわね」と声をかける。「山を越えるのよ」

彼の隣に来て座った。手をとる。ランプの灯油が残り少なくなっている。炎がどんどん小さくなるとともに煙を上げだした。ガラスの片側に黒い筋ができる。ランプはその側から暗く靄《もや》ってきた。

「峠を越えて逃げて。私はここにいて、待つわ。それにたとえ」続ける。「犯人はあなただと結局ばれても、大丈夫、私がいる。うまく話を収めるわ。あの女がどこの誰かみんな知らない。あなたはこの生まれ、でしょ？　私が村長さんのところへ行って洗いざらい話すというのはどうかしら。こう言うの。『私のフィアンセのジョゼフはよくご存知でしょう。それにひきかえあの女ときたら』村長さんはきっと納得してくれるわ。裁判官たちだって、所詮は男だから」

彼は何も言わずにうなずく。

それから大声で叫んだ。

彼女が尋ねる。

「だってあれはきれいだったから」

「何が？」

彼はしゃべる。

「この世にもきれいなものがある……だけど」またしゃべりだす。「あれはこの世のものだろうか？」

彼女は答えた。

「この世のものよ……もちろん」また話しだした。「これから幸せになるのよ。私たちはこの世にいる。私たち二人がいて、愛し合ってる。二人で野良仕事をまた始めるからあなたは家畜を買いに行った、とみんなに言うわ。若い雌牛を連れて戻ってきて。だってあれもきれいでしょ？　若い牛だし、現実に存在もするし。首に綱をつけるの。牛追いの棒にする小枝は垣根から引っこ抜く。ジョゼフ、わかってるわね？　戻ってくるのよ。牛の鼻面《はなづら》はびっしょり濡れてるから、よだれが道に垂れるでしょうね」

ランプがパチパチと、梁《はり》の内部を虫がかじっているような音を立てている。ますます暗く煤《すす》けてきた炎は酔っ払いのようにぐらぐら揺れはじめた。

「きれいだったの、あの人は？」

彼女はジョゼフの肩に首をもたせかけて、また言う。

「私より？」

大きな影が行列の一行が通るように次々と壁に現れる。下がっては上がる。どんどんスピードが増してごちゃごちゃしてきた。

「あの人はもういない、消えたの！　ジョゼフ」彼女はしゃべる。「これでもう邪魔は入らない」

小声になった。

「どんなふうにやったの？　教えて。ねえ！　教えて……向こうは自分が殺されるって気づいたかしら」

彼は首を振った。

「何て言ってた？」

彼がまた話しだす。

「何もしゃべらなかった」

「叫び声を上げた？」

彼は首を振る。

「何ですって！」と彼女。「まあ！　ジョゼフ。じゃあ、どんなふうにやったのよ」

「首を絞《し》めた」

「何で？」

「この手で」

「それから？」

「それからって、それだけさ」

「相手はどんな感じだった？」

彼は言う。

「もうどうでもいいだろ」

「それって本当？」

突然ランプが消えた。か細く暗くなってきた炎が急に大きくなって最後の光彩を放つと、炎は本体から離れて宙に舞い、そして見えなくなった。

そのときテーブルの向かいの窓がパタンと開いた。己の存在を訴えているかのように。部屋の闇はそのときまで黒く不透明だったので、空は四角い枠にはめこまれたよろい戸のように見えた。両手でよろい戸を開けたかのように闇がすっきりと透明になった。空の一角がのぞき、星が三つまたたいている。さらには高い山が窓ガラスの上の方までそびえていた。その間も彼はしゃべっている。

「探していたのはあれじゃない」

「でも今は」彼女が応じる。「私がいる」

屋根を軽くかすめる風の音が聞こえた。動物の背中をさすっているかのようだ。

「あなたがいて私がいる」ジョルジェットは話を続ける。「私はあなたの奥さんよね？」

さらに言った。

「答えて！」

彼はそうだと言った。

彼女は小声になった。

「きょうは私たちの最後の夜」続ける。「きっと当分の間は……」

彼は再び藁布団に寝転がった。隣には娘がいる。夜が明けて、部屋中がバラ色に染まった。彼は考える。〈この子でもない。もう終わりだ〉

視線を向けていないから、相手が眠っているかどうかわからない。仰向けになって天井を見つめている。板張りの天井がうっすらとバラ色に染まっていくのを眺めている。

二人の女、どちらでもない。

自分が求めているお祭りはここにはない。あれは現実を超越していた。〈あのお祭りはこの世のものとは思えない〉と考えた。だが同時に〈いや、あれよりもっときれいなものがある〉とも思った。

何を考えているか自分でもよくわかっていない。それは哲学の領域だから。

彼はさらによく考えようと身じろぎもしない。くるくる回っているもの、すなわち光が目に入る。水を飲むため泉まで下りてきた山のアトリが、木の水汲み口にとまって囀っている。

彼は地上にあるものを想像する。ゴンドラを吊るして上っていく真鍮の棒は、夜になると今度は半円を描いて下ってくる。さらに地上には女たちもいる。

〈でもあそこには、地上にはいない女の人がいる〉

アトリが飛び立った。山ではカラスが喚《わめ》いている。〈さあ、ジョルジェットにこう言わなければ。『君は地上にいるんだよね』と〉

アトリやカラスの鳴き声はもう聞こえない。彼は夢想する。煙草を吸う。目隠しをして秤を持った女性の石像がある古い噴水へと移動する。正義の女神像だ。今は通行人がみな同じ方向に進んでいる。人生はいつもこの世とは違う世界へと向かっていないか。少なくともそう信じていないか。

今は別の世界に入っている。彼は再び考えた。〈この子に言っておかないと……〉

〈何て言おうか〉

声をかけた。

「ジョルジェット!」

彼は動かない。

「あなたなの、ジョゼフ?」

彼は答えた。

「僕だ」

「私は眠ってたみたいね」と彼女。

そしてだしぬけに、

「ああ！　今あなたはここにいるけど、もうすぐいなくなるのね……」

彼にすり寄った。

「それでもまだ時間はあるわ。そう！」続ける。「まだ行かなくていい。急がなくてもいい……あなたの居場所を知ってる人なんている？　父さんにはあなたの家で寝てたと言うわ。お義母《かあ》さんが一人だから。ジョゼフ！」

彼は動かない。

「いやそうじゃない。別の話がある……」

「別の話って何？」

「ある人のことさ」

「その人はどこにいるの？」

「空にいる」

「空に？」

「そうだ。この世よりも上に」

彼女は笑いだした。

「遠いわね」

「それほどじゃない！」と彼は答えた。

「つまり存在はしてないのね」

「そう思うかい？　そこには原始林があって、アフリカがあって、インド諸国があった。あの人の名前は……」

名前を思い出そうとする。

「そうでしょ。名前なんてない」

「かまうもんか。あの人は偽物なんかじゃない。あのもう一人の女はそうだったが」

「私は？」

「君は……」

口ごもる。だが彼女は藁布団の端に座って、彼の話を遮《さえぎ》った。

「すぐ出発した方がよさそうね。役人がいるし、警官もいる。ひょっとして浮浪者を探しているかも。お金は持った？」

立ち上がって、部屋の中を行ったり来たりする。

「急いで何か食べて。残りは包んであげる」

彼も藁布団の端に座った。窓の外の世界を見ている。

空は大賑《おおにぎ》わいだ。たくさんの小さなバラ色の雲が集まって一つになり、ゆっくり移動している。

彼は思った。〈あの雲が行き先を教えてくれる〉

「何も食べないの？」

「うん」

「何か飲みたい？」

「いや」

「ねえ、誰もいないか急いで見に行ってくる。戻ってきたら教えるわ……途中まで見送るからね」

彼女は表に出た。彼は戸口まで進む。さわやかな大気に迎えられた。

泉のせせらぎがまた聞こえてきた。ちっぽけな泉だ。

紐《ひも》ほどの太さもない少量の水が、鞭《むち》の柄《え》のように見える木の筒からちょろちょろ流れている。筒の中はわずかに苔《こけ》むしている。緑色の二本の細いビロードの飾り紐がこの水道管代わりの筒の中に結《ゆ》わえられているかのようだ。筒の外側は汚れておらず、日差しで輝いている。この世は美しいが、もっと美しいものがある。たくさんの小さなバラ色の雲は相変わらず空にある。彼は自分が緩《ゆる》い傾斜の放牧地の下側にいると気づいた。この斜面の先は急に途切れて、まだ闇にすっぽり覆われた大きな穴、つまり湖まで空っぽの世界が続いている。しかし反対側を見ると、鬱蒼《うっそう》とした黒い森の間を登ることになる。そこをくぐり抜け、岩塊の間に見える峠まで達するのだ。

雲がどちらへ向かっているか見ないといけないな。

彼女が戻ってきて、こう言った。

「大丈夫よ。誰もいなかった」

南側のはるか高みには山越えの小道が通っている。このように村から出ないと山の高さはつかめない。湖の側は空っぽの世界だ。あらゆる可能性がある。

彼女が山を指さした。

「あの人たちはまだ来てない。慌《あわ》てなくてもいい」

彼は雲を見つめている。雲が移動を始めた。微風が空高く吹きだしたのだ。上空の雲は北側、すなわち湖の方へと向かっている。雲は上昇すると勢いがつく。突然全部が同じ方向へ進みだした。小さく丸いので、人間の頭がたくさんあるかのようだ。

ジョルジェットがこう言うのが聞こえた。

「待って。籠を取ってくる」

彼女は干し草置き場に入った。彼は一歩、また一歩と進む。彼女には背を向けている。声が聞こえた。

「ジョゼフ!」

彼女は干し草置き場から出て、鍵をかけている。

「どこへ行くの? そっちじゃないわ、ジョゼフ」

彼は聞こえない様子でさらに二、三歩進んだ。こうして空っぽの世界のへりまで達して、穴の底を覗きこむ。さざ波で水の存在がわかる。色を徐々に変えている。大気は湯気で曇ったガラス窓を拭いたようになった。村の建物の屋根が見えてくる。周囲から浮き上がっているので、段丘に沿って三段に並んでいるさまはまるで村が三分割されたかのようだ。

また自分を呼ぶ声が聞こえた。

「もう行きましょう」

だが雲はみな同じ方向へ向かっている。そのため彼は雲が行くところへと進んだ。

彼女は走って追いかけるが、彼の進む方が速い。かなり広くはっきりした道が森の中をジグザグに下っている。彼女はほどなくジョゼフを見失ったが、それでも走り続ける。道を間違える心配はない。

こうして教会の上の段丘まで達した。背後には山の全容。山全体が、「この人を止めて！」と叫びはじめた。

家にいる村人たちは立ち上がって窓の方へ顔を向けた。

山全体が叫ぶ。

「この人よ、この人がやったの……気をつけて、逃げるわよ！　ねえ！　ラルパンさん」

ラルパンは湖畔の板張りの家にいる。山の叫び声が聞こえる。

「ラルパンさん、気をつけて！　ラルパンさん、あなたの舟が！」

ラルパンは裸足だったので、エスパドリーユを探しまわる。その間にも山は、

「この人よ、人殺しは！　捕まえて！」

ラルパンはやっと家を出た。自分の舟に乗りこんだ男がいる。すでにバラ色の水上を遠ざかっていた。

「おい！」彼は声をかける。「誰だ？」

返事はない。

「どうした？　どこへ行く？」

「この人よ、この人」山が叫ぶ。「この人が人殺し……さあ！　デュポンさん……」

別の漁師に言う。

「急いで。二人で追いついて！」

デュポンも家を出た。ラルパンに向かって怒鳴る。

「どうした？……ああ！　あれはおまえの舟か。誰に盗まれた？　早く来い。俺のに乗ろう……」

その間に税官吏たちが現れ、警官も一人やって来た。

山が声をかける。

「急いで！　そうしないと逃げられるわ。私は知ってるの。あの女の人を殺したのはこの人だって。みんなが追ってる男よ」

「誰が叫んでるんだ？」

返事がある。

「ジョルジェットだ」

「誰のことを言ってる？」

「ジョゼフ・ジャケだよ、あの子のフィアンセの」

税官吏の一人が沖の方を向く。手でメガホンを作って叫んだ。

「おい！　そこの奴、止まれ！」

しかし止まらない。舟はもう岸からかなり離れて小さくなっている。

するとマッチで鉋屑《かんなくず》の山に火をつけたときのように、水が突然赤く燃え上がった。ジョゼフの姿が見えたが、遠くの舟の上だからもはや黒い点でしかない。

彼は止まらなかった。タポニエ爺さんも駆けつけてきて、両手を口にあてる。

「おい！　ジョゼフ、聞こえるか……」

幸いなことに水の上は声がよく通る。

「早まるな、ジョゼフ……あとのことはこれから……」

しかし相手は舟を漕ぎ続け、北東へと去っていく。

税官吏の一人がピストルをとり、空に向けて撃った。

山がそれに応える。発射音を何度もこだまさせる。受けとめた音を長い時間手元であやすのだ。それと同時に、「あっ！　あっ！」という叫び声も聞こえた。うめき声がする。嘆き悲しんでいる。また叫んできた。

「撃たないで、撃たないで。怪我《けが》させちゃいや……生け捕りにしてちょうだい」

しかし彼にその声は届いているだろうか。晴れた空の下、山はずっともがき苦しんでいる。

今湖畔にいるのは税官吏が三人と警官が二人。何やら話し合っている。税官吏の一人が西の方へ腕を差しだすと、全員がその方向へ走りだした。近くの倉庫にモーターボートが納められているからだ。

舟を漕いでいる彼にはそうした動きも目に入っている。ラルパンとデュポンは岸を離れていた。彼には湖岸の全員が見えているが、自分の方がはるかに先を進んでいる。山の叫びを聞いても微笑みは絶やさない。銃声がしても微笑む。まだ時間はたっぷりあると思っているのだろう。オールから手を放しさえした。大きな刃のついたナイフをポケットから取り出した。そのとき山が悲嘆のうめき声を上げたが、彼はもう耳を貸さない。

「まずみんなに歌を聞かせてやるぞ。どんな曲だったかな？」

するとは山が再び、

「ジョゼフ！　ジョゼフ！　急いで……ジョゼフ、追いつかれるわ……みんなはモーターボートを取りに行ったのよ……」

しかし彼は、「どんな歌だったかな？　山に返事をしなくちゃ」

俺はあの子の後を追うぞ……

山の方を向いて歌いはじめた。
腕を振り上げる。時間はまだたっぷりあるのだから。右手には刃の出たナイフを握っている。

あの子は逃げるけど
俺はあの子の後を追うぞ
地の果てまで
闇の彼方まで……

生きようが死のうが
必要ならこの世の果てまで
地球が丸ければ
外に飛び出てしまうけれど

この世界が丸いのはわかっている。その外に出なければいけないとわかっている。山からの最後の呼びかけを聞いた。「ジョ……ジョ……ゼフ……」しかし離れているため、くぐもってしか届かない。彼は舟の中に横たわる。まだ時間はある。モーターボートの爆音はまだ聞こえてこない。

この世界が丸いのはわかった。だが同じようにわかったのは、今向かっているのは正しい方向だということ。

雲が進む方へ向かっている。ほのかな朝の微風が雲を押しやった場所へと彼を導く。舟の底板を触ってみた。どこも腐っていて柔らかい。自分は〈あの人〉のところへ向かっているのだ。もう一度会うのだ。雲が一つ見える。上空のきれいな雲。きれいな雲は上にもあるが、下の湖水にもある。彼は底板に刃を突き刺してからそれをねじった。

ラルパンが呼ぶ声が聞こえる。

「おい！　ジョゼフ、何してる？　どこへ行くんだ？」

しかしジョゼフはそのとき、片方の岸の山の頂《いただき》から対岸の山の頂までワイヤーロープが張ってあるのに気づいた。そこは上なのか下なのか。〈あの人〉を見上げているのだろうか、見下ろしているのだろうか。

上でも下でも同じことだ。上にあるものは下にもある。ナイフの刃をもう一度ねじらないと。あの人は僕から逃げるが、僕は自分から逃げる。こうやって追いつくのだ。

あの人は身体の重みがなくなったので空へと昇る。そして死を免れる。だが僕はあの人によって死を免れるだろう。

ナイフをねじって穴を作り、厚い板を少しずつえぐっていった。

あの人は塵のような大気の上、柱のごとく立ち昇る靄の上、雲の上に立っている。彼は沈んでいくにつれて相手に近づいているとわかる。みんなはずっと呼びかけているが、もう彼には聞こえていない。

あの人は上に昇ったが、彼は相手に向かって降りていく。あの人の姿はもう見えなくなったが、彼もまた消えた。相手が大気を切り裂くと同時に彼は水を切り裂いたのだ。

サーカス芸人たち

Forains

二台のトレーラーは夕暮れどきに到着した。団長はもう翌日の午前十時前には町役場の屋根裏に登っていた。

このように、団長は時間を無駄にしない（役場にあらかじめ申請して許可を得ているはずと考えるべきだ）。

午前十時前には大工のジリエロンを伴って町役場の屋根裏にいた。建物は二階建てにすぎないが、屋根がかなり広いため、屋根組みは二段だ。その高い方の段の教会に面した側にある瓦《かわら》を、ジリエロンは団長の求めに応じてどかした。これで垂木《たるき》の間にすき間ができた。

そのすき間から教会の四角い鐘楼《しょうろう》が臨《のぞ》めるようになった。間には広場があるだけだが、屋根の傾斜のために視界が利《き》かず、広場の脇に植えてある三、四本のまだ黄色い菩提樹《ぼだいじゅ》の頂《いただき》付近しか見えなかった。

教会との間にあるのは、このこぶのような緑色の樹だけだ。鐘楼との間は青い空、そして隅《すみ》に風見《かざみ》鶏《どり》がある。銀製か銀メッキだが、錆《さ》びてきたのでよくスモークしたハムの皮のようなきれいな褐色になって輝いている。

団長はすき間に首を入れて、左右に動かした。首をまた中に戻すと（あわてずに話を進めることにしよう）、ジリエロンに合図を送った。

「ところで……」

言葉におかしな訛《なま》りがあるが、どこの国の人か定かではない。ドイツ人かロシア人、あるいはドイツとロシアの両方から影響を受けている国、すなわちポーランドかその周辺の出身かもしれない。そのため団長のしゃべることはいつもわかりづらかった。対するジリエロンは袖《そで》付きのシャツに赤いウールのベルト姿だ。青いビロードのハンチング帽をかぶり、ズボンの高い位置にあるポケットから巻《まき》尺《じゃく》と大工用の鉛筆をわざとはみ出させている。ジリエロンは相手の意図を必死で推量する。大事なお客さんだからだ。

「ところで……あれ……あれ……」

「あっ！　そうか」とジリエロンが応じた。

団長は屋根組みの方を指さしている。そこは真っ直《す》ぐあるいは斜めに伸びた木の幹がいたるところで錯綜している森のようだ。ジリエロンは、

「あっ！　そうか……梁《はり》のことだな……ああ！　何の心配もないよ、旦那《だんな》」

梁のあちこちに黄色い粉のようなものがべったりついていて、一部は床に落ちて散らばっている。十番の散弾（ツグミ猟に使う）で撃ち抜いたような小さな穴もたくさんある。

「あれはダニだよ」ジリエロンは言う。「どうってことない。大事なのは焼入れだ。どう言えばいいかな……さあ、旦那。このとおり……」

彼はポケットナイフの大きな刃を出して、下から上へと一気に切りつける。刃はほとんど木にめりこまなかった。

「バターのように柄《え》まで入るやつがときどきあるけど、焼入れしてりゃこのとおり……焼入れしていないと柄どころか指や手まで入ることだってある。ここのやつは心配ない。古いけど頑丈《がんじょう》……そう

傷《いた》んじゃいない」ジリエロンは続ける。「そうだろ、ダニだって証拠になる。湿ってたり腐ってたり

する木には決して齧《かじ》りつかない……」

そのとき、もう相手が聞いていないことに彼は気づいた。一人で何か考えているのだろう。ジリエロンは急いで瓦を元通りにした。そして先に階段を下りている団長のあとを追った。

二人は菩提樹の下を通り過ぎた。

あらかじめ知らせていたので、鐘番《かねばん》が鍵を持って待っていた。今度の階段（鐘楼のだ）は百二十一段ある。地面すれすれの高さに小窓のようなものがあり、その脇に鐘番の女房がさまざまなゼラニウムの鉢《はち》をずらりと並べていた。

やたらと挿《さ》し木したので、置くところがなくなったのだ。アイビーゼラニウムという蔓《つる》のあるものもあれば、香りの強いものもある。白やバラ色、一重《ひとえ》や二重《ふたえ》もある。葉が緑だけのものもあれば、褐色の斑点がついたものもある。その上には亭主が鳴らす鐘が三つあった。だがそのうちで一番よく使われる二つは下から鳴らせる。端に大きな結び目のある長いロープが階上の床を貫く穴を通って垂れているのが見える。

だから鐘番はあまり鐘楼へは行かず、百二十一段を上ることも多くない。しかしその日は特別だった。若くはないし身軽でもないし心臓もあまり強くないから、急いでは進めない。

鐘楼の四面を回る。鐘楼は四角だからだ。階段は厚い壁沿いについている。

東を向いたり西を向いたり南を向いたり北を向いたりして、階段を上る。いつのまにか四つの基本方位を四度も五度も順繰りに回る。長い時間ぐるぐる回っているうち、今はどの方角なのかまったくわからなくなる。やっと揚《あ》げ板の下に達した。両腕で上げて外《はず》さないといけない。

ここだ。

揚げ板を閉じる。鐘楼の北側の面に出たことがわかる。上部が円形のきれいな窓が小円柱で区切られて各面二つずつあるのにも気づく。古い建築物なのだ。労賃が莫大にかかるため、今はもう造られない。「もう七、八世紀は経《た》ってる」鐘番は言う。「昨日今日《きのうきょう》じゃない……」

今は鐘の下にいる。銅製のきれいな裾《すそ》がついた鐘がすぐ頭上に吊り下げられている。だからスカートの中まで見える（世間の言い方だと）と言っても差支《さしつか》えない。――ジリエロンと団長がすでに必死で現場確認にかかっていなければ、少なくともそう言えただろう。今度はジリエロンの方が首を振りはじめた。鐘を吊り下げている梁は最近交換されたばかりだが……

「ああ！」ジリエロンが口を開く。「こっちはもう町役場のようなわけにはいかん」

再びポケットナイフを出して、刃を宙にかざす。上から下へ切りつけた。

「こっちはもう町役場のようなわけにはいかん……見てくれ、今度はめりこむかも……」

ナイフの柄から灰のような色の薄片が剝《は》がれ落ちる。大昔の墓に葬られている骨のように孔《あな》だらけだ。

「七、八世紀も前だから仕方ない」

鐘番もハンカチで額を拭きながら首を振る。

団長がポケットから手帳と鉛筆を取り出した。ジリエロンに話しかける。

「こうしないと……」

図の中の窓から窓へ線を一本引いた。

「そうだ」ジリエロンが応じる。「巻胴《まきどう》（ロープを巻き揚げる装置）……わかってる、よくわかってる……」

「どうか……やってくれないか」

「もちろん、それがわしの仕事だ」

「それなら……見てくれ……こんな感じ、こんな感じで……」

最初の線と平行する二本めの線を引き、次に斜め線を二本引いた。

「わかってる」ジリエロンは答える。「巻胴。無論《むろん》カシワの木の……巻胴、巻き揚げ機、台……要するにロープを張るのに欲しいものだろ。承知してる……わしはいつもどおりきちんと寸法を測るよ……」

金曜日の朝はこのように始まった。トレーラーは前日の夕暮れどきに着いている。

同じ金曜日にポスターが町じゅう（住民は九百人ほど）に張られた。残りのポスターは子供を使って近所の村々へ配布している。

この手の催しは役場に申し込まねばならない。営業税と引き換えに何回かの興行が許可（場合によれば不許可）され、あらかじめ印刷してある色刷りのポスターに日時と場所を手書きしたシールを貼っただけの宣伝が行われる。

ヴシュラン（実在の地名だが、地理からしてラミュは別の町をモデルにしている）
六月三十日（日曜日）午後三時

興行主はポスター張りの監督に行った。宣伝効果のある場所とない場所があるからだ。よく目につく場所というものがある。何もない壁面が絶好だ（道に沿ってさえいれば）。しかし町中にはあまりない。家の壁にはたくさん窓があるからだ。平らで十分なスペースがみつかるのは稀《まれ》なので、物置の戸口まで利用しなければならなかった（一番いいのは小麦や干し草を満載した荷車が通れる納屋《なや》の戸口。高さが五メートル近くある）。

団長はこのために数時間かけた。その間ジリエロンは作業場で働いている。

来客が何人かあった。

「あのサーカス芸人らのためだな。支払いは大丈夫か」

「前金でもらった」

「そうか！」

ジリエロンはカシワの木にホゾ穴を作る。電動鉋《かんな》を使っている。

それが作動している間は会話にならないが、幸いなことにそう長くはない。

この新型の電動機械は仕事を見事に二、三秒で片づける。会話を途切らせる間さえ与えない。ミツバチの巣箱のような心地よい唸《うな》り声が徐々に弱まると、前の話の続きにたやすく入れた。

「これは……あいつらが落っこちるためのやつだ」客の一人の車大工が言った。「怪我《けが》すると役場が補償しないといけない。役場ということは、つまり俺たちが払うんだが……」

ジリエロンは肩をすくめた。

「なぜ落っこちさせたい？」

ウィーン……

「どこにロープを張る？……無理だよ。こいつを鐘楼に据《す》えるのか？……」

「そうだよ……」

「木よりも上に？」

「そう……」

ウィーン……

別の男が、

「いくら請求した？」

「六十フラン」

「木材は？」

「あとで返してもらう」

「ああ！　返してもらうのか。そうか！　それはいい……おまけにあいつらがおまえに払うのは俺たちの金だ……」

「嫌《いや》なら来なければいい」とジリエロンは答える……

そしてウィーン……また会話が始まった。

「木よりも上を歩くなんてできるのか。何か細工があるはずだ。きっと身体を縛《しば》っているか、それとも鏡を使ったトリックか……」

「おまえは鏡のトリックが大好きだな！」

質問や冗談がやたらと飛び交うのが作業場らしいとはいえ、ジリエロンはこんな会話に苛々《いらいら》してきた。それで最初の工程が終わってほっとした。次は組み立てだが、これは鐘楼の中でしないといけない。ドアに鍵をかけた。

彼が荷車を押していると、日曜日ではないから教会までついてきた子供は数人だけだった。

現場には野次馬が何人かいることはいたが、多くはなかった。

ここはとてものんびりした土地柄だから、誰も仕事や生活のペースを変えようとはしない。——学校の休憩時間に子供が来るくらいだ。それでも用事でそばを通る人がいれば、立ち止まって二台の車に目をやる。緑色に塗った車と薄茶色の車だ。

緑色の車についた煙突から出る煙がたなびいていた。

もう一方は道具運搬用だから、後部以外は開かないようになっている。前者（緑色の方だ）は面白いことに小さいけれど家と同じような窓がある。四つの窓の白いカーテンは赤い紐で留《と》められている。この様子からして、そこは住居で料理もしているにちがいない。

実際に煙がたなびいている。鐘楼の窓から顔を出した鐘番の女房がゼラニウムの鉢越しに眺めているのが見える。

こうしてジリエロンがその朝現場に着いたときも数人しかいなかった。変わったことといえば緑色の車、すなわち人が住んでいる車のドアが開いたことだけだが、みなはほとんど気にも留めない。大柄な娘が出てきたにもかかわらず。ただし、服装は月並みだった。

むしろみなの興味は、ハンチング帽をかぶり、カーキ色のシャツに革ベルト姿の二人の若者へと向かっていた。もう一台の車から荷物を降ろしている。腕のように太いロープをほどきはじめた。

みなは娘の方にはほとんど注意を払わなかった。まだ舞台用の翼もないしきれいな衣装を身につけていないので、気にならなかったのだ。

さほどよい身なりではない大柄な子にすぎない。超ミニのスカートにエスパドリーユ、ストッキングは履《は》いていない。こちらの趣味からすれば、顎《あご》から下の襟首《えりくび》付近がいささか露出過多だ。胸や腕を布地がきちんと覆《おお》っていない。

彼女がバケツを持っていることだけはわかった。ドアを開け、四、五段あるモミの木の階段を下りてきた。バケツを持って下りた彼女は〈われわれ〉（ラミュ独自の手法。〈われわれ〉はギリシャ悲劇の説明役コロスのように、状況によって立場を変えながら物語の進行を見守る役目を担っている）のそばを通り過ぎる。しかしその日の彼女は〈われわれ〉にはただのありふれた女。はっきり言って、あまりいいうちの子ではないだろう。こんなわけだから、見て見ぬふりをするのが一番だ。

青いスカートに白モスリンのブラウス姿も目に入らないようにする。歩くさまも同じ。きれいな足を動かし金髪をなびかせていたのだが。

むしろ二人の若者の方をずっと見ていた。相変わらず車の荷物を降ろしている。いろんな物を取り出すから、好奇心をそそられる。ニッケルの棒、環、自動オルガンの部品。——娘は泉でバケツに水を汲《く》んで戻ってきた。階段を上ってドアを閉める。

あとは相変わらず煙がたなびいているだけだ。青い煙をわずかにゆっくり吐き出している。

その煙は小さな円柱のような形になる。下側は影に入り、上側は日光を浴びている。

わずかに丸みのあるトタン屋根の上を煙がゆっくり昇っている。荷車を押すジリエロンは、鐘楼に着くと鐘の下まで登った。

ゼラニウムの鉢の向こうでは、鐘番の女房が相変わらずあたりを眺めている。

＊　＊　＊

ロープ張りはその日いっぱいかかった。

まず壁に穴を開けねばならず、それからジリエロンは団長の監督のもとに巻胴をはめこんでいった。

若者二人が滑車一式を持ってきた。カシワの横木に据えつけるのだ。ロープを渡る人間の命がかかっているから、作業は恐ろしく緻密だ。そのためほとんどしゃべらない。

幸いなことに、近所の住民や野次馬に集中力を乱されることはなかった。これは幸先《さいさき》がいい。上には四人、ジリエロンと二人の若者、そして団長しかいなかった。巻胴を設置し終えると、若者たちは下りていった。

今度は団長が下りる番だ。あとにはジリエロンだけが残った。

ああ！　ここからの眺めは最高だ。そう！　何でも見える。

先に下りた三人の男は、太いロープの端を鐘楼の基部へと運んでいる。北側の窓からはパイイ（これも実在の地名だが、モデルは別の町）とブドウ畑が見渡せる。はるか遠くにパイイ（本当にパイイなら）がある。さらにその先には瓦工場の赤い煙突がそびえている。

そう！　ここからは何でも見える。なんて青いんだ。ああ！　どこも真っ青だ。

南側の窓からは、その青色の中に白い高峰《こうほう》が吊り下がっているのが見える。――日光で真っ青に染まっている空と湖にはさまれた空間。この何もない空間の中に糸で吊り下げられているかのようだ。

――そして次は西側の窓。広場に面している……

ジリエロンが見下ろすと、三人の男たちはジェスチャーを交えながら自分たちの国の言葉で声高《こわだか》にしゃべっている。一つにかたまっているのではなく、運んできたロープに沿って等間隔に並んでいるからだ。――しかしこの窓からだって何でも見える。ごらん。あそこの街道をまず戻ってきたのは干し草を積んだ荷車だ。雄《お》牛（雌《め》牛かもしれない。この距離では判別できない）と馬が引いていて、少女やまだ幼い子供たちが上に乗っている。

そうだ！　もっと南の町役場の先には港がある。

石運船《せきうんせん》のマストはてっぺんしか見えないが、すぐ脇には帆《ほ》を巻いた帆桁《ほげた》の先がある。とても重要な部分なので、あのように黒い厚みを呈している。湖上にはオールで漕《こ》ぐ舟。漁師のルージュ（小説『美の化身』の登場人物）の舟だが、爺さんは漕いでいない。艫《とも》に座っている。

光を浴びた湖水はブリキのように見える。一面灰色だから、ブリキのように陰気くさい。

一方、あそこは陽気な青色だ。どの家にも庭がある。右側を影で縁《ふち》どられた小区画には花や野菜がいっぱい植えられている。紡錘形《ぼうすいけい》仕立ての洋ナシの木に一本仕立てのリンゴの木。イチゴ畑もあれば、青、黄、赤の植え込みもある。

小路《こみち》には穴を掘っている男や紐《ひも》に洗濯物を掛けている女の姿が見える。女は背中を見せていたが向き直った。しかしすぐに姿が隠れる。白い布地が間に入ったからだ……〈あれはいったい誰だろう……でもビュルデの女房じゃないな……〉

「おい、上の人……」

再び呼ばれた。ジリエロンは窓から身をのりだす。団長だった。ロープを引き上げる準備が整ったのだ。あとはアンカーロープを結ぶだけなので、団長は若者たちの手を借りて作業にかかっている。ここからはたくさんの屋根が臨める。上から見下ろしているし光に照らされているため、屋根は一つにつながっているかのようだ。境目《さかいめ》や頂《いただき》の角度はもうわからない。瓦屋根なのにきょうはエルサレムの屋根のように平らに見える。ここは少し大きめの村と呼んでいいくらいの小さな町。住民はおよそ九百人、それ以上はいない……「はい……わかりました。ここにいればいいですね……」とジリエロン。

ジリエロンはみなにこう言う。「あとはアンカーロープを引っ張り上げるだけだ。簡単な作業だと思っていただろうな。ああ！　そうだよ！　わしと団長、それから若い奴のうちの一人の三人がかりで引くんだ。もう一人の若い奴は下に残って、地面からロープが離れていくのを下から手で支える。あの太いロープは一メートルで何キロあるか知らんだろう。長さはゆうに五十メートルはあるぞ。わしらは拍子をとったりはしない。掛け声をかけるのは団長だ。扱い慣れてるからな。こんな太いロープ（ジリエロンは手首を指す）はそう簡単には言うことをきかない。『一、二……三！』の掛け声で三人一緒に引っ張る。最初の数メートルはまだいい。だがな、十メートルを超えてからは、宙に浮いたロープの重みが増すにつれて、引っ張るたびに壁の石ははぎ取るし窓のへりからは粉塵が上がる。火煙でなくていいぐらいのもんだ。それくらいアンカーロープは熱くなっている……わしはシャツの襟《えり》から靴下の先まで全身汗びっしょりになる……」

総勢三人、団長を含めて三人しかいなかった。団長が「一、二、三……」と数える。「三」でみなはロープを引っ張る。

歌の一節でも口ずさめばもっとうまく進むだろうに。そう、昔から〈われわれ〉のところに伝わる三拍子のすてきな歌。拍子が明快で、三拍めにアクセントがある。しかしこの歌を知らないから、三人の男は掛け声だけでアンカーロープを引き上げねばならなかった。背中は曲がるし掌《てのひら》はひりひりする。あの怠け者の見物人どもがちょっとでも手を貸してくれたなら。ああ！　こん畜生！「一、二……三！」おや、あいつらはバラ色やグリーンのシガレットケースから煙草を取り出して吸っている……あっちはあっち、こっちはこっちで仕方がない。「一、二、三」「気をつけろ！　気をつけろ！あとひと息だ」と団長が声をかける。

さらにもう二回。「一、二、三」

最後は壁に膝までつけて踏ん張らねばならなかった。「大丈夫か？」と団長が尋ねてくる。「ロープを入れるぞ。まだ頑張れるか？……」

やった！

＊　＊　＊

どんなにやってみてもこの太さのロープが完全にぴんと張ることはない。どうしても中ほどがたわんでしまう。ところで、誰があの上を渡るんだい？　ポスターを見ればわかるよ。若い奴が二人にお嬢さんだ。

教会の窓が地上約十五メートルなのに対し町役場の屋根裏は十メートルくらいしかないので、傾斜した道のりだ。急な下りが続いてからわずかに上る。どんなにしてもこの太さのロープを完全にぴんと張らせることはできない。だから中ほどで自らの重みに負けてしまい、花飾りのような形になっている。ところで、誰があの上を渡るんだい？

出だしは指三、四本分ほどの幅があった。言わば最初は両縁《りょうふち》のしっかりした丈夫な棒。しかしまもなく一本の線になり、ずっと下がっていってから上る。どんどん細くなっていく。はじめは現実に確認できるものだった。見えもするし触れもできる。円筒形で灰色、ところどころ汚れできらきら光っている。――それから材質がわからなくなり、現実感を失っていく。もはや進むべき方向を示しているだけだ。図の上に引いた線のようだが、こっちは空中にある。

その日の夕方、数人が鐘番に導かれて鐘楼に登った。一杯おごるからと約束したのだ。

車大工（また現れた）がいた。車大工は何かと大工に嫉妬する。両者の職業は言ってみればいとこ同士のようなもの、少なくとも親戚関係にはあるからだ。

そのため車大工が鐘楼に着いて最初にしたのは同業者の仕事ぶりの点検だ。〈ちょっと重いしずんぐりしているが、まあいいだろう。いかにも大工がこしらえた代物《しろもの》だ〉と考える。〈見習いのころから太くてでかい木材を使い慣れている。あいつらのスタートは梁だが、こっちは車輪の輻《や》だ。向こうはモミの木で、わしらはトネリコ。肉の塊と肉の筋といったところか……〉

上からはパイイが臨める。パイイ、湖、ブドウ畑、耕作地、牧場が見える。北側の窓からはパイイ、南側の窓からは湖全体を見渡せる。〈大工がこしらえた代物だが、とりあえずよくできてる！〉

ほかの者は広場に面した窓のそばにいる。ロープの起点になる窓だ。少し身を乗りだすだけで、薄い空気の先の木々の間に、人の肩や頭の上部、麦わら帽子、ハンチング帽が見えてきた……今は地上までバラ色に染まっている。埃《ほこり》も砂利《じゃり》も藁《わら》くずも。まずは木の上がバラ色になり、そのバラ色は木の柔らかな輪郭をたどりながら地面まで下りて、二人の若者がうまくつくかどうかテストしているアセチレンランプの白い色と混じっている。二人を村人たちが遠巻きにしていた。誰かが尋ねる。

「こいつらは何だ。ドイツ人か？」

「いや、ポーランド人だ」

「何人いる。四人か？」

「いや、五人だ。婆《ばあ》さんもいる」

「六人だ」三番めが口をはさむ。「お嬢さんがいて親方がいて、若い奴が二人に婆さん。それに爺《じい》さんもいる……ほら、あそこに」

実際に老人が庭で使うような折り畳み椅子を二、三個両手に抱えて現れた。すでに置いてあったベンチの前に並べる。

「あれは予約席だ」

「いくらする？」

「二フラン」

「一等席は？」

「一フラン五十」

「二等席は？」

「一フラン」

ああ！　これこそ本物のサーカスだ。あの爺さんは裏方だな、とみなは思う。そして木の上のバラ色に染まった空に伸びた真っ黒なロープを指さす。——あの上を渡るのか！

年とった女たちはまさかとばかりに驚いた。その間にもさっきの男たちは鐘楼の窓辺《まどべ》から離れない。宿屋の主人が鐘番に言う（指摘というのは似たりよったりだ）。

「だけどあいつらはもっとロープをぴんと張れなかったのかな」

「何を言ってる！　もっと強く張るだと！　わしはあれでも張りすぎだと思うよ。あとほんの少しでオジャンだぞ！」

「そうだ」車大工がまた口を開く。「あの重さのロープを想像してみろ。ジリエロンは商売敵《がたき》だが、奴のした仕事はそう悪くないことは認めるよ。抵抗力を計算しないといけないんだ……ああいったロープはあまり強くは張らないものだ。わしに言わせればな！　おまえらにわかるかどうかは知らないが」車大工は続ける。「つまりあれはもうロープじゃないんだ。レール、道、橋のようなものだ……」

するとガヴィエという名の男が、

「そうか！　同じ橋なら、俺はシャンブロンヌ橋（実在する川にかかっている橋だが、やはり別の橋をモデルにしている）の方がいいな……」

それはアーチがいくつもあるきれいな石橋のことだ。ここからそう遠くない同じ名前の小さな川にかかっている。ガヴィエの言うのももっともだとほかの男たちが笑いだしたので、車大工は話を打ち切った。

ちょうどそのとき菩提樹のうちの一本の上側が動いて、円《まる》いすき間ができた。そこから旗が出てくる。

広場の右側にある小窓から差し入れたかのようにその旗が現れた。緑と白の旗だ。

その直後、広場の反対側の別の菩提樹の先に一本の腕、続いて頭が見え、それから二番めの旗が現れた。赤と白（町のシンボルカラー）の旗だ。

あそこに出てきたのは若者のうちの二人めの頭だ。二人が取りつけた旗は夕闇の中に垂れ下がっていった。

空の装飾も急に始まった。空も旗を飾ったかのようになる。一面きれいなバラ色だったのがひび割れて、横方向にちぎれる。上空は青い帯、黄色い帯、緑色の帯を縫い合わせたようになった。地上より前に空でお祭りが催されている。鐘楼の大時計が、ひどいカタルを患《わずら》ったときに出る咳《せき》のような響きで九時を告げる。樹木の下は真っ暗になってきたが、依然として人はたくさんいる。夏には夜の冷気に誘われて表へ出てくるからだ。再びランプのテストが行われた。あまりの眩《まぶ》しさで、人々は思わず俯《うつむ》き、手は自然と目の前にかざされる。ランプが発した大量の光の粒は上昇して暗闇を照らすので、月や星の片鱗《へんりん》がいつもよりも早く目についた。上空にしばらく姿を現したが、やがて見えなくなった。時はのんびりと流れている。ランプが消えた。鐘番とその随行者はとっくの昔に鐘楼から下りている。鐘番が階段の下のドアに鍵をかけると、お礼に一杯おごろうと誘われた。

上からはパイイが見える。パイイは北の方角の空の下にずっと見えている。パイイは北側だが、南側の窓からは湖を臨める。月は二つ、空と湖面に出ている。二つの月はそっくりで両方とも動かないから、もう下のものと上のもののどちらが本物かわからなくなる。今はどこも静まりかえってきた。ツバメはもう休んでいるし、人も寝に帰った。パイイ、そして湖が見える。三番めの方角にあるのはロープ、ロープしか見えない。周囲が真っ暗な中、その上側がうっすら明るくなっているからだ。ロープははじめ下っていた。最初はぼんやりした灰色の棒のように見えるが、それからは線にすぎなくなり、このただの線は上りが始まるところで途切れる。下げていった視線は行き場を失った。行き先を探して、あと戻りする。

ツバメは沈黙し、人も沈黙する時刻だ。深い静寂が訪れた。大地も大気もその深い静寂に支配される。空の奥底から次第に星座が現れる。次々と見えてくる。あそこに星が一つ、あそこに二つ、三つ、四つ。いたるところで輝いている。あれはひょっとするとオリオン座、それとも小熊座、牡牛《お》座のアルファ星、大熊座だろうか。ロープははるか高みのどこかに打たれた釘に結びつけられている。

視線はまずはロープを追って下がり、行き場を失う。

もはや町役場の屋根も樹木も見分けがつかない。それから視線は上りはじめ、どんどん上昇していく。そして星々の中に迷いこむ。

ここの生活は質素だが、習わしというものがある。一人一人が慎ましく、互いに干渉することなく暮らしている。習わしだけでなく決まりごともある。いろんな決まりごとだ。日曜日の朝の九時から十一時、つまり、教会でのお説教の間は売り買い、取引、仕事は一切禁止になっている（これも決まりごとの一つだ）。これは商店だけでなく作業場でも、また作業場だけでなくカフェのある宿屋やいわゆる公的機関でもそうだ。――もちろんサーカス団でさえも。しかしあらかじめそう告げられていたのだろう。それに逆らいはしなかった。

＊　＊　＊

教会の鐘が鳴ったとき、車の中にはまだ何の動きもなかった。再び鐘が鳴った。

説教壇の下の席で立っていた先唱者が声を張り上げた。どれもバーベルを上げるときの掛け声のようだったが、ミサの参列者全員はひと呼吸おいてそれに倣《なら》う。先唱は説教の前後と中間の三度行われた。そのたびに、壁に取りつけられた木の板に表示される番号の聖歌を歌う。声は半円アーチの大きな窓から遠慮なく出て行った。窓ガラスはあるが、半分開いているからだ。声は間をおいて怒濤《どとう》のごとく車まで押し寄せ、リードオルガンの響きをしばらくかき消した。

しかし緑色のよろい戸を閉めた車輪付きの家の中ではまだ誰も動かない。こうしてミサは滞《とどこお》りなく終わり、いつもどおり、男が一に対して女が三か四の割合の参列者が教会から出てきた。女たちは急いで帰宅する。食料品店が店を開く（午前十一時から正午までだ）。男たちは宿屋でまた呑《の》みはじめた。今度は大っぴらにという意味だが。〈われわれ〉のところの決まりごとを守る奥の手はこっそり呑むことだ。午前九時から十一時までは裏口から宿屋に入るが、正面入口からまた人が入ってくるようになった。天気は快晴。十一時ごろだが北風が少しあるので、菩提樹の上の旗がパタパタと鳴りだした。緑と白、赤と白の旗だ。それと同時にトレーラーのドアが開いたことに気づく。あの娘の姿は見えない。話の最後になって現れるから、もう少し待ってくれ。出てきたのは団長と老人だけ。午後の興行の準備をすませる作業にかかった。あの娘は誰も見ていないか、少なくとも誰も気に留めていない。時はわずかずつ進んでいる。ポケットに手を入れた男たちが一人ずつバラバラあるいは小グループで近づいてくる。ゆっくりと靴を引きずりながら、黄麻《おうま》の綱を張った杭《くい》まで進む。そのとき近隣の村の青年団を乗せたトラックが到着した。男の子も女の子もいる。以前は座席付きの馬車を使っていたが、今は瓦工場のトラックだ。座席を据えれば出来上がり。そしてモミの小枝や紙で作ったバラの花で飾る。だからスピードの点を除いては昔と変わらない。

エンジンは四十馬力ある。

一番乗りはこの青年団で、二十五人分の食事を予約していた宿屋に乗りこむ。二階の大広間から騒がしい声に混じってグラスが鳴る音が響きはじめた。乾杯しているからだ。ほかの場所はどこもふだんどおりに時が流れている。みなは昼食をとるため家に帰った。日常生活の繰り返しだ。目の前にはいつもの日曜日と同じようにスープ、肉が少々、パン、チーズ、そしてピケット（ブドウなどの搾りかすに水を加えた飲み物）あるいは洋ナシかリンゴの果実酒が並んでいる。旦那連中は不機嫌で、女房は疲れている。子供たちはしょっちゅう文句を言うし、いつも健康で元気とはかぎらない。さらにはみな暑さに参りだしている。食べろ、もっと食べろ。食い扶持《ぶち》を得るために働け。稼いだ金で食べろ。それからまた食い扶持のために稼げ。この繰り返しだ。稼いでは切り崩す。また稼いでは切り崩す。こんな働き方ではすぐに消耗してしまう。だから誰もが悩みや苦しみを抱えながらも互いにそっぽを向いている。みなは一緒にいても、一緒ではない。集まれば集まるほど離れていく。どこの台所でもたいして食欲が湧かないまま食べている。太鼓の音が聞こえてきた。

「何だ？」

「サーカスよ」

暑いので、家の入口の多くは開け放たれている。質素な花柄カーテンをドア代わりにしているところさえある。

太鼓の轟《とどろ》きがカーテンの下から入ってくると、台所にいる男たちは言う。「あれだからな。また安眠妨害だ……」夏の日曜の午後は四時まで昼寝するからだ。

大空の下ではこんなふうに時が流れている。空は青以外は何もない。絵筆を押しつけすぎたために絵の具があちこちに飛び散り、溶けたり厚ぼったくなったりした箇所があるような濃密なブルーだ。その中に屋根の輪郭が見えるが、樋《とい》には色がついている。褐色、灰色、赤色。しかし日差しが強烈すぎるため、今はこの褐色、灰色、赤色がどれも似て見える。色がぼやけている。もちろん、どの色も変化することはない。世の中は何も変わらない。稼いでは切り崩し、また稼いでは切り崩す。女房は叱り、子供たちは泣き、旦那は欠伸をする……

二度めの太鼓が轟いた。

広報係はまず撥《ばち》で太鼓を激しく叩く。そして小休止。

「きょうの午後三時に教会広場で……」

再び小休止。そして声が急に跳《は》ねあがって大きくなり、次の言葉が発せられる。

「大スペクタクル……」

そのあとは聞きとれるかどうかくらいの小声になる。

「入場料は……一フラン……三等席は五十サンチーム……

「五十サンチームだって……行ってみない？」
二、三台の馬車が鈴の音をうるさく響かせながら街道を進んでいる。下りなので御者《ぎょしゃ》がくつばみ（馬に手綱をつけるため、馬の口にくわえさせる金具）を思いきり引くと、汗びっしょりの馬の脇腹についていた尻《しり》がい（馬の尾から鞍にかける紐）が浮いた。樹木の影が馬の背中、次に御者、御者の脇や後ろにいる乗客、花飾りのついた帽子やチョッキ、シャツの袖へと順々にかかっていく……馬車はあちこちからやって来ている。座席付きだ。片側に三人座れるから計六人、大人数だ。
自転車で来る者もいる。

その間にも太鼓を抱えた広報係は通りから通りへと練り歩き、ついには二、三軒の家とブドウ畑しかない町はずれに達した。そこで引き返す。彼は今、太鼓を担《かつ》ぎ、丸めた紙をベルトに差しこんだ姿で再び現れた。彼が戻ると、あちこちから人が集まってくる。「行ってみない？」とこちらの台所で声がする。「行ってみない？」とさらに遠くの台所でも。「五十サンチームか。そう高くはないな」と旦那さんが言う。「杭《くい》に張った綱の後ろにずっといればタダだし」街道には人の波ができている。通りもごった返している。男一人、男女のカップル、二、三人の若者グループ、子供たちを連れた女など。みな同じ方向へ進んでいる。

タダで見物できないかな、とにかくやってみようか。ものは試しだ。

全員が同じ場所に向かっている。最初はバラバラだったが人数が増えるにつれて集団になった。青年団の男の子たちが時計を見て「行こう。そろそろだ」と言うと、メンバーが宿屋から出てきた。その言葉に間違いはない。座席の中でも三等席はすでに埋まりはじめている。一等席を買った者もいる。きょうはお祭りだし、そういうお祭り（つまり年にせいぜい二、三回。四、五か月に一度）のときは財布の紐が緩《ゆる》むものだ。一つの顔の隣に別の顔が並ぶ。薄いモスリンのブラウスの隣にはジャケットが見える。——ベンチの端から端までずらりと並んでいる観客は、空ではなく前を見つめている。つまりニッケル製の空中ブランコ、オルケストリオン、それに軽業《かるわざ》用の道具だ。

まだベンチには前の三列しか人がいないが、オルケストリオンが鳴りだした。機械の上に並んだ金の鎧《よろい》姿の三つの婦人の人形が音楽に合わせて腕や足を動かしている。

演目の一番めは音楽だ。

三列のベンチには三列の帽子。紳士帽、婦人帽が見える。さらに日の当たる側の席にはたくさんのハンカチ。——帽子の下に入れて、襟首《えりくび》へ垂らしている。

みなはこうした演目を見に来たのだが、実際のところは少し違っている。

いつも自分の心の中を覗《のぞ》いているから、ここで他人と一緒にいるのはどうもしっくりこない。心配ごとに気をとられて、他人にはあまり好意を持てない。批評したり、裏を探ろうとしたり、比較したり、冷やかしたりしたくなる。実際、青年団の若者たちは肘《ひじ》を突つき合いながらそうしている。

二番めの演目になる。これくらいなら俺たちだってできるぞ。女たちはもっと真剣だから黙っている。年配者も何もしゃべらず、パイプや葉巻を吹かしながら額に皺《しわ》を寄せて考えに耽《ふけ》っている。損を覚悟で売った雌牛のことや月末に行う高額の決済のことなどだ。それから膝に腕をのせて身をかがめ、太い眉《まゆ》を弓なりにして代金の元をとろうと見つめる。そうする権利があるからだ。

三番めの演目はあまり沸《わ》かなかった。題名はわからないがよく知られている曲をオルケストリオンが奏《かな》でている。巷《ちまた》でよく耳にする曲の一つだ。外から見るかぎり、観客は一つにまとまっている。いつの間にか日がどんどん高くなっているが、ベンチにかかる影も右から左へとだんだん広がっていく。太陽が町役場の建物の裏手に入ったからだ。そのため日陰になった人の数はどんどん増え、日を浴びている人の数はどんどん減っていく。子ザルが軍事教練を始めた。きれいな赤い制服に金の飾り紐がついた軍帽、腰にはサーベル姿で、おもちゃの銃を抱えている。武器を持った兵隊の動作を二種類行う。

「気をつけ！……捧《ささ》げ……銃《つつ》！　一……二……」

何ともまあ、動物をここまで仕込むにはひどいこともしたにちがいない！

場内は次第に影に覆われていくが、子ザルは命令と命令の間はピクリともしない。尾さえ動かそうとしない。

ああ！　可哀想な生き物よ！　その目を見るがいい。復讐に燃えた目だ。――実際、目は始終動いている。猛烈に動いている。右、左と視線は飛び、絶えず瞬《まばた》きをしている……

「(立たせ、銃《つつ》から）気をつけ……休め！……気をつけ！」

ともあれこの可哀想な生き物はかなりぶん殴られたにちがいない！

みなの頭にはこんな考えがよぎっているが、まだ舞台裏がわからない子供たちだけが笑いころげていた。

これが四番めの演目だった。

そして綱渡りの番が来た。場内はしんと静まりかえっていく。オルケストリオンが再び演奏を始めた。

場内はついに満席になっていた。杭に張った綱の後ろにも立ち見が数列できて、前の人の頭の上やすき間から覗こうとしている。彼らはタダ見だが、公演の途中でカンパを求めに来られるといくらか払うのがしきたりだ。しかしブリキの皿を差しだされても背を向けて逃げるか見て見ぬふりをする者がいる。何人かはいやいやポケットから財布を取り出し、二スー硬貨を入れた。

徐々に全部の席が影に入ってきた。教会の鐘楼の影が伸びはじめたのだ。泉に流れこむ水のような直線を描いている。

＊　＊　＊

そのとき団長が口上を述べに現れた。

舞台まで進んで丁寧にお辞儀をすると、頭のてっぺんの真ん中分けの髪が見えた。親愛なる観客に語りかける。これから行われる演技の間は物音一つ立てないでくださいとのお願い。「紳士淑女のみなさん……」

団長は衣装を替えていた。燕尾服《えんびふく》に折襟《おりえり》、白のネクタイ姿だ。この公演のフィナーレは高いロープ上の演技だと告げた。

ロープを指さす。みなはその存在を忘れていた。

それを見上げる。全員が同時に顔を上げた。すると団長は、「紳士淑女のみなさん。御承知のとおり、あの高さではどんな些細《ささい》なミスでも命の危険があります……」

彼のしゃべりには相変わらずドイツ語かロシア語の強い訛り《なま》があるが、かなり滑らかだ。おそらくいつも同じ口上を述べているから暗記したのだろう。そのためあまり苦労なしに理解できた。上空のロープのことはすっかり忘れていた。――あの娘、あの娘が出てくる。あの上を進むのだろう。

しかし、まだ姿は見えなかった。しばらくして現れたときも、誰も娘には注目しなかったが、ロープのことだけは思い出した。「おや、たしかに!」まだ明るい空にあるロープを全部の顔が見上げる。指さして、「ああ! 何かトリックがあるんだろ! でも高さは十五メートルはあるんじゃないか。とんでもないぞ!」

「ああ! そうだ、十五メートルはゆうにある」

オルケストリオンが曲の途中でやんで、まずは二人の若者が現れた。ともに鐘楼の二つの窓のうちの一つにいる。その窓の石のへりに足をこすりつけている。〈あれはきっと松脂《まつやに》だ〉とみなは思う。〈下りだからだな。あのロープは最初下がっている。それに保護ネットもないぞ。落ちたら、俺たちの上に真っ逆さまだ〉

眩《まぶ》しいけれど、首を捻《ね》じ曲げないとよく見えない。首筋が疲れる。この高さまで見上げることなんてふだんはそうないからなおさらだ。

ただし、そうするだけの価値はある。「あいつらはどうするつもりだ。そうか! 何かトリックがあるな」また誰かが言う。「きっと紐で身体を結んでいるんだ。タイツの下に細い鎖を巻いてるのかもな……」二人の若者はタイツ姿だったからだ。それも白。二人ともパン屋の小僧のように真っ白だ。けれどもあの二人には見覚えがある。公演の間にいろんな衣装でもう何度も登場していたからだ。首どころか足元から手首まで覆っているタイツを着てもごまかせはしない。すぐにあの二人だと見破れた。肝心なのは、二人があのはるか高いロープの上でどんな演技をするか見物することだけだ。そのため場内は一瞬静まりかえった。さあ始まるぞ。全員が空中を見つめる。すると二人は塔の中に身体を入れて、それぞれバランス棒を取り出した。場内の空気が変わりはじめた。雰囲気が一変する。二人のうちの左側の方が長い竿を両手で持って、虚空《こくう》に一歩踏みだす。何もない中に足をのせたのだ。すべての顔が上を向いている。どの視線も上向きだ。その顔が前に後ろにと動く。ゆっくり前に出ては後退する。それからもっと素早く左から右、右から左、さらにまた左から右へと移動した。すべての顔が一緒に同じ方向へ向かっていたのだが、突然ある者はこっち、ある者は反対側と逆の動きをしなければならなくなった。互いに近づいたり離れたりする。上空に点が二つできたからだ。見るべきものが二つある。

団長は舞台の真ん中にいるが、もう誰もそれを見ていない。舞台は消えた。地上にあるものは消えた。〈われわれ〉のもの、〈われわれ〉が所有しているものなどどうでもいい（団長のものも。二台の車もオルケストリオンも軽業の道具だって）。耕作地や牧場、ブドウ畑、家屋、樹木なども。――土も砂利も塵芥《じんかい》も。みなは地上から離れて空の高みにいる。――そこで近寄ったり離れたりする。二人の若者が互いに近づくか後退して離れるかの動きに呼応しているからだ。若者たちはバランス棒を持っている。膝を上げると爪先《つまさき》までまっすぐ伸ばし、動きのきれいな小股《こまた》で前へ後ろへと進む。バランス棒は果樹の取り入れシーズンにその下枝をつつく棒切れのように空中を探っている。空中を進んで、空の青いかけらを竿の先で吊り上げるのだ。若者たちは再び互いに近づいては離れ、また戻ってきた。何もないきれいな青空の中で身体のバランスをとる。――これといった目的もなしに。ただ観客を喜ばせるためだけに。すると見物している者たちは我を忘れてきた。自分たちも互いに離れ、バラバラになってから再び全員が集結する。自分たちのいる地上から離れだしている。――あの娘はまだいないが、まもなく現れるだろう。これに出演することになっているからだ。そして、二人の若者が近寄って並んだ。二人とも誰かを待っているかのように鐘楼の方を向く。――場内にはもはや笑い声も物音もかすかな話し声も一切なく、何かが動く気配さえどこにもない。――二人とも娘が現れるはずの場所に視線を注いでいる。彼らが出てきたのと同じ塔のてっぺんだ。

みなは待つ。二人も待つ。――誰もあの娘のことは記憶になかった。鐘楼へ上るところは見なかったし、そばも通ってはいないはずだ。誰もその姿を見なかった。

おそらく泉へ水を汲みに行った娘だろう。料理をしたり車の窓辺で服にブラシをかけたりするのを目にしたと言い張る者もいる。――高みに現れたとき、その姿は日光のよう、日の出のようだった。山をバラ色と銀色で染める光のように、窓のへりの石の上や前方を同じ色で染めている。娘が現れた。もうこの子しかいなくなった。――なぜならあの若者たちが今どこにいようが知ったことではないからだ。娘は肉体を持っているが、同時にそれ以上の存在だ。腕を上げると、光がその身体をかすめる。だが同時に彼女自身も光だ。銀色のパンツが腰の周りで輝いている。娘がまだ日の光を浴びているからだが、〈われわれ〉は日陰にいる。あっちは太陽、こっちは陰だ。もはや目が惹《ひ》きつけられるだけでなく、心もすっかり奪われた。あの子に会いたくてみなの気持ちがすべて上に上っていった。なぜなら娘にはもはや身体の重みなどないからだ。重力にはもう引きずられないから、下りてこられない。――こちらが相手に向かって上るのだ。視線だけでなく全身を上らせる。娘は手に何も持っていない。身体だけだ。バランス棒なしの空手《からて》だから身体しかない。きれいなバラ色の足で進むと、むき出しの美しい腕を広げた。まるで〈われわれ〉をつかんで運んでいくためのように。身体を前に滑らせると、みなも一緒に滑る。止まると、みなも止まる。爪先立ちになって身体を伸ばすと、みなも伸びあがる。それから腕を小刻みに揺らしながらその場で軽く、さらに軽く跳びはじめた。ロープを上っていっている。まるで靄《もや》か、畑の上に漂っている生暖かい空気のようだった。今のあの子は雪のように白く、雲のようにバラ色だ。体形はそのままだが、翼が生えた天使のように見える。――そして再び前に出た。娘の身体は徐々にロープから離れ、空中を斜めに運ばれていった。

樹木の背後に消えたのだ。

残っているのは、娘の姿を消した樹木だけ。追いかけていた者たちはなおもその姿を求めて上空を探し回る。――しかしいくら探しても、もうみつからなかった。

お嬢さんたちのいた湖

Le Lac aux demoiselles

少年は羊たちを連れて、森のはるか上、牧草地のはるか上、空と接するほどの高みにいた。ここを訪れるのは雲しかない。青空に連綿と続く尾根が見渡せる。針のような峰、そして塔や鐘楼《しょうろう》の形をした頂《いただき》が、ところどころ残雪を輝かせながら間隔を置いてそびえている。

彼は一人ぼっちで家畜を連れてこの高みにいた。もはや岩のすき間に芝草がわずかに生えているだけだから、どんなに険しい斜面でも器用に這《は》い上がれる蹄《ひづめ》を持った羊以外は草をつっつきには来ない。最後の緑色が食べつくされて日に輝く赤茶けた大地に変わると、家畜と一緒に移動するのだ。彼は棒切れを振り上げた。毛に覆われた背中を追って走るが、それは雪融《ど》け時期の急流のようだ。どちらも土色を含んでいるので、石灰石の上を流れるようにしなやかに進んでいるときはほとんど同じに見える。土地の起伏にぴったり寄り添っている。窪地《くぼち》では沈みこむし、あるいは山の肩（山頂から少し下ったところにある平らな場所）付近まで来たら上空の風に吹き飛ばされた雲の影のように逆走する。羊が顎《あご》を動かしている音が聞こえる。蹄のせわしい響きは急に大雨が降ったかのようだ。彼は前に出たり最後尾についたりする。破れた半ズボンとぼろぼろの上着を着て、石のように硬《かた》い革の鋲《びょう》を打った大きな靴を素足に履《は》いている。靴が岩にこすれる音が羊たちの足音と混じり合う。——下界から遠く離れた辺鄙《へんぴ》なこの高地を包んでいる怖ろしいほどの静寂をかき乱すのはこれだけだ。

なぜなら山の斜面を覆いつつ上ってきた森林はとっくの昔に勢いを失っているからだ。高みをめざす元気はあったものの結局は諦《あきら》め、峡谷に育ちの悪い木を数本まばらに並べるにとどめている。牛飼いもこんな高いところまでは餌《えさ》を求めて登ろうとはしなかった。もはや誰もいない。——泥流かと見紛《まご》うばかりの灰色の群れが空に向かってそびえる頂の端で突然止まってはしばらくとどまり、そして不思議なことに元の場所へ帰っていくだけだった。

少年の名前はピエール。張り出した岩の下に石を積んで造った小屋で寝起きしている。今はわずかな干し草の上に横になっている。飲み物はクレバスからしみ出た湧《わ》き水だけ。食べ物はといえば、たいていは焼いて六か月経《た》つ、車輪のように平べったい黒パン、それに虫に食われたやはり固いチーズの塊だけだ。小屋の隣には夜に羊を入れる簡単な柵《さく》があるが、それ以外は彼の頭上にも周囲にも眼下にも荒涼とした静寂があるのみだ。言葉ももう話せなくなってきた。下界の人里で日常交わされる言葉などは何の役にも立たないから意味を失っている。たとえそれらがまだ頭にあったとしても、もう口から出てこない。その代わりに舌を鳴らしたりしゃがれ声を上げたりする。羊の群れを正しい方向へ導くためだ。そんなふうだから彼がときどき食料などの補給のために下りる山小屋の男たちの間では、ちょっと足りない奴と思われている。そこでジャガイモを少々と薪《まき》をもらってからまた山を登る。もはや木の生えない場所で暮らしているからだ。

少年はもらい物を無言のまま受けとって羊たちのところへ戻ると、小屋の前で小さな火を熾《おこ》してジャガイモを焼く。すると谷の住民たちはあんなに標高の高い場所に光が見えるのに驚き、流れ星だと考える者もいれば、よくあることだが登山者が村にいる友人に送っている合図だと考える者もいる。闇夜の奥でともっている赤い点は山の頂にもかかっている。そこは闇を何枚か重ねたような暗さなので、空よりもさらに黒く見える。この重なりの上にある赤い光はツチボタルほどの大きさもないが、色は違うし光も一定ではない。輝きを増したかと思うと消えてしまいそうなほど衰えたりするからだ。

われわれがふだん目にするよりもはるか高みで燃えている山の火。それがピエールだ。彼は火のそばにいて、ジャガイモの皮をむいている。古いチーズをナイフで切る。地べたに立て膝で座って、日焼けした腕でできあがった食べ物をつかむ。ゆっくり噛《か》みくだいた。

ときどき短く居丈高《いたけだか》な羊の鳴き声がする。ざらざらした小さな舌を震わす音が大きく開いた鼻面《はなづら》を通ってこちらに届くのだろう。五百メートル下までは完全な静寂、上にはのんびりした空が一面に広がっている。

＊　＊　＊

風を避けていられている間は、石は日の光を浴びて灼熱《しゃくねつ》になる。しかし気流を遮っていたごつごつした頂を越えるや否や、氷水のような冷気がズボンのベルトの上の方までかかってくる。それはまるで大河だ。次々と流れてきて、障害物を越えるとまたどっと押し寄せてくるかのようだ。季節は夏からいきなり冬へと変わった。飛ばされないよう帽子を両手でつかむ。自分自身も吹き飛ばされないようにときどき前のめりにならないといけない。軽くかがんだだけで季節は夏の盛りへと逆戻りする。しかし一メートル頭上ではあの見えない洪水がずっと猛威を振るっている。数羽のコクマルガラスや大きな翼のワシが急に身を傾けて羽の裏側を見せる。どう飛ぼうか迷っているうちに下の冷気の洪水につかまり、煙突から飛び出た焼け焦げの紙のようにきりきり舞いする。

ピエールは尾根の少し下にいた。

頭上では縦に並んだぺらぺらの頁岩《けつがん》が風にあおられて歌っている。リードがついた管楽器のようにメロディーを奏《かな》でている。単調な曲だが、いきなり二、三音下がったり、音階を駆け上がって高く耳障《ざわ》りな音に変わってしまったりする。

彼は足をぶらぶらさせている。芝地を臨むかなり高い絶壁の端っこに座っていた。芝地の下はがらんとしている。このように山全体は何層もの重なりでできているのだ。湾曲しながら端がなんとかつながって、眼窩《がんか》のような閉じた世界を作りだしている。その底では小さな湖が眼球のようにキラキラ輝いている。

ピエールは前日生まれたばかりの子羊を腕に抱いていた。まだ肢《あし》がひ弱だから、自力で急斜面に挑むのは無理なのだ。母羊が恨《うら》めしそうな鳴き声を上げて彼の周りをうろついている。ピエールは子羊を温めようと上着の裾《すそ》で覆《おお》って胸に抱く。この生き物は、できの悪い木枠《きわく》にまだ湿り気のある縮れ毛をくっつけたかのようだ。小さい胴体と比べれば太すぎる四本の震える肢は、小刀で適当に切った板の切れ端のように見える。しかしこんな貧弱な身体にも生命は鼓動している。息を弾《はず》ませ、速い脈を打つ。ピエールはなぜかわからないが無意識のうちに感動していた。この小さな動物を抱いている間に彼の心にいろんなことが去来している。母羊が彼のすぐそばまでやって来た。濡れた鼻面を突きだして膝にのせる。そこで彼はなんとか自分で体重を支えられる子羊の肢を立たせると、赤ん坊は母羊の乳を飲みはじめた。彼は身を乗りだして膝の上で頬杖《ほおづえ》をつき、まっすぐ前を眺めている。

視線はすぐに下へと向かった。何度も跳びはねつつどんどん進み、深みに引きこまれるかのようにあの小さな湖までたどり着いた。

午後三時ごろのはずだ。上空の太陽は枝の先についた果実のように西へと傾いてきた。そのため右手の岩は正面から強い日差しを浴びているものの、左手の岩はだんだん日陰に入ってモスリンがふんわりかかっているような淡いブルーになってきた。湖はまだたっぷり日差しを浴びている。色をひと言で表すのは難しい。光を反射しているところはブルーだが、視線を入れられるよう日光が作ってくれた穴を通して湖の中を覗くとグリーン、ぼんやりしたグリーンだ。しかも湖面は鏡のように滑らかで、波などまったくないからぴんと張っている。円《まる》くて平たいが、岸辺が暗いので膨らんでいるように見える。〈かなり大きいのかな〉とピエールは考えた。物差し代わりに使える周囲の木々や岩との対比から、かなり大きいはずだとわかる。しかしこのような高みからだとちっぽけな気がする。〈深いのかな〉とピエールはさらに考える。日差しを利用して湖の中へと視線を落としたが、底は見えなかった。〈そうか！　相当深いんだな〉と思う。そのとき彼の背中に戦慄が走った。

傍《かたわ》らにいる子羊は母親の腹の下に寝そべって乳を飲んでいる。ほかの群れは芝地でおとなしく草を食《は》んでいる。しかし彼の視線はその方へは向かずに空間をさまよい続け、絶えずあの死んでいるようで死んでいない湖へと向かっていた。太陽が傾いて日差しが片方の岸から離れだすと、影がだんだん瞼《まぶた》を閉じるようにかぶさっていく。ピエールが足を代わる代わるぶらぶらさせている側の岸には、上から落ちてきた大きな岩石が雑然と積み上がっている。反対側には半分干からびた木がばらばらに数本あるだけの林が岸まで迫っている。

彼が最初にあれらをみつけたのはこの木々の間だった。薄い色が二つ。斑点ほどの大きさもない二つのものが木から木へと進み、日陰に入ると消えたり日差しを浴びればまた輝いたりする。こうしてこの二つは湖岸まで達した。ピエールは目を凝らしている。

たとえ広範囲に探し回ったところで、こんなに辺鄙なところで人を見かけることはあまりない。〈あれはいったい誰だろうか〉と考えたところでやっと気がついた。〈女の子二人だ。山小屋から来たにちがいない〉明るい色のワンピースから判断して町のお嬢さん。この辺の女たちは黒い木綿《もめん》の服だからだ。

もう目を離さない。背の高い方と低い方がいる。ピエールの視線が慣れてきた。張り切っているのでなおさら目が利《き》く。実際、今は薄いスカートの下の足の動きさえも見えている。一人はモミの木陰に入って腰を下ろし、もう一人は湖畔《こはん》まで進んでいた。湖はそれを待ち望んでいた様子で、来客を迎え入れると身震いした。彼女が湖面にかがみこんで姿を映し、手を漬けたからだ。そしてもう一人のお嬢さんの方を振り向いた。ピエールは夢中で見つめている。こうして水辺にいる方も地面に座り、足に手をまわしたのにも気づいた。そのあとあのことが起こった。彼女が腕を上げてワンピースを脱ぐと、さらに白っぽくなる。また色が変わる。下着姿になったのだ。左右の肩越しに首を回して周囲を見渡した。彼ははるか高い岩の出っ張りにいるので、誰にもその存在を気づかれない。彼は見られることなくすべてを見ている。彼女の最後の白いものが脱ぎ捨てられたのを目にした。山全体がそれを見つめている。その真ん中にいるお嬢さんはバラ色。鮮やかなバラ色や黄色ではなく、日差しを受けて咲いたばかりのマルメロの花のような薄いバラ色に染まっている。膝のあたりまで水に入った。山全体がそれを見つめている。かがんで水をすくい、足や身体をこする。肩を覆う髪の毛は黒い斑点のようだ。

それから水に飛びこみ泳ぎはじめた。すると湖面はガラスをたたき割ったときのように無数に砕け散った。かけらが浮き上がって、その破片が日差しに輝いているかのように見える。

岸辺からそう遠くないところに岩がせり出していた。彼女はそれに泳ぎつく。山全体がそれを見つめている。岩の上によじ登ると、ずぶ濡れのまま立ち上がって両腕を上げた。こうして彼女は二つに、そして二倍に見えるようになる。反射した姿が再び下の湖面に大きく映る。実物も美しいが、こちらも美しい。

彼は依然として息をこらして見つめている。だがもう終わりだ。彼女の姿は影に覆われていく。こうしてすべては終わった。彼女と一緒に山全体も消えたかのようだった。

ピエールは目の前が暗くなった。黒いサングラスでもかけたか、あるいは太陽の前を雲が横切ったような気がする。しかし雲などない。下の世界が闇に包まれたほかは何もかも以前のままだった。

＊　＊　＊

彼はもうその翌日には山小屋まで下りた。ふつうは下山に一時間半、戻るのには三時間かかる。けれども彼は一時間足らずで下りた。まるで転がり落ちるように。〈あの人に会うぞ。まだいるだろう〉岩塊から岩塊、あるいは足が地面についていても肩がそれに触れてしまうほど急な斜面を転がり落ちるように。しかし彼は身のこなしが上手だし慣れてもいる。体重をうまく利用して斜面に身を委《ゆだ》ねる。彼にしかできない下り方だ。まずは岩地、次に根こそぎ食べつくされた芝地に達した。焼けつくような日差しでフェルトのようになっているので、足音が吸収される。もう心臓の動悸《どうき》以外は聞こえなくなった。

絶対に逃げられない場所に羊の群れを残してきた。〈夜には戻るけど、その前に会えるだろう〉と考えたのだ。親方には、「パンとチーズをもらいに来た」と言おう。それなら誰にも怪しまれないだろう。あの人に会ってから戻ろう。少なくとも会っておかないと。こうして彼は林の入口まで進んだ。半分右手には湖がある。さらに下って林を抜けた。林とはいってもその前触れのような先端の地点で、半分干からびて葉が灰色になっている老木がまばらにあるだけだ。カラマツとケンブラマツが数本。この標高で生きていくのは難しいのだ。そのため彼はすぐに木々を通り抜けた。すると早瀬があり、右へと誘導してくれる。

山小屋は牧草地の窪みにあり、家畜と男たちがいる。円《まる》みのある大きな屋根をかぶせた山小屋だが、まるで空や山全体にのしかかられて潰れたように見える。しかし煙突からは煙が上がっていた。そして銅製の鈴の柔らかな響きやトゥーパンと呼ばれる錬鉄製のカウベルの低く鈍い音が、調子は外れているが陽気なアンサンブルを奏でている。ミスは多いものの途切れることはないから威厳さえ感じさせる音楽が、この山小屋の真後ろの斜面から生まれている。そこには雌牛たちが何列も並んでいる。小道に生えた草を列ごとに食べているが、蹄が土に埋まっている。さもないと日光に輝くまだら模様や、褐色あるいは真っ黒のきれいな脇腹を見せて立ってはいられないからだ。

ピエールはすでに着いていた。親方は山小屋の戸口に立っている。彼が近寄る姿をみつけると待っていてくれた。ピエールは近づくが、何もしゃべらない。親方もしゃべらない。ピエールは近寄りながら周囲を見渡すが、列を作って鈴を揺らしている群れのほかは目に入らない。――葉が広く丈《たけ》の高い植物が生えた地面は泥濘《ぬかるみ》になっている。その水溜《た》まりの中を豚がアブやハエにたかられながら転げまわっていた。〈だけどあの人はどこにいるんだろう〉人はほかには誰もいなかった。

彼は親方に声をかけた。

「食べるものがもうなくなったよ」

親方は口からパイプを離すと、

「もうないだと？　全部食っちまったのか。たいした食欲だな、小僧」

親方はさらに言う。

「何が欲しい？」

「いつものやつ」

話すことはあまりない。親方は山小屋の中に戻った。大箱に入れてあるパンを取りに行ったりチーズの塊《かたまり》を切ったりしている間に、ピエールは再びあたりを眺め渡す。ひょっとしてあの人がいるのではと四方を眺め渡す。いた。本当にあの人かな。いや、きっとあの人だ。二人いる。きのうと同じく二人のお嬢さん。背の高い方と低い方の二人だったが、今は区別がつかない。二人は下の牧草地の窪みにいた。かがんで、ブーケにするための花を摘んでいる。お目当ては背が高い方だが、二人とも肩にコートを羽織っているから地味な灰色にしか見えない。ちっぽけな二つの灰色が草の中を行き来している。黄色い花は澄んだ夏の夜空に浮かぶ星のようだが、二人はくすんで見える。〈いや、あれはあの人じゃない！〉と彼は思った。その間に親方が戻ってきて食料を差しだすと、ピエールはそれを布袋に入れた。彼は何もしゃべらないし、話しかけられもしない。最初は回り道して二人のお嬢さん、とりわけ背の高い方を間近で見るつもりだったが、突如断念した。指さして親方にこう尋ねただけだ。

「あれは誰？」

「お客さんだよ」

これで終わり、あとは帰るしかない。上りは長い道のりだった。足にひどい疲れを感じるが、疲れているのは頭の方かもしれない。下りはあんなにスピードが速かったのに、その分今はのろのろと逆方向を進んでいる。袋は重いし、暑い。周囲を飛び回るハエにもうんざりする。自分が動くと一匹残らずついてきて、モスリン布のようにまとわりつく。大きく腕を振って追い払おうとするが、うまくいかない。膝を曲げて足を上げても、身体がなかなかついていかない。階段を一つ一つ上っているようなものだが、全部で何段あるのだろう。しょっぱい水が目から溢《あふ》れて、頬や口の中へと流れる。顎《あご》からしたたり落ちると、灰色の石の上に黒い円を描いた。彼は人生の一部分を失ったかのように意気消沈している。

少年が戻ると、羊たちがめえめえと鳴きながら周囲に集まってきた。しかし彼は足蹴《あしげ》にして遠ざける。前の日に抱いていた子羊が目に入った。ふらつきながらも母親の横に立とうとしている。彼は群れと一緒に子羊を囲いへ追いこんだ。もう相手になんかしない。焚火《たきび》は消えていて、黒い円の周りに少量の灰があるだけだ。だが彼は火を熾《おこ》しなおそうともしなかった。ジャガイモを食べる。喉が渇いたので水場へ行って、手ですくいながら長い時間飲んだ。

＊　＊　＊

少年は翌日もその場所に戻った。岩の上に座って足をぶらぶらさせる。下の世界は何も変わっていなかった。少し俯《うつむ》いて目を向けさえすれば、視線は岩盤から岩盤へと転がり落ちて、しまいにはいつものとおり輝いている小さな湖に行き当たる。彼は待つ。何も変わっていないしみんなが待っている気配だから、きっとあの人はまた現れるだろう。彼はその日の午後もずっと待ったが、湖へは誰も来なかった。次の日の午後も日暮れまで待ったが、誰も来ない。そして三日め、あの人が戻ることはないとついに納得せざるをえなくなった。「お客さんだよ」と親方は言っていた。お客さんというのは一日だけという意味だから、いなくなればもう帰ってこない。

彼はもう一度あの小さな湖を見つめた。きれいなだけで役立たずの水の鏡が自分にこう告げているような気がする。「私はずっとここにいるけど、もう何もしてあげられない」激しい怒りがこみあげてきて彼は立ち上がった。自分にはするべきことがある。それが何か本人はよくわかっていないが、手の方は心得ている。伸びた手に引っ張られて、ある岩塊まで連れて行かれた。腐蝕《ふしょく》したわずかな土地に半分埋まっている岩塊だ。ピエールは自分の力に驚くが、押した岩塊はぐらぐら揺れると突然跳びはねた。四方の絶壁が大音響を上げる。反響したこだまが行き交い、ぶつかって二重に響いたり混ざり合ったりする。山全体が怒りだしたのだ。山の怒りは彼の怒りの援軍だ。

少年は突き落とした岩を目で追った。地滑りのように灰色の土煙を立ち昇らせる大小の石を引き連れながら、どんどん転がっていく。空間の奥まで行くとためらうかのように止まり、それからダイバーのように弧を描いてジャンプした。鈍い爆音が起きると、ピエールは大笑いする。砲撃のような鈍い爆音とともに、眼下のきれいな水の鏡のど真ん中が吹き飛ばされたのだ。水しぶきが上がって水滴がパラパラと落ちていく。彼は笑っている。大笑いだ。山も笑っている。山は人間をよく知っていて、気持ちが通じるからだ。昔からの友達だ。彼は笑っているが、一人ぼっちではない。別の岩も揺すりに行った。羊たちは悲鳴を上げる。再び静寂が破られた。また岩がヒューヒューという音とともに大気を貫いて落下していく。遠くの正面からなら、灰色の物体が空間を切り裂いて落ちていくさまが見えるだろう。彼は笑う。山も笑う。彼はさらに大声で笑う。あの小さな湖が見る影もなくなったからだ。もはやただの汚い沼にすぎない。豚が転げまわっている山小屋の脇の水溜まりと似たりよったりだ。

月明かりの子、セルヴァンたち

Les Servants

本当にいるのか、いないのか。存在するのか、しないのか。あいつらをたしかにこの目で見たと言い張る者もいれば、月のせいだよといなす者もいる。山小屋の窓のよろい戸はしまりが悪いため、月明かりが射しこんでくる。よろい戸が風でパタパタ鳴っているとき、月明かりは踏み固めた土の床まで届いて砕け散る。そして場所や形をどんどん変えながら、思いがけない動きを見せる。色はちょっと変わった緑や青だ。テーブルに飛び乗ることもあれば、暖炉まで滑り寄ってから立ち上がり、くるくる回ると急に見えなくなる。いや、あそこにいるぞ。今度はどこから入ってきた？　ああ！　鍵穴、それとも煙突からだ。よろい戸が騒がしいと、藁《わら》を敷いて寝ていた山小屋の男たちは目を覚まして片目を開けるが、わけがわからない。だがこう言いだす者もいる。俺は見たぞ、この目で見た。月の光じゃなくて水差しを柔らかくしたような糸ガラスの服を着た顎《あご》ひげの小人だった。その格好でも平気で片足跳びをして、俺たちを冷やかしていた。

なぜならあいつらは根っからの悪《わる》ではないが、悪戯《いたずら》が好きだからだ。家畜になめさせる塩に土を混ぜては喜ぶ。釘《くぎ》にかけた台所道具のところへやって来て釘を引っこ抜くと、道具は転がり落ちる。止める手立てなんてない。自由自在に動けるからだ。空を飛べるし空気よりも軽いから、風に乗ればいいだけだ。壁にぶつかっても通り抜ける。戸の鍵を二重にかけても無駄だ。前にいたかと思うともう中にいる。こんなふうに好き放題だから、牛小屋に忍びこむと雌《め》牛の腹の下に寝そべって乳《ちち》をじかに吸いもする。すると翌日の乳搾《ちちしぼ》りの際、ふだんは十リットルとれるところが五リットルしかない。空《から》っぽの牛だっている。

「月のせいなんかじゃない！」とりわけその存在を信じている年寄りたちは言う。塩をあんなに台無しにしたのは月の仕業《しわざ》とでも言うのか。夜中に落ちた盥《たらい》だって。「月夜の風だと！」――「月のせいだと！」年寄りたちは肩をすくめてパイプに煙草を詰める。くわえたパイプがパンとはじけた。火薬を入れられたな。「ひょっとしてこれも月のせいか？」

しかし言い添えておくが、このセルヴァンたちは悪さもするが役立ってもくれる。どこの家でもよいわけではなく馴染《なじ》みにする家があり、来訪は歓迎される。諸君の山小屋を選んで棲《す》み家《か》にしてくれたら、〈こいつはいいぞ〉と思おう。病気から護《まも》ってくれる。家畜も同様だ。伝染病が近所で蔓延《まんえん》したら、あいつらは戸口に立って「入ってはいけない」と言う。伝染性の発熱、クループ（ジフテリア性の咽頭炎）、麻疹《はしか》、百日咳《ひゃくにちぜき》などだが、動物なら口蹄疫《こうていえき》だ。こうしてそこは病気のよりつかない絶海の小島のようになる。あいつらは雷雨も遠ざけてくれる。山の激しい雷雨の到来は予測がつかない。四方の絶壁はそのまま山稜《さんりょう》へとそそり立っているので、目にできる空はほんのわずかだからだ。ジャムの壺《つぼ》にかぶせる紙くらいの青くて円《まる》いちっぽけな空間しか残っていない。

雷雨が間近に迫っても気づかないものだ。見上げても空は澄みきっている。かすかな雷鳴をたまま耳にしても、〈こんなに晴れあがってるんだから〉と思ってそのままにする。よくあるように、ここからは見えない峡谷の崖のどこかが崩れてこだまを思う存分響かせているということで納得しようとする。そのどよめきが周囲の尾根のどこかを飛び越えてから、途中で砕けて降りかかってくることがあるからだ。再び空を眺めても、雲一つない。しばらく時が経《た》つ。すると驚いたことには、歯の欠けた下顎《したあご》のように鋭い切っ先がずらりと並んだ西側の稜線の色合いが突如変化した。稜線が膨《ふく》れていくような錯覚に襲われる。空の只中《ただなか》に向かってどんどん広がる黒い帯のようなものがかぶさって嵩上《かさ》げされたのだ。真っ暗になった。頭上には光をひと筋《すじ》たりとも通さない煤《すす》の色の天井ができている。つまり山同士が上でつながったのだ。あっという間に閉じこめられた。息が苦しい。同時に一番高い切っ先の上に何かぼんやりしたものが立ち上がるのが見えた。炎を手にしている。鞭《むち》のようだ。鞭が鳴ると、その革紐が背後の空間に紫色の亀裂を生じさせ、渦が起こった。鞭の先が当たった岩塊は、鉄床《かなどこ》にハンマーを振り下ろしたときのような悲鳴を上げる。その音を最初のこだまが捉え、二番めのこだまが受け継いで増幅させる。こうして音はこだまからこだまへとリレーされながら周囲を際限なくぐるぐる回っては元の自分とぶち当たる。別の稲光《いなびかり》が闇のてっぺんから放たれて、目の前の厚い空気を切り裂いていった。ちぎられた葦《あし》のようにジグザグを描きながら破裂する。空の水門が開いた。どこも大混乱になる。水は空からも来るし、地面からも上がってくる。耳をつんざくような轟音《ごうおん》が鳴り渡り、夜から昼、昼から夜へとめまぐるしく交代するので、もう自分がどこにいるか、本当にまだ自分が存在しているのかさえわからなくなる。

＊　＊　＊

その日は午後四時ごろに激しい雷雨があった。いつもどおりあっという間に始まったため、家畜を小屋に入れるのがやっとだった。

そこは金持ちなのにけちなダヴィッド・シャブロのところだ。見事な牧草地を所有していて、五十頭を養っている。それに見合う規模の山荘に彼は着いたところだった。

雷雨が突然起こったので、雌牛は小屋に入れられている。男たちはチーズを作る大部屋に避難した。

ここで雷と雨をやりすごせばいい。しかしその日の雷鳴はことのほか強烈だった。間《ま》をおかず連続したため、しまいには長い轟音のようになる。もはや上空で鳴っているのかそれとも下の山の麓《ふもと》からなのかもわからない。それほど山も人も山荘も激しく揺すられていた。足元の土の感覚がなくなる。壁に塗ったセメントが剝《は》がれてきた。高くて口の広い煙突を閃光が白く染めると、こびりついていた煤《すす》が銀のようにきらめく。煤の小片が剝がれて暖炉の火の中に落ちた。自在鉤《じざいかぎ》に吊るす大鍋はあらかじめ外《はず》してあった。煤が落ちるとグラジオラスの大きな花束のような火花が上がり、上の部分は風にちぎられて旋回しながら煙突孔《あな》の中に消えていった。

シャブロは心配そうだ。それでも彼はチーズになりつつある乳の塊《かたまり》を両手でせっせとこね続けている。

閃光《せんこう》だ。あたりは真っ白になる。そのほんのわずかの間に部屋のいろんな物が目に入った。壁に掛かっているか地面に置いてある。——そしてみな消えた。あとはもう真っ暗闇だが、脇から赤い光が射して再び影ができる。また閃光だ。真っ白になる。消えた。そのとき風が吹いてきて、屋根の真ん中は騎手が鞍《くら》に飛び乗ったときの馬の背のようにたわんだ。さらに雨音がポツポツから太鼓を叩くような響きへと変わっていく。風の咆哮《ほうこう》が再開した。雨音や雷鳴と混じったその轟音のために、みなは地面から吹き飛ばされそうになる。足を踏みしめて顔を見合わせるが、相手はほとんど見えない。しかし赤く照らされたので、シャブロの顔だけはわかった。赤いひげ面《づら》が妙に歪《ゆが》んでいる。何かしゃべったが、意味がつかめなかった。バシッ！　今度は閃光が届くとすぐに落雷だ。乾いた響き。カシワの幹を切っていると上からまるごと倒れてきたときの轟音に似ている。

男の声が聞こえた。

「落ちたな！」

一瞬静まりかえる。

「そう遠くじゃないはずだ」

しかしそのときモチエという名の老人が、

「もう終わったよ」

モチエは顔を上げた。すると不思議なことには、たしかに雷鳴はもう遠ざかりつつある。風もか細い嘆き声にすぎなくなった。驟雨《しゅうう》が断続的に屋根を軽く叩く音は聞こえていたが、それも消えつつある。山荘の男たちが戸口を出て見上げると、風雨の収まった上空のまばらな雲の間では青空がきれいなシルクの旗のように楽しげにはためいていた。

雷雨は終わった。男たちはあたりを眺める。その痕跡はといえば、絶壁に弧を描いている無数に生まれた小さな滝だけだ。白い綿のように見える。岩の窪みを源泉とするこれらの滝は、よろけながら流れ落ちては下でほぐれるのだ。

あちこちからせせらぎが聞こえる。寝ていた草の芽が順に立ち上がってくる。それぞれの先端についた真珠のような丸い水滴が、戻ってきた日差しを浴びてきらめきはじめた。

＊　＊　＊

チーズさえ作ってしまえば、あとは寝るだけだ。みなはすぐに眠りこんだ。東側の山上に現れた半月は、空にぷかぷか浮かぶ溶けかけの氷の塊のようだ。

真っ先に目を覚ましたのはシャブロだった。全員が大部屋に集まり、壁に打ちつけた木の枠の寝床に藁《わら》を敷いて眠っている。彼は藁の上でもぞもぞする。何か音が聞こえたのだ。それが何なのかはわからない。誰かが戸口の方で動いている。別の誰かが窓から入ってきた。シャブロは目を凝らすが、何も見えない。毛布を取り払って身を起こした。しかしまったく何も見当たらない。あるのは地面から約一メートルの高さに作られた下の窓から差しこんでいる青白い月明かりだけだ。それなのに床に何かが落ちた。寝床の下に置いてあるシャブロの靴の紐《ひも》を誰かが引っ張っている。ネズミだろうか。姿はまったく見えないが、誰かが隅《すみ》でクスクス笑っている。するとシャブロは足の上を何かが滑っていく感じがしたので、手を伸ばして触《さわ》ってみた。だが今度は屋根の上が怪しい。屋根に誰かいる。しかも大勢。小鳥たちが屋根板のすき間に棲《す》みついている虫を探して嘴《くちばし》でつついているかのようだ。次は滑り台ごっこらしきものが始まった。滑り終えたら屋根のひさしに両手でつかまっている。ほかの男たちは高いびきだが、シャブロはもぞもぞしている。壁に立てかけてあったクリーム分離用の桶《おけ》が転がった。シャブロはもう我慢できなくなって声をかける。

「おい、モチエ！」

モチエはこの仕事に就《つ》いて三十年以上だから、尋ねるにはうってつけだ。

「おい！　モチエ」

モチエが起き上がった。

「こっちへ来てくれ」

シャブロが小声で話しだす。

「いったい何が起きてる？　嵐よりもひどいぞ……」

「だってご存知でしょ。あいつらですよ」

「あいつら？」

「来てくれたんですよ。旦那《だんな》はついてます」

シャブロは怒りだした。

「知ったことか！　あれは悪魔だ。その証拠に硫黄の匂いがする（悪魔や悪霊がいたところは硫黄の匂いがすると言われている）」

さらに言った。

「あいつらを脅《おど》かさないと。音を立ててな。わしらが安眠できるように」

モチエが諫《いさ》めても無駄だった。寝床を飛び出たシャブロは鞭《むち》をつかむ。太い牛追い鞭だ。ねじれていてよくしなる木の柄《え》に革紐、さらに麻《あさ》の細紐がついている。彼は狂ったように鞭を打ち鳴らしはじめた。部屋中を隅々《すみずみ》まで駆け回る。延々と続く鞭の響きはまるで銃声だ。

藁布団《わらぶとん》で寝ていたほかの男たちも目を覚ました。寝床から身を乗りだして様子を窺《うかが》う。

しかし室内はもう空《から》っぽのようだ。慌《あわ》てて逃げたらしく、あちこちで軽い衣擦《きぬず》れや小走りの音がした。モチエは首を振る。シャブロは寝床に戻った。

そのあとは朝まで何も起きなかった。

＊　＊　＊

小人たちは山荘近くの大きなモミの木の枝にいた。おしゃべりに忙しい。まるで平野を飛び回るムクドリの群れが一斉に木の梢《こずえ》に降りたったときのようだ。こんな話をしている。

「あいつはいけないいな」

「たしかにいけない」

「それなら懲《こ》らしめないと」

「牛乳を飲んじゃおう」

「なんだと！」一人が言う。「甘いよ、それじゃ懲らしめにならない」

「それならどうすればいい？」

「どうだろう」誰かが言いだす。「孫娘をさらっちゃうのは」

全員が手を叩いた。依然として月は出ている。月明かりのおかげで姿が見える、あるいは見えたような気がする。暗い葉陰《はかげ》に淡いグリーンのものが枝の端にのってゆらゆら揺れている（それとも風のせいだろうか）。そこでスズメの囀《さえず》りのような小声で話し合っている（もっとも深夜だから鳥たちは休んでいるのだが）。

「異議なし」

「だけど」また別の者が言う。「誰にもわからないようこっそりやらないと。おまえは鍵穴から入るんだ。鍵を落とさないよう気をつけて。僕らは窓から入ろう。ガラスに用心だ！」

全員が賛成した。

＊　＊　＊

昼間シャブロのところに孫娘がやって来た。五、六歳の子供で彼の宝物だ。山荘で数日を過ごすことになっている。午後二時ごろ、ラバにまたがって現れた。鞍《くら》に包みを提《さ》げている。彼ははるか遠くにその姿をみつけるや迎えに走った。抱きしめて、両頬にキスの雨を降らせる。老人は孫に会えてうれしそう、子供はおじいちゃんに会えてうれしそうだ。

シャブロは自分の近くに寝床を作らせた。新鮮できれいな藁束《わらたば》を並べ、新品の毛布を掛け布団代わり、もう一枚の新品の毛布を敷布団代わりにする。枕には細かい干し草を詰めた。シャブロは寝床のそばに立って子供に言う。

「これでぐっすり寝られるかな」

「うん！　ねれる」と孫娘。

シャブロは子供を寝かしつけると、自分も横になる。全員が床に就《つ》いた。七人だ。物音ひとつしない。きょうもほんのりした月夜だった。シャブロは不安なので、寝入る間もなく目を覚ました。耳を澄ますが、何も聞こえない。早瀬が鱗《うろこ》のような波紋を描きつつ、小石の上をちょろちょろ流れる音のみだ。シャブロは再び眠りこんだ。ひと晩が過ぎてやっと朝になると、シャブロは叫ぶ。

「嘘だろ！」

孫娘の寝床の脇で棒立ちになる。寝床はあるけれど、中の子供はいなくなっていた。

彼は声を上げる。

「ここへ来て見てくれ」

みながやって来た。

みなは順に不可思議な光景を目《ま》の当たりにした。どこも荒らされた跡がないのに寝床は空っぽ、身体がのった窪《くぼ》みが藁についてはいるが、窪みしかない。

シャブロは狂ったように部屋の中をうろつき回る。そして言う。

「まさか！　いったいどこにいるんだ。すぐ探しに行かないと」

みなは捜索に向かったが、みつかったのはかなりあとだ。

牧草地の上の岩場でモチエがみつけた。牛には登れないところだが、彼はヤギを連れて登ったのだ。ヤギたちはひげを揺らしながら石の間のあちこちに生えた草を食《は》んでいる。首にかけた鈴がリリンと鳴っている。モチエは立ち止まった。彼も、

「まさか！」

実はあまり驚いてはいないのだが。孫娘は早瀬のほとりで横になっていた。そこはまだ水源に近いので、砂利《じゃり》の間を進む流れは細い紐《ひも》を伸ばしたかのようだ。子供はふかふかの寝床を新しく作ってもらったとでもいうように苔《こけ》の中で寝ていた。モチエに気づくと、血色の良い顔で微笑《ほほえ》みかけてきた。彼が声をかける。

「どこから来たの？」

すぐさま岩塊によじ登り、両手を大きく振りながら、牧草地の低い場所に散らばって麦粒ほどにしか見えない面々に向かって大声を張り上げた。彼に気づいた者は合図を返す。みなはシャブロを連れて向かってきた。モチエの方は子供を抱えて大股《おおまた》で降りている。

「ああ！　よかった」シャブロが口を開く。「間違いないな。どこでみつけた？」

「上の、早瀬のほとりで」

「この子はどうやってそこに行ったんだろう？」

「さあ！　それは」モチエは返事に困っている。「不思議ですな」

シャブロはかがみこむと孫娘に怖い顔をして、

「何をした？」

「なにもしない」

「どうして逃げた？」

「にげてなんかない」

子供はこんな質問に目を丸くする。

「じゃあ、どうしてあんな高いところに？」

「まどからでたの。それからおそらをとんだ」

「大変じゃなかった？」

「えっ！　ちっとも！　つれてってくれたもの」

「おなかはすいてない？」

「どうして！　ちっとも。すてきなベッドをこさえてくれたし、たべものももらったわ」

「誰が？」

「しらない」

「何を食べたの？」

「ブルーベリー」

笑っている口はたしかに真っ黒だし、顔はべたべた汚れていた。

子供は山荘へ連れ帰った。シャブロはもうつきっきりだ。風邪《かぜ》をひいていないかと気が気ではない。

「そうでさ！　あいつらはそう悪《わる》じゃない」モチエがしゃべる。白い山羊《やぎ》ひげのその老人は金のイヤリングを両耳にはめている。「こんなのどうってことないのに。いいですか、旦那はあいつらを怒らせた。それで悪戯されましたな」

「誰に？」

「あいつらにですよ」

シャブロは肩をすくめる。モチエは、

「でもあいつらはいいこともしてくれましたよ。覚えてますよね、あの雷を。あの晩は山荘の近くに落ちました。直撃されたかもしれません。そうなれば、ここは跡形《あとかた》もなくなってたかも。でもあいつらがいるから、稲妻の矛先《ほこさき》を逸《そ》らしてくれます」

「いい加減なことを言うな」シャブロは答える。

「そうですよ。役に立ってくれました。なのに、そうです、旦那は気遣《づか》うどころか大きな音を立てたから、あいつらはそれを嫌って逃げだしました。ああ！」彼は続ける。「あいつらを大事にしないと。夜になったら上手にもてなさないと。そうです。さもないと……」

「さもないと？」

「さらに悪いことが起きます」

しかしシャブロは言った。

「まあ見ていろ」

彼は孫娘のところへ行ってその手をとる。二人で散歩に出かけた。

その晩、彼はこう言う。

「今夜はあいつらをおとなしくさせたい。手を打とう」

男たちに命じた。

「ランプを二つ持ってこい。ひと晩中消えないよう灯油をたっぷり入れてからともせ」

「えっ、それはちょっと！」モチエが口をはさむ。「良くないことが起きるかも」

しかしシャブロは聞き入れない。暗くなると、赤々と燃えるランプの片方を窓に接したテーブルに置く。もう一方は入口の前に吊るした。「こうしておけば」彼は言う。「誰が入ってきたかくらいは見えるだろう。人であればな」

それから鞭を取りに行って、藁布団の自分のすぐ脇に置いた。子供はもう同じ寝床に入れて隣に寝かしつけていた。寝床は手狭《てぜま》だから、二人だと窮屈だ。

しかしこれならあいつらがまたやって来ても大丈夫だ。

彼は寝つく。全員も寝つく。午後十時のことだ。みなは手の届くところに打った釘に懐中時計を掛けているから、ランプの灯《あか》りのおかげで文字盤が読める。すると片方のランプが火屋《ほや》を外《はず》してもいないのに消えた。誰かが火屋にかぶさるようにして吹き消したにちがいない。もう一つも消えた。真っ暗で何も見えなくなる。部屋の中を何かがするすると滑っていった。踏み固めた土床《つちどこ》では枯れ葉が風で飛ばされているような音がする。それと同時にシャブロの毛布がめくられた。跳《と》び起きたシャブロはわっと叫んでこう言う。

「誰だ？」

起き直ってわめき散らす。孫娘を抱き寄せた。そのとき寝床の下がミシミシ鳴りだした。壁板に斜めに張った二本の木で支えてある寝床の枠がゆさゆさ揺れ、壁にたたきつけられてひしゃげる。シャブロは孫娘を抱えたまま床に放り投げられた。パンチを食らったかのようにひっくり返っている。みなが近寄った。彼に怪我《けが》はなさそうだ。子供も無事だった。みなに囲まれたおじいちゃんが盛んに口惜《くや》しがっているさまを見て笑っている。

モチエはまたもや無言のまま首を振った。

＊　＊　＊

翌朝シャブロはラバに荷鞍《にぐら》をつけるようモチエに命じた。

そしてこう言う。

「わしは帰る」

モチエが尋ねた。

「お孫さんは？」

「一緒に山を下りる。おまえがわしの仕事をやれ、モチエ」

男たちに向かってはこう言った。

「モチエがわしの代わりを務めることになる」

ラバに乗った。孫娘を自分の前にのせて膝ではさんでいる。

出発を見送る男たちは言い合う。

「旦那は戻ってくるかな」

モチエが答えた。

「当分はないだろう」

みなはシャブロの後ろ姿を見送る。ハエを追い払おうと、ラバの尻尾《しっぽ》が丸いお尻の上で大きく左右に揺れている。牧草地の果てまで来ると、シャブロとラバの姿は目に見えないぐらい小さくなっていた。

そのときモチエが口を開いた。

「いいか。わしらはこれからあいつらと仲直りしないといかん。うまくやりたいならな」

ほかの男たちは笑って尋ねた。

「どうすればいい？」

「生クリームを桶《おけ》一杯プレゼントしよう。イチゴも摘《つ》んできてやろう」

エーデルワイスを探して

Appel au secours

彼にはリュシエンヌという名の十六歳の恋人がいた。しかしまだ触れたことさえない。その翌日には村のダンスパーティーが開かれることになっている。ブラスバンドの演奏付きでダンスフロアがしつらえられる。彼は思案する。〈あの子に何をあげればいいかな〉それでエーデルワイスを摘《つ》んできてブーケにしようと考えた。これは思いがけないプレゼントになる。花そのものは綿のようであまりきれいではないが、危なっかしい場所にしか生えていないから細心の注意が必要だ。「君へのプレゼント」と言えば、危険を冒してくれた、しかもその危険は自分のためなんだ、と気づいてあの子はきっと胸を熱くするだろう。それから小さなエーデルワイスの束《たば》をブラウスに挿《さ》してくれるな。彼は初めて踊る二人のダンスを想像した。あの小さなグレーの束は白い麻布で覆われた胸の膨らみの上にある。

彼はうれしくて胸が弾《はず》んだ。時間を綿密に計算する。山小屋までは二時間、岩場を抜けるのに一時間半かかる。そのため少し早めに昼食をとりたいと母親に頼んだ。菜園のインゲンマメの蔓《つる》を這《は》わせるのに使うハシバミの若木をとりに林へ行かないといけないからと言い訳した。まだ添え木は必要ないのはもちろんわかっているが、大事なのは計画を悟られないことだ。あとは思いのまま。胸が弾んだ。

母親は言った。

「あまり遅くならないでね。いつごろ帰ってくる？　待ってるわ」

「うん！」エルネストは答える。「添え木になりそうなものを切るには時間がかかるよ。でも大丈夫。ナイフを持ってるから」

準備万端なところをみせようと、すぐさまポケットからナイフを取り出した。二枚刃のアウトドアナイフだ。動物の角《つの》でできた柄《え》からのこぎりを引き出すと、かさかさとしまう。

「もしかして、帰りは四時か五時ごろかも」

「とにかく」母親が言った。「できるだけ早くね。家にも用事があるんだから」

土曜日だった。夏なので暑い。青いズボンに鋲《びょう》を打った靴、シャツにチョッキを羽織《はお》っただけで上着はなしだ。道はまもなく林にさしかかった。高地で放牧される家畜の群れやラバが引く二輪の運搬用リュージュが通るため、道はよく整備されていてかなり広い。村がだんだん沈んでいくように見える。村を支えている谷底が自らの重みで陥没しているかのようだ。村は小さくなる。曲がり道になると、見えなくなった。それからまた見えてきた。それはもはや緑の牧場についた灰色でぼやけた丸い染《し》みにすぎない。乾いた牛糞のようだ。一方、ブナ、トネリコ、セイヨウハンノキはまばらになって姿を消す。モミ林域《りんいき》に達したのだ。そのためエルネストは念のためにハシバミの小枝を数本切って道端に隠した。帰りに拾うつもりだ。家ではこう言えばいい。

「これだけだよ。あまりたくさんはなかったんだ。場所がまずかったな」

今は思いのまま。心に秘めた計画以外はもう頭に浮かばない。その中心で輝いているリュシエンヌが足にも呼吸にも力を与えてくれる。彼は十八歳。純情だ。しかし山小屋の人たちにみつからないよう気をつけないといけない。牛の群れを連れて登ってきたので、灰色の軟毛に覆われたモミの木の間から短い鈴の音が途切れ途切れに聞こえだした。上の牧草地を照らしているきれいな日光が木漏《こも》れ日となって差しこんでくる。まるで光をまとった人と出会ったかのようだ。迂回《うかい》しないといけないが、エルネストはこのあたりを熟知している。上の放牧地に向かって点在する岩も全部頭に入っているから、姿を見られることなく岩の一つ一つを辿《たど》るのは簡単だろう。遠くに二つの尖峰《せんぽう》が見えてきた。ビズ峰とクレ峰だが（〈ビズ〉は北または北東、〈クレ〉は急勾配の尾根という意味。似た名称の山がアルプス山脈にはあるものの、これらはラミュの創作）、これらもよく知っている。

　下草が生えている場所が突然終わった。斜面はそこで途切れる。日差しで目がチカチカしてきた。すると二百メートル先の肩（斜面の途中の傾斜が緩まっている部分）にこけら板の屋根をかぶせた大きな低層の建物が二つ見えてきた。戸はついているが、窓は小さいのがいくつかあるだけだ。その前では水溜まりがキラキラ輝いている。絶壁へと続く斜面の下の方では、赤、白、あるいは褐色の点が動いている。さらに牛が狭い道にも縦に何列も並んでいる。蹄《ひづめ》は地面に埋もれている。そうしないと立っていられないからだ。美しい音楽が聞こえてきた。夏の太陽が奏《かな》でているかのようだ。全部のカウベルが間を置きつつユニゾンで鳴り響く。銅製のものの音は澄んでいて、鉄製の方はしゃがれている。

　エルネスト・ミュドリー、十八歳。どの方向に進めば人目につかないか、そしてあの荒れて干《ひ》からびた山道へと誘《いざな》うリュシエンヌのことしか考えていない。〈左だ〉。そう思って左へ曲がると、それまでの薄暗がりから強い日差しの下に出た。まずは牧草地の片方の端にある最初の岩陰に滑りこむと、次、さらに次へと移動する。反対側では牛の群れが草を食《は》んでいる。ミュドリーは登っていく。見上げると、二つの高い尖峰が進行方向の真正面にあった。緑色と灰色の高峰だ。岩場はキラキラ輝いていて、芝地はくすんだ斑点のように見える。山の肩に沿って続く緑地地帯のところどころに岩壁が立ちはだかって分断している。登れば登るほど岩はむき出しになり、青空に浮かぶ頂上では切っ先になっている。その形はよく似ていて、はじめはくっついていたのを無理やり手で引きはがしたかのようだ。そのため両峰の間には牧草地まで大きな断層ができている。真っ暗な裂け目だ。雨が降ると小さな滝がたくさんできる。はるか下でまとまると大きな滝になり、前に向かって半円状に流れを落とす。その下を人はくぐり抜けられるし、再び晴れてくると水しぶきは虹のように彩《いろど》られる。しかしきょうは乾ききっている。彼はそこを進まねばならない。

　姿を見られたかな。そんなはずはないと振り返ったが、人影はまったくなかった。右手に牛の群れがいるだけだ。草の中に点在している岩塊は、突然動けなくなった別の群れのように見える。再度振り返るが、異常なし。チムニー（岩壁の煙突状の裂け目）に入った。急だから両手両足を使ってよじ登る。流れ込んだ雨水があちこちに段のようなものを作ってくれている。削られてできた溝の縁《ふち》に階段よろしく右に左にと手足をかけることができるので、彼は素早く上まで到達した。止まって呼吸を整えてから、また出発する。もう一度見上げると、青い空を背景にした山頂の一つが目に入った。三角形に尖《とが》っていて、むき出しだ。ちょうど小さな白い雲が峰にかかっている。囚人がいないことを知らせるために監獄が掲げる旗のようだ。雲は風にあおられて後方が峰にさしかかるときには薄く細く透明になり、離れている間に突然散り散りになった。無数の破片はまるで蝶々が飛んでいるかのようだ。天気はいい。万事順調だ。もはや山小屋は地面にじかに置かれた屋根でしかない。牛たちもテントウムシほどの大きさのぼやけた色の点だから、動いているかどうかさえもはっきりしない。カウベルの合奏は、でたらめにハーモニカを口で動かすとプレートが揺れて起きるかすかな音《ね》のようだ。

　あとはもう澄みきった空気と清らかな水しかない。雨が流れこんだ窪みのあちこちにはまだ水が残っていたので、彼はその水を飲んでから足を漬《つ》け、そして立ち上がる。こうしてついに二つの尖峰が分岐する場所までたどり着いた。

そこを左に曲がらねばならない。ここからは難所が続く。ミュドリーは突然身体が宙に浮いたような気がした。片足は芝草の茂みに乗せたものの、切り立った岩壁にかけたもう片方はぐらついている。緑がわずかにある灰色の岩壁だが、エーデルワイスがあると聞いた場所まではそこを斜めに登らないといけない。それはまさに芝草の土塊《つちくれ》に咲いているからだ。一つ一つ摘んでいかねばならないが、たいていは離れているから、支えとなる足を離す前に踏みだした方をつけるように足を大きく開く必要がある。こうして空の高みへと進んだ。そこから五百メートル下まで何もなく、その先はさらに深くなっている。ミュドリーは尖峰の反対側に達していたからだ。牧草地も山小屋も姿を消して、眼下には村が現れた。厚い大気の先だから青く染まっていて、とても小さく見える。一方、その背後には広大な大地、さらに遠方には雪に覆われた山や氷河が見渡せる。彼は一人ぼっちで何の助けもない。薄い芝草に足を乗せているだけだ。右手は別の芝草につけている。しかし〈あの子のためだから〉と思ってそれでも続ける。もうこれだけで報われた気分になる。小さな白いものがここに、そして向こうにも。中心が黄色く綿毛に包まれたこの星形の花は懸崖《けんがい》にかかって揺れているので、危険を顧みず頑張らないと摘めない。それでもすでに三本とれた。さらに四本めもみつかった。これでやっと半分というところか。しかし気づかぬうちに岩壁は険しく滑りやすくなっていた。彼は花を束にしてポケットにしまう。そのときだった。左足で土塊を踏みしめて前かがみの姿勢で手を伸ばしたとき、土塊が崩れるのを感じた。足もそれに続いていく。

身をかわして岩場にしがみつくのがやっとだった。幸いなことに、土塊の下にあった強固な岩の出っ張りに靴底がついた。しかしそのとき彼はハサミで切られた糸のようにぷっつりと息が止まり、身体が硬直した。落下する水音が耳に入ったのだ。

思い切って周囲を見渡した。さっき通ったところに目をやってから前を向く。もう先には行けないとわかる。あと戻りできないことも確かだった。

どこを向いても人影はない。どこを向いても静かだ。身体を動かした際に石が落ちた以外は森閑としている。石は前に跳びはね、音もたてずに深淵へと永久に消えていった。

孤独で気が遠くなりそうだ。なぜならそのときもミュドリーには七百メートル下の村が目に入っていたからだ。厚い大気は青い水のように見えるので、海底にあるかのようだ。屋根板がかすかに光っているため、小さな丸い斑点のように見える。教会の鐘楼《しょうろう》や大時計さえも目についた。だが何時かなんてわからない。もうわかることもないだろう。空を見ると、日は傾いている。まだ輝いてはいるが、低く無慈悲な太陽は日没へと向かっている。静かだ。もう時間がない。太陽はゆらゆら揺れながら没しているが、人間にはおかまいなしか。長々と続く谷もやはり同じ。その真ん中の土手の間を川がアシナシトカゲのように蛇行している。ああ！　なんてことだ！　一人取り残された。生まれたときのように一人、死ぬときのように一人。彼は動けないまま、使えない手と役に立たない足を見つめる。そのとき、まだ自分には言葉を口にすることができると思いついた。墓を出ようとする死者のように言葉が立ち上がった。

今ミュドリーは怒鳴っている。ミュドリーは助けを呼ぶ。両手両足で岩にしがみついたまま、力の限りに声を張り上げる。さらに声を張り上げる。しかし何の応答もない。ミュドリーがいるところから山を迂回させて声を届けるなんて無理だからだ。あいにく山小屋は反対側にある。彼は声を張り上げるが、村まではどうやって聞こえよう。声は羽根のように軽いのに、重い石を突き抜けて下らせようというのか。彼は声を張り上げる。下をカラスが舞っている。羽の上側が見える。

＊　＊　＊

さすがに午後六時近くになると、彼の母親も心配になってきた。〈まだ帰ってこないなんてどうしたのかしら。とっくの昔に帰っていてもよさそうなのに〉隣のおかみさんに声をかけた。その彼女がまた隣に声をかけたので、家の前に女たちが集まる。「万一ってことがあるから、探しに行った方がいい」ということになり、若者たちを呼びに行った。彼らは当初は肩をすくめたが、それでもカンテラとロープを持って五、六人で登ることに決まった。

林では婆さんが一人ブルーベリーを摘んでいた。「誰も見なかった?」――「見たよ」と彼女。「男の子を一人。あんたたちも知ってる子だけど、もうずっと前にね」――「どっちへ行ってた?」山小屋へ向かう道を指さしたので、若者たちはそこを辿ることにした。山小屋の人たちにも心当たりはなかった。しかし若者たちが山小屋を出ようとしたとき、白髪で顎《あご》ひげを生やした爺さんが手招きする。「わしはあそこで何か動いたような気がした」はるか上の断層を指さす。「目が悪いから人かどうかは自信がないが、見間違いではあるまい」

日が暮れてきた。山の影が広がり、蓋《ふた》が閉じるように彼らに覆いかぶさってきた。

「行ってみるか」顔を見かわす。「そうしよう!」と一人が言う。「まずはあそこだ。また隊列を組もう。それから……」猟師が用いる銅製の口がついた角笛《つのぶえ》を持ってきている。吹いてみたが、戻ってくるのはこだまだけだ。段差のある山肌や岩のひだに当たって増幅、拡大されたこだまは、しばらく経ってから元とは似ても似つかぬ音になって跳ね返ってくる。角笛を吹くたびに、角笛らしくない音が四、五回戻ってきた。それだけだ。ミュドリーは声を張り上げているが、彼らの耳には届かない。自分たちが発した音しか聞こえてはいないのだ。断層の上側にある窪《くぼ》みまで登った。ここからは道が悪くなる。彼らはしばらく地面に腰を下ろした。メンバーは六人だ。カンテラは小さな円しか照らさない。草や小石に岩の出っ張りが影を落としているのが見える。彼らは角笛を吹く。もう一度吹く。耳を澄ますが、依然として何も聞こえない。再び吹いたが、静まりかえったままだ。そのとき、

「あっ!」と若者の一人が声を上げた。

すると急にみなは口をつぐむ。集中するために体内の音、すなわち呼吸や鼓動、内臓の動きさえも止めようとする。

「耳を澄ませ。耳を澄ますんだ!」

はるか先の闇の奥だ。何だろう。風か? しかし大気はピクリとも動いていない。彼らは角笛を吹いた。

「耳を澄ますんだ!」

今度は大丈夫! 疑う余地もない。声がしている。人の声だ。離れているためかすれてか細く色褪《あ》せて聞こえるが、あれは間違いなく人の声だ。

そのため彼らは間を置きながら角笛をひと晩中吹き続けた。ひと晩中応答があった。

ミュドリーは眠っているようで眠っていない。ぐったりしているから、眠っているのか目を覚ましているのかさえもう定かでない。苦しいし、寒い。感覚もなくなってきた。足に生じた激しい痛みが脳天まで駆け上がる。それでも手足の位置がずれないよう必死で岩にしがみつくこと以外は考えなかった。頭上に星が現れ、順番にゆっくりまたたいていく。街灯係が通りから通りへと火のついた棒を持って走り回っているかのようだ。彼の身体はもうガチガチだ。雪に埋もれていくように、冷気をじ

わじわと感じる。腕や足が棒のようになった。関節が錆《さ》びついてしまったから、もう二度と使いものになりそうにない気がする。そしていっそ虚空《こくう》に吸いこまれてしまいたいと思うほどの疲労感に何度も襲われた。そこでなら少なくとも休息はできる。そんな気分に引きずられて、彼は手を少し緩《ゆる》めた。大気が口に入りこみ、耳を包む。谷底から風がひゅうひゅうと吹きつけてきた。しかし彼はずり落ちる瞬間に身をかわして、さらにしっかりと岩にへばりつく……

角笛の音がした。

彼の方も耳を疑った。力いっぱい声を張り上げる。角笛だ。怒鳴る。角笛だ。また怒鳴る。怒鳴るのをやめないのは、音が近づいていないか知るためだけだ。近づいてはいない。かすかな音が律義に続いているが、ぼやけている。ミュドリーはやっと合点《がてん》がいった。暗闇の中で無理して絶壁に挑むのではなく夜明けを待つべきだ、とみんなは考えているのだ。僕は夜明けまで待てるだろうか。うとうとしていると、また角笛が聞こえてくる。音はひと晩中彼のもとに届いて、希望を与えてくれる。もうばててきたが、最後の力を振り絞る。角笛、また角笛だ。曙《あけぼの》が現れるまでずっと。その曙ははじめは正面の山脈の上に平らに伸びたぼんやりした青白い棒にしか見えなかった。できたてのモミの木の梁《はり》のようだ。それから大工たちがやって来て、バラ色、赤、黄色を塗りたくった光の家を建てていく。そしてついに熱く力強い太陽が躍り出た。

こう呼ぶ声がする。

「どこにいるんだ？」

「ここだ」

みなの声は頭上で聞こえる。ミュドリーには何も見えない。「どうした。しゃべれないのか」という声。そのときロープがすぐそばの岩をたたいた。さらに身体にロープが巻きつく感触がする。引き上げられた。それからは真っ暗闇に包まれた。目の前が明るくなったのはずっとあとだ。仰向《あお》けに寝かされていた。覗《のぞ》きこんだ顔が自分を見つめている。「たいしたことはない。身体が冷えているだけだ」と言われる。頬をマッサージされ、ブランデーを飲まされた。「どうだ、これでもう良くなってきただろ」

そこでやっと彼は正気を取り戻した。身体を起こしてポケットに手をつっこむと、埃《ほこり》のような柔らかな感触がある。取り出してみた。それから大きく腕を振ると、エーデルワイスの残骸を岩の先の宙に向かって投げつけた。タバコの葉屑《はくず》と混じってすっかり汚れてしまっている灰色の残骸を。

おどけ衣装のラ・ティア

La Folle en costume de Folie

イースターマンデー（復活祭の翌日の月曜日。多くの国や地域で祝日となっている）に上演する芝居のために、青年団の仲間は一か月以上も前から村の集会所に集まって和気藹々《わきあいあい》と衣装を作っていた。女の子たちは裁断や縫製《ほうせい》を、男の子たちはその仕事ぶりを眺めながらおしゃべりをする。楽しいひとときだ。

そして本番は好評を博した。ほかにもブラスバンドの演奏や男声合唱、軽業《かるわざ》の披露《ひろう》があった。だが、なんということか！　祭りはあっという間に終わってしまった。退屈でつまらない日々に逆戻りだ。それが一年近く続く。もう笑ってなんかいられない。朝から晩まで仕事だ。

さて、みなが一日しか着なかった衣装、その日だけは元の自分から離れて別人になった衣装はそのままにしてあった。ある土曜日の夕方、これらを片づけるために男の子も女の子も集まる。

小学校の先生が箪笥《たんす》を貸してくれた。「もしかして、この衣装がまた要《い》るようになるかもしれないし。まあそんなことはないだろうが」と先生は言う。しかしともかくアイロンをかけて（女の子たちがそれを受け持つ）、丁寧に畳《たた》むか吊《つ》るしておかなければならない。毛編みのものはナフタリン玉を入れて箱にしまう。

「あのとき私は王妃《おうひ》様役だったわ。ほんとにそう見えてたのかしら」

「僕は王様だった。この冠《かんむり》を見てよ。今はただのブリキだってすぐにわかる」

「僕はそう変わらないな。召使だったから」

それぞれ衣装を身にあてながら、あの日のことに思いを馳《は》せて静かに懐《なつ》かしんだ。こんなにキラキラして形も色もとりどりの衣装をみなが着ることは、おそらくもう二度とないだろう。今はありふれたスカートにありふれたズボンを穿《は》いている。暑くなってきたから男の子たちはシャツ姿、女の子たちはといえば安っぽい出来合いのブラウス（麻にもウールにも見えるが、みんな偽物《にせもの》）を羽織《はお》っている。

　男の子たちが手渡した衣装を女の子たちが箪笥にしまう。積み重なった箱からは、死蔵される物の臭《にお》いと死に立ち向かうものの匂いの両方が強烈に漂ってきた。まるで棺《ひつぎ》だ、この箱たちは。死んでしまったらもうお目にかかれない。

　箪笥を閉じようとしたとき、誰かが言った。

「あれはどうする？」

「あれか。あれは惜しいよな。着なくちゃならない奴がたくさんいるのに」

「まだしまうなよ」男の子の一人が口をはさんだ。「似合う奴《やつ》をみつけようぜ」

　明るいところに出して広げてみる。フォリー（度外れた快活さを象徴する寓意的人物。女性の風貌をしている）の衣装だ。きれいな色合いが目に飛びこむ。ピンを抜いて飾ると、誰もが感嘆の声を上げた。銀色の布と真っ赤なラシャでできていて、真っ赤な胴着には三角形の切れ込みが入っている。そしてこの切れ込みのそれぞれには鈴が縫いつけてあり、触れると揺れて鳴りだす。まるでヤギの群れのようだ。

　誰かが冗談を言ったのだろう。男の子も女の子も笑いだした。女の子の一人が言う。

「あなたなら誰にあげる？」

　男の子たちは、

「言っとくけど、これは女物だぞ」

女の子たちは、

「短いのなら、裾直《すそ》しはすぐにできるわ」

誰かが口をはさんだ。

「裾はそのままでいい。ぴったりの女を思いついた」

「誰?」

「ラ・ティア……」

「そうだよ。忘れてた」

もっと早く気づかなかったことに一同は驚く。そうだろ、本物のフォリーだ。ぴったりじゃないか。

「賛成」とみなは言う。「これを持って行ってプレゼントしてやろう。デュペレ、おまえがやれ。おまえは口がうまいからな」

誰かがついてくるならと言って、デュペレは引き受けた。メンバーは合わせて四人になった。

＊　＊　＊

彼女は本当に気がふれてはいたが、生まれつきではなかった。将来を誓った恋人に捨てられたと知った日からおかしくなったのだ。「だめだ。なあ、結婚は無理そうだよ。うちの親たちはとても許してくれそうにない」と男は告げた。それから会っていない。彼は故郷を離れたのだ。でももうすぐ戻ってくる、と彼女は話す。その日からひたすら相手を待っている。「きっとあしたには」と言いながら。こうしてすでに三年が経《た》ったが、それでも諦《あきら》めはしない。「もちろんあの人は帰ってくるわ。ちょっと出かけただけだもの」と言って、遠くの通行人も目に入る窓辺《まどべ》に日がな一日寄り添っている。

暗くなると床《とこ》につくが、夜が明ければ根気と信頼を取り戻す。こうして年月は過ぎていき、二十六、二十七、二十八歳になった。その間に母親は亡くなった。今は一人ぼっちで暮らしている。

気がふれていてもおとなしいということは、おそらく自分の身に不幸を感じてはいないのだろう。常に希望を抱いているからだ。希望よりもっと大きなものかもしれない。髪には花を挿《さ》しているし、家の中はよく片づいている。キイチゴやブルーベリーのような小さな果実を林で集めては、市場に行って売る。ハシバミの小枝の周りに苔《こけ》を編みこんで白やピンクの早春のヒナギクを挿した手作りの花飾りも持ってくる。その一つを自分の頭にのせているので、大きな町の誰もが彼女を知っていた。中身がよく見えるよう籠《かご》を歩道の縁《ふち》に斜めに立てかけ、その後ろでお客が来るのを待っている。人が寄ってくると、いつも笑みをふりまく。しかしはじめは白くきれいだった歯は黄ばんで虫歯になっていた。子供たちは親にこう言われる。「ラ・ティアのところで花飾りを買ってあげるね」

デュペレと三人の仲間は夕刻前に着いた。彼女はいつもどおり窓辺にいる。挨拶《あいさつ》してから、デュペレが近寄った。彼女は立ち上がると、庭に面した台所の戸口まで出て来客を迎えた。

その庭はかなり小さいが、村で一番きれいな花園だ。「あの人のためよ」と彼女は言っている。四季を通じて花でびっしりと埋めつくされている。花は種類ごとにまとまっている。真ん中が褐色のヒマワリもあれば、まっ黄色の花もある。早咲きのヒャクニチソウやマーガレット、キンレンカ、ヒエンソウ、あらゆる種類と色合いの花々だ。赤、黄、暗紅色、青、紫。この色鮮やかな覆いのために地面はもう見えない。きれいな布地を縫い合わせて刺繍《ししゅう》を施した絨毯《じゅうたん》のようだ。そのためみなは驚く。

「きれいだな」と言うと、彼女は「あの人のためよ。もうじき帰ってくるから」と答える。

「やあ！　話があるんだ」デュペレが声をかける。紙に包んだ例の衣装を小脇に抱えている。

彼女は、

「あの人に会ったの？」

「まだだ。でも近いうちに会えそうな気がする」

ほかの三人は塀《へい》に腰かけて話を聞いている。

「なあ」デュペレはしゃべる。「そのことだけど、あんたをもっと楽にできないかな、と僕らは考えたんだ」

その日の彼女は短いピンクのリボンをたくさん髪に結んでいた。

「遠くからでも見えないとね。（リボンを指さしながら）これじゃ、ちょっと離れると目立たないよ。それに」彼はさらに言う。「音がするものがないと」

すぐさま紙包みを開けた。衣装を広げると、さまざまな色がキラキラ輝きだした。デュペレはコツを心得ているから、服をかざすと同時に細かく揺すって鈴を鳴らす。ヤギの群れが道を歩いているような音がした。

「あら！」とラ・ティア。「まあ！　きれい。私にくれるの？」

「そうだよ」デュペレは答える。「プレゼントだ。君にあげる。ただし一つ約束して。表へ出るんだ。その格好を見せなくちゃ。だって家にこもりきりじゃ意味ないだろ？　みんなに見てもらわないと。服を着てみて。フードにも鈴がついているから、かぶっていれば音はずっと鳴りやまないよ」

「試しに着てみて」

デュペレは促した。

彼女は手を伸ばした。

「すげえ似合ってるぞ」と塀にいる男の子たちが声をかける。

布地が頬《ほほ》、耳、額《ひたい》、髪の毛を覆ったので、この扮装なら顔の荒れたところが隠れる。彼女は若やぎ、美しい少女かと思うほどだ。もともと痩《や》せているし、鮮やかな色合いが肌にきらめいて皺《しわ》を見えなくしていた。

「鏡がないのが残念だな」とデュペレは言う。

「ああ！　一つあるわ」と彼女。

取りに行った。覗《のぞ》きこんで鏡に映った自分の姿に歓声を上げる。立ち上がると、鈴たちが晴れた日に小石の上を流れる泉のせせらぎのような音を奏《かな》ではじめた。それから衣装を脱ごうとすると、男の子たちは、

「だめだよ！　そのままでいて……ふだんの服よりずっと似合ってる。着ているところを見せに行って」

＊　＊　＊

彼女は村へ向かった。男の子たちは少し遅れてついて行く。彼女の身体の前で鈴が鳴っている。人を見かけると尋ねる。

「あの人にも聞こえるかしら。今はこんなに音がしてるんだもの」

眼鏡をかけた老人が立ち止まり、口をあんぐり開《あ》けた。こう言う。

「おや、ラ・ティアだ！　頭がどうかしたのか」

そして少し離れたところにいる女たちの方を向くと、困ったとばかりに額をこすった。

みなが戸口に出てきた。彼女の身体の前から音楽が流れている。子供たちがあとを追いかける。彼女は言った。

「これは赤、これは銀色、キラキラしてる。これであの人は気づくわ。じっと待ってるのはつまらないもの。これでもう待たなくていい」

大声で呼びかけられる。

「どうした！　どこへ行くんだ、ラ・ティア」

彼女は村のすぐ前の丘に立っている教会を指さした。

「遠くからでも見えるところよ」

「放っておけ」と誰かが言った。「若い連中が悪さしたんだ。あの子は誰にも迷惑をかけちゃいない」

こうして村中の人が彼女を見送ることができた。晴れた空の下、ときどき誇らしげに鈴を振る。あるいは身体を揺すって衣装を震わせ、カワセミの羽のように日差しできらめかせた。

このように衆人環視となった彼女を見て年寄りたちは首を振るが、若者らは面白がっている。彼女は教会めざして急な坂を上る。そして一帯を見渡せる鐘楼《しょうろう》の入口前まで来た。ポーチの片側の壁に古い墓石が立てかけられている。名前が刻まれていた（しかしもう消えている）故人から奪ったものだ。それは小さな腰掛というよりただの縁石《えんせき》にすぎないが、彼女はそこに座った。なぜならこちらへ向かう三つの街道が一望できるからだ。はるか遠くではけし粒のように見える点が、近づくにつれて広がっている。東からの街道は黒くて幅がある。曲がりくねった白い街道（単なる道と言った方がいいか）は北からだ。三番めの道は何の変哲もない青い山が並んだ西の方角の林から出ている。

彼女はその墓石の狭い縁《ふち》に陣取った。遠くからこちらへ動いてくるもの全部をとらえるには顔をきょろきょろさせるだけでいい。ここには毎日やってきた。指しゃぶりしながら眺める子どもたちに囲まれているときもあれば、仕事で近所まで来た男や女とおしゃべりするときもある。一人だけのときもある。雨が頻繁に降るため、心ある人たちはこう声をかける。

「気の毒に、ラ・ティア。家にいた方がいいよ」

するとと彼女は怒って、

「もしあの人が来たらどうするのよ！」

鈴を鳴らす。そして顔を左右に動かし、この道、あの道、三番めの道に誰か来ていないかと凝視する。いつも誰かはいる。最初は点だ。黒いちっぽけな点。それが縦も横もだんだん大きくなっていく。タプセイヨン（食器や日用品を修理・販売する旅回りの業者）と呼ばれる大道商人だった。彼女は立ち上がったが、首を振って座り直す。あるいは点が急に大きくなって二つに分かれる。馬が引く荷車だった。自転車に乗った男のときもある。足を動かすさまや車体のニッケルが景色の中できらめくため、遠くからでもわかる。すると彼女は立ち上がりもせず、首を振るだけだ。あの男はいつまでたっても現れない。けれども遠くを眺めている彼女の姿は遠方からでも見えるので、村人たちは様子を窺《うかが》っている。こう言う者たちがいる。

「可哀想な女だ。とはいっても不幸じゃないが！」

だが面白がっている奴らもいる。

「ともかくよくできた茶番劇だ。でもいつまで続くだろう」

それはみなが思っていたよりもはるかに長く続いた。しつこく来るので困るとお上《かみ》に訴えた者もいた。どんな天気であろうとあの扮装で同じ場所に腰を下ろして、鈴を振るか、あるいは立ち上がって教会の周囲を歩き回る。それでも三つの街道のどれからも目を離さない。あの男はまったく姿を見せないが、彼女は決してくじけない。寒い季節に入って、雨の日、しかもどしゃ降りの日が増えたにもかかわらず。そんなときは教会の壁に身体をくっつけて軒下に入ればいいだけだ。

＊　＊　＊

青年団主催の祭りは九月に開かれることになっている。少しだけゆっくりできる唯一の月だ。主な作業は終わっていて、秋の耕作にはまだ早い。だから土曜、日曜、月曜の三日間を息抜きに使っても大丈夫だ。ダンスパーティーを開く。ブラスバンド、ダンスフロアなどを用意する。毎年恒例の行事だから、その年も行った。

ラ・ティアは相変わらずあの場所にいる。近隣の住民が四方から押しかけてきたので、村人たちは彼女のことを教えてやった。派手な色合いのために離れていても目立っている。数人連れの来訪者は彼女の方を向くと膝を叩くか大笑いするが、相手はまったく気づかぬ様子。三つの街道の人々の往来に夢中だからだ。ふだんはほとんど閑散としているのに、その日は夏の料理台に群がるハエよりも真っ黒な人だかりだ。

男も女も子供も馬車も自転車も、はては自動車さえも村へ村へとひっきりなしに押し寄せる。とりわけ夕方が多い。そのため彼女は日が暮れてあたりが見えなくなるまでその場所にとどまった。現れた人それぞれの顔立ち、服装、立ち居振る舞いを見分けられるまで懸命に目で追う。ひどく疲れるし、そのたびに大きく膨らんだ希望が潰《つい》える。あの人ではないからだ。

土曜日が終わっても、依然として現れない。日曜日も一日中そうだった。ところがみながもうへべれけになっている夕方近くのこと。金管楽器の調べや、フロアを一斉に踏み鳴らすダンスパーティーの靴音が、メリーゴーラウンドの回る音に奇妙に入り混じって聞こえてくるころだった。

＊　＊　＊

それは東からの街道、黒い道でのこと。道幅は広いしアスファルト舗装されている。そのため土の道のように風に吹き上げられるあの白くて軽いヴェール、つまり埃《ほこり》をまとっていないから、この道が日差しに輝くさまは寂しげだ。

その東からの街道で、それは突然午後六時ごろに起きた。仮設食堂で田舎風ハムやキャベツ、ジャガイモの食事が供される少し前だ。ワインも何リットルもあるから、酒好きにはたまらない。その前の一、二時間は路上にはほとんど人気《ひとけ》がない。ダンスが目的の者はすでに着いているし、飲食目当ての者はまだ家を出ていない。非常な暑さでアスファルトが溶けだして、くすんだ箇所ときらめく箇所ができている。それに車輪が引っかかるため、馬車の進みが遅くなる。

午後四時から六時の間はほとんど誰も通らなかった。それから……彼女は腕を伸ばして鈴を鳴らした。あそこから来る人はこっちを見てくれるかしら。この音が聞こえるかしら。

あれはたしかにあの人かな。

間違いない。あの人だ。あの人がやって来る。ごらんなさい、ずっと待ってたあの人がこっちに来てる。とはいってもその姿はまだ薄暗い路上の薄暗い影にすぎないので見分けづらい。それでも歩き方、手の振り方、足を出す仕草に見覚えがある。あの人だ。あの人がこっちに来てる。彼が丘の下へとどんどん近づき全身が見えるようになると、彼女は一層目を凝《こ》らした。あまりに力をこめるので、眉間《みけん》に深い皺《しわ》が寄る。

なぜなら一人だった彼が二つになったからだ。ぼんやりした影が真ん中で割れた。彼はすぐ近くにいるが、二つに分かれている。その分身が見えてきた。スカートを穿《は》いて手袋をはめた人が彼のすぐ後ろにいる。彼が宿屋に入ろうとすると、その肩に手をかけてきた。

ラ・ティアは呼びかけた。声がしゃがれている。もう一度呼ぶ。今度は強い叫びになった。すると相手は振り返ったが、自分をちらりとでも見たのだろうか。急に笑いだしたが、ぐずぐずしてはいられないと女の腕をとって村人の溜《た》まり場のドアを押した。

彼女の姿を誰もが目にすることができた。カフェのドアの前の小広場、さらにその手前から教会のある丘の下まで集まっている全員が。

誰もが彼女の叫び声を聞いた。人目も憚《はばか》らずみなの前でフードを剝《は》ぎとり、胴着をほどき（鈴が鳴ったのはこれが最後だ）、スカートを脱ぎ棄てた。フォリー衣装のあれこれを思いきり遠くへ投げつける。かつての生活の服装に戻った。本物の生活、日常生活の装いだ。それから彼女は背を向けて、大股《おおまた》で自宅の方へ向かった。

＊　＊　＊

「まあ！　知らないの？」

翌日の二人の女の会話だ。

「知らない？　ラ・ティアのこと……」

「知らない」

「それなら見に行きましょ」

二人は見に行った。家の前で思わず両手を合わせる。気が動転したからだ。家に変化があったわけではない。苔むした瓦屋根の白く小さな家はそのままだ。そしてこの家が遠目にもほかと区別できたのは、きれいな色合いの庭のせいだった。その庭がなくなっている。ラ・ティアが根こそぎ引き抜いたのだ。家の前の区画にはもうむき出しの地面しかない。ゴミの山にされた苗木の花々は萎《しお》れかけている。アイリス、ユリ、キンレンカ、ヒャクニチソウだ。すでに前夜のうちに、両手で全部の植物を地面から引き抜くか植木ばさみで地面すれすれに切りとって足で踏みつけていた。彼女がドアを開けてきた。

「何してるの？」と二人の女に尋ねる。

すると二人は、

「まあ！　お嬢さん、あのきれいなお花をどうしたの！　もったいない」

「どうでもいいでしょ」

スコップを手にしている。そのピカピカ光る刃で土を掘りかえしてから振り返る。

それはまさに老婆だった。ほどけてべとべとした髪がばっさりと肩にかかっている。身体を洗ってもいなかったのだ。皺《しわ》くちゃな顔は目の粗《あら》い黒チュール（ヴェールなどに用いる薄い布地）のヴェールのようだ。灰色がかった綿フランネルのブラウスは脇が裂けている。

解説――ラミュ晩年の作品を中心に

本書は、『アルプス高地での戦い――ラミュ小説集』（国書刊行会、二〇一二年）、『アルプスの恐怖――ラミュ小説集Ⅱ』（国書刊行会、二〇一四年）、『スイス人サミュエル・ブレの人生――ラミュ小説集Ⅲ』（国書刊行会、二〇一六年）に続く、スイス・フランス語圏を代表する作家C・F・ラミュ（Charles-Ferdinand Ramuz、一八七八―一九四七）の小説集です。一九三六年と一九三七年に発表された二つの長編小説およびそれらと繫《つな》がりのある短編、さらに彼の最晩年にあたる一九四四年の『短編集』そして一九四六年の『月明かりの子、セルヴァンたち、その他短編』から四つの短編小説を選びました。長編小説の二つおよびそれらと繫がりのある短編は本邦初訳です。

ラミュ小説集のシリーズは三巻でひと区切りにしたいと、『ラミュ小説集Ⅲ』の解説の中に記しました。本当にそのつもりだったのですが、周囲の人々、とりわけスイスやフランスの友人たちからあと一冊は続けてほしいとの声をいただきました。このような励ましは誰でも嬉しいもので、勇気が湧《わ》きます。

さらには日本人読者の反応をぜひ知りたいとの要請に応えて、和訳すると『日本人にラミュを理解できるか』という題の論文を二〇一七年刊行のラミュ研究会誌に掲載させていただきました。そこでは雑誌や新聞に掲載された拙著に対する書評、とりわけ鹿島茂氏および野田正彰氏による論評について詳しく触れました。そして神仏習合の宗教習慣を説明した後、自然を征服するのではなく畏《おそ》れ敬《うやま》おうという気持ちはスイス人も日本人も共通である、また日本人独特と言われる義理の観念あるいは仏教的な無常観からもラミュの小説を読み解くことができる、などと記しました。幸いにも好評をいただいていますが、紙数が限られていたためもちろん十分に説明できたとは思っていません。

このような経緯があって、ラミュ小説集をもう一冊作ってみようという気持ちを抱くようになりました。さらには訳者自身にとっての心残りがありました。実は二〇一四年に出版したラミュ小説集Ⅱには、もともとは『もし太陽が戻らなければ』を収録するつもりでした。そして翻訳作業を開始しましたが、会話文の脈絡がつかめない箇所に数多く遭遇したため、結局途中で断念してしまいました。二〇一四年のラミュ国際学会に出席した折にこの話をすると、小説中に交《か》わされる会話の途中で起きる突然の話題の転換にはフランス語ネイティブの人間でもついていけないことがままあるとのことでした。そのため大きな未練を抱きながらも完成はとても無理と諦《あきら》めていましたが、後日スイスの友人たちがこの作品の英語訳さらにイタリア語訳が出版されたとの情報をもたらしてくれました。これらの版を参照すればもしかすると会話文の〝解読〟に成功できるかもしれない、と思い直して、再び翻訳に挑んでみました。脈絡をなんとかつかめて原稿は作ったものの、やはり生硬な日本語にしかならなかったために、編集者の中楚克紀氏にはいつも以上に大きなご苦労をおかけし、ようやく完成に至った次第です。

この第四巻については、『デルボランス』以降の作者晩年の作品でまとめてみようと考えました。『フランス・サヴォワの若者』に対する興味は、ラミュの他の作品を読んでいるうちに生まれました。『美の化身』の中でルージュの家に放火したのは出稼ぎ労働者のサヴォワ人ですし、『スイス人サミュエル・ブレの人生』の主人公サミュエル・ブレは実際にサヴォワ地方で働いています。サヴォワの町と言えばミネラルウォーターで知られるエヴィアンが一番有名ですが、ローザンヌから船に乗れば三十分余りで着くレマン湖の対岸に位置しています。スイス側から日常的に目にすることができますし、ベルンの支配を受ける前は同じ地方に属していました。ラミュの小説の舞台のほとんどはヴォー州およびヴァリス州（フランス語ではヴァレー州）ですが、彼はサヴォワへの親近感をしばしば口にしています。このサヴォワ地方を舞台にした小説をじっくり読んでみれば作家の新たな面を知ることができるのでは、と考えてこの作品に決めました。

この二つの長編小説をさらによく理解するための参考になるのではと思い、テーマが近似している短編作品をそれぞれにつけました。『断章　もし太陽が戻らなければ』（一九一二年）と『サーカス芸人たち』（一九二八年）です。お読みくだされば、長編小説が少し違った角度から見えるようになるかもしれません。

そしてラミュの最晩年に発表された短編集からは四作を選びました。この四作は一九九八年に夢書房から刊行された『ラミュ短篇集』（スイス・ロマンド文化研究会編・訳）に収録されています。既訳のあるものはどうだろうと迷いましたが、この短篇集は現在は古書店か図書館以外ではみつけられません。ラミュは若いころ暮らしていたパリでモーパッサン全集の編集に関わっていました。さらにスイスへ戻ってからは文学雑誌を発行し続けるために数多くの短編小説を書いています。長編小説が彼の業績のメインであることは言うまでもありませんが、短編小説の名手という一面も紹介できればという思いからこの四作を収録しました。

翻訳作業がちょうど終わったころに笠間直穂子氏からご連絡をいただきました。大学の研究休暇を利用して、現在はローザンヌ大学のロマンド文学研究センター（ＣＲＬＲ）において招聘《しょうへい》研究者としてＣ・Ｆ・ラミュの研究をされているとのことです。さらには一九四四年の『短編集』および一九四六年の『月明かりの子、セルヴァンたち、その他短編』を編集・翻訳した短編集の出版を準備されているとお聞きしましたが、結果的に四つの短編小説の翻訳が重なることになりました。さしあたりはこの小説集で短編四作に触れ、笠間直穂子氏の翻訳によって再度読み直していただければ嬉しく存じます。

作品について

a．『もし太陽が戻らなければ』および『断章　もし太陽が戻らなければ』

『もし太陽が戻らなければ』

この小説は最初にスイスで一九三七年十一月にメルモ書店から出版されました。初版はすぐに売り切れたとのことです。フランスでは細かな修正を加えた改訂版をまずは一九三八年に文芸雑誌が掲載し、翌年の一九三九年四月にはグラッセ書店が出版しました。そして一九四〇年から一九四一年に刊行されたメルモ書店のC・F・ラミュ全集に初版を一部修正した形で収録されました。長編としてはラミュ最後の〝アルプスの山〟を舞台にした小説になります。

『アルプスの恐怖』や『デルボランス』などのアルプスを舞台にした作品は一般読者に好評で売れ行きがよいため、この小説も同じ路線を狙ったにちがいない、と揶揄《やゆ》する向きもありました。しかし実際の事情はまったく異なります。この小説は彼が若いときから抱いていた構想が発展して生まれたものだからです。

同じ『もし太陽が戻らなければ』という題名の一九一二年の〈断章〉をこの小説のあとに訳出しました。一九三七年の小説が発表されたとき、昔書いたものの焼き直しではないかという匿名の非難がありました。しかしお読みになればおわかりのとおり、内容は一九三七年の小説とは似ても似つかぬものです。ラミュは一九一二年四月にパリで部分日食に遭遇しました。その際に世界の終わりのイメージを抱いてこの断章を執筆したとのことです。舞台は湖のほとりの村に設定して、とりわけ少女の恐怖感に焦点を当てています。一方、一九三七年の小説は冬の数か月間は太陽を拝むことのできないアルプス高地の村の物語です。彼は一九二五年の創作ノートに『太陽のない村』と題した小説の執筆プランを書き残しています。これは日食のような非日常現象ではなく実際に冬の一時期は太陽の恵みを受けられない村を舞台にして、この現象に慣れて順応しようとする人たちとそれでも光を求める人たちとの相克《そうこく》を描こうとしました。むしろこのプランの方が一九三七年の小説の出発点ではと思われます。

ちなみにラミュには世の終わりを暗示した小説がほかにもあります。それは一九二二年に発表された『死の現前』で、重力システムの変化のために太陽が地球に接近してくるという物語です。小説と銘打っているとはいえ主人公と呼べるような人物はおらず、気温の上昇とともに自然が変化していくさまや死者が増えるにつれて人々の間に募《つの》る不安感、絶望感が描きだされています。あるいは天災によりもたらされたパニックだけではなく、不吉な現象に村が襲われるという話もあります。一九一七年の『悪霊の支配』は、村がいつの間にか悪霊に支配されるという物語です。個人的にあまり好まないので訳者が編んだ小説集には一つも収めていませんが、ラミュにはこのように〝ホラー〟的な側面を持った作品もいくつかあるのです。

しかし『もし太陽が戻らなければ』はこれらとは一線を画しています。また『アルプスの恐怖』や『デルボランス』のように山の自然の厳しさを描いた小説とも性格が異なります。一九三七年の話と特定されているため、太陽が消えはしないことを読者ははじめから承知しているからです。さらにはアルプスの美しい自然描写を期待しても空振《からぶ》りに終わることでしょう。日差しのない暗い場所で終始物語が進行するため、山や谷などの景色の描写は非常に限られてしまいます。

ラミュは一九三六年に作家のモーリス・ゼルマテンに連れられてヴァリス州のエラン谷を訪れていますが、そのときの印象が作品執筆に大きなインスピレーションを与えたと考えられます。しかしサン゠マルタン村はこの地方に実在するものの、上《かみ》サン゠マルタン村、下《しも》サン゠マルタン村という区別はありませんし、地理的にも現実とは違います。ラミュにはよくあることですが、実在する名前だけを借りて、あとは自らの想像力で架空の村を作り上げたのです。

ちなみに「一定の時期に太陽の恵みを受けられなくなる村」というのは、それほど特殊なものではないようです。北方の国のケースをミルチャ・エリアーデは『宗教学概論』の中で紹介していますし、ヴァリス州のいくつかの村では数日間見えなくなっていた太陽の回帰を祝うお祭りめいたものを一月末に開く習慣があるそうです。

それでは作者の小説執筆の意図はどこにあるのでしょうか。物語への興味は、世界がもうすぐ終わると主張する占星術師で治療師のアンゼヴイに対する村人たちそれぞれの反応に絞られます。

ここにはさまざまな解釈が成り立つでしょう。まずは『アルプスの恐怖』の場合と同じく、旧世代と新世代とのせめぎ合いを見ることができます。ただし今回勝利するのは若い世代です。ドニ・ルヴァをはじめとする年配者たちは、太陽が戻らなくなって世界が終わるというアンゼヴイの予言を魔法にかかったように次第に信じるようになります。こうして村は重苦しい雰囲気に包まれますが、イザベル・アンチードを中心とした若者たちがそれを打ち破ります。小説のストーリーとしてはそのとおりですが、物語を単なる世代間対立に還元してしまうのはつまらないでしょう。

ジャン・ジオノの小説『丘』(一九二九年)を連想された方もいらっしゃるかもしれません。子供の原因不明の病気や泉の枯渇が滅亡への不安を煽《あお》り、ジャネ老人の妄言は実は真実なのでは、とみなは不吉な想像力を膨らませていきます。そして最終的にはジャネ老人を殺すことによって豊穣《ほうじょう》を取り戻します。粗筋《あらすじ》としては『もし太陽が戻らなければ』と似ていなくはありません。ジャン・ジオノとC・F・ラミュは同じ地方主義の作家としてひと括《くく》りにされることがあります。しかし両者は互いの資質を認めて尊敬してはいたものの、作風がまったく違うことをよく自覚していました。そのためここで影響関係を論じるのは少し的外《まとはず》れなのではという気がします。

さまざまなディスカッションが展開されることから、この小説を一種の哲学的寓話としてとらえるという分析もあります。その根拠としては、登場人物のファーストネームが有名な哲学者や神学者を連想させるからです。エラスム・ラモンのエラスムという名前は三世紀に殉教した司教の聖エラスムスから来ていますが、もちろんルネサンス期の人文学者エラスムスをすぐに思い浮かべます。アントワーヌ・アンゼヴィのアントワーヌの由来は、二、三世紀の砂漠の隠者聖アントニウスです。オーギュスタン・アンチードのオーギュスタンは『告白録』や『神の国』で有名な神学者の聖アウグスティヌスに拠《よ》っています。悩めるシプリアン・メトライエに幼いリュシエンヌ・エモネちゃんが啓示を与える場面などを読めばなるほどと思わなくはありませんが、村人たちの語らいにどれくらいの〝哲学〟が含まれているかについては議論の分かれるところです。

しかし哲学的かどうかは別にしても、この小説が寓話の様相を呈しているという意見には賛成です。ラミュの小説のほとんどは悲劇で終わりますが、『もし太陽が戻らなければ』は結末がはじめからだいたい予想できるため、落ち着いてストーリーを楽しむことができます。この作家には珍しい喜劇、と言ってよいかもしれません。実際のところ、この世がもうすぐ終わると慌《あわ》てふためいてドニ・ルヴァが子供に財産分けを宣言したおかげで、息子のリュシアンは恋人と結婚できるようになります。貧乏でけちなブリジット婆さんでさえも親戚の子供たちに小遣いを配りました。一人を女装させてアンゼヴィを脅《おど》かしに行く若者グループの振る舞いは、ヨーロッパの民衆的慣行の一つであるシャリヴァリのパロディーでしょう。シャリヴァリとは共同体の規範を逸脱した人に対する制裁で、再婚した者あるいは姦通を犯した者の家の窓辺で若者たちが鍋や釜を叩いて大騒ぎする風習です。

このように笑いながら読める場面が数多く含まれていますが、それだけで小説が成り立っているのではないことは誰の目にも明らかです。漠然とした不安感に小説全体が覆われていることはすぐに察せられるでしょう。しかも時は一九三七年の前半、と作者によってはっきり特定されているのです。

日本では一九三二年に満洲国建国、一九三三年に国際連盟脱退、一九三六年に二・二六事件がありました。ドイツでヒットラーが首相に指名されたのは一九三三年、再軍備を宣言したのは一九三五年です。そして一九三六年にムッソリーニ率いるイタリアとベルリン＝ローマ枢軸協定を結びました。フランスでは一九三六年にレオン・ブルムを首相とする人民戦線政府が誕生しています。

当時のスイスにも目を向けてみましょう。顧客の守秘義務を明記した銀行法が一九三四年に成立したため、外国の資産家や権力者たちが安心してスイスの銀行を利用できるようになりました。また一九三六年にスイス・フランが切り下げられ、輸出産業の競争力が増しました。どちらも近々戦争が起こりそうな空気を察したゆえの措置にちがいありません。政治面では、スイスにおいても左翼と右翼が対立していました。右翼諸団体は権威主義的な体制を実現させるための憲法改正を求めた国民発議を一九三五年に起こしたものの、国民投票によって否決されました。

小説の中で、カフェのラジオはスペインのナシオナーレス（国民戦線軍）がアンダルシア州南部の都市マラガに接近中と伝えています。スペイン内戦は一九三六年に始まり、マラガが陥落したのは一九三七年二月七日です。そのためアンゼヴィから薬草をもらって帰ったドニ・ルヴァがカフェに行ったのは一九三七年の一月から二月初旬までのことだとわかります。

しかしここにラミュの政治的メッセージを窺《うかが》うことはできないでしょう。フェデリコ・ガルシア＝ロルカが銃殺されたのは一九三六年八月十九日ですし、反ファシズム運動の国際旅団に参加したアーネスト・ヘミングウェイやアンドレ・マルローらは人民戦線政府のために戦いました。けれどもラミュが声高《こわだか》に政治的発言を行うことはありませんでした。小説の中でもナシオナーレスと人民戦線政府のどちらにも肩入れしておらず、時代を特定させる手段としてラジオのニュースを利用しているにすぎないのです。

とはいえ太陽が回帰せず世の中が終わると大騒ぎする物語をわざわざこの年、すなわち作品執筆と同年に設定したのは、世界全体を包んでいる不穏で重苦しい雰囲気を感じとってのことだというのは明らかです。実際に彼は当時の日記や書簡の中に、また戦争の足音が近づきつつあると綴《つづ》っています。

では物語の登場人物たちについて見ていくことにしましょう。

占星術師で治療師のアントワーヌ・アンゼヴィは『アルプス高地での戦い』に出てくるイザイを思い起こさせます。ただしイザイの予言は的中しますが、アンゼヴィの予言は外れます。自分の運命と太陽の運命を混同したからです。しかしドニ・ルヴァをはじめとする村人たちは、彼の予言は本当だと徐々に信じるようになります。暗いところに長く暮らしていると、悲観的な考えに傾きがちなものです。絶望的な気分に包まれ、村全体がパニックに陥ります。寒くなるからと薪《まき》の備蓄を始めるのは年配のドニ・ルヴァやブリジット婆さんだけではありません。まだ二十三歳のイザベルの夫オーギュスタンさえも弟ジャンに手伝わせて薪を集めだしました。

アンゼヴイはメトライエ爺さんを死に至らしめた後に自身の死も迎えます。これは予言どおりで、自らの太陽を取り戻すことはありませんでした。彼はエロス・タナトスのタナトス（死の欲動）を体現した人物と言えるでしょう。

それに対してエロス（生の欲動）を体現しているのはイザベル・アンチードです。村人たちが暗い気分にどんどん染まっていく中、よく熟《う》れた杏《あんず》のように血色の良い顔をした彼女の朗《ほが》らかさは一層際《きわ》立《だ》ちます。そして生への意思を高らかに謳《うた》いあげるのです。父を死なせた原因をアンゼヴイに問いただしに行った帰りのシプリアン・メトライエと彼女はこんな会話を交わします（一〇六ページ）。

「君は太陽を手にしているけど」彼は言う。「俺はちがう。太陽は君を金色に染めるが、俺は焼かれるだけ」

「あら、それはきっと太陽に好かれる人と好かれない人がいるからでしょう」

太陽に愛されていることに自信満々な彼女が、重苦しい村の空気を自らの手で打ち破ろうとするのは当然と言えるでしょう。

しかもイザベルにはどうしても太陽を必要とする理由がありました。太陽は生のみならず豊穣のシンボルでもあるからです。少し意気地《いくじ》なしの夫オーギュスタンは妻を妊娠させることができず、さらには年寄りたちの悲観的な考えに染まっていきます。イザベルが太陽を取り戻しに行こうと決心するのは、意気阻喪していく夫を窮地から救いだして子宝を得ようという意味合いもあるのです。

太陽に好かれているか好かれてないかに分かれるのは人間だけではありません。ジュリアン・ルヴァがブドウ畑で働いているヴォー州のラヴォー地区は明らかに太陽に好かれています。二〇〇七年に世界遺産に登録された地区として有名ですが、ラミュは冬の間は太陽を拝めない上サン゠マルタン村と巧みに対比させています。ジュリアン・ルヴァとの会話の中で、風土が住民の気質に与える影響についてフォロニエにこう語らせます（一三六ページ）。

「俺たちがどんな人間かわかってるだろ。無愛想で礼儀知らず……ひどく高いところで暮らしてる。山は多すぎるし、おまけに近すぎる。おかげで俺たちの顔色は良くない。地下室にしまいこみすぎたジャガイモのようだ。性格も暗くなる。（中略）」「あっちではもう花が咲いてる」さらに言う。「鳥もさえずってる。でもこっちではまだ何の動きもないのだから、もうすべては終わりだなんて言いだす奴が出てくる」

ラヴォー地区にはいつも太陽があるどころか、湖の照り返しのおかげで太陽が二つもあります。そのため人々はのびやかですが、上サン゠マルタン村の住民はどうしても気持ちが沈みがちになってしまうのです。

この小説の中で狂言回しのような役割を果たしているのはアルレタです。彼のエピソードは物語の入れ子を形成しています。失踪した娘のアドリエンヌは彼にとっての太陽そのものだからです。方々探してもみつからないということは、太陽が消えたのも同然だと言えるでしょう。そのため自暴自棄になり、フォロニエにとられた大事な土地の代金さえも酒で使い果たそうとします。彼が惨《みじ》めに破滅へと向かうさまは、徐々に冷えて死滅していく地球の姿と重なります。村人たちは最後には日の光を再び見出しますが、彼が自分の太陽を取り戻すことはおそらくないでしょう。アンゼヴイと同様に滅びていくのです。

このような筋書きの物語をなぜラミュは構想したのでしょうか。村全体が暗い雰囲気に包まれていく中にあって、その流れを断ち切ろうと決起する者たちが現れて勝利を収めます。苦みはあるものの、結末はとにかくは〝ハッピーエンド〟です。作者の執筆動機について考えると、やはり彼が生きていた時代の空気と無縁ではないと思われます。

先ほども書きましたとおり、この小説は一九三七年前半の物語と特定されています。そしてアンゼヴイは本に記されている予言について次のように語ります（九〜一〇ページ）。

この本の中には戦争のことが書いてある。――ちょうど今やっている戦争。しかし太陽が照らす地域にも戦争がある。千八百九十六に四十一。これが合計。この本には、空がますます暗くなり、ある日からもうわしらは太陽が見えなくなる、六か月だけどころか永久に、と記してある。

当時の世界の不穏な情勢を念頭に置いて執筆していたことは明らかでしょう。

実際に世の中は新たな世界戦争に向かって進みはじめました。あちこちで戦争が勃発しています。イタリアは一九三五年にエチオピア侵略を開始しました。ラミュの日本に対する言及はほとんどありませんが、それでも彼は中国侵略については強く非難しています。ヨーロッパのみならず世界全体が第一次世界大戦のような惨禍に再び見舞われ、明るい未来を描けない〝太陽を失った〟状態に陥りそうな気配が濃厚になっているのです。

イザベルを中心とした若者グループは決起して、自らの手で太陽を取り戻す行動に出ました。それによって村を支配していた陰鬱な空気は一掃されます。不穏な世界情勢の中にあっても、誰かが声を上げなければその進行を阻止することはできません。争いを諫《いさ》める提起がなされ、世の中を再び平和へと導く行動がどうしても必要になります。しかしその役目を為政者任せにするのはあまりに無責任です。今こそわれわれ一人一人が立ち上がり、平和を求める旨《むね》を高らかに表明しなければいけません。もしこの小説が寓話だとすると、その中にはラミュのこんな願いもこめられているのではないでしょうか。

この小説を翻案した映画（監督はクロード・ゴレッタ）が一九八七年に発表されました。ヴァリス州のドイツ語地域にある村で撮影されたと聞いています。訳者も視聴してみました。芸術的な評価は高いとのことですが、もちろん薄暗い場面が延々と続きます。

『断章　もし太陽が戻らなければ』

一九一二年四月十七日にパリで部分日食が観測されました。その体験に衝撃を受けたラミュはすぐに執筆を開始し、同年十一月に発行された文芸雑誌ガゼット・ド・ローザンヌにこの作品を掲載します。そして若干の字句修正を加えてから一九一四年刊行の『さよなら僕の登場人物たち、および他作品』に収録しました。もちろん一九四〇年から一九四一年に刊行されたメルモ書店のC・F・ラミュ全集にも入っています。

基本テーマと構成はすぐに固まった模様です。日食から十日ほど経った四月末には、「まずは一般的な話。それから君一人。君が想《おも》っている人は来ない。寒さ」というメモを記しています。舞台は湖のほとりの村に設定します。そして前半は共同体のメンバー、後半は一人の少女を中心に据《す》えることにしました。

前半については、当初は日食現象を科学的に説明する人物を加えるつもりでしたが断念し、世界が暗くなったことに戸惑う村人たちの反応に焦点が絞られました。この未知の現象をどう解釈してよいかわからず、悪魔の仕業《しわざ》かもしれないと言いだす者さえ出てきます。そして狂女ローズが叫びはじめることで人々のパニックは頂点に達します。

フランス語の原文を見ると、冒頭の描写には動詞の条件法が多く使われています。事実を叙述する直説法に対し、条件法は伝聞や推測のニュアンスを表すときに用いられます。英語の得意な方はwouldの使い方を思い出していただければよいでしょう。すなわち語り手はこの村にはおらず、ほかの場所で想像していることを強調しているのです。

それに対して後半は、おそらく以前に恋人だった少女に作者が直接語りかける形式です。快活でおしゃれ好きなふつうの少女が徐々に恐怖に苛《さいな》まれ、これまで考えたこともなかった〝死〟の存在を感知していくさまが描かれています。そして少女は自分の死だけではなく世界の終わりさえも意識しはじめるのです。

ちなみに結末部分をラミュははじめから決めていたとのことです。恐怖に襲われながらも踊ったり酒を飲んだりして生の喜びを必死で味わおうとする人々の姿を描いて、この断章は幕を閉じます。

b.『フランス・サヴォワの若者』および『サーカス芸人たち』

『フランス・サヴォワの若者』

この小説は一九三六年十月にスイスのメルモ書店から、そして一部を書き直した改訂版が一九三七年五月にフランスのグラッセ書店から出版されました。こちらも一九四〇年から一九四一年に刊行されたメルモ書店のC・F・ラミュ全集に初版を一部修正した形で収録されました。

スイス・シラー財団の大賞を授与した『デルボランス』の次に発表された作品ということでかなりの期待が集まりましたが、批評家や一般読者の受けはあまりよくなかったそうで、次のような批判がなされました。まずは筋書きがありえないという意見です。平凡な若者にすぎない主人公ジョゼフが形而上的な観念をしきりに巡らせるという設定は真実味に乏しい、やはりあまり教養がないはずのウエイトレスのメルセデスと哲学問答を行ってその挙句《あげく》に殺害してしまうというのもおかしい、第一ジョゼフは船乗りで泳げないはずがないから溺死による自殺はあまりに不自然だ、などと非難されました。舞台をフランスのサヴォワ地方にしたのも気に入らなかったようです。登場人物はどれも陰気で贖罪者《しょくざいしゃ》のようだ、サヴォワ人は陽気でいい奴ばかりだから簡単には首を吊らないし女を殺したりもしない、実体のない影を求めてさまようこともない、ラミュはレマン湖の岸を反対のスイス側と間違えたのではないか、などと書かれました。

このような批判を受けた理由の一つには、叙述があまり親切でない点が挙げられるでしょう。実際のところ場面のつながりがわかりにくいところがあり、筋を追っていくのが難しいです。しかもサーカスの女性の演技に接して妄想を抱いてからこれほどの短期間で殺人、さらには自殺にまで至るというのは、ふつうに考えれば理解しがたい展開かもしれません。

一方で、この小説の本質を看破して好意的な評を掲載した批評家もいました。モーリス・ブランショは「新たなマラルメ的仕事を小説の中に連想する」と書いていますし、ラモン・フェルナンデスは『フランス・サヴォワの若者』により詩の澄んだ実体の中に最良のレアリスムを保存するにいたった」と評しています。

以上のごとく毀誉褒貶《きよほうへん》の激しいこの小説ですが、ラミュ研究家の中では非常に評価が高いです。構想から十二年かけて完成した作品だからです。最初は一九二五年に『完全さのイメージ』という題名のもとにプランが練られました。主要登場人物はサヴォワ人の若い船員、母、地上の婚約者、挑発的なウエイトレス、そして綱渡りの女芸人ですから、一九三六年の小説と変わりません。物語の進行や結末もだいたい同じです。ただしパンジェ爺さんのエピソードは後に加えられました。この件についてはあとで触れたいと思います。

『フランス・サヴォワの若者』を読んで、〈『ラミュ小説集Ⅱ』に収められている『美の化身』に近いところがあるな〉と思われた方もいらっしゃるでしょう。キューバから来た美少女ジュリエットにみなが魔法にかけられたように魅了されるさまはサーカスの女性に心を奪われたジョゼフとよく似ていますし、婚約者の心変わりを心配するのはエミリーもジョルジェットも同じです。これらは決して偶然ではありません。ラミュが描く湖を舞台にした小説は『フランス・サヴォワの若者』のほかに、『この世の愛』（一九二五年）、『美の化身』（一九二七年）、『アダムとイヴ』（一九三二年）が挙げられます。どれも集団あるいは個人がより美しい現実を渇望して到達不可能な理想を追い求める姿が基本テーマです。もちろん望みは達せられるはずがありませんから、悲しい結末が待っています。このテーマを着想したラミュは、さまざまな小説プランを作ります。そしてその舞台背景としては、ときには

「鏡」の役割を果たせるほどの神秘性を湛《たた》えた湖のほとりが最適だったのです。プランだけで終わったものから完成して発表されたものまでいろいろですが、これらは言ってみれば同じ枝に生えた芽のようなものです。小説プランは複雑に絡み合って、別のところに転用されたり、あるいは形を変えて再生されたりしています。

これはラミュが意図的に採用した手法でした。一九二三年の書簡の中で、彼はこのように書いています。

私はいつも同じ本を書き、同じテーマを繰り返したいのです。(中略)事情からしてそれは不可能なので、〝らせん状に〟進んではときおり前に到達した地点を乗り越えようとしています。

そのころのラミュの創作ノートを見ると、いくつかの筋書きを考えていたことが窺《うかが》えます。たとえばブドウ収穫の仕事にやって来たサヴォワ地方の少女とヴォー州の若者との恋愛、あるいは逆にサヴォワ出身の若者とヴォー州の少女との恋愛です。どちらも周囲の反対や軋轢《あつれき》によって悲劇的な結末を迎える、いわばレマン湖畔の『ロミオとジュリエット』と呼んでいいかもしれないストーリーです。そんな中にあって、主人公の少女にヴィーナスのイメージをまとわせるという着想が生まれました。そしてこの少女を音楽と踊りで飾ります。こうして完成したのが一九二七年発表の『美の化身』でした。

『美の化身』において周囲のみなを魅了したのは絶世の美少女でしたが、『フランス・サヴォワの若者』の主人公ジョゼフが夢中になったのはサーカス団の綱渡り女芸人でした。ラミュはサーカスがとても好きだったようで、『兵士の物語』（一九二〇年）をはじめとする多くの作品の中にサーカスを登場させています。その興行は日々の暮らしを忘れさせてくれる非日常のひと時を提供してくれますし、しがない存在にしか見えなかった芸人たちが舞台に立つやいなや光り輝くスターに変身するのは驚異です。そして何よりも、綱渡りのように地上を離れて空中を飛翔できるのは憧れでもあるのです。

現代ならば、人々を驚嘆させるパフォーマンスはほかにいくつもみつかるでしょう。超人的な能力を発揮するスポーツ選手の姿もわれわれはテレビなどを通じて接することができます。しかし娯楽がまだ少なかった時代において、想像を絶する演技を目の前で見せてくれるサーカス公演は特別な場でした。実際のところ、サーカスに感嘆した芸術家はラミュに限りません。テオフィール・ゴーチエをはじめとする作家たちはサーカスの情景を好んで描いていますし、画家ならばルオー、ピカソ、スーラ、ドガ、ルノワールなど何人でも名前を挙げられます。読者のみなさんも現実には接したことがない人気俳優や歌手などに夢中になった経験がおありでしょう。ジョゼフがミス・アナベラに魅了されていく過程も、それと同じようなものだと考えていただいて結構です。

ちなみに『フランス・サヴォワの若者』冒頭のサーカス興行の場面にはルーツがあります。『サーカス』と題された小品で、まずは一九一九年に書かれ、その後一九二五年および一九三一年に若干の書き直しを施してフランスの雑誌に発表されました。内容は『フランス・サヴォワの若者』のサーカスの場面とほぼ同じですが、主役はジョゼフのような個人ではなくローザンヌの市民たちになっています。実は参考資料として当初はこの小品を訳出しようかと考えましたが、サーカスの場面の記述がほとんど同じなのと作者のコメントが難解すぎることから断念し、もう一つの大きなルーツとみなされている『サーカス芸人たち』を代わりに掲載することにしました。こちらの方がサーカス団の公演を満喫する庶民の気分の昂揚がよく出ていると思ったからです。個人的な経験ですが、訳者のような娯楽の少ない田舎町の子供にとって年に一度訪れてくれるサーカス団の公演は大きな楽しみでした。空中ブランコや動物を使った演目などに夢中になったものです。しかしそのころはまだ子供でしたから、出演した若い女性に恋焦《こ》がれたことはありません。しかしジョゼフは相手に〝完璧な美〟を見たのです。

小説に描かれた女性たちの役割ははっきりしています。ミス・アナベラはまるで天使のように近寄りがたい存在で、しかも現れたあとにすぐ消えてしまいます。それに対して婚約者のジョルジェットは地上の不完全さを体現しています。歯並びの悪さや荒れた手、肌のシミをジョゼフにとがめられたジョルジェットは必死に弁解しますが、相手の気持ちを再び自分に向けさせるにはいたりませんでした。このような二人の女性の対比の構図までは『美の化身』と同じですが、『フランス・サヴォワの若者』ではさらにもう一人、偽の完全さを作りだすことのできるウエイトレスのメルセデスが加わります。彼女はジョゼフを誘惑して肉体関係を結びます。さらには彼がなおも抱いている幻想を木っ端《こ ぱ》微塵《みじん》にするべく、化粧や服装によってサーカス芸人と自分を似せて見せようとします。しかしそれでも理想に憧れるジョゼフの気持ちは打ち砕かれることはありませんでした。夢から覚《さ》めなさいと迫る相手に対して逆に憎しみが湧いて殺してしまいますが、それと同時に〈絶対的なものに近づく唯一の方法はこの世から出ることだ〉と自覚するのです。

『フランス・サヴォワの若者』の構想は一九二五年にほぼできていたと前に書きましたが、後になって重要なエピソードが挿入されました。パンジェ爺さん（『スイス人サミュエル・ブレの人生』の主人公サミュエルが最後に同居する老人と同じ名前です）の物語です。彼はジョゼフの分身として、主人公の行きつく先を暗示する役割を担っています。爺さんの水夫の歌はこんな歌詞でした。

あの子は逃げるけど
俺はあの子の後を追うぞ
地の果てまで
闇の彼方まで……

生きようが死のうが
必要ならこの世の果てまで
地球が丸ければ
外に飛び出してしまうけれど

歌詞のとおり、パンジェ爺さんは首を吊って遠くへと旅立ちます。そしてまもなくジョゼフが後を追います。入水自殺《じゅすい》ですが、ここで湖は「鏡」の効果を存分に発揮します。空にあるものをありのままに映すことのできる湖水に沈むことで、主人公はやっと理想の美に近づくことができたのでした。

訳者は二〇一七年の秋に、小説の舞台とされるサヴォワ地方のメユリーを訪れました。エヴィアンからバスで数十分の小さな町ですが、ジャン゠ジャック・ルソーの『新エロイーズ』の中に出てくる町と言った方がわかりやすいでしょう。サン゠プルーが岩に座ってレマン湖の対岸に暮らすジュリーに思いを馳《は》せる場面が有名です。訳者はもちろん『新エロイーズ』ではなく『フランス・サヴォワの若者』の現地調査のために訪れたのですが、ここにサン＝プルーが座った、と書かれた看板のある大きな岩が採石場のすぐ近くにあったのには笑ってしまいました。現在はもちろんトラックが石を運んでいるため、港はさびれてしまって往時を窺うことはできません。周辺を歩いてはみたものの、小説の描写と現実の風景には隔たりがある、と感じました。例によって小説の舞台は作者の想像力が作りだした世界ではないかと思われます。

最後にラミュ自身が小説について語っている言葉を紹介します。一九三六年九月に発表された『著者は解説する……』と題された文の一節ですが、正直言って彼自身による解説はあまり信用できません。真摯《しんし》な説明というよりも逆に煙に巻くような記述が多いからです。ご判断は読者のみなさんに委《ゆだ》ねたいと思います。

私の登場人物たちが生きているのか、それとも〝象徴的〟なのかは自分でもわからない。ここで言っておきたい（説明を求められたからだが）のは、自分は登場人物たちの具体的な意味づけについてはほとんど気にしていなかったことだ。執筆中いつも目にちらついていたのは、むしろメユリーの大きな採石場、船がいた（その後いなくなる）港、そしてサヴォワの岸に寄せる湖水だった。そこで暮らす人々を揺り動かしている情念はほかのどことも変わりはしない。

『サーカス芸人たち』

『サーカス芸人たち』は一九二八年にルネ・オーベルジョノワの描いた五枚の石版画付きでメルモ書

店から刊行されました。しかしなぜか一九四〇年から一九四一年の全集には入れられず、一九五四年の全集にやっと収録されました。

もともとは短編集『農民の挨拶』（一九二一年）に加えるつもりで『綱渡り芸人たち』という題のもとに執筆されましたが、ページ数が多いこと、さらに他作品と性格が異なることから収録を断念し、一九二八年に書き直されました。

当初は若い女性の方が脇役で男性たちの綱渡り演技を詳しく描写するつもりでしたが、途中で主役が変更になりました。ピエロが出演する場面も削られ、代わって子ザルの演技が加わりました。

これは作者の執筆意図が変化したためと思われます。単に団員たちの妙技を描くのではなく、旅回りのサーカス団の哀愁やその公演を楽しみにする平凡な庶民の姿が強調されます。実際のところ、彼らを描写するラミュの筆は冷徹です。裏方を含めてメンバーが六人しかいない小規模なサーカス団は、おそらくヨーロッパ中を旅して回っているのでしょう。そして日々の暮らしに疲弊した人々は、なけなしの金をはたくかタダ見を狙ってひと時の楽しみを得ようと集まります。大衆芸能の場末感《ばずえかん》溢《あふ》れる風景です。

そんな中に綱渡りの女芸人が登場します。誰も気に留《と》めないほど地味だった少女が舞台に登場するやいなや変身して、観客全員を夢の世界へと誘《いざな》い、空の彼方に姿を消すのです。

この少女には名前がつけられていません。そのため本当の主役とは呼べないかもしれません。しかし『フランス・サヴォワの若者』のミス・アナベラを別の視点から描写したヴァリアントとして価値があるのではと考え、この短編小説を参考資料として加えることにしました。

個人的には、『スイス人サミュエル・ブレの人生』の一場面になっても違和感はないと思い、この作品に好感を持ちました。ちなみに、一九一三年に雑誌に発表されたものの単行本にはならなかった『より良い人生』という小説があります。主人公はサミュエル・ブレと同じく孤児ですが、養父母のひどい扱いに耐えきれず、巡業に来たサーカス団に憧れて一緒に町から逃げようとします。しかし結局は追い返され、それからさまざまな人生行路を辿《たど》った末に『フランス・サヴォワの若者』のジョゼフと同様に船の底に穴をあけて自殺します。この作品はもちろん主に『スイス人サミュエル・ブレの人生』との関連において論じられるべきでしょうが、『フランス・サヴォワの若者』にはこんなルーツもあるということだけを指摘しておきます。

c.『短編集』および『月明かりの子、セルヴァンたち、その他短編』

ラミュは一九〇四年から一九四七年までに総計百七十四の短編小説を書きました。特に若いころの作品が多いのですが、それにはいくつかの理由がありました。まずは駆け出しですから、作家としての自分の名前を世間に知らせなくてはいけません。そして面白いと思ってもらえれば出版社から声がかかる可能性が高くなります。原稿料が入ると金銭的に潤《うるお》うことができるでしょう。さらには長編小説を書くための〝実験室〟の意味合いもありました。さまざまな形態の物語を創作することで小説技術に習熟し、長めのストーリーを維持させていく力を養ったのです。前に書いたとおり彼はパリ滞在中にモーパッサン全集の編集に参加していますから、短編小説を書くコツは心得ています。初期のものにも面白い作品はいくつもあります。

しかし資産家メルモの知遇《ちぐう》を得て彼の援助を得られるようになってからは、短編小説の数が減ります。目の前の収入のためにあくせくせず長編小説に専念できるようになったからです。

けれども一九四三年から一九四六年まではほとんど短編小説しか書いていません。そして一九四四年に『短編集』、次いで一九四六年に『月明かりの子、セルヴァンたち、その他短編』を出版しました。精力的な活動に見えるかもしれませんが、実はこれは短編小説に対する情熱が蘇《よみがえ》ったからではありません。病気のために長編小説を書く気力、体力を失ってしまったことが原因でした。

一九四三年十一月に彼は脳卒中に見舞われました。そして一九四五年には前立腺を患《わずら》って三か月の入院および外科処置を受けました。さらにはその年の末にまた具合が悪くなり、一九四六年の夏に二週間ほどの入院を余儀なくされました。このように単に年をとってきただけでなく、現実の健康問題が彼の身に降りかかってきたのです。

しかし、だからといってのんびりと静養していられる状況にはありませんでした。金銭的な不安が頭をもたげてきたからです。手術や入院の費用はもちろんかなりの額に上ります。しかもそのころは第二次世界大戦中および戦後すぐの時代にあたりました。どの国も混乱状態にあったので、印税などの収入が外国から入ってこなくなっています。そのため身体の不調に苦しみつつも自分および家族の生活のために短編小説を書いて糊口《ここう》をしのがざるをえなかったのです。

すでに彼の名声は定着していましたから、『短編集』および『月明かりの子、セルヴァンたち、その他短編』はともに大好評で迎えられました。しかし本人はかなり不満に思っていました。『月明かりの子、セルヴァンたち、その他短編』を献本したギュスターヴ・ルーに宛てた一九四六年二月の手紙の中で、「私はあなたにこの拙著を送ろうかどうか随分ためらいました。それほど出来がよくない気がするのです」と綴《つづ》っています。脳卒中の後遺症で、創作のためのインスピレーションがなかなか湧いてきません。さらには現実的に身体が思うように動かなくなったため、ペンを持って書くという行為そのものに支障をきたしていたのです。

しかしハンディを抱えているとはいえラミュはやはり短編の名手ですから、傑作とみなされる作品は数多くあります。個人的な感想を言わせていただければ、心身の不調のために逆に余分な力が抜けてすっきりした物語に仕上がっている気がするものもあります。これまで長編小説を十編も訳してきましたが、ラミュの回りくどい文章にはずっと悩まされました。もっと素直に書いてくれと叫びたくなったことは一度や二度ではありません。それに比べて本書のために選んだ短編小説は、あくまで相対的にですが意味をとりやすかったです。

『お嬢さんたちのいた湖』

『短編集』（一九四四年）からの一編です。一九四七年にフランスのグラッセ書店から出版された『短編集』にも収録されました。

当初この小説のタイトルは『婦人たちのいた湖』でした。主人公の羊飼いピエールがみつけた相手は若い女性だという点を強調するために変更されたのでしょう。しかも近所にいる田舎の少女ではありません。服装からして明らかに町からやって来た、〝都会のお嬢さん〟たちなのです。

羊飼いはいくら目が利《き》くとはいえ、主人公が数百メートル下にいる人の動きを肉眼で正確にとらえるのは無理という気がしないでもありませんが、遠くにいる存在に感情移入した経験は誰にもあるでしょう。

ピエールがお嬢さんたちと再会することはあるでしょうか。雪が降りはじめると羊飼いは山から下りるので、可能性はなくはありません。しかし身分違いですから、残念ながら近寄ることさえできないでしょう。彼の気持ちをわかってくれるのは山以外にはないのかもしれません。

ラミュはあまり苦労せずにこの短編を書いたらしく、下書きには少女たちの水浴の場面以外に目立った修正はないとのことです。

この作品は夢書房『ラミュ短篇集』の中に『乙女の湖』（翻訳者は濵﨑史朗）という題名で収録されています。参考にさせていただきました。

『月明かりの子、セルヴァンたち』

ここからの三編は、一九四六年の『月明かりの子、セルヴァンたち、その他短編』から選びました。

ヨーロッパにも日本の座敷童子《わらし》に似た言い伝えがあるのは興味深いです。ラミュが参考にしたとされるアルフレ・セレゾルの『ヴォー州アルプスの伝説』（一八八五年）によると、ヴォー州では「セルヴァン」（モントルーの山間《やまあい》では「セルフー」）と呼ばれているこの悪戯《いたずら》っ子たちの話はあちこちに存在し、ヌーシャテル県の山間部では「フォラトン」、ヴァリス州では「コクツヴェルギ」、フランスでは「ファルファデ」、「ソレーヴ」や「ゴブラン」という名前がつけられています。ドイツ語の「ポルターガイスト」はアメリカ映画の題名になったので、読者の方も馴染みやすいでしょう。ドイツ語地域ではほかにも「コボルト」、「ハインツェルマンヘン」という呼び名があるそうです。

言い伝えの内容は、基本的には日本の東北地方に流布《るふ》する座敷童子と同じです。セルヴァンは山小屋だけではなく一般の家にも棲《す》みつきます。大事にしてあげれば良いことで返礼してくれるし、邪険に扱えばしっぺ返しされます。

ラミュはこの伝説について子供時代から知っていたと思われます。そのころの教科書には、ジュスト・オリヴィエが書いた『セルヴァン』という題の詩が掲載されていたとのことです。

この作品は夢書房『ラミュ短篇集』の中に『セルヴァン』（翻訳者は濵﨑史朗）という題名で収録されています。また、文学誌 *Les lettres françaises* に掲載された『使いの者』の抜き刷りを翻訳者の笠間直穂子氏ご本人からいただきました。両方とも参考にさせていただきました。

『エーデルワイスを探して』

訳者は子供のころから小説を読むのが大好きだったので、文学研究者を志しました。そして小説そのもののみならず作家の伝記や研究書を読み漁《あさ》りました。作品の理解を深めることが目的ですが、ときどき〈こんなことを知るんじゃなかった〉と思ってしまうような記述に当たることがあります。作家の隠された性癖や芳《かんば》しからぬエピソードなどです。そのために長く抱いていた作家への憧れの気持ちがしぼんでしまうことがままありました。

『エーデルワイスを探して』の原題は『助けを呼ぶ』です。初めてできた恋人のために危険を冒して高山に咲くエーデルワイスを探しに行く少年の微笑《ほほえ》ましい物語だと思って気に入り、翻訳を始めました。しかしスラトキン書店の全集の解説を読むと、この短編にはある事情が隠されていると記されていて愕然としました。

先に書きましたとおり、当時のラミュは脳卒中の後遺症のために身体がなかなか言うことを聞きませんでした。主人公エルネストはエーデルワイスを求めて険しい山の高みまで登りますが、地盤が崩れたために身動きがとれなくなります。彼が懸命にもがく姿が詳細に描かれていますが、実はこの場面は身体が思いどおりにならずに苦しむ作者自身の姿が下敷きになっているとのことです。そのことを知って、暗い気持ちになりました。文学研究者ならここに作家の悲痛な叫び声を聞かなければいけないでしょう。『助けを呼ぶ』という原題は、この方面から解釈するべきかもしれません。

しかしそれではあまりに悲しすぎます。エーデルワイスをプレゼントするために山へ出かけた男の子の物語は何といっても美しいし、共感が湧きます。そのためエルネストの純情の方に光を当てたいと考え、題名を改変しました。

ちなみにラミュは結末について、ほかに三種類のプランを持っていたそうです。まずは苦しみながらも離さなかったエーデルワイスをエルネストが水に漬《つ》けて蘇らせる場面、次に萎《しお》れかかったエーデルワイスを水に漬けてみろよと救助者たちが笑いながら言う場面、そしてエルネストがエーデルワイスを虚空《こくう》に捨てて泣きだす場面です。

この作品は夢書房『ラミュ短篇集』の中に『助けを呼ぶ』（翻訳者は岡崎まり子）という題名で収録されています。参考にさせていただきました。

『おどけ衣装のラ・ティア』

実は以前から編集者の中楚克紀氏より、「ラミュの短編集を作ってみれば」と勧められていました。

日本人読者は短編小説を好むからですが、訳者はなかなか気が進みませんでした。理由はいくつかあるものの、その中でもとりわけカバー写真を提供してくれているアドリアン・キュンチ氏の言葉が記憶に残っていたからです。高校教員のキュンチ氏は大変な読書家です。その彼が、「ラミュの短編小説って、これまで一つも読んだことがないよ」と言ったのです。よく考えてみると、たしかに書店どころか古本屋でさえもラミュ短編集と銘打った本を見かけたことがありません。メルモ書店やスラトキン書店の全集にはもちろん全編収録されていますが、わざわざ全集を取り寄せてまで読もうとする人はごく限られているでしょう。そのスイス人にさえあまり知られていない短編小説をラミュの代表作として日本に紹介するのには抵抗があったのです。けれども本書には長編小説の参考資料として短編作品を二つ載せることに決めました。そして同じ短編なら読者もあまり違和感はないだろうと考えて、後期のものから四つを選んだ次第です。

ラミュの短編小説は現代のスイスではあまり読まれていないようだと書きました。しかし『おどけ衣装のラ・ティア』は例外です。ゾエ書店から刊行されているポケット版は、大きな書店なら簡単にみつけることができます。さらにはこの小説を翻案した芝居が作られ、最近では二〇一八年二月にパリのヴィエーユ・グリユ劇場で上演されました。学校の教科書や副読本までは調べていないので断言はできませんが、この小説はラミュの中で最もよく読まれている短編作品の一つではないかと思われます。

『おどけ衣装のラ・ティア』は、早くも『月明かりの子、セルヴァンたち、その他短編』発売前の一九四五年にフランスの雑誌に掲載されました。別の雑誌にも掲載され、さらには一九四七年にフランスのグラッセ書店から出版された『短編集』にも収録されました。発表当時から人気が高かったことが窺えます。

たしかにきれいにまとまった、とても良い作品です。しかしラミュが元気だったころの型破りな筆致は感じられません。もし作者名を伏せられたとしたら、彼の作品と見破れないかもしれません。

個人的な感想ですが、ストーリーではなくその雰囲気からフェデリコ・フェリーニ監督の古いイタリア映画『道』や『カビリアの夜』を思い出しました。またラミュ自身の処女作『アリーヌ』（一九〇五年）の匂いもするな、と感じました。

この作品は夢書房『ラミュ短篇集』の中に『フォリー姿の女』（翻訳者は濵﨑史朗）という題名で収録されています。参考にさせていただきました。

佐原隆雄

訳者あとがき

スイスのジュネーヴ大学において二〇一七年十月十二日と十三日に開催されたC・F・ラミュ国際学会に出席してきました。今回のテーマは「C・F・ラミュにおける静寂、音、音楽」でした。イーゴリ・ストラヴィンスキーやエルネスト・アンセルメなど音楽家との関係を細かく論じられると内容がよくわからないな、と不安でしたが、その方面だけでなく小説の中に現れた擬音に関する発表もあって、出発前の予想以上に勉強になると同時に刺激を受けることができました。参加者はほかの学会と比べれば多くありませんが、相変わらず和気藹々《わきあいあい》なのは嬉しいです。さらにはジュネーヴ大学の学生が大勢見学のために顔を出してくれました。また夜にはジュネーヴ高等音楽院の学生たちによる『兵士の物語』などの曲の演奏会も開かれました。

二〇一四年にフランスのトゥール大学で行われた前回大会の発表者の論文を収録した『シャルル＝フェルディナン・ラミュ作品における倫理と政治』というタイトルの本が、アルトワ大学出版会より二〇一七年に出版されました。今回の学会発表もこのような形でまとめていただければと期待しています。

ラミュ研究会に関するニュースとしては、会長の交代がありました。ジャン＝ルイ・ピエール氏が名誉会長に退き、新しい会長に就任したのはカーン大学のジェラール・プールイン氏です。しかし事務作業についてはそのままトゥール大学が受け持ちます。年報も定期的に刊行され、二〇一七年の最新刊には『日本人にラミュを理解できるか』と題した拙論を掲載させていただきました。

ラミュ研究会については以上のとおりですが、ラミュ協会（正確に訳すなら「ラミュ財団」でしょうが、それほど大規模ではありません）の方で事件が起きました。新聞などを読まれてご存知の方もいらっしゃると思いますが、ローザンヌの隣町ピュイイにあるラミュの終《つい》の棲家《すみか》「ラ・ミュエット」の建物が老朽化してきたため、お孫さん夫婦が改築の検討を始められました。作家が使っていた書斎だけを残して、ほかはアパルトマンとして貸しだすという計画です。それに対して文化的価値の高い建物だからなんとしても現状のまま保存するべきだと主張する反対運動が起こり、ローザンヌ市当局をも巻きこんだ大論争に発展しました。訳者も反対派からの依頼によりローザンヌ市役所に問い合わせのメールを送ったことがあります。そしてラミュ協会内でも大きく意見が分かれました。最後には個人の所有物なので口出しはできないという結論に達しはしましたが、強硬に反対していたローザンヌ大学のロマンド文学研究センター（ＣＲＬＲ）の幹部たちが協会を脱退したと聞いています。「ラ・ミュエット」にあったラミュの手書き原稿などはすべてＣＲＬＲに移管されているのに、面倒なことになったものです。

スイスならびにフランスは現在このような状況です。訳者は資料蒐集《しゅうしゅう》のために毎年少なくともスイスは訪れています。次回のピュイイ訪問の際もいろいろな話を聞くことになるでしょう。

『ラミュ小説集Ⅳ』は、作家の晩年の作品を中心に構成しました。長編小説の『もし太陽が戻らなければ』と『フランス・サヴォワの若者』は物語としてはちょっと地味かな、とは思いましたが、文学的評価が非常に高いのであえて選びました。一九三六年に発表された『フランス・サヴォワの若者』

は、舞台を湖畔に設定した彼の小説群の集大成とも言うべき作品です。『もし太陽が戻らなければ』は翌年の一九三七年に発表されましたが、第二次世界大戦前夜のヨーロッパの不穏な空気が小説から色濃く感じとれます。そしてこの二つの小説を理解する助けになるのではと考え、それぞれ関連する短編作品をつけました。ご参考にしていただければ幸いです。

さらには短編小説を四つ訳出しました。どれも一九四四年以降の作家最晩年に書かれたものです。これらには先行訳があります。一九七八年にスイスのフランス語圏文学に興味のある方々が集まり、スイス・ロマンド文化研究会が発足しました。『ロマンディ』という会報を発行するなど精力的に活動されていましたが、残念ながら一九九七年に解散したとのことです。そのときの会員たちが手分けして翻訳・編集し、一九九八年に出版されたのが『ラミュ短篇集』(夢書房)です。訳者としては先行訳のあるものはできれば避けたかったのですが、結果的に面白いと思えるものが重なってしまい、新たに翻訳し直す形になりました。

カバー写真の撮影は、今回もビール市在住の友人アドリアン・キュンチ氏にお願いしました。彼は高校教員の仕事に加えて、奥様のソニア・ムーラート氏との共著でビール市の沿革に関する本を今年(二〇一八年)出版するなど多忙を極めています。その合間を縫って田舎まで出向いて撮影された写真を送ってくださり、いつもながら感謝に堪《た》えません。

そして今回訳者が一番感激したのは、トゥール大学のリリアンヌ・ジュアネ教授が「日本語版への序」の執筆を引き受けてくださったことでした。ジュアネ教授はラミュ研究会の副会長として事務全般を統括され、年報の編集・刊行はもちろんラミュ情報を満載したニューズレターの送付も行っていらっしゃいます。まさに研究会の縁の下の力持ちという役割です。さらにラミュ国際学会の折には、まだ知り合いがほとんどいなかった訳者に対してとても親切に接してくださいました。日本に帰ってからも、翻訳中に意味がうまくとれない文章に出くわしたときにはジュアネ教授にメールで問い合わせをして、そのたびに丁寧なお返事をいただいています。そのおかげで何箇所も誤訳を避けることができました。教授への感謝の意味をこめて「日本語版への序」の執筆をお願いしたいと以前から考えていましたが、非常に遠慮深い方なのでずっとためらっていました。今回は四冊めのラミュ小説集ということで思いきってお願いすると快諾をいただき、お読みになったとおり素晴らしい文を送ってくださいました。ジュアネ教授には厚く御礼申し上げます。

今回もラミュ協会より出版助成金をいただきました。またスイス政府の外郭団体であるプロヘルヴェティア文化財団からも助成金が交付されました。ラミュ作品の日本語翻訳の意義を理解していただき、大変うれしく存じます。

出版をお許しくださった国書刊行会の礒崎純一出版局長にも深く感謝します。C・F・ラミュというスイスの作家は日本ではほとんど知られていないから小説集の出版は難しいだろう、と思いつつも一冊だけということで礒崎出版局長にお願いに上がったのは、二〇一一年暮れのことでした。それがいつのまにか計画が膨らみ、本書はついに第四巻になりました。これは訳者自身もまったく想像していなかったことです。礒崎出版局長の寛大なご裁量なしにはとても実現できなかったことは間違いありません。

編集者の中楚克紀氏には、相変わらずとても足を向けては寝られません。外国小説の翻訳は子供のころからの夢でしたが、学校で習う「購読訳」と不特定多数を読者とする「出版訳」には大きな隔たりがあります。その点は重々承知しつつも、訳者は外国文学者として原作のニュアンスを歪めてしまうような誤訳を一番恐れるので、どうしても「購読訳」に傾いてしまいます。大学の先輩でロシア語同時通訳者として有名だった故米原万里氏の言葉を借りれば、「不実な美女」よりも「貞淑な醜女《ブス》」を選んでしまうのです。この「購読訳」を「出版訳」のレベルまで巧みに高めてくれているのが編集者の中楚氏です。原文には忠実でも日本語としてはやや生硬と思われる部分は、できるだけ〝自然な〟日本語になるようアドバイスをもらいました。翻訳は数学とは違い、「解は一つ」とは限りません。読者のみなさんからもご意見、ご感想をいただければ幸いです。

「捨てる神あれば拾う神あり」という言葉がありますが、年をとるにつれてその含意に納得させられます。個人的な記憶をたどってみても、窮地に陥り途方に暮れていると、思わぬところから〝拾う神〟が現れて救ってくれることがありました。実際のところ、これまでいろいろな方に助けられました。今回のラミュ小説集出版に限っても、礒崎出版局長および中楚氏の存在なしには実現などかなわなかったでしょう。さらにはスイスやフランスの友人たちの手助けがあったからこそ、ここまで続けられました。日本語は読まれないのでここでお礼の言葉を述べても仕方がないかもしれませんが、書かずにはいられません。二〇〇一年の夏にフランスのカーンでアドリアン・キュンチ氏と出会っていなければ、訳者がC・F・ラミュに興味を抱いて翻訳を志すことはなかったでしょう。キュンチ氏からは現在もスイスの作家に関する情報を頻繁にいただいています。その成果が新たな形になって実を結べばよいのですが。またラミュ研究会からの依頼により論文を二つ書かなければならなくなったとき、訳者の多少心もとないフランス語をネイティブ並みのレベルにまで高めるべく一生懸命添削してくださったのは、古くからの友人である愛知大学教授のセルジュ・ジュンタ氏でした。ジュンタ氏が助けてくれなければどうなっていたことか、と謙遜ではなく心からそう思っています。

日本には専門家がほとんどいないスイス・ロマンド文学の領域にしつこく挑んでいる訳者に呆《あき》れることなく温かい目で見守り励ましてくれている友人たちも、やはり〝拾う神〟でしょう。どれだけ力をもらっているかわかりません。改めて深く感謝します。

訳者略歴
佐原隆雄（さはら・たかお）
1954年広島県呉市生まれ。東京外国語大学大学院外国語研究科ロマンス系言語専攻修了。専門は、19世紀フランス文学、スイス文学およびフランス語教育法。翻訳書として、C.F. ラミュ『アルプス高地での戦い』（国書刊行会、2012年）、同『アルプスの恐怖』（国書刊行会、2014年）、同『スイス人サミュエル・ブレの人生』（国書刊行会、2016年）。'La « séparation » entre la Suisse et le Japon' (Les Amis de Ramuz bulletin 35, 2014年),'Les Japonais comprennent-ils Ramuz ?' (Les Amis de Ramuz bulletin 38, 2017年) などフランス語圏作家に関する研究論文。『文法から学べるフランス語』（ナツメ社）ほかフランス語教育に関する著書も多数ある。C.F. ラミュ協会終身会員、ラミュ研究会会員。

もし太陽が戻らなければ
ラミュ小説集IV

2018年10月16日　初版第1刷印刷
2018年10月23日　初版第1刷発行

著者　C.F. ラミュ
訳者　佐原隆雄

発行者　佐藤今朝夫
発行所　株式会社国書刊行会
〒174-0056 東京都板橋区志村 1-13-15
TEL.03-5970-7421 FAX.03-5970-7427
http://www.kokusho.co.jp

装幀　虎尾 隆
印刷・製本　中央精版印刷株式会社

ISBN978-4-336-06291-8